海外中国研究书系·日本学人唐代文史研究八人集
主编 李浩 〔日〕松原朗

作者简介

松原朗,早稻田大学文学博士,现为日本专修大学文学部教授、日本中国学会理事、日本杜甫诗学会副会长。主要著作有:《中国离别诗的成立》《唐诗之旅——长江篇》《文学修养之中国古典文学史》《汉诗大辞典》《唐诗解释词典校注》《唐诗解释词典校注·续》,译作有《唐代关中·山东·江南三地"文学士族"研究》《杜甫全诗译注》等。

译者简介

张渭涛,陕西省渭南市人。日本共爱学园前桥国际大学国际社会学系副教授,日本专修大学兼职讲师。代表译作有《近年以来日本的杜甫研究——兼及〈杜甫全诗译注〉》等。

西北大学文学学科资助项目
日本国际交流基金资助项目

晚唐诗之摇篮

张籍·姚合·贾岛论

〔日〕松原朗　著

张渭涛　译

西北大学出版社

著作权合同登记号:陕版出图字 25－2018－211

图书在版编目(CIP)数据

晚唐诗之摇篮:张籍・姚合・贾岛论／(日)松原朗著;张渭涛译.—西安:西北大学出版社,2018.10

(海外中国研究书系／李浩,松原朗主编.日本学人唐代文史研究八人集)

ISBN 978-7-5604-4018-7

Ⅰ.①晚… Ⅱ.①松… ②张… Ⅲ.①张籍(768－约830)—唐代—诗歌研究 ②姚合(775－约855)—唐诗—诗歌研究 ③岛贾(779－843)—唐诗—诗歌研究 Ⅳ.①I207.22

中国版本图书馆 CIP 数据核字(2017)第 059987 号

本书由日本专修大学出版局、松原郎授权出版

晚唐诗之摇篮:张籍・姚合・贾岛论

作　　者:	〔日〕松原朗 著　张渭涛 译
出版发行:	西北大学出版社
地　　址:	西安市太白北路 229 号
邮　　编:	710069
电　　话:	029-88302590　88303593
经　　销:	全国新华书店
印　　刷:	陕西博文印务有限责任公司
开　　本:	787 毫米×1092 毫米　1／16
印　　张:	23.25
字　　数:	357 千字
版　　次:	2018 年 10 月第 1 版　2018 年 10 月第 1 次印刷
书　　号:	ISBN 978-7-5604-4018-7
定　　价:	95.00 元

如有印装质量问题,请与本社联系调换,电话 029－88302966。

《海外中国研究书系·日本学人唐代文史研究八人集》

学术顾问

〔日〕池田温　袁行霈　张岂之　王水照　莫砺锋　陈尚君　荣新江

组织工作委员会

主　任　〔日〕松原朗　吴振磊

委　员　李　浩　马　来　张　萍　杨遇青　刘　杰　赵　杭　张渭涛
　　　　　谷鹏飞

日方联络人　张渭涛

编辑工作委员会

主　任　段建军

委　员　〔日〕松原朗　〔日〕妹尾达彦　〔日〕埋田重夫　〔日〕冈田充博
　　　　　〔日〕石见清裕　〔日〕丸桥充拓　〔日〕古川末喜　〔日〕金子修一
　　　　　段建军　谷鹏飞　高兵兵　张渭涛　刘建强　何惠昂　马若楠

主　编　李　浩　〔日〕松原朗

副主编　高兵兵

总序一

记得四年前,老友松原朗教授将其新著《晚唐诗之摇篮——张籍·姚合·贾岛论》的书稿转我,嘱我推荐给西北大学出版社,希望唐诗故乡的中国学人能及时读到这部新著,并能给予全面的学术批评。我充分理解松原兄的诚挚愿望,彼时恰好我还在校内外的学术管理部门兼一点服务性的工作,也想给学校出版社多介绍一些好作品,于是"怂恿"松原兄把原来的计划稍微扩大,从翻译出版一位日本学者的一部作品,扩展到集中推出一批日本学者的最新研究成果。开始时,松原兄及其他日方学者并没有迅速回应,这其中既有对西北大学出版社和西北大学唐代文史研究团队的估量,也有对翻译力量、经费筹措等问题的担心。我很能理解朋友们的忧虑,毕竟,自我们与专修大学等日方学术机构和友朋合作以来,这是最大的一个项目。

出乎意料,等项目确定后,松原先生及其他相关作者表现出很高的学术热情和工作效率,他们自己和原书的日本出版方联系,主动放弃版权贸易中的版税,简化相关谈判手续,使得许多复杂的问题简单化。最后商定第一批推出的是以下八部著作:

《隋唐长安与东亚比较都城史》(妹尾达彦著,高兵兵、郭雪妮、黄海静译)

《中国古代皇帝祭祀研究》(金子修一著,徐璐、张子如译)

《唐代军事财政与礼制》(丸桥充拓著,张桦译)

《唐代的外交与墓志》(石见清裕著,王博译)

《杜甫农业诗研究——八世纪中国农事与生活之歌》(古川末喜著,董璐译)

《白居易研究——闲适的诗想》(埋田重夫著,王旭东译)

《晚唐诗之摇篮——张籍·姚合·贾岛论》(松原朗著,张渭涛译)

《唐代小说〈板桥三娘子〉考》(冈田充博著,独孤婵觉、吴月华译)

用中国学人的分类标准来看,前四部是属于史学类的,后四部是属于文学类的,第二部严格意义上说又不完全属于断代类的研究。故我们最初将丛书的名称模糊地称作"唐代文史研究八人集",也暗含对文史兼容实际的承认。最后确定为现在的名称,是因为在申报陕西省出版资金资助项目时使用了这个名称,故顺势以此命名。

依照松原先生的理解,他所选择并推荐给中国学界的是最能体现并代表当代日本学界富有日本特色的中国学研究成果,松原先生在与我几次邮件沟通中反复强调这一点,体现了他和他的日本同行的执着与认真,这一层意思松原兄在序中表达得更准确。当然,符合他这一标准的绝不止这八部著作,应该还有一大批,我熟悉的日本学界的许多朋友的著作也没有列入。按照初始计划,我们会与松原兄持续合作,推荐并翻译更多的日本中国学研究成果。

我们学界现在也开始倡导中国话语、中国风格和中国流派,看到日本同行已经捧出一系列能代表自己风格学派的成果,我们除了向他们表达学术敬意外,是否也应该省思自己的学术哲学和研究取向。毕竟,用自己的成果说话才是硬道理。

当下学术走出去的热情很高,而对境外学人相关研究成果的移译与介绍则稍显冷落。按照顾彬(Wolfgang Kubin,1945—)的解释,文学走出去相当于到别人家做客,主动权在他不在我;文学请进来,让友人宾至如归,则主动权在我不在他。我们能做的事,能做好的事,应尽量做充分、做扎实、做精深。方以学术史,法显求法译经,玄奘团队述译,严复不仅以译著《群己权界论》传世,更奠定"信、达、雅"的译事三原则。近代以来,中国重新走向开放,走向世界,实与大规模翻译、引进、介绍海外新思想、新理论、新学说密不可分。说"十月革命一声炮响,给我们送来了马克思主义",是一种谦逊的说法,其实是我们主动拥抱马克思主义,主动引进现代科学,翻译马克思主义原著和其他世界学术名著。这一文明交往的基本史实在当下不该被有意遗忘、无意误读。身处其间,以温故知新、继往开来为己任的当代学人,不知该说些什么?又该做些什么?

本丛书的翻译团队由两部分组成,一部分是由原书作者推荐的,另一部分是由出版社和高兵兵教授约请的。由于时间紧任务重,著者与译者分处境内外,天各一方,联系和对接未必都畅通,理解和翻译的错误在所难免,出版后恳请各方贤达不吝赐教,以便我们逐步完善。其中高兵兵教授此前曾组织翻译过两辑"日本长安学研究丛书",有组织能力,也有较丰富的翻译实践经验。张渭涛副教授既是译者,又身兼日方著者和中方出版者的信使,青鸟殷勤,旅途劳动,多次利用返乡的机会,做了大量的沟通工作。

按照葛兆光教授等学者的解释,长期以来,我们习惯于由朝贡体制型塑的认知模式,而忽略甚至漠视从周边看中华的视角,好在现在大家已经认识到通观与圆照方可认识事物,包括认识我们文化的重要性。这样,翻译并介绍周边受到汉文化深刻影响的国家和地区的汉学研究成果,就有了三重意义:一是有助于我们深入了解周边地区的汉文化观,二是从传播和接受的角度勾画原典文化散布播迁的轨迹,三是丰富了相关专题研究的学术史。

当前,"一带一路"合作倡议正如火如荼,其中最富启示性的思想,我以为是"文明互鉴"理论,即各种文化宜互学互鉴。学术成果的翻译介绍,就是在两种文化之间架设桥梁,充当使者。自古以来,我们的民族认为,架桥铺路于承担者是一种救赎的苦行,但于接受者则是一件无量的功德。对于中外文化的互译也应作如是观。

李 浩

2018 年 5 月 30 日

于西北大学长安校区寓所

总序二

日本的中国学,也就是对中国文化的研究,由来已久。即便是将中国学之意仅限定为"中国古典文献的接受、解释、说明之学",也已经有一千几百年的历史了。而且,日本处于中国历代王朝册封体制的外缘,始终与中国保持着一定的距离,因而能远离权威,相对自由。这使得日本的中国学,不论是在过去还是在近年,都被赋予了独特的性格。

在属于以往册封体制内的诸地域,是以忠实于中国文化、对其进行完全复制为价值标准的。而日本却不同,它对中国文化反而采取了选择性接受的方式,并积极对其加以改变。其中最典型的事例,就是日本的文字创制。平安时代(794—1192)初期,日本以汉字为基础创制了"平假名"和"片假名",它们都是纯粹表音的文字,日本人从此确立了不借助汉语和汉字就能直接用日语表达的方法。相较于世界各地昙花一现的种种化石文字,日本独有的这种假名文字,至今仍然具有旺盛的生命力。而且,《源氏物语》(约1008年成书)之所以能成为反映日本人审美价值观的决定性文学作品,就是因为它是使用平假名书写的。那么,如果从中国本位的角度看,无论是假名的创制,还是《源氏物语》的问世,都是对中国文化的一种脱离。也就是说,日本以脱离中国文化为反作用力,确立了自身文化的独特性。

日本虽然从广义上说是中国文化圈(汉字文化圈)的一员,却有独立的文化主张,而且日本人对此持肯定立场。这样的倾向并非始于明治维新后的近代,而是有着相当长的历史。近代以前的江户时代(1603—1867),虽然因江户幕府的政策,汉学(特别是朱子学)一度占据了学术主导地位,但在江户时代后期,由于国学(日本主义)和兰学(以荷兰语为媒介的西学)这两个强劲对手的崛起,汉学便失去了独尊之位。

但是,以上这些并不意味着日本人轻视中国文化。反而应该说,至少在20世纪初之前的漫长岁月里,日本人都一直在非常真挚地学习中国古典,不仅解读文字,也解读其中的精神。日本知识界真正远离中国古典,是在二战结束以后。

福泽谕吉(1835—1901,庆应义塾大学创始人)被认为是一位致力于西学、倡导"脱亚"、堪称日本现代化精神支柱的思想家,然而他在十几岁不到二十岁的这段时期,却是一直在白石照山的私塾里攻读汉文典籍的。他在《福翁自传》里写道:

> 岂止《论语》《孟子》,我研习了所有经书的经义。特别是(白石)先生喜欢的《诗经》和《书经》,常得先生讲授。此外诸如《蒙求》《世说》《左传》《战国策》《老子》《庄子》等,也经常听讲,后又自学《史记》、两《汉书》《晋书》《五代史》《元明史略》等史书。我最为得意的是《左传》,大多数书生仅读完十五卷中的三四卷便会放弃,而我则通读全书,且共计复读了十一遍,有趣之处都能背诵出来。

应该说,福泽谕吉并非摒弃中国文化而选择了西方文化,他是以从中国古典中学到的见识与洞察力作为药捻,而后才得以大成其思想的。在当时包括福泽谕吉在内的日本知识界人士看来,中国古典并非一大堆死知识,而是他们从中汲取人生所需智慧的活的"古典"。就这样,日本文化一边尝试无限接近中国文化,一边又试图从中国文化中脱离,形成了具有双向动力的内部结构。

由中国文化或中国统治权威中脱离的倾向,甚至在处于日本中国学核心位置的儒学中也有发生。江户时代,幕府将朱子学尊为官学,这也反映了朱子学在明清两代的权威性。不过,江户时代的两位代表性儒学家伊藤仁斋(1627—1705)和荻生徂徕(1666—1728)却例外,他们两人,前者提倡"古义",后者提倡"古文辞",都还原了儒学的本来面目,超越朱子学成为具有独创性的思想家。伊藤仁斋的《语孟字义》比戴震(1724—1777)《孟子字义疏证》的主张早了一个世纪。而荻生徂徕将道德思想从儒学中排除,认为圣人只是礼乐刑政等客观制度的设计者。荻生徂徕本来是出于对儒学的忠实,去探索儒学的真面目的,但结果几乎与儒学传统背道而驰。也就是说,荻生徂徕的儒学已经达到了非儒学的境地。荻生徂徕的这些主张,超越了儒学的界线,给当时整个思想领域都带来了巨大的冲击,致使江户后期的思想界,摆脱了朱子学的桎梏,并诱发了国学和兰学的兴起,呈现出百花齐放的态势。应该说,无须等待西方的冲击,近代日本就已经完成了它的内部准备。

上文说过,日本文化的内部,具有一边尝试无限接近中国文化,一边又试图从中国文化中脱离的双向动力。在这一点上,我们有必要认识到,看似舍弃中国文化而选择了西学的福泽谕吉,以及原本乃是中国文化忠实者后来却成了一位破天荒思想家的荻生徂徕,两位都是此种日本文化特征的体现者。

从宏观上看,日本属于中国文化圈,是不争的历史事实。因为从根本上说,日本受其地理条件所限,也不可能有机会与强大到足以与中国文化抗衡的其他先进文化发生接触。即使是印度的佛教,也是通过经中国文化过滤的汉译佛典,即作为中国文化的一部分而被接受的。但在这种状况下,日本没有被强大的中国文化同化,而得以贯彻其独自的文化体系,这几乎就是个奇迹。日本所处的特殊位置,与太阳引力作用下的地球不无相似之处。如果离太阳再近一些,就会像金星一样被灼热的太阳同化;而若是离太阳再远一些,就又会像火星那样成为一个冰冻的不毛之地。地球就是在趋向太阳的向心力与反方向的离心力的绝妙平衡之下,得以悬浮在太阳系中的一颗明珠。

如果以中国的视角重新审视的话,这样的日本文化反倒是显示中国文化普遍性及包容性的绝好例证,中国文化绝不是仅有忠实者顶礼膜拜、悉心呵护的单一僵死之物。日本的文化,从其具有脱离中国权威的反作用力这点来说,就算不是叛逆者,也无疑是个不忠者。但能够产出这样的不忠者,也是因为中国文化具备卓越的包容力与普遍性。也正是因为这一点,我们为了加深对中国文化的理解,将包括日本文化在内的多样性思考纳入视域,也会是一个有效的方法。

日本的中国学,绝非中国文化的忠实复制,也并不是像一个不了解中国文化的人初见新大陆般的、出于一片好奇心的结果。我们便是基于上述认识,想尽可能地提供一些新的见解和观点,所以策划了这套《日本学人唐代文史研究八人集》。书目选择的主要原则,并不是仅以学术水平为准绳的,而是优先考虑了具备日本独特视角的研究成果。广大读者如果对我们的主题设置、探讨方式等有一些微妙的不适应,我想说,那正是我们这套书的策划宗旨,希望大家理解这一点。此外,我还热切期待这套小小的丛书能为日中文化交流发挥出大大的作用。当然,也真诚期望得到各位专家、学者及广大读者的批评和指正。

松原朗

2018 年 4 月 8 日

目录

总序一 ………………………………………… 李　浩(1)
总序二 ………………………………………… 松原朗(4)

绪论 …………………………………………………… (1)

第一章　张籍论 …………………………………… (19)

　　第一节　张籍闲居诗的成熟——以太常寺太祝在任
　　　　　　时期为中心 ……………………………… (19)

　　第二节　张籍的《和左司元郎中秋居十首》
　　　　　　——晚唐诗的摇篮 ……………………… (57)

　　第三节　张籍的"无记名"诗歌——连接徒诗与乐府
　　　　　　之间的桥梁 ……………………………… (97)

第二章　姚合论 …………………………………… (130)

　　第一节　呼朋唤友的姚合——姚合诗歌集团的形成
　　　　　　……………………………………………… (130)

　　第二节　姚合的官场履历与武功体 ……………… (167)

　　第三节　姚合"武功体"之谱系——尚俭与慵懒的美学
　　　　　　……………………………………………… (199)

第三章　贾岛论 …………………………………… (251)

　　第一节　贾岛乐游原东的住所——以移居背景为中心

I

　　　　　………………………………………………………………（251）
　　第二节　诗性世界之现场——贾岛的原东居 ………（278）
　　第三节　贾岛诗中"泉"的意味——根源性的存在及其
　　　　　交叉 ………………………………………………（303）

第四章　闻一多的《贾岛》——贾岛研究的当代性课题
　　………………………………………………………………（336）

后记 …………………………………………………………………（350）
各章节初次发表情况一览 …………………………………………（353）
译后记 ………………………………………………………………（355）

绪论

"晚唐是贾岛的时代",这是闻一多提出的卓越命题。世称李商隐、温庭筠是晚唐诗人的代表,但晚唐文学的本来面目实则在于贾岛,而贾岛其人却是生活于中唐时代的韩门诗人。如此贾岛又如何催生了晚唐文学,则为唐代文学史之一大悬案。本文认为,晚唐文学的滥觞在于张籍的"闲居诗"。张籍于病痛及官场失意之境遇中所创造出的闲居诗,成为将丰富而饶舌的元和文学扭转到枯淡而寡然的晚唐文学的一个转折点。以"崇尚俭朴而倦怠懒散"为基调的张籍闲居诗之美学理念,一方面经由姚合武功体的结晶而理论化,另一方面则引领并升华出了贾岛文学,而晚唐诗则在如此谱系之中得以孕育成型。

【汉译补注】 关于姚合的文学,由传统观点乃至今日,可以说有种误解一直被人递相流传。其误解之原点肇始于辛文房《唐才子传》之如下记述:"盖多历下邑,官况萧条,山县荒凉,风景凋敝之间,最工于模写也。性嗜酒,爱花,颓然自放,人事生理,略不介意,有达人之大观。"此处所谓"多历下邑,官况萧条",意即姚合仕途履历始于武功县主簿及万年县尉。然而当时作为京畿郊县之武功县绝非"下邑",至于万年县则是统括大明宫在内的长安东半城,即所谓直辖大唐最为枢要之帝都赤县。而当时姚合仕途起家的京畿郊县主簿及其后就任的赤县县尉,实则唐代士人艳羡的步入阳关大道之美差。

那么辛文房为何却将姚合履历误认为是"沉沦下邑的芝麻官"呢?其基本理由在于,元代的辛文房,对于唐代京畿郊县或帝都赤县的认识并不完整,且对于唐代官制的主簿或县尉评价不足。然而更为重要的理由在于,姚合作于武功县主簿时期之《武功县中作三十首》,以及其后作于万年县尉时期之《万年县中雨夜会宿寄皇甫甸》等代表作中的所谓"多历下邑,官况萧条",皆为对仕途郁郁不得志之生活故作幻想而已。即《唐才子传》作者,被姚合的文字"巧妙地欺骗了"。

到了姚合时代,如韩愈、白居易等功成名就的高官那样,将美化私邸乐享生活之志得意满状写入诗中的做法,早已沦为"落伍于时代"的趣味了。姚合以标榜"崇尚俭朴而倦怠懒散"的新审美意识为基准,创作着新时代的文学。姚合这种审美意识实乃脱胎于张籍闲居诗之中,正是这种实践着张籍美学观念的新时代文学,才可称其为姚合写就的"武功体文学"。而就如此谓之姚合文学,拙著《晚唐诗之摇篮——张籍·姚合·贾岛论》之第二章《姚合论》,可闻其详。

一

本书乃笔者近年来持续就张籍、姚合、贾岛三人所作的论文集。而全书冠以《晚唐诗之摇篮》来总括,则可显示出晚唐诗自三人开风气之演进理路。

以太和九年(835)所爆发的甘露之变来界分中唐与晚唐,历来乃文学史上之通说。然而,仅此一祸起内宫之密室事件,对于文学史而言又能有多大实质上的意义呢?即便以横跨此事件而持续从事文学活动的白居易为例,亦很难说其文学面貌也因此而前后骤变。与一夜之间颠覆社会全貌与文学的安史之乱不同,作为一场黑暗的政治事变,甘露之变不过是一个时代划分上的象征性事件。而中唐至晚唐之文学质变,实则来自于此前之潜移默化。

文学之进化,亦可由其旗手之进化来判断。宏观来看,魏晋至唐代前期之社会是以门阀士族为主导,而唐代后期以降则以科举官僚为主导,由盛唐至中唐之文学进化,确可由此类旗手之更替来说明。然而,言及中唐至晚唐之文学进化,却并看不出有何旗手交替之现象。以出身科举精英官僚之晚唐诗代表人物杜牧为例自不待言,而无论中唐抑或晚唐,不变的是,其文学旗手均以科举官僚及其预备军为中心。

然则,是否由此而言,曰中唐至晚唐之演变就看似一排文人骚客之队列行进呢?即所谓韩愈、白居易、张籍一干人等,诸人携手并肩向着晚唐诗之路齐步开走了呢?恐怕并非如此吧。

本书中常常列举的韩愈、白居易、张籍这三位元和诗人,均为进士科出身之精英①,家世背景均乃祖上系地方下级官僚,可谓生而平等。而他们所生时代史称"元和中兴"之盛世,科举官僚们均位列朝廷大员。韩愈、白居易等即为其中翘楚。但同时的张籍却无此幸运,反而落魄于陋巷仄室,击缶苦吟郁郁不得志之句。

虽然出身于同一时代同一阶层,然而同一制度竟造化出如此一个个不同境遇之人生。科举选拔、再加上吏部选考,人生观念就有了成败之分。如此差别最终将相对均质的人群人为地筛选分类,如是中唐则出现了一种全新的社会现象。这种分门别类的所谓人为性,使中唐以降之士人(诗人)观念变得复杂而矛盾。

因安史之乱而显颓势的唐朝,在刘晏与杨炎等财务官僚的力挽狂澜之下摆脱了危机②,国家之面貌重获新生。如此肇始之德宗治世,虽说无论政治抑或文化上皆乏善可陈质朴无华,然唐朝国家之财政重建,则通过德宗长达25年之治世而获以进展,在此基础之上从而使由宪宗开创之"元和中兴"③才得以实现。且折合德宗二十五年至宪宗十五年之40年间,乃正值所谓科举官僚入主政治中枢之时期。至此那些从权力与文化中心排挤出局的下层士人,终以科举为突破口得以开创出入主社会上层之路来。

韩愈、白居易作为代表或常为人所道。然而现在让我们把目光转移到

---

① 韩愈、白居易、张籍三人进士及第的时间与年龄分别为:792年(25岁)、800年(29岁),以及799年(34岁)。

② 即于德宗即位之建中元年由宰相杨炎力行的两税法等。此前唐朝税制乃以均田制为基础的租庸调制,然而玄宗朝期间饥民与移民人数增大,继而经安史之乱,租庸调制终于崩溃。但是,藩镇仍然独自征税,朝廷管辖下的租税收入因此剧减。两税法即为应对此困境的解决对策,即:禁止藩镇恣意征税;由朝廷主管税额,缴税期限与税粮运输;认可本地户籍之外的土地所有权;废除客户(移民)与土户(当地住民)之区别;按土地面积的生产力而分夏秋两季纳税等。

③ 《旧唐书》卷一七〇《裴度传》中载:"史臣曰:德宗惩建中之难,姑息藩臣,贞元季年,威令衰削。章武皇帝志撼宿愤,廷访嘉猷。……夫人臣事君,唯忠与义,大则以讦谟排祸难,小则以谠正匡过失,内不虑身计,外不恤人言,古之所难也。晋公(裴度)能之,诚社稷之良臣,股肱之贤相。元和中兴之力,公胡让焉。"在致力于讨伐拒不归顺的藩镇这一点上,元和中兴期间,甚至到近于其治世末年元和十四年(819)春,即由魏博节度使田弘正等人对淄青节度使李师道之讨伐为止,都在持续进行。

孟郊身上来吧。像他这样持续为自己之境遇鸣不平,反而不能不说正是一位受惠于时代之人物。孟郊本族之中,由科举及第而位至高官的仅存其堂叔孟简一人而已,其父孟玢仅终老于昆山县尉,溯其祖父甚至名不见经传,可谓寒族矣①。如此出身之孟郊,历经科举而终至进士科及第,才算熬到发迹之边缘,能如此孜孜矻矻而来,实属拜赐于科举制度彰显功效之开放时代。孟郊虽谓沐浴上升时代之春风,而终不能以一己之力光耀门庭,究其因来,与其归咎于朝代社会,不如同情其自身特有之癖性吧②。

元和中兴可谓下层士人由科举取士即可堂而皇之入主官场中枢之"上升时期",而那些曾身处此盛世而遭筛选落败之人,自然毫不起眼。而时代之谓者,无非胜者辉煌成就之描摹而已矣。但是,元和后期,尤其至改号长庆之际,官场科举取士之收容能力终达饱和。事已至此,埋头科举已然价值全无,所谓另一种饱和感开始弥漫于社会上下。

如此"饱和"之感,未必等同于社会全体直面困难。世人所谓晚唐之三重苦难,若取元和十年(815)或十五年(820)为例来看,尚未深重。无论宦官专横抑或党争倾轧,亦都尚未公开。而以科举官僚为主之少壮派尚且柔软灵活,还充分保持着对应时局的能力。此外,就藩镇问题而言,元和十二年(817)十月平定吴元济淮西镇;作为最后一个拒不归顺藩镇的李师道之淄青镇,也于元和十四年(819)二月被平定下来。如此,被视为安史之乱余孽的独立或半独立的藩镇势力几被一扫而光,唐朝的确也因此迎来了"中兴"的局面。

因此,从生逢于此的科举官僚们的眼中,也就反映不出国家社会由盛及衰的势态来。不管怎么说,所谓"元和中兴"乃指,为感念由裴度元和十二年(817)平定吴元济淮西镇叛乱所立大功而获得的美誉(参照第 3 页注

---

① 韩愈在为孟郊入仕而将其推荐给徐州张建而作"孟生"诗中有"谅非轩冕族"(确非以大夫之高车华服来装点门面的贵族)之句,记述了孟郊出自寒门之事。

② 孟郊进士及第为 46 岁,开始应试为 42 岁,故其浮浪之日并不可谓长久。50岁任溧阳县尉,其因耽于诗作怠慢公务而俸禄减半之事,实乃孟郊自身的责任。陆龟蒙于《书李贺小传后》文中有"孟东野,贞元中以前秀才,家贫,受溧阳尉。……坐于积水之旁,苦吟到日西而还。而后衮衮去,曹务多弛废。令李操下急,不佳东野之为,立白上府,请以假尉代东野。分其俸以给之。"

③),其赞誉可谓当时人们之共识①。元和时期是一个受彼时唐人肯定评价的历史阶段。

然而同时,在如此广受推崇的"元和中兴"盛世之内部,却有一种"饱和"之感弥漫而起。而正是于此"饱和"之感中,生发出了晚唐文学的萌芽。

二

所谓饱和之感,亦可换言称为精神老化的这种感觉,肇始自唐人满足于"如此已然足矣"之时。由此"元和中兴"盛世所造就的时代精神,其急速老化的原因为何?若要一语中的绝非易事。要言不烦地说来,"元和中兴"意味着,由于重建国家财政与讨伐叛逆藩镇,使得唐朝从安史乱后之混乱动荡得到了短暂恢复,就此局面而言,当时政权中枢的确并没有人对国家前途抱有什么悲观观望的态度。

安史乱后科举官僚们终将社会牵引恢复至元和盛世,然而使得时代氛围继而一蹶老化的,恰恰在于他们心中积蓄起来的那种所谓"安顿释然后的疲惫"之上。造就时代氛围的,不单单是所谓政治体制或社会情势这样目之所及的外在要素,更直白地说,正是引领时代之知识精英们的气质精神特质才起着造就时代的决定性作用。而这种曾经称霸于政治与文化二重世界的士人们的成就感,于历史大幕开合之际不觉中看丢了下一个奋斗的目标,而幻化成一种恍惚迷惘的思绪。彼时士人们所心仪的,在于沉湎于他们自己毕生所达成的那些丰功伟绩,及对其成就伟业之全身心的自我感受回味上。他们满足于豪宅中的优裕生活,满足于同好荟萃好戏连台的风雅六艺,他们投身其中不能自拔,他们要沉湎于这种安顿释然后的思绪里。——将士人们如此之变化,与其说是人上了年纪所常陷入的本能的消

---

① 杜牧承宣宗敕命,于大中三年(849)所作韦丹之遗爱碑——《唐故江西观察使武阳公韦公遗爱碑》中有"皇帝召丞相延英便殿讲政议事,及于循吏,且称元和中兴之盛,言理人者谁居第一。丞相(周)墀言……"之句。即最晚宣宗大中年间(847—859)已可确认:将宪宗治世称为"元和中兴"之评价已被皇帝及丞相们所认同,而评价之肇始还可追溯至更早。

极保守,不如说是那些熬过这个特殊时代的人们所能共鸣的某种特定心境吧。

以元和为顶点,开创唐代后半期"活跃时代"的原因,如果要归结于科举官僚们精神上嘈杂躁动的热情高涨,那么,使其终结的也在于他们精神上的干劲减退。最能明快道破上述原委的,当属韩愈、白居易诗文中所显现出来的变化。而那并不是因为他们吃香得宠而意志堕落,也并非由于其碰壁受挫而晚节不保,其实还是要归结于他们这种无法继续振臂高呼的"疲劳"上。然而,恐怕他们自身亦尚未觉察到这种疲劳,尚且还安顿释然在自我的世界里。

时值元和十年(815),这一年可能还处在这群科举官僚——知识精英们目所不及的拐角里。而他们的精神状况却在他们的诗文世界中得以直接明确地反映出来。就连韩愈,如此这般专精用力于古体诗、开韩门险怪佶屈聱牙一代诗风的这位诗界领袖,此时竟也开始转向以歌咏日常风物为中心的近体诗来。而与此同时,在左迁江州司马之后,白居易也疏离了讽喻诗的创作,开始吟咏起以闲情适意为中心的短小近体诗来①。说起来,古体诗是一种坚持己见的诗歌类型。古体诗无论是对平仄律或押韵律,抑或是对于对偶,皆无任何约束,反而一般要求写成长篇,每首诗作都要求从零开始立意布局。而与之正相反的是,近体诗受制于平仄律、押韵律、对偶等的约束,可以依据形制来作诗。韩愈之所以爱作古体诗,偏偏远离近体诗稳定之形制,反而反手去挑战,是为了在其以险怪著称之语言实验中,要去激活并有效利用古体诗毫无形制之难度。而白居易则是将古体诗激活利用为一种方法,使其可以创作出诸如《长恨歌》或《新乐府》等洒脱自如的叙事长诗来。总之,对于古体诗创作而言,必须要有旺盛的意志力去不断地

---

① 下定雅弘《柳宗元的诗体问题——以元和十年为界看其由古体到近体的演变》(《日本中国学会报》三十六集,1984年),同作者《韩愈的诗作——从其古体优势到近体优势的转变》(《日本中国学会报》四十集,1988年)两篇均有详述。后者中有:"与可见于韩愈诗作中之变化相类似的现象,在柳宗元诗作中亦可得见。在结束了整整九年的永州贬谪流放生活之后,柳宗元从元和十年正月回到长安之日开始,其诗作也渐以近体诗占优。白居易亦且……虽说他们各自诗体的变化皆有个中原委,然而,随着以获取朝臣名分为目的激情时代的逝去,同时也迎来了近体诗时代,此乃其所共有也。"(91页)

支撑充实它才行。在元和十年(815)这一年前后的时期里,不仅仅有韩愈和白居易离开了古体诗,如果说还有像柳宗元和元稹这样当时被誉为实力派的诗人们也都无一例外地弃古体诗而奔近体诗而去的话(参照第6页注①),那也早已并非偶然巧合,而不得不看作是由知识精英们精神特质的变化所造成的。

科举官僚身上的这种精神特质的变化,不仅呈现于由古体向近体文学形式的变化上。在生活具体状态的变化上也能看得出来。

他们平均都位居五品大员,在此期间纷纷购入私宅,开始营园造景美化家居环境。其中尤以韩愈为其代表。韩愈于靖安坊购入宅邸的时间应是其位列刑部侍郎(正四品下)之元和十三年(818),正值其知天命之年,甚或早前之官拜考功郎中(从五品中)抑或中书舍人(正五品上)的时期。韩愈在此时所作《示儿》诗中,得意地给儿子夸耀了终于亲手构筑起"自我小世界"的满足感。诗中他咏道:"始我来京师,止携一束书。辛勤三十年,以有此屋庐。此屋岂为华,于我自有余。"(自己刚上长安之时,要说带来的家当,除了一捆书籍之外一无所有。而来辛辛苦苦三十年,才盖得起这所自家私宅。宅子虽说远非豪华,对我来说已然足矣。)继而他还就自家府邸的豪华营造自夸了一番:"中堂新垫地基高高筑起,祭祖之际可献四时佳馔。南厅既可招待日常来宾,更可配办冠礼大婚之仪。庭院虽未营山造水,高木亦有八九株,枝干藤蔓缠绕,春来花香弥漫,夏有荫翳广布。东屋闲坐见终南,云随风走绕半山。"①韩愈的自赞自夸还没有完,就又得意洋洋地夸耀出入自家府邸的宾客们皆如何位居显赫:"要说开门谁来访,来宾皆位卿大夫。官阶高低虽未详,玉带镶金鱼袋垂,五品绰绰多卿郎。……满座高朋几参朝,枢机赫赫显名流。"②在《示儿》诗中,当韩愈如此毫不谦逊地大讲自己如何飞黄腾达之际,也就意味着他从当初进京赶考时无处落脚的孤独无助,以及暗自对豪门显贵敌对愤懑的经历中,终于能够走出来了。

回过头来看,《长安交游者赠孟郊》诗,则是一首韩愈为赶考初上长安

---

① "中堂高且新,四时登牢蔬。前荣馔宾亲,冠婚之所于。庭内无所有,高树八九株。有藤娄络之,春华夏阴敷。东堂坐见山,云风相吹嘘。"
② "开门问谁来,无非卿大夫。不知官高卑,玉带悬金鱼。……凡此坐中人,十九持钩枢。"

之早期诗作①。"长安交游者,贫富各有徒。亲朋相过时,亦各有以娱。陋室有文史,高门有笙竽。何能辨荣悴,且欲分贤愚。"(长安城的交际,都是贫士与贫士、富豪与富豪之间交朋友。朋友在各自的圈子里也都和睦相处。穷人于陋室坐拥书城,富人宅邸则女伶笙箫。何谓飞黄腾达又何谓怀才不遇,孰高孰下既然一时难辨,那就姑且做贤愚之别吧。)映入韩愈眼帘的是集结于长安城里的这两类人,即,其一有钱的愚夫,其二无钱的贤者。以这两类人的对立为前提,韩愈将自己定位于"无钱的贤者"之类。

韩愈对于豪门显贵如此敌对愤懑之心态,即使过了十几年也无甚变化。换言之,韩愈虽经拼搏抓住了监察御史这个发迹的机遇,然而旋即又被贬为阳山县令,以至于元和元年(39岁)才以国子监博士被召回长安,直到这一年韩愈都还未能从郁郁不得志的逆境中走出来。作于此年的《醉赠张秘书》中,韩愈写道:"长安众富儿,盘馔罗羶荤。不解文字饮,惟能醉红裙。虽得一饷乐,有如聚飞蚊。今我及数子,固无菀与薰。"(长安城里的富家子弟们,摆阔地将大块肥羊盛满大盘。边谈文学边喝酒的滋味无以品啊,只能怀抱妓女一醉方休。虽说算是满足了一顿口腹之欲,全然如同一群蚊蝇闹哄哄而已。而我虽与尔等集聚于此,毕竟还是和他们那样的薰膻臭菀不可同日而语的。)韩愈在此侮蔑"长安富家子弟"贪婪粗鄙的同时,也可看出他对自己身处贫贱的哀叹。

不平而鸣的《长安交游者赠孟郊》《醉赠张秘书》等二首,与自画自赞的《示儿》之间相隔的时间,正是韩愈身处官场飞黄腾达之时。在自谓"辛勤三十年"的末期,韩愈购入靖安坊宅邸,终于在优裕的生活中得以安顿身心。

这里不可忽略的是,这样的生活方式的变化,是与文学的变化相互关联的。也就是说,无论是《长安交游者赠孟郊》《醉赠张秘书》还是《示儿》,它们都是韩愈这个时期的代表之作。韩愈的文学,并非是与生活无涉的纯粹修辞的产物,而是他自身生活感情的表白。而即便如何可见纯粹语言实验性的作品,韩愈在其中有感而发的终究还是他那份以"不平"为核心的生

---

① 据钱仲联《韩昌黎诗系年集释》(上海古籍出版社1984年版),此诗作于贞元九年(793年,韩愈26岁)即韩愈进士及第后,也是他铨考落榜之际。

活感情①。而这种所谓生活与文学密不可分的倾向,并非在韩愈一人身上特别突出,也是白居易、张籍他们的共通之处,甚或言之那正是一种中国古典诗歌的创作手法。即便与韩愈《示儿》诗中所散发出的赤裸裸的市井俗气②表面上看似不同,白居易在其置业长安新昌坊、继而营造洛阳履道里府第之后,虽以充满优雅文人趣味的闲适诗文著称于世,然而在其暗自窃喜于夸饰官场发迹与富贵发家这一点上,终究与韩愈异曲同工。时值元和十年(815),虽目所不及,却可以此为界,这些科举官僚——知识精英在他们生活上所萌发的、这种对于安顿释然的追求,是与其文学变化互为联动、二者携手并肩而行的。

三

对于他们这些科举官僚们来说,元和十年这个时期,原先期盼的该完成的事情都达成了,实现了可誉为"元和中兴"的盛世。唐朝的再生以及以科举官僚为主体的政治运作方式的确立,可谓他们的主要功绩所在;而官场腾达及私宅购入等这些要说只不过是对他们社稷功劳的犒赏而已。的确,虽说功成名就者历代不乏,然而如同元和时代科举官僚们所造就的,并非仅限于所谓个人名利,而更在于一种全新而合理的政治形态,以及一种令人满意的文化形态。也可以说元和时代充满了那种创造的激情。而由于这种激情人所共有,以至于"连郁郁不得志的郁闷都含有激情"。韩愈中

---

① 若据 6 页注①所揭之下定雅弘《韩愈的诗作——从其古体优势到近体优势的转变》,突出表现韩愈"古"之价值观的古体诗,是与他郁郁不得志的表露互为一体的,而从以古体诗为中心的创作活动转向近体诗的所谓分水岭,可以看出是在元和七年(812)官拜比部员外郎兼史馆修撰以降,即其时韩愈参与政治实务,并以史官之职编纂《顺宗实录》,以此终于消解了他多年以来怀才不遇之块垒。

② 可参《苕溪渔隐丛话前集》卷十六《韩吏部上》有:"东坡云,退之《示儿》云:'主妇治北堂,膳服适戚疏。恩封高平君,子孙从朝裾。开门问谁来,无非卿大夫。不知官高卑,玉带悬金鱼';又云:'凡此坐中人,十九持钧枢',所示皆利禄事也。至老杜则不然。《示宗武》云:'试吟青玉案,莫羡紫罗囊……应须饱经术,已似爱文章。十五男儿志,三千弟子行。曾参与游夏,达者得升堂',所示皆圣贤事也。"

年之前的诗文就把这种不遇之郁转化成为创作的动力。而就连孟郊那种专为自己鸣不平的文字，其不平之真意也无非就是这种无处宣泄的"社会创造的激情"的一种爆发而已，而这一点才可谓真正地道的元和文学。

然而好景不长，就在所谓"元和中兴"的国家盛世正逐步达成的意识中，那种异常的激情也开始平复下来。对于飞黄腾达之后的科举官僚们来说，不论是其生活态度上的前后逆转，还是其文学上放弃不断向外伸张而转向自我构筑的小世界之中的安顿释然，这些都是发生在元和中兴期间的"其时其事"。

文学上的变化，并不仅仅发生在韩愈、白居易这样功成名就者之间。在那些无缘发迹的人们之间，通向晚唐的新文学却正在萌发新芽。就在"连郁郁不得志都激情高涨"的时代，新"意识"与新"文学"的出现也就必定无疑了。

以中下层士人为中心的科举官僚跻身官场中枢，就是以元和为顶点之中唐时代的特征。而科举的完善除了不断造就发迹的幸运儿之外，也连续批量产生了名落孙山的不遇之人。然而那个激情澎湃的时代，要么将他们那种郁郁不得志封闭于社会一隅，要么将其变得如同孟郊那样阳刚而刺激。因为这些不得志之人，憋闷于阴暗一隅使得胸中郁闷与日俱增，而他们自己心知肚明，这样的情绪可配不上如此之激情盛世。

然而当时代高潮过后，历史所能见证的，既有那些隐身于自我天地之中佯装安顿释然的飞黄腾达之辈，也有与他们一样本应沿着科举之路一道走来的那些怀才不遇的落第文人，可是能包容二者于一体的可供共鸣的社会基础却早已不复存在。当所谓"吾辈自同于他辈"的那种共同道德伦理逐渐消逝时，那些不遇之人已然无法摆脱郁闷背运的境遇了。继而如同随后出现的姚合那样，连郁郁不得志都算不上的人，自觉终究无能为力，也就心灰意冷起来。

晚唐文学便是生发于如此"心灰意冷"之中。而其中最令人关注的，就是时任魏博节度使田弘正幕僚的姚合了。田弘正奉朝廷之命，于元和十三年（818）十一月至次年二月讨伐最后一个拒不归顺的淄青节度留后李师道，田弘正因此战功而被宪宗授予检校司徒同中书门下平章事（《新唐书》卷一四八"田弘正"条）。所谓司徒，即与太尉、司空并称三公，田弘正位居正一品最高官衔,并由此役而加封宰相之职的同门下平章事检校。而田弘正的幕府,当然也亦因此号称"元和中兴"最后里程碑式的胜利而人声鼎沸。而正是那年初秋,姚合将下诗上呈给了田弘正。(详见183页注释)

假日书事呈院中司徒

姚合

十日公府静,巾栉起清晨。

寒蝉近衰柳,古木似高人。

学佛宁忧老,为儒自喜贫。

海山归未得,芝术梦中春。

上诗该如何作解？应是抒发了一股倦怠之意吧。"我若学佛,亦无忧老;既为儒者,自不厌贫"。意思上似姚合在诉说自己的老病与贫贱,然而彼时他较主人田弘正年少31岁,且还从主人那里领受着高额俸禄。而能让彼时的姚合可以"老病""贫贱"为由辞官归隐的高调由头,却丝毫看不出笼罩在元和时代之上共同道德伦理的影子。姚合,作为从军讨伐李师道之一员(见姚合《从军行》《寄狄拾遗时为魏州从事》),他本人也该与幕府上下一同欢庆的。然而彼时彼地,新升官僚身上那种意欲献身国家大义的高昂的风发意气,在姚合那里却毫无迹象可循。

与此同时,韩愈却恰于一年以前从军讨伐淮西吴元济,并撰《平淮西碑》(元和十三年)以贺胜利。韩愈要将此淮西之胜,位列于始自宪宗即位次年之平定叛逆藩镇的战事谱系之内①,并意欲以此彪炳于"元和中兴"之辉煌史册。韩愈彼时官拜刑部侍郎,这位元和文坛之骁将,虽已入垂暮之年,仍可念念不忘当时之叱咤气概。与此一前一后风云际会,都参加过平定叛逆藩镇之国家盛举的姚合与韩愈,却大相径庭。姚合明显是属于与韩愈不同时代的诗人。就在作此《假日书事呈院中司徒》一年多以后,姚合赴

---

① 《平淮西碑》中有"(即位)明年平夏,又明年平蜀,又明年平江东,又明年平泽潞,遂定易定。致魏博贝卫澶相,无不从志……"且"夏""蜀""江东""泽潞",分别意指平定"盐夏绥银节度使留后之杨惠琳""自称乃剑南西川节度使留后之刘辟""浙西节度使之李锜""彰义节度使之卢从史"等不降藩镇之事;而"易定""致魏博贝卫澶相"则分指"义武军节度使张茂昭"携易州、定州归顺朝廷,"魏博节度使田弘正"携所辖魏州、博州、贝州、卫州、澶州、相州归顺朝廷一事。

任武功县主簿,从此开创出史称"武功体"的一代新文学体裁。而中唐文学转向晚唐文学的演变,的确就在此时迈出了历史的脚步。

晚唐诗之滥觞究竟发足于何处？对于这个问题的回答,据对晚唐诗特征的求证而可以显示出多种可能性来。然而本书认为,从元和中兴的那些科举官僚身上所显现出的,缔造时代的共同道德观的不断后退中,生发出了晚唐诗的萌芽来。若就彼时文学的标志而论,可谓一种从古体诗走向近体诗的演变,亦可谓兴起了一种旨在闭关于自我构筑世界之中的安顿释然的诗情。以元和十年(815)为界,引领这个时代文学的科举官僚们的确正处于不断变化之中。飞黄腾达的官僚们所显现出的变化,也投射于那些背运的落第秀才们身上。怀才不遇之辈,任何时代、地域都会出现。但是置身于这个时代的不遇之人却境遇迥异。不管怎么说,截止到那个一般冠以"贵族时代"而论的时期以前,过去贵贱之分一直是以出身而论的。如杜甫之所以背运不遇,虽亦有他科举不第的自身原因,然而在其本质上,终究还是要归结于他父亲杜闲出身奉天县令小官这样的贫寒家境之上[①]。而与此相对,元和情形则与此迥异。虽说贵族们尚且隐约保有势力,然而对于科举及第者而言,出身贫寒却也不再是致命的不利条件了。加之入闱科举的举子们认为,无论飞黄腾达抑或怀才不遇,溯其本源并无两样,无非信凭于科举之偶然成败,或官场之偶然机缘罢了。如此之幻想,与号称构筑"元和中兴"新秩序之愿望相辅相成,并且在这两者之间还孕育出了一种几近于共同伦理的志同道合的连带感。

至少截止于元和前半期,科举还是一种中下层士人所期冀的制度。斯时他们遭受贵族打压,升入官僚组织中枢还很困难,故而在他们看来,科举正是这样一种使其入仕成为可能的制度。韩愈因监察御史任上直言而遭贬阳山县令之例,白居易或因左拾遗任上作新乐府讽刺时弊而左迁江州司马之例,往往被解释为受挫于社会守旧派,然而这种理解却并不太正确。

[①] 杜甫虽乃杜预十三世孙之出身,而近代却家道渐次衰落,此事可由下文他上奏唐玄宗《进雕赋表》以恳求提拔的记述中得知:"臣之近代陵夷,公侯之贵磨灭,鼎铭之勋不复焜燿于明时。"(近世家道没落,且祖上贵为公侯之地位亦已磨灭,鼎铭之功勋也不复辉煌于陛下之盛世了)

倒不如说,出身贫寒的他们少壮时即被擢升为监察御史或左拾遗这样的清官①,继而进入升迁通道的他们却并未就此明哲保身反而直言进谏,加之能使他们日后复归朝廷飞黄腾达的这种管理组织尚具有如此的弹性,等等,凡此种种事实总体上其实都在证明着,科举官僚们所普遍具有的操守标高和他们所参与规划的官僚组织的健全程度。所以说,只有人们坚信这样的人格节操和机制健全,那么飞黄腾达抑或是郁郁不得志,才能联合成为一个志同道合的整体,当然也就能拥有一个相同的梦想。但是,时至如今,那种信念却已然丧失殆尽了。

当对那些官场发迹的人来说都觉得"如此已然足矣",而对于那些尚不得志的人而言,当他们觉得无论自己怎么努力都无济于事之时,也就说明那个"连郁郁不得志的感觉都令人激情高涨"的时代业已逝去,发迹与落魄这两类人的境遇已然泾渭分明了。在那些尚不得志的人们自己看来,怀揣激情已然不再被视为一种美德,就连不平则鸣也沦为一种愚蠢的举动了。要问何以至此,不过因为不平则鸣已然走到了激情的反面。然而,这些落魄不遇的人们或志在科举而发奋勤学,或科举取士而能成为朝野股肱,毕竟他们还是知识精英,正因如此,他们才不会自卑自贱。因此,他们要将如此落魄不遇的感觉视为一种代价,欲以此来代偿他们的自甘与世隔绝和自甘曲高和寡。而晚唐诗歌,也就在元和后期这样的时代氛围中萌发出来了。

四

可以说,晚唐诗歌乃滥觞于张籍的闲居诗作之中。可是就张籍本人来说,他恐怕无论如何也想不到自己竟会成为晚唐诗歌的一代先驱。虽说张籍之文学确与韩愈、孟郊有所不同,然而周围的人们,甚或张籍自己也会认

---

① 六品以下官职由吏部任命(所谓铨选),其中监察御史(正八品上)、左拾遗(从八品下)则采取由皇帝亲自任命(所谓敕授)的形式,由此可以判明此二种官职官位虽低却受到了特别重视。《旧唐书》卷四十三中"职官二"有"可擢为拾遗、补缺、监察御史者,亦以名送中书门下,听敕授"。

为，这只不过是每个诗人各自所持个性有别罢了。

作为一名新锐科举官僚，张籍本人具有足可发起元和中兴的资格。他进士及第的贞元十五年（799），已然早于元和元年（806）七年之久。再说他身边还有韩愈这样值得信赖的知己。然而，自进士及第次年，张籍返回故乡和州服丧整整三年，可谓仕途开局即遭挫折。其后又经数年才得返回长安，于元和元年官拜太常寺太祝。可是就在此时，张籍又时因健康不济而错失晋升良机，而在此九品芝麻官上竟然耽误了十年之久。更有甚者，元和八年（813）突患眼病，此后三年又深受失明威胁，张籍备受折磨。进士及第迩来十七年，任太常寺太祝一职亦有十载，张籍的仕途重开无望了。

太常寺太祝任上，张籍由于身陷仕途不顺与病痛折磨两重逆境之中，从而使其"闲居诗"得以成熟。他认为自己之身处逆境乃是由于遭受官场规则（权力与富贵）排挤所致。其受官场排挤之境况用传统用语来描述即可谓"闲"，而张籍也就在这"闲"中开创出了一种追求精神平衡的闲居诗这样一片新文学世界。元和十一年（816）就任国子助教之后，张籍这才得以弥补前半生之困顿而顺利晋升。但即使身处如此顺境，张籍也没有停止过闲居诗的创作，他将与不遇寡欢的生活结成一体的闲居诗，与具体生活剥离开来，确立成为一种自律于"崇尚俭朴而倦怠懒散"的美学理念的文学样式。甚至可以说，本应创作于人生负面境遇之中的闲居诗，正是经由张籍，才将它净化到其理念原型中去的。

张籍创造出的以"崇尚俭朴而倦怠懒散"为美学理念的闲居诗，由姚合继承下来，并使其美学形式以"武功体"而演变得更为激进。

关于姚合的一个重要观点是，尽管他自身的仕途无论如何都称不上怀才不遇，然而他却能创造出一种故作郁郁不得志体验的武功体文学来。武功县主簿，这个姚合最初的官职，如果正如《唐才子传》卷六"姚合"中所言"盖多历下邑，官况萧条，山县荒凉，风景凋敝之间，最工模写也"，不过是个偏僻小县的底层小官；那么武功体，也就可以理解为是一种反映了那些郁郁不遇地方官的境遇的文学样式；而且也正是由于姚合本人将其武功县主簿之境遇，依照武功体文学样式（《武功县中作三十首》等）描绘出一幅萧条荒凉的境遇来，实践并成就了武功体。然而，毗邻长安的武功县（京畿郊县）主簿之职，可谓朝向高级官僚飞黄腾达的龙门，乃是众人羡慕的官职。

如此,姚合之武功体文学,当初也是蕴含着这样的佯装虚构而创作出来的。

姚合赴任武功县主簿以前,曾做过魏博节度使田弘正的幕僚。其时田弘正讨伐最后一个拒不归顺的藩镇淄青节度留后李师道,而最终完成了宪宗"元和中兴"的总工程,姚合之幕僚时期恰逢如此举国盛世。然而,此时的姚合竟对于"元和中兴"如此之国家盛事无动于衷。而作为元和科举官僚默契前提的共同道德,此时却早已无法束缚姚合的思想意识了。岂止如此,姚合还在痛诉对职务俸给的不满,倾诉老病的苦痛,恳求田弘正准许其辞职归隐。而且,其幕僚之待遇,在田弘正的特别关照下,早已大大超出了新官上任的标准。如此看来,应该说姚合所诉之不满与苦痛,都充斥着极度的夸张。

武功县主簿时期所确立的"武功体"样式,以及其前魏博节度使田弘正幕僚时期的文学,由此看来,既是一种被"权利与富贵"的官场规则排挤出来的怀才不遇式的自编自演,也是由之而诱发出来的一篇心灰意冷的宣言。如此一来,武功体文学特地背离官场规则,建起自我小宇宙,也就将自我与社会断裂开来,径自唯美地超凡脱俗起来。

虽说武功体这样的"崇尚俭朴而倦怠懒散"的观念上的审美意识是承继于张籍闲居诗而来,然而与成熟于郁郁不得志体验中的张籍闲居诗之美学理念原型不同,姚合只是将张籍闲居诗中"崇尚俭朴而倦怠懒散"的美学理念,仅仅作为一种观念上的审美意识模仿过来而已。尽管并未遭受郁郁不得志之苦,姚合依然强吟出了"故作姿态的郁郁不得志之文学",即为其邯郸学步之佐证。那么是否可以这样理解,即所谓"崇尚俭朴而倦怠懒散"的美学理念,在姚合参与文学创作的时代,早已不再是一种要求根源于人生体验才能得到的特殊追求,而正在溶解气化成为一种谁都可拥有的普遍的观念上的审美意识罢了。

贾岛与姚合年龄相仿,交往甚密。再者贾岛文学作品的特性也与姚合相似。"姚贾"合称具有充分的必然性。

其二人文学的类似性,不但是对元和热潮时代即将逝去的氛围的一种反映,而且这种氛围也可从张籍的文学中感知出来,这是贾岛与姚合所共通的。贾岛在文学创作之初曾得到韩愈与孟郊的熏陶,是作为韩门诗人走上文学道路的。而贾岛曾私淑受益于张籍,元和七年(812)之秋赴长安上京应试时,贾岛甚至还特意将自己的寓所选在了张籍陋舍的近邻(贾岛《延康吟》)。贾岛此时的确是从张籍的文学中找到了自己应该前进的方向。无论贾岛还是姚合,此二人之文学皆可谓出自张籍文学之正统嫡系。话虽如此,然而为何却对二人有各自不同的意义呢?

姚合是将张籍闲居诗中形成的"崇尚俭朴而倦怠懒散"的美学理念,作为一种现成的观念上的抽象审美意识继承下来。然而贾岛所继承的并非是那种现成的观念审美意识,而是将张籍郁郁不得志境遇及作于其中的闲居诗意,通过自己的人生感同身受地还原再现了出来。贾岛并未科举及第。张籍初考即能进士高榜及第,姚合进士及第后即以武功县主簿为跳板飞黄腾达,而贾岛则与这些美事通通无缘。而张籍于官宦仕途中落之不幸境遇,在贾岛而言,则是自开局不利,乃至最后一日都陷入持续不断的不幸困境。

贾岛文学中却没有所谓"崇尚俭朴与倦怠懒散"的观念上的抽象审美意识。其成为一种观念审美意识,即所谓成为作品制作的一种"铸模",而被做出的诗歌上则笼罩着一种"四平八稳"的风格。这种文学是一种"不切实际"的状态。姚合的文学就常常带有这种风气,当看到文学是沿着某种风气而被做出之际,会让人发觉是这种现成的观念上的审美意识在起着作用。然而贾岛的文学中,却没有那种现成的观念上的审美意识的迹象。

究其本源,对于贾岛而言,"崇尚俭朴"本身就是一个没有意义的概念。贾岛总是深陷贫困,俭朴节省乃其生活之必需,而并非趣味。而且"倦怠懒散"也与贾岛并不相称。他似乎以受雇抄写文书(佣书)勉强糊口度日[①],有时间就去野地里采摘野菜、蘑菇,到处拾柴。因此,他最期待的莫过于受到权贵的提拔,而必须将"勤奋的自己"推销出去。贾岛直至晚年才被任命为遂州长江县主簿,就是受到令狐楚推举而获提拔的;而那却是贾岛苦心经营十年持续耐心地拜谒令狐楚而修成的正果[②]。

姚合应该比谁都清楚自己与贾岛文学的差异之处。对姚合自己而言

---

① 姚合《别贾岛》诗中有"懒作住山人,贫家日赁身。书多笔渐重,睡少枕长新。……"之句。

② 贾岛拜访令狐楚的时期,适逢令狐楚在任宣武军节度使(兼汴州刺史)之长庆四年(824)九月至太和二年(828)十月之间;而贾岛之长江县主簿赴任则在开成二年(837),时值贾岛五十九岁。

谓之美学谓之趣味的东西,对于贾岛而言,那些只不过是包括其文学在内而存在于斯的一个事实而已矣。姚合也是一个诗歌天分超常的才子,正因如此,姚合会认为自己的东西无非等同于贾岛文学的幻影而已。话虽如此,姚合自有姚合的贡献。贾岛直至最后也就是贾岛而已,而姚合所倡之"崇尚俭朴而倦怠懒散"的这种现成的观念审美意识结晶的武功体,则是值得学习的一个范型,对此其时代上可以提到一笔。有人说"晚唐是贾岛的时代"(闻一多《贾岛》),就其说法而言并不会错。此外,在南宋永嘉四灵或江湖诗派那里,姚贾之祖述也得到了复活。但是,在高举贾岛旗帜的同时,实际上更多情况下,他们仍是依照姚合之指南而行事的,这不也是实情吗?①

　　本书试图从张籍、姚合、贾岛三者的连贯之中,来认定晚唐诗萌发自何处。

　　按照以往大致的看法,向来都认为,晚唐诗的出现,是在于打破了所谓中唐国家相对安定之际。因此判断晚唐诗的成立,大致是以835年甘露之变、841年武宗即位时之会昌排佛、或因李德裕宰相提拔而白热化之牛李党争等社会巨变为参照标准的。

　　然而,有论曰"晚唐是贾岛的时代"。即便就将杜牧、李商隐视为晚唐诗之花,然而为晚唐诗打上底色的,毕竟还是那些模仿贾岛文学的芸芸无名之辈的诗人们。按照这个事实来考量的话,晚唐诗的萌芽无论如何也必须要上溯至远超甘露之变或武宗即位更早的历史时期以外去。如此则其中会显露出来的线索是,由张籍所创、姚合贾岛所承继的"闲居诗"之谱系。而彼时之年号尚在改号长庆之前,即,早在所谓人们相信"元和中兴"的国家盛世之际,晚唐诗已然处于孕育之中了。

　　此外,再恕累述一句,有人认为张籍乃"晚唐体"开风气之先的诗人,这

---

① 按照陈斐《试论〈众妙集〉〈二妙集〉的编选倾向》(《信阳师范学院学报》[哲学社会科学版]第30卷第1期,2010年)一文的调查,赵师秀《二妙集》所收姚、贾之诗的比例为:姚合130首,贾岛82首;明显偏重于姚合之诗。顺及姚合诗约500首,贾岛诗共约400首,二人在诗歌总数上并无大差。

种认识要说古早也确实由来已久①。言虽如此,就其那种认识人们又止于指摘批评其印象性断片性,而且诸如所谓追问晚唐文学之本质何在、促使晚唐文学萌发之契机为何等的问题意识,也还未必都囊括其中。而不摄入此类问题意识的研究,则难免碰到两个难题。其难题之一:从姚合、贾岛诗句的类似性上,即使追溯得到其先驱者张籍,也难以答复以下质疑,即,既定位于中唐文学之韩门文学中枢的张籍,缘何又可同时身兼晚唐诗之先进的呢?此外,张籍含有社会性讽喻的乐府诗之创作,既常被指摘与白居易新乐府之间保有关联,则其缘何又能成为晚唐诗之先驱了呢?而要一路追查此类疑问又何尝不是困难重重。其难题之二:就张籍至姚贾所承继之晚唐文学而言,因为以见诸眼前的诗句类似性为线索,轻易地就可产生出这样一种论调,即声称要使其续接到大历文学上去②,而由此带来的结果便是,对晚唐诗所固有的本质契机之考察,则不免又将失之交臂。

本书于张籍、姚合、贾岛三人阅历叙述之上着墨稍多。而晚唐文学之本质何在?究竟是何种契机促使晚唐文学得以萌发?为了诸如此类问题的解答,本书认为,对于尚处摇篮之中要呱呱扬声之晚唐诗时期的情况,做更加具体而细微的探究,则就显得尤为重要了。

---

① 张洎《项斯诗集序》(陆心源《唐文拾遗》卷四十七)中述有"吴中张水部为律格诗。尤工于匠物,字清意远,不涉旧体,天下莫能窥其奥。唯朱庆馀一人亲授其旨。沿而下,则有任蕃、陈摽、章孝标、倪胜、司空图等,咸及门焉",提示了晚唐时期"张籍诗派"的存在。另有方回《瀛奎律髓》卷二十中《朱庆馀·早梅》条中述有"张洎序项斯诗谓'元和中,张水部律格不涉旧体,惟朱庆馀一人亲授其旨。沿而下,则有任藩、陈标、章孝标、司空图等及门'。项斯,于宝历开成之际,尤为水部所赏。然则韩门诸人诗派分异,此张籍之派也。姚合、李洞、方干而下贾岛之派也",言及晚唐"张籍之派""贾岛之派"的存在。

② 李嘉言《贾岛诗之渊源及其影响》(同《长江集新校》所收,上海古籍出版社1983年版)中有:"岛既长于五言,且以意为主,则与盛唐王维、孟浩然派相近,故王孟颇有近似贾岛之句……杜甫之后,大历十才子与贾岛之关系亦甚密接。……"另有袁晓薇《从王维到贾岛——元和后期诗学趣旨的转变和清淡诗风的发展》(《中国韵文学刊》第21卷第2期,2007年)第一节中,以姚合《极玄集》始自王维而专收大历十才子之诗的事实为线索,论述了与姚、贾文学之间的承继关系。

第一章

张籍论

第一节　张籍闲居诗的成熟
　　——以太常寺太祝在任时期为中心

序言

　　元和十一年（816）初秋，韩愈去看望了因患眼疾而辞官闲居的张籍，并作诗《题张十八所居》："名秩后千品，诗文齐六经。端来问奇字，为我讲声形。"（你的官阶虽为最低一级，但是诗文完美得可与"六经"比肩。当我拿出书籍问你生僻字时，你恳切地教给我字音字形）。韩愈虽然在此很自谦而且自然地吹捧着张籍高深的学识，但其实这首诗却预告了张籍其后不久就被提拔为国子助教、乃至预告了最后升至所谓国子司业的学官为止。

　　然而，到国子助教之前的张籍的仕途，却曾经是很郁郁不得志的。贞元十五年（799），张籍第一次科举应试就高中进士科而登科及第。但不幸其后却直接回到家乡和州服丧，直至元和元年（806）才出任太常寺太祝。太常寺太祝是管理太庙神主的处于官阶末端的一个礼官，而张籍却在这个官职上逗留了十年之久。而且这官场仕途不如意的十年，同时也是张籍持续为疾病所困扰的时期。张籍从这不幸的十年中，创作出了一种可称为"闲居诗"的新文学形式。

　　这种闲居诗在张籍自身的文学中，倒未必占据着最重要的位置。而且在当时的文学状况中，也并未受到瞩目。然而其影响却通过姚合和贾岛一直传到了晚唐。晚唐的文学，就是在张籍闲居诗之中孕育而生的。

一　太常寺太祝在任时期的健康状态·前期

张籍于元和元年(806)至元和十年(815)约十年时间,一直在任正九品的太常寺太祝。正如韩愈所谓的"名秩后千品"(《题张十八所居》),太常寺太祝在全部流内官的九品三十等级中,为倒数第五级的底层小官。张籍在这样的小官上为何竟然滞留了十年之久,这里有个很大的疑问。唐代官职的任期(官满)原则上是三年,而张籍的情况则很异常,当时就为人瞩目。白居易于元和十年作《重到城七绝句·张十八》中述道"独有咏诗张太祝,十年不改旧官衔",讲的就是在很多人短暂任期内就更换官职的情形下,张籍一个人的特例就值得大书特书。

我们倒并不能得出张籍作为一任官僚无能且不能胜任职务的结论。即使他时有过于直率的发言①,那对于人物评价来说也很难认为就到了致命伤的地步。事实上,张籍自元和十一年(816)以降,连续升迁至国子助教、广文馆博士、秘书郎、国子博士、水部员外郎、水部郎中、主客郎中,最后官拜从四品下的国子司业。而国子博士以降的官职,已是每日可位列朝参的常参官②,即高级官僚。如果说张籍在具备了作为官僚必需的一定资质的情况下,在所谓太常寺太祝的末等小官任上竟然逗留了十年,也不得不说实在是一种不可思议的事件了。

而理解这个疑问的关键,恐怕就在张籍的健康问题上。

据说张籍是于元和元年(806)秋冬就任的太常寺太祝。韩愈于此年六月从江陵法曹参军被召回长安升任国子博士。在长安,孟郊、张籍、张彻三人碰巧聚在一起,韩愈便与他们三人一起作有"会合联句",而此时张籍似

---

① 据《旧唐书》卷一百六十"张籍"条"张籍者,贞元中登进士第。性诡激,能为古体诗,有警策之句,传于时",与前言中介绍的白居易之间的对话(白居易《酬张十八访宿见赠》诗中有"问其所与游,独言韩舍人。其次即及我,我愧非其伦"),张籍或与韩愈常有反复争论的应酬诗。

② 《新唐书》卷四十八《志第三十八·百官三·御史台》中有:"文官五品以上及两省供奉官、监察御史、员外郎、太常博士,日参,号常参官。"

乎尚未任官①。另外,从白居易元和十年(815)所作《重到城七绝句·张十八》中"独有咏诗张太祝,十年不改旧官衔"一句可以认为,张籍应于元和元年(806)秋冬就任了太常寺太祝一职。

韩愈于次年元和二年(807)六月至元和六年(811)夏,官任国子博士分司东都以及河南令,离开长安四年,与张籍之间的交往就会间隔很长时间。因此从韩愈的诗中已察觉不到张籍的动向了。

其间,从元和四年(809)至次年,张籍与白居易开始交往。白居易元和二年(807)官拜翰林学士,作为朝气蓬勃的新锐官僚而崭露头角,日子过得很是繁忙。而此时张籍已任太常寺太祝,其时正在为身体不适而烦恼。为此,二人之间虽有诗歌上的应酬,但是直接的往来就显得很有限②。总之,此时期张籍与白居易之间的应酬诗,就成为一种窥测当时张籍生活的贵重资料。

①病中寄白学士拾遗

张籍

秋亭病客眠,庭树满枝蝉。
凉风绕砌起,斜影入床前。
梨晚渐红坠,菊寒无黄鲜。
倦游寂寞日,感叹蹉跎年。
尘欢久消委,华念独迎延。
自寓城阙下,识君弟事焉。
君为天子识,我方沉病缠。
无因会同语,悄悄中怀煎。

(大意)秋天的家里,病人睡觉时,庭院里就满是蝉鸣。凉风吹过台阶,夕阳照进床榻。日暮时梨子变红而落下枝头;寒冷中

---

① 贾晋华《张籍传》(同作者《韩愈大传》所收,第456页)根据张籍的《会合联句》中"升朝高謇逸,振物群听悚。徒言濯幽泌,谁与薙荒茸"这四句,上联乃赞美韩愈升迁回京之事,下联言自己则埋没在杂草之中。从中可以推测,在此时张籍尚未任官。
② 白居易服丧期满复归至太子左赞善大夫之后的元和九年(814)冬作有《酬张十八访宿见赠》(此后诗为赞善大夫时所作),诗中有"昔我为近臣,君常稀到门。今我官职冷,唯君来往频"。"昔我为近臣,云云"说的是在他曾官拜翰林学士、左拾遗那样公务繁忙的要职时,没有实现与张籍的交往。

黄菊几乎不再开花。官府的生活令人感到疲倦寂寞,而居于人下的日子又不觉让人哀叹。我已远离世间欢乐许久,而现在您的厚意让我不胜感激。我因寓居京城长安,幸而与您相识,在此要感谢您把我当作兄弟与我交游往来啊。恭喜您的尊姓大名都已为圣上所识,而我至今却被疾病缠身。我没有机会与您当面欢谈,寂寞的心情只能在胸中煎熬。

从上述明显的礼貌措辞可以推测,这首诗作于二人刚开始交往之际。"自寓城阙下,识君弟事焉"说的是因为自己时而寓居长安而能认识白居易,白居易是如此地优秀,我要好好地敬爱你这位大哥,这就接近于初次见面时的礼貌问候。而白居易就作有下面一首诗来唱和。

②酬张太祝晚秋卧病见寄

白居易

高才淹礼寺,短羽翔禁林。
西街居处远,北阙官曹深。
君病不来访,我忙难往寻。
差池终日别,寥落经年心。
露湿绿芜地,月寒红树阴。
况兹独愁夕,闻彼相思吟。
上叹言笑阻,下嗟时岁侵。
容衰晓窗镜,思苦秋弦琴。
一章锦绣段,八韵琼瑶音。
何以报珍重,惭无双南金。

(大意)你的英才令人敬慕,但你却滞留在太常寺的职位上,而我虽然无能却还出入宫廷。你虽住在西街遥远的地方,我却在宫殿的深处服侍。你因患病无法来探视我,而我也因为公务繁忙,不能去拜访你。我们俩不凑巧,总是难以相聚,真是令人寂寞不已。你看那露水沾满草地,皎洁的月光照在红色的树林里,更何况在孤独的夜里,听见你思念朋友的吟诵,让我情何以堪。我慨叹二人无法见面谈笑,也悲伤岁月无情逝去。清晨镜中看着自己又衰老了,只能把寂寞的思念寄托在秋日的琴声里。而你那吟咏思念的诗篇比锦缎还要美,你那十六句诗文的韵律如琼瑶之音叮当清亮。如此美妙的诗文要如何唱和呢,我可作不出那如同"双南金"般的诗章来啊(西晋·张载《拟四愁诗》中有"佳人遗我绿绮琴,何以赠之双南金")。

诗的末尾"一章锦绣段,八韵琼瑶音"一句赞美的是八韵十六句的张籍的原诗。白居易诗的措辞也与张籍原诗一样恭敬谨慎,很是显眼。开头一句"高才淹礼寺,短羽翔禁林"叙述了才能超群的张籍沉沦于太常寺的小官,而才疏学浅的自己却进出大内之地;末尾一句"何以报珍重,惭无双南金"说的是,我如何才能唱和得了你那出类拔萃的诗篇呢?我的才学可比不上双南金啊。由张籍诗题中"白学士拾遗"等字眼可知,白居易当时官拜翰林学士、左拾遗。白居易官授翰林学士是在元和二年(807),而在任翰林学士的同时又加授左拾遗是在元和三年(808)四月。此诗若为秋季所作的话,则可推定张籍与白居易的交游,若早则始于元和三年(808)秋,若晚则始于次年秋①。

张、白二人还唱和有一组七绝诗。诗中加入了两人交游的亲密感情,应作于上面两首唱和诗之后,而季节则是尚感寒凉的早春时节(④"怜君马瘦衣裘薄……今日正闲天又暖")。假如说①②诗作于元和三年(808)秋的话,下面要读的③④诗则作于次年或者次年的第二年春季。而假如前者是元和四年所作的话,后者则被限定于元和五年(810)春。

③寄白学士

张籍

自掌天书见客稀,纵因休沐锁双扉。
几回扶病欲相访,知向禁中归未归。

(大意)您官拜翰林学士而执掌诏书的制定,与人相见的时间也不宽裕,假使能休假也只会坐在家里休息而已吧。曾经几度我都想带病拜访贵府,只是不知您是否已下朝归宅。

---

① 白居易于元和五年(810)五月在任翰林学士的同时,因由左拾遗升至京兆府户曹参军,故而这首应酬诗的创作则不晚于元和五年秋。

④答张籍因以代书
白居易

怜君马瘦衣裳薄,许到街东①访鄙夫。
今日正闲天又暖,可能扶病暂来无。

(大意)担心你的坐骑很瘦,你的衣服也很单薄,可能冷得厉害吧。希望你来街东的家里访我吧。今天我有空闲,天气也很暖和,不知你是否会带病来访敝宅啊。

以上两组四首唱和诗可见的共通之处在于,一是白居易公务繁忙,如诗②"我忙难往寻"、诗③"自掌天书见客稀"。白居易官拜翰林学士,负责诏敕的起草,而且这个时期又兼任左拾遗;此外还在埋头创作"新乐府"。这可谓在白居易的官场履历中,是最为积极活跃的一个时期。

第二个共通之处在于,张籍身体不适。如诗①"秋亭病客眠""倦游寂寞日,感叹蹉跎年""我方沉病缠"、诗②"君病不来访"、诗③"几回扶病欲相访"。张籍因身体不适而无法造访位于新昌坊的白居易宅("君病不来访"),另外白居易在诗④《答张籍因以代书》中也有"今日正闲天又暖,可能扶病暂来无",也表明张籍的病情已不能不令人担心了。妨碍张、白二人交游的因素除了白居易公务繁忙,还有张籍的病情严重。

这个时期张籍的病情,并不是日后令他烦恼的眼病。元和九年(814)开始,张籍患上了严重的眼病,虽在诗中也不停地诉说眼睛的不适,但在这些张、白二人的唱和诗中并未明言眼疾之事。恐怕是张籍此时罹患上了眼疾以外的别的疾病吧②。

这个时期的张、白唱和诗就是以上这两组。前者唱和的是秋,后者唱和的是次年或次年的第二年的春,两者之间的间隔最大为一年半,最小为半年。而持续半年以上或至一年半仍尚未痊愈的疾病,不是简单的小病。可能因为张籍就任太常寺太祝正好三年之际罹患上此病,一般认为这导致他失去了第一次调动的机会。当时许多官职皆以三年为任期届满(官满)。太常寺太祝是管理太庙神主的所谓闲职,考虑到张籍的健康状况,这个闲

---

① 诸本皆作"江东"。则其意指曲江以东的新昌坊。现本文从金泽本作"街东"。
② 张籍诗"梨晚渐红坠,菊寒无黄鲜"有这样鲜艳色彩的表达,也可视为未失视力情况的证据。

职对他也是适当的,当时被这样判断也是可能的吧。

二 太常寺太祝在任时期的健康状态·后期

元和六年(811)夏,白居易之母陈氏辞世,他离开长安在下邽前后服丧共计三年(25个月)。而在洛阳任河南令的韩愈,因调换官职于秋季以降以"职方员外郎"官职回到长安。

元和六年秋季以降,在韩愈的诗文中张籍再次出现了。《石鼓歌》是以"张生手持石鼓文,劝我试作石鼓歌。少陵无人谪仙死,才薄将奈石鼓何"为开篇的七言古体诗。张籍给韩愈看了石鼓的拓本,而使其作了这首石鼓诗[①]。

另外一首诗作于此年冬季的《赠张籍》。此时韩愈之子韩昶已十三岁,诗中吟咏了张籍教韩昶毛《诗》之事。张籍熟悉古典与文字学,从此诗可读出两个信息:一是张籍的太常寺太祝的公务之余时间宽裕;二是此时期张籍的身体健康已有了相当程度的恢复。韩愈结束了一天的公务归宅时,张籍在此笑脸相迎("薄暮归见君,迎我笑而莞")。可见张籍是从早上就一直逗留在韩愈家中,辅导韩愈之子学习。元和四年(809)前后虽然张籍身体已衰弱到了外出困难的地步,然而在此时他的元气却已经是恢复到能来韩愈家中留宿的程度了。

顺便提一句,元和七年(812)秋季,贾岛应试上京,就是在张籍宅附近寻找的寓所[②]。而在此前后贾岛的诗中也并未出现过提起张籍病情的言辞。所以自元和六年(811)至次年,张籍身体已恢复得相当好了。

然而作于元和八年(813)十月的韩愈诗中,张籍的眼病就被特别记述了出来。这首诗的收信人是在任蓝田县丞的崔斯立,此人可算是韩愈门下一员,此诗将孟郊与张籍二人的友谊吟入了诗中。

[①] 有人认为这里的张生指的是张彻,而创作地点在洛阳。然而笔者认为这里的张生是张籍。张籍熟悉文字学,是以古代文字石鼓文(八分)为话题的最适合的人选。韩愈《赠张十八所居》中有"端来问奇字,为我讲声形"。

[②] 贾岛《延康吟》中有"寄居延寿里,为与延康邻。不爱延康里,爱此里中人",说明自己在延寿坊选择寓居的理由是,距离张籍宅所在的延康里相当近的缘故。

雪后寄崔二十六公

韩愈

蓝田十月雪塞关,我兴南望愁群山。

……

诗翁憔悴剧荒棘,清玉刻佩联玦环。
脑脂遮眼卧壮士,大弨挂壁无由弯。

……

(大意)你所在的蓝田,还是初冬的十月就因已下雪而阻塞了蓝田关。我起床试着向南眺望,群山含愁,覆盖着白雪。……孟郊在郁郁不得志中面容憔悴,虽然过着披荆斩棘般的苦难生活,但是他的诗歌却美得像带着美玉而系于腰间的环佩。而另一面,张籍的眼睑被蒙上了一层眼眵,就如同良弓在墙上挂得久了就连箭也无法搭上一般令人遗憾。……

而那首孟郊的诗中也记有张籍的眼疾。下面这首诗作于前面韩愈诗作之后,恐怕应在孟郊突然去世的元和九年(814)的前半年。到了这个时间点上,张籍的眼病就已严重到了几乎失明的地步。

寄张籍

孟郊

未见天子面,不如双盲人。
贾生对文帝,终日犹悲辛。
夫子亦如盲,所以空泣麟。
有时独斋心,仿佛梦称臣。
梦中称臣言,觉后真埃尘。
东京有眼富不如,西京无眼贫西京。
无眼犹有耳隔墙,时闻天子车辚辚。
辚辚车声碾冰玉,南郊坛上礼百神。
西明寺后穷瞎张太祝,纵而有眼谁尔珍。
天子咫尺不得见,不如闭眼且养真。

(大意)张籍啊,在尚未拜谒过圣上这一点上,你还不如两眼皆盲的人啊。贾谊整日都能面谒文帝,即使如此最后也还逃不过悲惨的命运。孔子也简直就似盲人一般，因此在得知鲁哀公猎获麒麟之事后而泪流满面。你时常心如澄镜，梦中与圣上对坐而俯首称臣。梦中面谒圣上称臣之际，若从梦中醒来，那就只剩下残酷的现实了。洛阳男子(孟郊自称)虽有双眼可见，但却身无分文。但长安男子(张籍)双目亦不可见，家亦贫困难养。然而你虽说双目看不见，但你还有双耳，当圣上的銮驾经过墙外的大路时，那轰隆隆的车马声你还是能听得见的。而当圣上率群臣祭祀南郊天坛上的百神时，那銮舆辗过冰雪的嗒嗒声你也听得见啊。住在西明寺后面又穷又瞎的太常寺太祝张籍，即使长着双眼，那看不见的眼睛又能给谁行注目问候礼呢？即使圣上御驾临幸到你身边，你却无论如何也看不见，倒不如索性紧闭双眼以养真气吧，张太祝。

这首诗中的张籍被称为"穷瞎张太祝"，即又穷又瞎的张太祝，从"未见天子面"或"天子咫尺不得见"这样的话反复被重复来看，让人觉得恐怕这种尚不为皇帝所知而埋没于仕途底层的郁郁不得志的心情，张籍曾向孟郊倾诉过吧。孟郊是在将其话反说来安慰张籍：反正你有眼也看不见，就算能够升迁拜谒了圣上也没有什么意义，与其如此还不如索性紧闭了双眼以养真气啊。诗中之所以以"南郊坛上礼百神"为话题，那是因为张籍所司的太祝就是这个管理太庙神主的官职。

张籍的眼疾于元和八年(813)过冬之后变得更加严重了。韩愈则为这位贫困的友人筹集起了治疗费用。

下面这首《代张籍与李浙东书》就是一封代替张籍而写的书信，信中请求浙东观察使李逊为张籍筹措治疗费用，并希望他将张籍聘用为幕府幕僚。李逊作为浙东观察使的高官，具备充足的经济实力，同时也具有辟召幕僚的权限。而此刻奉命转交韩愈书信的李翱，也是从早期开始就进入韩愈门下的门人，与张籍也是旧相识。而李翱作为浙东观察使的幕僚，此时是因公干而北上长安的。

应该确认的是这封书信的写作日期。李翱元和五年(810)至元和九年(814)前后共计四年任职浙东观察使李逊的幕僚，其间元和九年正月因为其叔父李术举办改葬仪式而来长安①。而与韩愈、张籍相见则恰逢此时吧。下面就将这封书信中与张籍眼病有关的部分引用如下。

> 月日前某官某,谨东向再拜寓书浙东观察使中丞李公阁下。……近者阁下从事李协律翱到京师。籍与李君友也。不见六七年,闻其至,驰往省之。问无恙外,不暇出一言,且先贺其得贤主人。……退而自悲,不幸两目不见物无用于天下。胸中虽有知识,家无钱财,寸步不能自致。今去李中丞五千里,何由致其身于其人之侧,开口一吐出胸中之奇乎。……使籍诚不以畜妻子忧饥寒乱心,有钱财以济医药,其盲未甚,庶几其复见天地日月。目得不废,则自今至死之年,皆阁下之赐也。……籍惭腼再拜。

> (大意)某月某日,前某官某人,谨向东再拜浙东观察使御史中丞,恭敬致信李逊阁下。……近日,阁下属下的李翱协律郎上京,我是李翱君之友,不见亦有六七年。我听说他到达后跑去见他。除了互致问候平安以外,已没有时间多说一句话了,只是首先祝贺他幸遇贤明主人……回来后我自觉悲伤,自己不幸双目无法看见,对天下无法效力,胸中虽有知识,家中却无钱财,自己寸步不能前行。现在我与阁下您相距五千里之遥,我如何才能侍奉左右,开口吐露胸中的奇策妙想呢?……如果我能抚养妻子儿女,不用为他们的饥寒而乱心,也有钱治病的话,趁现在眼盲的程度还不太严重,可能还有机会再见天地日月啊。假如承蒙关照而眼疾得治愈,那么从现在开始到死为止,我这一切就都是拜阁下您所赐啊。……张籍,惭愧惶恐再拜。(日语翻译见清水茂《韩愈Ⅰ》筑摩书房,世界古典文学全集,1986年)

---

① 李翱《叔氏墓志铭》(《全唐文》卷六三九)中有:"元和九年岁值甲午正月十九日丁卯,浙东道观察判官将仕郎试大理评事摄监察御史李翱,奉其叔氏之丧葬于兹。叔氏讳术。生子曰王老。远在京师。翱实主其事。铭曰:……"另有旧说之元和六年(811),这与此书信中"籍与李君友也,不见六七年"(我张籍与李翱君是朋友,已有六七年未见了)的内容不符。即李翱于元和四年(809)正月应以岭南节度使幕僚身份从长安出发,其后转任为浙东节度使幕僚,就留在了南方,到元和六年仅过了三年。而按照下孝萱、贾晋华的元和八年(813)上京说,推断的结果是在李逊辞去浙东观察使的元和九年(814)九月以前,李翱上的京。但因其缺乏背景资料支持,此处暂不予采用。

另有贾晋华《韩愈大传》所收《张籍传》第466页,根据开头的"前某官某"推断此刻张籍业已辞去太常寺太祝官职。官员以疾病为由辞官时,首先要提出长告(疗养休假申请),而超过一百天的期限则将自动免职。因此,这个时间点业已经过了百天,如果已被免官了的话,张籍提出长告的时间很可能在元和八年(813)冬季。如果张籍处在免职状态中的话,那么其治疗费用的筹措,以及作为浙东观察使李逊的幕僚而被招募的希望,这二者在信中的条理就都吻合了。关于张籍被免去太常寺太祝的详情,将在下一节中论述。

三 免去官职

从元和九年(814)到十年(815),张籍与韩愈之间没有值得注意的诗歌应酬。韩愈也在长安顺利出仕为官①,显示出二人的关系也该安定下来了吧。元和九年八月孟郊突然去世,韩愈在长安接到消息后摆设祭坛,召集张籍举行了哭礼。而十月埋葬时,张籍将孟郊的谥号定为贞曜先生,韩愈则作有《贞曜先生墓志铭》等②。看来二人之间保持着亲密的往来。

同时,元和九年冬,白居易结束为其母陈氏服丧而返回长安,从而使张籍与白居易之间的诗歌应酬又再度开始。

酬张十八访宿见赠
白居易
昔我为近臣,君常稀到门。
今我官职冷,唯君来往频。

---

① 韩愈自元和六年(811)秋回到长安,至元和十四年(819)正月因上奏《论佛骨表》而被左迁为潮州刺史为止,历任职方员外郎、国子博士、比部郎中、史馆修撰、考功郎中、史馆修撰、中书舍人、太子右庶子、行军司马、刑部侍郎等,虽有若干浮沉,但作为高级官僚一路升迁都很顺利。

② 韩愈《贞曜先生墓志铭》:"唐元和九年,岁在甲午八月己亥,贞曜先生孟氏卒。无子。其配郑氏以告。愈走位哭,且召张籍会哭。明日,使以钱如东都,供葬事。……十月庚申,樊子合凡赠赙,而葬之洛阳东其先人墓左。以余财附其家而供祀。将葬,张籍曰:先生揭德振华,于古有光,贤者故事有易名,况士哉。如曰贞曜先生,则姓名字行有载,不待讲说而明。皆曰然,遂用之。"

> 我受狷介性，立为顽拙身。
> 平生虽寡合，合即无缁磷。
> 况君秉高义，富贵视如云。
> 五侯三相家，眼冷不见君。
> 问其所与游，独言韩舍人。
> 其次即及我，我愧非其伦。
> 胡为谬相爱，岁晚逾勤勤。
> 落然颓檐下，一话夜达晨。
> 床单食味薄，亦不嫌我贫。
> 日高上马去，相顾犹逡巡。
> 长安久无雨，日赤风昏昏。
> 怜君将病眼，为我犯埃尘。
> 远从延康里，来访曲江滨。
> 所重君子道，不独愧相亲。

（大意）过去我曾为翰林学士那样的近臣之时，你几乎没有来过我的家。现在我成了一个没人理的冷官，只有你还时常来看我啊。我这种狷介的性格很难处世，平时我很少与人交往，交往起来的话，是不会半路抛弃朋友的。况且你具有理想主义者的气质，视富贵如浮云。正因为如此，那些王侯将相们才要对你冷眼相加。如果要问你与谁交好，说是只有中书舍人韩愈，第二个人就是我，而将我与韩愈大人相提并论实在是令我惶恐。是何缘由让你如此看重我，我们越上年纪交往越殷勤。你我躺在歪斜的屋檐下，一晚说话到天明。虽然被褥很单薄，饭食也很简朴，但你却不嫌弃我的贫穷。日头升高了，你骑着马告辞了，还不停地回头依依惜别。长安已经很久没有下过雨了，一吹风太阳也变得暗红无力。难为你患着严重的眼病，还为我冒此大风沙尘啊。你住在很远的延康里，跑到曲江河畔来看我，你所看重的是君子之道，而不仅仅只是对我这么好啊。

这首作于元和九年（814）年末的诗歌里，透露出四个意味深长的信息来。其一是，白居易将其服丧期满后就任的东宫官职太子左赞善大夫视为一个"冷官职",而心怀不满;其二是,张籍当时并未离弃已被迁至冷官的白居易,因而被描写成为一个敦厚的人;其三是,从张籍口中得知,其最亲密的好友是韩愈,其次是白居易;其四是,张籍在此时期,已患有严重的眼疾。这里首先特别要注意第四点。骑马从延康里到新昌里,即使有马夫的帮助,对于双眼看不见的张籍来说也并非易事,因此,对张籍特地带病造访的深情厚谊,白居易是深有感触的。

其次应该看的一首诗是白居易的《读张籍古乐府》①。从这首诗中可以窥测到张籍的生活状况,尤以末尾四句为要。"如何欲五十,官小身贱贫。病眼街西住,无人行到门。"(怎么年龄都快到五十岁了啊,却还是被埋没在底层小官贫贱的境遇中。患着眼病,住在街西,谁也不会到我家里来啊。)关于张籍的出生时间,有大历元年(766)说、大历四年(769)说、大历七年(772)说等各种说法,本书采用大历元年说。此诗若视为元和十年(815)之作的话,张籍则为五十岁;若为元和九年,则为四十九岁。

下面引用的白居易这两首诗歌,第一首作于元和十年春。第二首则作于该年六月,推断是白居易因就武元衡暗杀事件而上书后却被批判为越权、在等候处分的初秋之际所作。该诗中包含有对于考察张籍的任官或居住等情况来说非常珍贵的信息,但是却未明示眼疾之事。

重到城七绝句·张十八

白居易

谏垣几见迁遗补,宪府频闻转殿监。
独有咏诗张太祝,十年不改旧官衔。

(大意)我重新回到长安官场来看,下邽服丧三年间的谏官官署中,担任拾遗或补缺的人员发生了很大的变化;御史台中的殿

---

① 这首诗是探讨元稹、白居易等人于元和四年(809)前后到达顶峰的新乐府诗歌创作,是否受到张籍(及王建)乐府的影响的重要资料,而围绕着张籍的乐府创作时期就有元和初期说及元和十年(815)前后说。采用元和初期说,就要重视文集的排列问题;但在此具有决定意义的是"如何欲五十,官小身贱贫"一句所记载的张籍的年龄与官场履历。上述两句说法在张籍元和初年刚刚就任太常寺太祝之后是难以成立的。本书与大多数研究者所主张的意见一致,认为此诗作于元和十年前后。专门研究的论文可见徐礼节《白居易〈读张籍古乐府〉作年考辩》(《安徽农业大学学报》[社会科学版]2002年)。

中御史或监察御史的人选也都更换了。但是只有作诗的太常寺太祝张籍,十年之间还是原来的官职啊。

说起谏官官署,是因为白居易自己曾任左拾遗,而说到御史台或是因为白居易的好友元稹曾任监察御史,总之这两个官署对于崭露头角的新锐官僚来说,都是在走向出仕精英道路时应该部署的位置。

寄张十八

白居易

饥止一箪食,渴止一壶浆。
出入止一马,寝兴止一床。
此外无长物,于我有若亡,
胡然不知足,名利心遑遑。
念兹弥懒放,积习遂为常。
经旬不出门,竟日不下堂。
同病者张生,贫僻住延康。
慵中每相忆,此意未相忘。
迢迢青槐街,相去八九坊。
秋来未相见,应有新诗章。
早晚来同宿,天气转清凉。

从以上张、白二人交往的诗歌可以判明的是,白居易在服丧结束之后、左迁江州司马之前的半年多时间里,与张籍的关系变得更加亲密了,而张籍于元和八年(813)年末开始恶化的眼病,到了这个时期仍未治愈。

白居易自元和十年(815)八月左迁江州司马离开长安,此后的张籍通过韩愈的诗歌而能够结识韩愈。下面列举的这首张、韩之间的唱和诗,作于元和十一年(816)秋。当时张籍正寓居在延康坊,那是位于长安城内朱雀大街西侧、被称为西街的地区。

题张十八所居

韩愈

君居泥沟上,沟浊萍青青。
蛙欢桥未扫,蝉噪门常扃。
名秩后千品,诗文齐六经。

端来问奇字,为我讲声形。

（大意）你住在水沟的旁边,水沟沉淀了泥沙,漂浮着绿油油的水草。青蛙吵闹地叫着,桥面也脏脏的。蝉在小声鸣叫,你家的门也紧闭着。虽然你的官阶是最低的,但是你的诗文却完美得几乎能与"六经"比肩。我取出书来请教你生僻字时,你恳切地将这些字的字音与字形都教给了我。

张籍下面这首诗就是对上面韩愈诗的唱和。

酬韩庶子

张籍

西街幽僻处,正与懒相宜。
寻寺独行远,借书常送迟。
家贫无易事,身病足闲时。
寂寞谁相问,只应君自知。

（大意）西街深处的幽僻之处,那里正适合慵懒的生活。我一个人走得很远去寻访寺庙;而借回的书每次总要还得很迟。因为家里贫穷,干什么都不容易;身体患病,就净是闲暇时间。自己活得如此寂寞寒酸,要问还有谁能来看我呢,只有您才知道吧。

因为这首诗是唐代的唱和,因此韵脚上并非是宋代以后普及的和韵。尽管如此,同为五言律诗,韩愈的诗是直接造访张籍宅而"题"作的诗,张籍的诗以"酬"为题以明示唱和,而且是以自家为舞台讲述"西街幽僻处"的,这样两诗唱和的关系就很明白了。

至于创作时期,从韩愈的官名"庶子"即可知晓,韩愈由中书舍人贬为太子右庶子的时间在元和十一年（816）五月,次年七月随裴度从军讨伐淮西吴元济,十二月回到长安官任刑部侍郎。韩愈在长安任太子右庶子期间,于蝉鸣之际（蝉嘒门常扃）而能悠闲造访张籍宅的时间是在元和十一年秋。

从韩愈句"名秩后千品,诗文齐六经"可以推测出此时张籍的任官情况。由此可知张籍于太常寺太祝之后,并未被任命为国子监助教,而是一直沉沦在太常寺太祝的小官任上。"诗文齐六经"表明,韩愈对于张籍具备诗文学识却无法展现而表示遗憾,并可读出韩愈期待张籍就任适当的学官。

同时,从张籍诗"家贫无易事,身病足闲时"可见,此时的张籍,辞去了公职而失去了官俸,为了专治眼病而待在家中。恐怕张籍这次长假之后,是超过了既定的百日期限而被自动免职了的吧。张籍为在自宅疗养而自然而然地疏远了友人,因此对特地从远处前来看望他的韩愈,就说出了"寂寞谁相问,只应君自知"这样感谢的话来。

张籍因眼疾而一时辞官在家。从先前张籍的应酬诗也能看出这一点,但是通过下面这首诗可以进一步确认其辞官在家的时期。

同韦员外开元观寻时道士

张籍

观里初晴竹树凉,闲行共到最高房。

昨来官罢无生计,欲就师求断谷方。

(大意)道观中雨也停了,竹林凉丝丝的。与您悠然散步,登上了最高的禅房。我前日辞了官,没有了收入。这样下去就要节衣缩食了,我想不如现在就求教道士,好学会辟谷的方法。

上面张籍给韩愈的应酬诗中,"家贫无易事,身病足闲时"已暗示自己辞官在家,这首诗中的"昨来官罢无生计"显示了张籍辞官且失去了官俸。诗题中所谓"韦员外"的韦处厚,于元和十一年(816)九月从考功员外郎左迁至接近三峡的开州(重庆市开县,万县以北五十千米)刺史,其后又以户部郎中的京官复归长安。因此,称呼"韦员外"的这首诗作于他左迁开州以前。而作诗时间的上限为韦处厚升至礼部员外郎的元和九年(814)前后[①]。

张籍免职在家的状态,根据下面张籍给韦处厚的唱和诗中可以判明,其状态至元和十一年冬仍在持续。

答开州韦使君寄车前子

张籍

开州午日车前子,作药人皆道有神。

惭愧使君怜病眼,三千余里寄闲人。

---

① 参照《中国文学家大辞典·唐五代卷》,中华书局1992年版,韦处厚项目执笔为吴汝煜。另见刘禹锡《唐故中书侍郎平章京事韦公集》(《刘梦得文集》卷二十三)。

(大意)开州端午节到处都在移植药草车前子苗①,在那片土地上种植药材的人,据说众口一词地说这种草药对于眼病疗效神奇。真是不胜感激啊,身为刺史的韦处厚,还在担心我的眼病,他特意从三千里之外为我这个无官无职之人送来了车前子。

从长安出发的韦处厚,等到达任地开州已是冬季,"开州……去西京一千七百二十七里"(《通典》卷一七五《州郡五》)。当时从长安到洛阳沿道路状况最为良好的八百五十里路程(《通典》卷一七七《州郡七》),需要耗时约两周时间。据此推测,从长安到开州至少需要一个月的行程。九月辞令下达,还要准备行装,韦处厚到达开州的时间应是十月下旬以后。而从韦处厚处来的车前子送到张籍手里最早也应是十一月下旬吧。这首诗就传达出那个时间点张籍尚在免职状态之中的信息来。

韩愈的《题张十八所居》与张籍的《酬韩庶子》的应酬诗作,以及《同韦员外开元观寻时道士》与《答开州韦使君寄车前子》等四篇诗作综合起来看,张籍于元和十一年(816)初秋既已被免去太常寺太祝,其免职在家的状态至同年十一月末仍在持续着②。

那么张籍向朝廷长告太常寺太祝是什么时候？若论最晚时间,长告是在元和十一年春季。这样,元和十年张籍尚且在任太常寺太祝,即可整合白居易于元和十年春所作《重到城七绝句·张十八》"独有咏诗张太祝,十年不改旧官衔"以及同年冬作于江州的《与元九书》"张籍五十,未离一太祝"等记事。另一方面,若考虑最早时期,为元和九年(814)春季。韩愈代张籍所作《代张籍与李浙东书》开头"月日前某官某"即"前太常寺太祝"一句,在此时点张籍辞去了上述官职。或者从元和九年至元和十一年之间,也会有免职与再任职重复发生的可能性。

---

① 《佩文斋广群芳谱》卷九六中有"车前……处处有之,开州者胜。春初生苗……五月采苗,八九月采实"。

② 若根据姚合《赠张籍太祝》诗,元和十一年十一月五日以后的某个时间点,张籍处于尚且被称作"张太祝"之中。此诗有"甘贫辞聘币,依选受官资"一句,"辞聘币"指的应是淄青节度留后李师道来的招聘。记载这个招聘事件的张籍《节妇吟》一诗原注中有"寄东平李司空师道"。李师道受封检校司空的时间,根据《资治通鉴》为元和十一年十一月丙寅(五日)。此诗姚合的作诗时间点上,张籍还被称为其前任官名张太祝,"依选受官资"即仍处于守选的状态之中。

四　眼疾痊愈与出任国子助教

张籍其后就任国子助教一职,笔者推定其时间在元和十一年(816)十二月月初。

正如前述,张籍于同年十一月末的时间点还尚处于守选的状态(张籍《答开州韦使君寄车前子》)。而另一方面,记载张籍就任国子助教的最早史料,是下面引用的一系列韩愈的诗作。而就这些韩愈诗作的创作时间,虽经历代注释者与研究者的研究已经有所推进,但是仍然遗留下来了一些微妙的问题。在有所存疑的情况下,根据前节所确认的出发点即"张籍于元和十一年十一月末的时间点尚处于守选的状态"来进行重新审查。

游城南十六首①·赠张十八助教

韩愈

喜君眸子重清朗,携手城南历旧游。

忽见孟生题竹处,相看泪落不能收。

(大意)你的眼睛恢复了视力真令人高兴。我们携手同去长安城南旧地重游,没想到走到孟郊题写咏竹诗的地方,我们相视而哭,泪流不止。

关于这首记载张籍在任国子助教的诗篇,钱仲联《韩昌黎诗系年集释》第 816 页、张清华《韩愈年谱汇证》第 328 页(同作者《韩愈研究》,江苏教育出版社 1998 年版)等文皆认为是元和十一年晚春之作。然而已经证明同年十一月的时间点上张籍仍处于守选状态,因此这个说法不成立。即使最早,也须是元和十二年(817)春。而且这首诗创作之时,张籍业已就任国子助教,其就任日期若早,则在自元和十一年十二月到次年春季之间。

助教就任的上限,应是元和十一年十二月,这不会有错。那么其下限又是何时呢。作为考虑这个问题的一个材料,在下面列举的这首张籍自己所作的诗作中,张籍自述他患眼疾已有三年。

---

① 这十六首并非一时之作,而被认为是日后汇总在一起的。

患 眼

张籍

三年患眼今年较,免与风光便隔生。

昨日韩家后园里,看花犹似未分明。

（大意）我患眼病已有三年了,到今年才进行了治疗。这样一来这辈子就不会作别风景了。可是昨日大家聚在韩愈家的后花园,我看花时眼睛还是有点儿模糊啊。

明确记录张籍眼病发作的诗篇是韩愈于元和八年(813)十月所作的《雪后寄崔二十六丞公》诗,而在次年元和九年(814)春韩愈所作的《代张籍与李浙东书》中则记载了眼病发展到严重化的程度。另有同样在元和九年八月突然去世的孟郊所作的《寄张籍》中也有"西明寺后穷瞎张太祝"一句,记载了张籍濒临失明的事实。即使张籍的眼病于元和八年十月发作的话,三年后则为元和十一年(816)冬季。如果这个推测行得通的话,这首《患眼》诗的时间还是在元和十二年(817)春季吧。症状减轻了一些,免于失明("免与风光便隔生"),但还不至于恢复到原来的视力,正是所谓"看花犹似未分明"一句之意。

本文认为,在其眼病减轻之际,张籍就任了国子助教,下面韩愈的这首诗中则传达了张籍就任助教的信息。这里要先确认一下其创作日期。

晚寄张十八助教周郎博士①

韩愈

日薄风景旷,出归偃前檐。

晴云如擘絮,新月似磨镰。

田野兴偶动,衣冠情久厌。

吾生可携手,叹息岁将淹。

（大意）日光微弱,风景也觉寂寞。外出归来,仰卧在客厅的屋檐下。晴朗的天空上飘浮着裂絮一般的白云,即将到来的新月,如新磨过的镰刀一般,又细又尖挂在天空。心中忽然萌生出一股想要回归田园的念头,而当官差的日子令人厌烦得难以遏制。我想和你

---

① 原注:张籍、周况也,况愈之从婿。

们一直待在一起,可是想到一年时间就要结束,我禁不住叹了口气。

钱仲联认为此诗作于元和十年(815)或十一年冬;张清华将此诗时间定为元和十一年(816),更由"新月似磨镰""叹息岁将淹"二句将时间具体到十二月初。然而正如前节所述,因为元和十一年十一月末的时间点上张籍尚处于守选的状态,所以,元和十年的可能性是没有的。按照排除法,此诗乃元和十一年十二月初所作。如果将以上若干情况和证据综合起来考虑的话,可见张籍就任助教的日期是在元和十一年十二月初,这是唯一稳妥的判断。那么这首诗就可以当作一份在张籍就任助教后就紧接着记下来的一个资料。

而且这只是一个推测,这年(元和十一年)秋韩愈造访街西张籍之宅,带着将张籍作为助教来推荐的暗示,去看望眼病治疗后的张籍的可能性很大。韩愈诗中"名秩后千品,诗文齐六经。端来问奇字,为我讲声形",在此将张籍仕途不遇与学识丰富大书特书的做法,很容易理解为其中包含着把张籍要作为学官来推荐的意思。当时这虽然是作为一首私人之间的应酬诗歌,但也是以公开示人为前提的,因此张籍那种为博学的韩愈来讲解文字学的姿态,就随着这首诗而在朝廷士人之间广为流传了吧①。

五 太常寺太祝期间的闲居诗

张籍于元和元年(806)开始十年间一直在任太常寺太祝一职,即一介所谓管理太庙神主的底层小官。而在唐代通常官员的任期(官满)为三年。即张籍在正常任期三倍以上的时间内,都没有人事调动。

唐代对官僚每年都有一次考核(业务评定),而积累三次考核即可决定下一任官职的升降。正如前文张籍与白居易之间的应酬诗所显示的那样,

---

① 韩愈对张籍时有提拔。贞元十四年(798)秋汴州预备试上,韩愈担任主考官,将张籍作为第一等而向上推荐,为其次年进士科及第开辟了通路,这就是对张籍提拔的开始。韩愈死后张籍所作《祭退之》中特别记录有"我官麟台中,公为大司成。念此委末秩,不能力自扬。特状为博士,始获升朝行。未几享其资,遂忝南宫郎"。意即,将秘书省(麟台)秘书郎的张籍推荐为国子博士,以及其后将张籍推荐为尚书省(南宫)的水部员外郎的,都是韩愈。张籍就任助教的背后也有韩愈的推荐,这是非常可能的。

张籍正好是在任官第三年的前后(元和三四年)得的病。恐怕张籍就失去了第一次的调动机会。其后两三年间因为并没有传达张籍病情的记事,就此而认为他恢复了健康。然而自元和八年(813)冬开始张籍患有严重的眼病,其后三年又面临着濒临失明的危险。张籍恐怕在每次调动的时机,很不幸都因身体欠佳而失去机遇。

在此期间,张籍郁郁不得志的心情激化了起来。张籍是科举进士科出身,在中唐后期那个科举官僚实现进军政界中心的形势下,他自身也十分有可能成为一名走上精英路线的官僚。对于这样的张籍来说,当然会感到自己处于一种被官僚(权力、富贵)体系所排挤出来的境遇之中。那种遭受排挤的境况,用一个传统用语来说的话就是所谓的"闲"。

下面就来读一读这些判断为太常寺太祝在任时期的闲居诗。至于何谓闲居诗,稍后再来做以考虑,眼下暂且解释为,意识到离开公务的状态之际所作的诗篇。下面先来读的是张籍得眼病之前的诗作。

早春病中

张籍

羸病及年初,心情不自如。
多申请假牒,只送贺官书。
幽径独行步,白头长懒梳。
更怜晴日色,渐渐暖贫居。

(大意)我的疾病到了正月也尚未治好,心情郁闷而不得快乐。我常常提出休假申请,只能为友人的升迁而致信祝贺。一个人走在无人的小径上,白发也懒得去梳理。特别令人高兴的是暖暖的太阳,渐渐温暖了我贫穷的家。

自己因为患病而常常提出疗养申请,友人们却都在升官晋级,因此而受人蔑视。留意来数一下的话,自己写的尽是祝贺升迁的贺信。张籍将这样的焦躁情绪写进了这首诗中。然而艳羡他人出人头地的诗篇,除了这首以外,在张籍的诗中再找不到第二首。其理由之一是,他自觉地意识到了妨碍自己升迁的不是别的,正是自己的健康状况。张籍自我抑制而醒悟到,责任不在外部而在自身。

另外一个更重要的原因是,张籍要在焦躁与贫困的生活中找到自己那一点点微小的幸福。自己一个人走过无人通行的小径的个中滋味，还有那春意渐浓的阳光晒在身上的喜悦，张籍都在这首诗中写了下来。结果就是在张籍的闲居诗中，并没有那种尽是唠叨郁郁不得志的过于偏激的诗篇。

此诗中"羸病"一词，并非指的是张籍的眼病，恐怕是在说自己在元和三年、四年前后的身体不适吧（参照前节）。这即使是一种作诗的修辞，但是还有下面很多证据可以证明这的确是张籍元和三四年前后所罹患的羸病。如诗中用了一些"白头""日色"等显示色彩的用语，以及他期待着自己的身体早日康复（所以他哀伤过了年自己的病也不见好转），还有诗中并未直接言及自己的眼病；而更成为一种悖论的是自己尚未升迁而感焦躁的"朝气蓬勃的热情"，等等。

张籍在太常寺太祝时期的闲居诗中，与其说表露出对仕途郁郁不得志之感，不如说确立了一种抒发受病情折磨而深感不安的基调。这些都在上面这首诗中如诗题的《早春病中》以及"羸病及年初……多申请假牒"诗句中有所明示。下面要列举的几首闲居诗，都是张籍面对着自己的疾病所作的诗篇（前面所引用的《病中寄白学士拾遗》《酬韩庶子》等可参照）。

早春闲游
张籍

年长身多病，独宜作冷官。
从来闲坐惯，渐觉出门难。
树影新犹薄，池光晚尚寒。
遥闻有花发，骑马暂行看。

（大意）年纪大了，身体的病也多起来了。一个人寂寥地做个小官也还好。最近习惯了无所事事的闲坐，渐渐地外出也觉得不舒服了。树木虽说开始发出了新芽，也还是稀稀拉拉的。池面上太阳的晚霞看起来冷冰冰的。我听说那儿的花都开了，要不还是暂且骑马出门去瞧一瞧吧。

夜　怀
张籍

穷居积远念，转转迷所归。
幽蕙零落色，暗萤参差飞。

> 病生秋风簟,泪堕月明衣。
> 无愁坐寂寞,重使奏清徽。

（大意）平常日子过得贫困,逐渐就有了要远行的念头。但是反复想想,却不知何处才能让自己安稳平静下来。隐蔽处开花的蕙草,花瓣也落了,暗处的萤火虫在三三两两地飞着。在秋风中铺开竹席,拖着生病的身体仰卧在上,眺望着明月,泪水沾满了衣衫。既不忧愁也不悲伤,胸中陡然升起一股落寞之情,所以还是想让我再听一听那清澈的琴声吧。

下面要读的是张籍罹患眼疾时期所作的诗篇。

卧 疾

张籍

> 身病多思虑,亦读神农经。
> 空堂留灯烛,四壁青荧荧。
> 羁旅随人欢,贫贱还自轻。
> 今来问良医,乃知病所生。
> 僮仆各忧愁,杵臼无停声。
> 见我形憔悴,欢乐语丁宁。
> 春雨枕席冷,窗前新禽鸣。
> 开门起无力,遥爱鸡犬行。
> 服药察耳目,渐如醉者醒。
> 顾非达性命,犹为忧患生。

（大意）身体患了病,脑子里却尽在想着事情。读着《神农经》,复习了一遍本草学。家里空荡荡的点着灯火,四壁幽暗而夕阳朦胧。我成了一个无处可去的旅人,看着别人的脸色而低三下四地活着,没有钱财也没有地位,自己都嫌弃自己可悲。最近,我去名医处就诊,才知道了自己生病的缘由。仆人们也和我一起担心,捣药的声音总不见停歇。家人看到我憔悴的样子,故意说着高兴的事情要给我打气。春雨下起来了,总觉得被子冰凉,窗边小鸟开始鸣叫起来。要打开门时浑身却没有力气,听着远处的鸡鸣犬吠而走到门前。最近拜托喝了好药,自己的耳目稍有好转,似乎是从酒醉中渐渐醒过来一样。我绝非悟得了什么生命的意义,但就如同孟子所讲的那样,只能说是智慧生于忧患吧。

夏日闲居

张籍

多病逢迎少,闲居又一年。
药看辰日合,茶过卯时煎。
草长晴来地,虫飞晚后天。
此时幽梦远,不觉到山边。

(大意)因我常常得病,就少了与人交往。闲居的生活又过了一年。调药要等到辰日,煮茶过了早上就开始煎。太阳晒得到的地方草木就茂盛,而傍晚蚊虫则来回飞舞。此时,我在幽梦中飞向远方,不知不觉就来到了山边。

答刘明府

张籍

身病多时又客居,满城亲旧尽相疏。
可怜绛县刘明府,犹解频频寄远书。

(大意)长期生病,又离开了故乡寓居长安,长安城里的亲戚旧知,谁的音信都没来。非常感谢绛县的刘明府,仍旧从远方给我寄来书信。

病中酬元宗简

张籍

东风渐暖满城春,独占幽居养病身。
莫说樱桃花已发,今年不作看花人。

(大意)东风逐渐暖和起来,长安城里春色满眼。但是只有自己养着生病的身子独居落寞的一隅。别说樱桃已然花开,只是今年我却看不了花啊。

这首诗叙述说因为眼疾而不能去看花,应该是元和九年(814)至十一年(816)之间的某年春季所作(十二年春季张籍在韩愈宅内看花)。而至于元宗简,据推定,他是在白居易下邽服丧回到长安后的元和九年冬以降,通过白居易与张籍加深了友情的,因此这首诗的创作时间,在元和十年(或次年)春季的可能性很大。

张籍的眼病自元和八年(813)冬至元和十一年(816)冬,持续了约三年时间。而眼病终于痊愈的元和十一年十二月初,张籍就任了国子助教。这个时期,无论是健康状况还是官场履历,对于张籍的人生来说都是一个非常重要的节点时期。张籍在临近五十二岁正步入老年之时,反而在文学上较少涉及自己的病情,也就那样恢复了健康状态。而说起他的官职,国子助教(从六品上)→广文馆博士(正六品上)→秘书郎(从六品上)→国子博士(正五品上)→水部员外郎(从六品上)→水部郎中(从五品上)→主客郎中(从五品上)→国子司业(从四品下),这样一路升迁过来。张籍的人生,可以说到了后半生才总算变得顺利起来。

太常寺太祝时期的闲居诗作于仕途不顺与身陷病苦的二重逆境之中。与这样的逆境相伴而来的闲居诗,也会随着张籍其后环境的变化而变化,甚或消失吗?

对这个问题要做结论的话,张籍闲居诗的形式一旦被创作出来,其后也不会有大的变化而能持续创作下去。或者换句话说,太常寺太祝时期的闲居诗所形成的美学,在自中唐至晚唐时代氛围的变化之中,变得更为自觉化而被诗人们确立了起来。

雨中寄元宗简

张籍

秋堂羸病起,盥漱风雨期。
竹影冷疏涩,榆叶暗飘萧。
街径多坠果,墙隅有蜕蜩。
延瞻游步阻,独坐闲思饶。
君居应如此,恨言相去遥。

(大意)秋日的堂屋里我带病起床,在风雨交加的早晨洗脸束发。竹影冷清而显得庄严肃穆,榆叶茂盛而在风中沙沙作响。路边落有树木的果实,土墙的角落里还尽是蝉蜕。虽说能眺望到远方,但是走着上去却很费时间。独自一人坐着,沉溺于静静的思考之中。你的生活也应是如此啊,只是遗憾的是,我们的距离太过遥远了。

这首诗无法严谨地确定其创作时间。但是,张籍与元宗简之间加深交游的时间是元和九年(814)白居易下邽服丧结束后返回长安时期以降,特别以元和十一年(816)末张籍就任国子助教以后为甚①。而且如果从这首诗点缀着对色彩或物象的细微描写这一点来看的话,这首诗的创作时间也会是在眼病也痊愈之后吧,即可以认为是元和十二年(817)以降之作。另外,元宗简的居所在占据乐游原中央的升平坊。此时的张籍仍然寓居在延康坊。据推定,张籍从延康坊到搬到接近升平坊的靖安坊的时间是在长庆元年(821)就任国子博士之际,因此,此诗应作于张籍搬家之前。

下面所列举的诗作,是张籍于长庆元年(821)就任国子博士之后的诗篇。伴随着国子博士的就任,张籍也晋升为每日都参加朝会的常参官,可谓被认定为一名正式的精英官僚了。然而这些诗作中却并没有那些享受富贵的人的宽裕情景,倒不如说还是满篇都充斥着自己的贫贱与对吏务的无所欲求的言辞。

夏日闲居

张籍

无事门多闭,偏知夏日长。
早蝉声寂寞,新竹气清凉。
闲对临书案,看移晒药床。
自怜归未得,犹寄在班行。

(大意)无事可做就一直紧闭着大门,这样就更深知夏日天长了。刚刚鸣叫起来的蝉,寂静得似乎连叫声也要半途而废了,而鲜嫩的竹子送来清凉的感觉。静静地面向书桌,小心地移动晒草药的架子。闲居的日子如此悠然自得,遗憾的是,自己尚未能隐遁,还站在官差的行列里。

"班行"是朝会每次部署的官吏行列。能够参加天子的朝会是精英官僚的一项特权,而张籍成为具有此项资格的常参官的时间是长庆元年(821)就任国子博士(正五品上)之际。因此,这首诗乃就任国子博士之后

---

① 张籍《哭元八少尹》诗中有"初作学官常共宿,晚登朝列暂同时"句。

所作。另一方面张籍也作有因加入常参官行列而深感高兴的诗作①。因此,对于张籍所谓"自怜归未得,犹寄在班行"辞官归隐的愿望,就没有必要从正面去理解,可以理解为这只不过是一种文学性的修辞手法而已。

咏　怀

张籍

老去多悲事,非唯见二毛。
眼昏书字大,耳重觉声高。
望月偏增思,寻山易发劳。
都无作官意,赖得在闲曹。

(大意)人上了年纪悲伤的事情就多了起来,而不只是多生几根白发而已。我的眼睛看不清楚,字也就写得很大;耳朵也背了,不觉间说话的声音也就大了起来。看见月亮偏斜就徒增愁思;若去山里,走几步就很容易疲劳。我根本没有心思来当这个官差,幸亏我正好身处闲职。(这大概是在说自己身居国子博士或国子司业这样的学官吧。)

酬孙洛阳

张籍

家贫相远住,斋馆入时稀。
独坐看书卷,闲行著褐衣。
早蝉庭笋老,新雨径莎肥。
各离争名地,无人见是非。

(大意)我生活贫穷,与住在洛阳的你相去甚远。我也几乎没有上过斋馆(寺院?)。一个人坐着看看书,或者穿件常服,悠闲地散散步。蝉开始鸣叫时,院子里的竹子已长得很漂亮了;一下雨地上就长满了莎草。我们俩都远离了争名夺利的圈子,也就没有人对我们说三道四、指指戳戳了。

《全唐诗》中该诗题下注有"一本此下有革字"。这首诗是长庆末年

---

① 张籍给秘书丞王建的唱和诗《酬秘书王丞见寄》中有"常参官里每同班",意即二人一同作为常参官参加朝会都很喜悦;而张籍给中书舍人白居易等人寄去的诗《早朝寄白舍人严郎中》中有"常参班里人犹少",以叙述他去早朝时人还来得很稀少的情景。

(824)孙革官任洛阳令之际所作①,此时的张籍官任水部郎中或主客郎中(二者皆从五品上)。要注意的是,已作为高级官僚的一员,张籍却还写下了诸如"家贫相远住""各离争名地"这样的句子。张籍后期的闲居诗中有如同这样将自己伪装成宛如一介与富贵无关的小官一样的倾向。下面的这首诗,就经典地显示了这种倾向。

寒食夜寄姚侍御②

张籍

贫官多寂寞,不异野人居。

作酒和山药,教儿写道书。

五湖归去远,百事病来疏。

况忆同怀者,寒庭月上初。

(大意)我当了个穷官,生活的各个方面都很寒酸寂寥,住得跟野人没什么两样。造酒时加上药草,给孩子教书时,选本道教的书让孩子抄。隐遁的世界离我那么遥远,而好在我患病在身,世事百态也就都与我无关了。我思念着与我怀有同样的心境的你,空空荡荡的院子里一轮明月刚刚升起。

姚合在任殿中侍御史的时间是太和二年(828)十月至太和四年(830)正月之间,此诗正乃此期间所作。而此时张籍则官拜其人生最终官职的国子司业(从四品下)。

这里值得关注的是"贫官多寂寞,不异野人居"一联。张籍此时已不再是往日的太常寺太祝那个正九品上的小官了。尽管如此,他还自称自己等同于野人(没有官职的科举备考者),这就不寻常了。而他诉说身体不适、酿造药酒、亲近道教典籍以及祈愿归隐等,这些也同样都不是作为事实来记述的,而应该理解为只是根据同一倾向而连缀在一起的文学修辞罢了。这些特征综合起来就被姚合继承了下来。关于姚合所创制的文学形

---

① 《增订注释全唐诗》(文化艺术出版社2001年版)第三册卷四六二《孙革小传》中有"长庆二年(822)任刑部员外郎,后迁洛阳令。太和四年(830)为左庶子"(执笔:汤华泉、毛水清)。

② 《全唐诗》作"侍郎",一作"御"。在此依据《张司业集》卷二作"侍御"。姚侍御即指官任殿中侍御史的姚合。

式——武功体,本书在《姚合的官场履历与武功体》一节结论部分,将其概括如下:"所谓武功体文学,其特征在于诉说自己处于贫穷、偏僻、年迈、疾病等的负面状态,以及诉说对职务的倦怠、对归隐的渴望等。"

张籍就任国子助教以降,无论是对于其健康状态还是对于其官场履历而言,都迎来了一个所谓顺利安定的时期。当然,可以确认的一点是,即使为年迈体衰而苦恼,张籍的诗中却再也看不见如同其四十五岁时苦于眼病那样特定的疾患了。而长庆元年(821)张籍就任国子博士之后,也就有了常参官的身份,张籍在诗中毫不掩饰对其状态的满足之情。

然而至于其后期的闲居诗而言,张籍仍在继续讲述着贫贱、诉说着对职务的毫无兴趣,还时而表明自己对归隐的渴望。也就是说张籍将前期实际生活中形成的闲居诗手法,与自身生活切割开来并加以审美化,并且作为一种文学形式给确立了下来。而从张籍那里继承了这种形式并将其留传给晚唐时代的人,则应是姚合。

六　韦应物与白居易的闲居诗

本书将张籍在意识到自己处于离开公务状态时所作的诗称为"闲居诗"。然而本书之所以并未以文学史上更加通用的术语"闲适诗"来称呼张籍的上述诗歌,是因为本书认为张籍的诗歌应该与白居易的所谓闲适诗区别开来对待。

大家都知道,白居易在《与元九书》中认为诗歌应该分为讽喻、闲适、感伤三类①。而对其闲适诗的研究已积累了诸多成果,因而本书并无意去添加新的见解。本书只想从以往的议论中整理出几个要点而已。

第一,所谓"闲适"是"闲"与"适"的一个复合概念,而"闲"指从公务解放出来的自由时间,而"适"指心身都很舒适惬意。

第二,白居易的"闲适"被认为是一种对《孟子》的"兼济、独善"中所谓独善的一种文学实践。即将"兼济、独善"置换了白居易文学活动上的"讽

---

① 杂律是指使用近体诗形式的诗歌,其分类标准与前面三者不同。杂律虽在内容上可以理解为有讽喻、闲适、感伤等不同的区分,但是在实际形态上,却很少包含讽喻的要素。

喻、闲适"。

第三,这里可否引用川合康三的说法,即"然而对于白乐天将'闲适诗'与'独善'结合起来的做法来说,是否曲解了《孟子》的意思而显得很勉强呢?《孟子》'独善'的意思应该是指在自己处于人世间无法积极行动之际而来加强自己的修养。但是白乐天的'独善'与'闲适'的内容是指在与世无争之际,享受并品味自己一个人的生活,而其中白乐天'独善'的意义相较于《孟子》就明显发生了错位。《孟子》的'兼济'与'独善'在二选一的情况下都无法实现两立,而白乐天的'讽喻诗''闲适诗'讲的是公私有别,能够同时分别使用。白居易确实在置身为官的同时还是作着'闲适诗'的。将《孟子》曲解到这个程度,还在引用'兼济''独善',就可看出对闲适诗意义的解释该有多么困难"。(川合康三《白乐天》第 146 页,岩波书店 2010 年版)

韦应物的幽居诗被视为白居易闲适诗的先驱,下面关于韦应物的幽居诗,将放在与白居易、张籍的异同比较之中来做简单的论述。为考察论述方便起见,这里事先就孟子、韦应物、白居易三人而言,将上述第二与第三个论点进行一下逻辑图式的整理,则如下所示。(请与《姚合"武功体"的谱系》一节第四、第五部分结合起来进行参照。)

【孟子】　顺境→出仕为官→兼济

　　　　　逆境→辞官→独善

【韦应物】出仕为官→富贵・损害天性

　　　　　辞官(幽居)→贫贱・保全天性

*在韦应物这里,出仕为官的顺境与逆境都作为自己的外部问题而后退到次要的定位上。

*出仕为官与辞官是人生中一对不允许共存的对立关系,被迫要进行二选一的决断。

*对后期韦应物(滁州刺史以后)来说,出仕为官与辞官的对立已后退了,他追求一种在做官的同时而采取幽居之实(保全了天性)的"吏隐"做法。

【白居易】顺境→出仕→讽喻(兼济)・闲适(独善)

*白居易只有顺境的情况,至于逆境仅限于例外的两段时期(下邽服

丧时期、江州司马左迁时期）

＊讽喻与闲适，日常生活中二者共存，做官的同时也能够在公私时间的分离中和谐共存。

＊后期的白居易（杭州刺史之后）"讽喻"本身就从上图中消失了。

韦应物叙述幽居（处于官的逻辑之外的隐者的生活）之情的诗篇，即所谓的"幽居诗"，能够分为赴任滁州刺史之前的前期与历任滁州、江州、苏州刺史的后期两个阶段（关于幽居、闲居、闲适的异同，请参照《姚合武功体之谱系——尚俭与慵懒的美学》一节）。

前期的幽居诗指的是，在出仕为官与辞官不做之间二选一，辞去官职后所作的诗篇。即"出仕为官与辞官"的关系是一个在士人内心身处的尖锐对立的关系。韦应物将出仕为官视为一种损害人性而应该回避的状态，即使以失去富贵（官俸与尊位）为代价，他也是期望辞了官职去幽居的。

关于韦应物的出仕为官与辞官之间的对立，其实在其早年任职洛阳丞之际就已显露出苗头了。

任洛阳丞请告一首
韦应物

方凿不受圆，直木不为轮。
揆材各有用，反性生苦辛。
折腰非吾事，饮水非吾贫。
休告卧空馆，养病绝嚣尘。
游鱼自成族，野鸟亦有群。
家园杜陵下，千岁心氤氲。
天晴嵩山高，雪后河洛春。
乔木犹未芳，百草日已新。
著书复何为，当去东皋耘。

（大意）四角的凿子插不进圆孔，笔直的木材做不了弯曲的车轮。材料各有各的用途，而适得其反就只会招致苦痛。当个官差整日低头哈腰，并不是我要做的事情。而就算落得个无米下炊井水自饮的下场，那对自己来说也不是什么令人嫌弃的苦日子。我交上了休假申请，随意躺在空荡荡的家里养着病，与世俗尘杂一刀两断。游在河里的鱼儿同族嬉戏,飞在原野上的鸟儿成群栖居。一想到我家的族地世代就位于长安南面的杜陵之下,不可抑制的望乡之情就油然而生。而看看眼前,晴空万里,嵩山高耸,雪晴暖日,洛阳春早。乔木虽尚未发芽但百草日日可见新绿。我这里著书立说又是何苦呢,不如到东面的田地里去干干农活儿吧。

这里明确提出违反自己本性而出仕为官是一种苦痛,向世间宣告置身于官场不自由的境遇并非乃自己应为之事("反性生苦幸……折腰非吾事")。如此一来,韦应物的确以告病为由辞去洛阳丞("休告"),独卧空馆而幽居起来。对韦应物而言,出仕为官与辞官幽居是一种对立的关系,是一种在个人生活中无法使其双方优势共存的互相排他的关系。如果要想取得幽居的自由,就只能斩断对官场富贵的期待。

虽说韦应物将辞官视为一种夙愿,但是这里应该注意的是,他却并没有蔑视官僚职务本身。不如说他正是由于重视其职务,才认识到自己的本性其实并不堪官务重负。

对韦应物来说,未能贯彻执行官职应有的要求,对于"旷职""素餐"的自己而深感惭愧。为此韦应物创作了一组叙述这样惭愧之情的诗篇①,这个情况值得重视。

①移疾会诗客元生与释子法朗因贻诸祠曹

韦应物(京兆府功曹参军时期)

对此嘉树林,独有戚戚颜。
抱瘵知旷职,淹旬非乐闻。
……

(大意)我一边眺望着这美丽的树林,一边独自沉溺在悲伤之

---

① 与"旷职"相关的即《移疾会诗客元生与释子法朗因贻诸祠曹》诗及《假中对雨呈县中僚友》诗。与"素餐"相关的即《冬至夜寄京师诸弟兼怀崔都水》诗及《郡斋赠王卿》诗。与近义词"愧俸钱"相关的是《寄李儋元锡》诗。另外,被认为是继承了韦应物闲居诗的白居易,虽然留下了六倍于韦应物的诗歌总量,但是"素餐"的用例却仅有三首(《游悟真寺诗》《西掖早秋直夜书意》《初罢中书舍人》),而至于"旷职"竟无一首用例。这个事实就说明,对白居易而言,他将吏务与闲居(闲适)理解为并非对立、而是能够相互妥协而共处的关系,因此为了得到闲暇时间而离开吏务,他却并不必为此而愧疚。顺及,对于张籍而言"旷职""素餐"则皆无用例。

中。自己因病而懈怠职务已有十余日之久,其实我却并非在享受什么闲暇时光啊。

②假中对雨呈县中僚友
韦应物(高陵令时期)

却足甘为笑,闲居梦杜陵。
残莺知夏浅,社雨报年登。
流麦非关忘,收书独不能。
自然忧旷职,缄此谢良朋。

(大意)我的脚不好,无奈被人笑话。我闲居在家,怀念自家杜陵下的族地。耳边听见过了季节的莺儿的叫声,就知道夏天才开始不久。而春耕祭祀时下了一场雨,今年的大丰收令人期待。而我疏忽大意让大雨冲走了收好了的麦子,这个下场也并非我忘记了麦收农事,也并非因为像后汉高凤那样埋头学问而忘记一切。我就这样将懈怠职务的惭愧心情赋于诗中,以告诸君吧。

③冬至夜寄京师诸弟兼怀崔都水
韦应物(滁州刺史时期)

理郡无异政,所忧在素餐。
……

(大意)我即使从事着滁州的治理工作,也没有什么出色的业绩。这样不就是尸位素餐吗?我心中不安啊。

④寄李儋元锡
韦应物(滁州刺史时期)

……
身多疾病思田里,邑有流亡愧俸钱。

(大意)我体弱多病,怀念起故乡的田园来。听说村里还有失去土地的农民,我在这里收受俸禄实在有愧。

对于韦应物来说,出仕为官从事吏务与辞官幽居在家(或闲居)是一对对立的关系,在为官的同时却离开吏务,就是旷职(懈怠公职);尽管如此却还依旧留在官位上领受俸禄,那就只能是尸位素餐了。即对韦应物而言,如果要实现幽居的话,是必须要辞去官职的。而韦应物的幽居,正是在如此毫无退路的二选一的关头、放弃官场富贵之时而开始获得的一种境遇。

然而,即使对于这样的韦应物来说,从以刺史出任地方大员的时期中终于迎来了转机,他得以开始摸索方法,使出仕(吏务)与幽居二者在自己生活中实现了共存。

建中三年(782)夏,韦应物从比部员外郎调任滁州刺史。其生年若按开元二十四年(736)来算的话,其时三十七岁。从滁州时期开始,韦应物诗中可以看见他依旧惭愧自己"尸位素餐"的诗篇,而另一方面,刺史在任的同时,也开始出现了一些歌咏自己享受私人时间的诗篇,即所谓正值过渡期的时期。而且韦应物正是在这样的不断摸索中,使其后期文学特征的"吏隐"思想日臻成熟起来。

答杨奉礼
韦应物

多病守山郡,自得接嘉宾。
不见三四日,旷若十余旬。
临觞独无味,对榻已生尘。
一咏舟中作,洒雪忽惊新。
烟波见栖旅,景物具昭陈。
秋塘唯落叶,野寺不逢人。
白事廷吏简,闲居文墨亲。
高天池阁静,寒菊霜露频。
应当整孤棹,归来展殷勤。

(大意)我带病赴任山中滁州太守,因而得以与嘉宾相会。仅仅与你数日不见,就觉得如同过了百余日般寂寞。一个人喝酒也无味,你坐过的椅子上已蒙上了灰尘。一读起你写的《舟中作》,就宛若天空飘起了清莹的大雪。而你泛舟旅行的样子,还浮现在我的脑海里,你写的景物也都详尽细致。而说到我自己,能看到的只有飘满秋堤的落叶;自己去了寺庙也碰不见一个人。写的报告是给朝廷官员看的,而闲暇时间里我才为自己润笔研墨。秋高气爽,池畔的楼阁静静伫立,菊花开放的时候,霜露也常布满楼阁。我一定要准备一叶扁舟来隐遁起来,要向你好好说说我对你的敬慕之情。

　　这里值得关注的是"白事廷吏简,闲居文墨亲"一联。"白事"是指向中央写的报告,执笔向朝廷提交的报告,这是刺史的吏务。而从这种吏务中解脱出来的时间即为幽居(闲居),而且在此时间韦应物则尽情地倾心于诗文创作。他将一个人的时间按照公私有别而分离开来,结果他反而可以做到不必辞官、也不必损害自己的本性就可以两全其美。不再从出仕为官或辞官中二选一,做着官的同时却能确保一个不进入官的世界。这样的吏隐的思考方法,使得后期韦应物的文学从非此即彼、二选一的紧张感,转变成为二者兼可的轻松包容。而末尾所添写上的归隐夙愿,就不再是如前期韦应物诗歌特征那样的一种包含迫不得已的辞官与隐遁的决断,变成应该可见的一种心平气和的荡漾。不管怎么说,此时的韦应物一边做着官,一边已经在尽情地享受着所谓"秋塘唯落叶,野寺不逢人。……高天池阁静,寒菊霜露频"这样一种闲静的风景了。

郡内闲居

韦应物

　　栖息绝尘侣,孱钝得自怡。
　　腰悬竹使符,心与庐山缁。
　　永日一酣寝,起坐兀无思。
　　长廊独看雨,众药发幽姿。
　　今夕已云罢,明晨复如斯。
　　何事能为累,宠辱岂要辞。

　　(大意)我独自幽居,与尘世间的俗人断绝了往来,我虽生性鲁钝,却知道自己生存的喜悦。腰间虽然悬挂着竹制的刺史印章,可心里却与庐山的僧侣相通相映。一整天都酩酊大醉而酣睡不醒,一旦起来则呆若木鸡无念无想。我在走廊下眺望着雨天,芍药花则静静地开放着。今晚就这样睡去了,明早起来还是一样又把今天重复一遍吧。现在还有什么事能够让我烦恼呢,我再也不必去挂念什么官场宠辱了。

　　这首《郡内闲居》诗,作于离开滁州赴任江州刺史时期。而在此韦应物又更进了一步,即"腰悬竹使符,心与庐山缁"一联。如果说他身份虽已贵为刺史,而心却与庐山的僧侣相通相映的话,那么特意的遁世也早就没有什么必要了。这里特别要注意的是"何事能为累,宠辱岂要辞"一联。官场世界的宠辱沉浮,已经不能再使我心烦意乱了,因此也就没有必要辞去官职了——从这里可以看出,韦应物已经在自己与刺史(以及广义上的官职)之间构筑起了一种安定的共存关系。

白居易的闲适诗就诞生于韦应物刺史时代吏隐诗的延长线上。而且相较于韦应物将郡斋(刺史官舍)或近邻的寺院视为吏隐的场所,白居易则更进一步接力,将作为自己生活场所的宅邸寄托为吏隐的场所。他迈出的第一步就是左迁江州后修筑起草堂,并将其用作吏隐的场所(《草堂记》)。其后回到长安,又在新昌坊购入新宅,并在宅院中为实现自己的审美趣味而竭力营建装修(《竹窗》诗及《新昌新居书事四十韵因寄元郎中张博士》诗)。最后,白居易又在他的终老之地洛阳履道里自宅为自己的吏隐而大搞营建装修(《洛下卜居》诗及《池上篇》)。我们回顾一下韦应物初期的幽居诗,他在出仕为官或辞官之间、在以富贵损害本性或以幽居保全本性之间二选一的对抗相争中分别选取了后者,因此他的初期幽居诗可谓是一个令人发狂般决断的产物;而相较于韦应物初期的幽居诗,不得不说白居易的闲适诗个中已经发生了巨大的变化。

结语

闲居原本指的就是一种"隐居不仕"的状态的。即从官僚的世界被排挤出来,不得已而被置于幽居的境地。闲居对于那些以出仕为官例行公事为己任的士人来说,是一种勉强违心的状态,也是一种郁郁不得志的状态。而将"孔子闲居,子夏侍"(《礼记·孔子闲居》)中的"闲居"的意思解释为"孔子悠闲放松身心的时间"的理解,都是基于白居易以降、甚或最早也只是基于陶渊明以降的所谓"闲居"语感的基础之上的一种曲解。而其真正的原意却只有一个,即只能解释为:孔子郁郁不得志而连出仕为官的劝说都不再接受的时期。

关于司马相如,据载"复召为郎。相如口吃而善著书。常有消渴疾。与卓氏婚,饶于财。其进士宦,未尝肯与公卿国家之事,称病闲居,不慕官爵"(《史记》卷一一七《司马相如传》)——司马相如有口吃的毛病,还患有糖尿病,幸而因卓文君颇有家财,虽不正常,但"闲居"在家——必须要以这样的文理来解释,即司马相如并非是在追求自由的闲暇时间,而是喜欢闲居的。

将"闲居"用作肯定意义的,应是到了后汉末年隐遁之风受到了尊重之后。然而在当时,放弃官场富贵,反而去承受贫贱,即闲居是通过以上述"痛苦辛酸的决心"为代价换取而来的,即使在后汉末年,所谓这样的原则仍旧有效。因此,就陶渊明高唱《归去来兮辞》而言,陶渊明将阻挡在闲居之前的决心本身视为一种"喜悦的决断"而高调地公布于世,这本身在文学思想史上就具有划时代的意义。

即便如此,由于陶渊明的行为也太过于离奇古怪,"与辞官成为一体的陶渊明的闲居"也并不允许他人随便效仿追随,亦并非能得到一般世人的共鸣,这不能不说是包含着毁誉褒贬的并且长久以来被陶渊明个人所独占的一种境界。而从六朝后期直到初盛唐时期,陶渊明并没有被给予很高的评价①。这个事实本身就说明,在理念上,"与辞官一体化的闲居"与士人的社会使命本身相反;在现实上,放弃富贵在人情上并非易事而无法普及。

有研究认为,对陶渊明的评价直到韦应物出现,才得以改观。这个见解具有格外重要的意义②。其后从韦应物到白居易"闲居"观念的变化,即如本文前文所论述。即韦应物初期的闲居就是与出仕为官相互对立的关系。闲居是根据辞官的决定而获得的,可谓是继承了陶渊明的闲居观。然而到了后期,韦应物谋求出仕为官与闲居之间的融合,将公务闲暇中度过的自由时间当作"闲居",从而要肯定在官的闲居,即吏隐,或可谓一种关于吏隐的哲学发现。白居易则继承了韦应物吏隐的哲学观念,并将其引进到所谓自宅的日常生活当中来。作为白居易闲适世界来构筑的长安新昌里

---

① 杜甫《遣兴五首》(其三)中有"陶潜避俗翁,未必能达道。观其著诗集,颇亦恨枯槁"。

② 赤井益久《闲适诗考——从"闲居"看到的闲适理念》(同著者《中唐诗坛研究》,创文社,2004 年)中有"如同刚才一瞥而过的初盛唐时期对陶渊明的论及……不如说多是嘲笑其执拗及顽固的。但是,韦应物却明显不同。他每逢遭遇人生重大分岔口之际,就会想起陶渊明的境遇与处世来。而且最该注意的是,一生中都可看到他在有意识地放弃着官位"(第163页)。

宅邸,以及其后洛阳的履道里宅邸,都与其朝廷高级官僚的身份相称,无论位置、面积,以及极尽奢华的装修都令其倍感自豪。然而胸中怀着那种"居陋巷而不得志"心情而能闲居的那种阴郁而传统的印象,到这里则被完全一扫而光了①。

韦应物吏隐思想的成熟,是一种将辞去官职、拒绝富贵、甘受贫穷等的"闲居之毒"都一一拔除掉的操作过程。对于被拔了毒的白居易的闲居而言,早已没有了能令人感到痛苦的因素,就这样变成一种"闲着而适"的状态②。而连接韦应物到白居易闲居的理念性谱系,就应该这样来理解吧。

张籍的闲居诗,是孤立于从韦应物到白居易这个大谱系之外的。张籍所拥有的是,过着像"居陋巷、箪瓢食"那样的贫穷生活;而且不折不扣地被置身于因病而不仅无法升迁并且到最后连出仕为官也都不得不放弃的境遇之中。张籍的闲居诗正是在那样的境况下创作出来的。特别总结一下的话,那本应创作于人生负面境遇中的闲居诗,却已被张籍提纯到其理想性原型的高度上去了。

张籍的闲居诗,创作于他处于官僚组织最底层的太常寺太祝的小官任上,而且恰好也是他深受重病折磨的时期,是与他那些个人的特殊情况一体化而创作出来的诗篇。因此,随着个人特殊情况的消失,照理说其闲居诗也就应该随之消失了。然而,对于后期的张籍而言,这种闲居诗则被继承下来并走向了成熟,即所谓作为一种普遍的美学形式,从对个人特殊情况的依附而走向了自立。

而使得这种形式升华到一种普遍的美学形式的,可能是张籍同时代人们的那种气质禀赋的力量吧。虽然已经积累了充足的教养、却仍然不得不处于郁郁不得志的境遇、无奈沦落到都市陋巷的那一群知识人,自此就开始被囤积了下来。而闲居诗的形式正是又被交还给了这一群人。孤立存在于

---

① 白居易《闲居贫活计》诗中有"冠盖闲居少,箪瓢陋巷深"(高官中没有多少闲居的人,箪瓢草具的穷人则都住在偏僻的小巷里),虽是一种经典地传达出"与箪瓢、陋巷一体化的闲居"基本含义的用法,但其闲居的语义则正是被此诗的作者完全篡改了。

② 理解为"闲着且适"(并列),或"因闲而适"(前提)的情况下,"闲"本身从起初就被赋予了一种肯定而积极的语感。这一点与历史性的传统理解之间会有分歧。

连接韦应物到白居易的中唐文学主流之外的张籍闲居诗的形式,当继续发展到了晚唐之际,反而一跃成为代表当时时代的一股大潮流。而在中唐走向晚唐之间,以张籍为转折点,那个时代的文学则正处于一场更替轮换之中①。

第二节　张籍的《和左司元郎中秋居十首》
——晚唐诗的摇篮

序言

张籍的《和左司元郎中秋居十首》以及同席唱和的姚合的《和元八郎中秋居》,是于某个秋日,他们造访官任左司郎中的元宗简(排行第八)宅邸时所作的一组唱和诗篇。组诗从各个角度描写出了元宗简于秋日宅中悠然放松的姿态;而作为反映文人日常生活审美情趣的典型,在此组诗中也得以具体而微地树立起来。

本文认为这组诗中要注意的是,通过诗歌的唱和,就将晚唐诗的萌芽从张籍过渡给姚合,而在姚合手中使得晚唐诗走向了成熟。张籍在后世诗人们的眼中被视为是代表晚唐诗一个源流的人物②。姚合则由于其后来所作的武功体文学而成为一名开拓晚唐文学的诗人。而使这两位诗人相会的决定性场面正是在于这组诗的唱和,这是本文所提出的一个预测。

---

①　将张籍视为晚唐诗先驱者的定位研究方法,以清末李怀民《重订中晚唐诗主客图》为代表,业已系统地成型了。而最近的专论中,则有安易的《论晚唐体与张籍》(《唐山高等专科学校学报》第12卷第3期,1999年),张金桐、刘雪梅《论"晚唐体"与张籍诗的共通性》(《宁夏社会科学》第4期,2004年),以及王腊梅《从李怀民看"中晚唐以张籍贾岛两派为主"说的始末》(《图书馆杂志》第2期,2009年)等论文。然而在张籍身上,晚唐性的东西是在何种具体情况下所形成的呢,又是经由谁、并如何给予晚唐以影响的呢等,关于这些问题的论点却仍未能明确。这正是本文用意之所在。

②　古人有评,南宋刘克庄《韩隐君诗序》(《后村大全集》卷九六)中有:"古诗出于性情,发必善。今诗出于记问博而已。自杜子美,未免此病。于是,张籍、王建辈稍束起书袋,划去繁缛,趋于切近。世喜其简便,竞起效颦,遂为晚唐体。"

此外,本章的内容将直接承继于前节《张籍闲居诗的成熟——以太常寺太祝在任时期为中心》。

一　创作时期

那么这组唱和诗作于何时？而对创作时期的探讨,尤其与姚合关系重大。

第一,因为姚合、张籍、元宗简三人能够会合的时机,尤其受到姚合时间的限制。姚合为科举应试而上京的时间是元和七年(812)秋,其后在长安度过了三年的备考生活,并于元和十一年(816)春进士及第。而次年元和十二年(817)冬,姚合作为魏博节度使从事赴任魏州(河北省大名县北)。至此为止的大约四年在京时期里,姚合似乎没有可能与张籍一同造访元宗简宅邸而作唱和诗。姚合从魏博返回长安是在元和十五(820)年夏(后文详述),之后到长庆元年(821)春为止则赴任武功县主簿。在这不足半年的在京期间里,三人一同会合并作唱和的可能性很大。补充一点,姚合结束武功县主簿任期返回长安的时间是在长庆三年(823)春,而此时元宗简却已经去世了。

第二,因为姚合虽然是在武功县主簿时期确立了被称为"武功体"的独特诗歌形式,但是据推测其武功体的形成竟与这组唱和诗相关。在考察姚合武功体的成立问题上,这组诗的创作时期与武功县主簿在任期间的前后关系必须要搞清楚。

而在进入张籍《和左司元郎中秋居十首》组诗的作品分析之前,要先从对其创作时期的考察开始。考察线索即为元宗简的"郎中"任官时间、姚合滞留长安的时间以及季节上是秋季等这三点。至于张籍这边,从元和到长庆年间(806—824),历任太常寺太祝、国子助教、弘文馆博士、秘书郎、国子博士、水部员外郎等京官,并未离开过长安。无论是哪一年的秋季,在一直能够在长安作诗这一点上,有关张籍的条件则较为宽松。

那么就要先整理一下元宗简的情况了。关于元宗简的履历,可得知的信息较少。元宗简的诗文集按照其生前给其子元途的遗言,由白居易编辑为"格诗一百八十五、律诗五百九、赋述名记书碣赞序七十五,总七百六十九章,合三十卷"。关于其文集整理经纬,白居易《故京兆元少尹文集序》中有所叙述。然而,这部文集完全散佚了,连一篇诗文也没有留下来。为此,元宗简的生平事迹中,不明之处很多。《中国文学家大辞典·唐五代卷》(中华书局1992年版)的元宗简条目(陈尚君执笔)中有以下记述,而他一生的全部经历几乎就留下了这么多。

元宗简(？—822),字居敬,行八,河南洛阳(今属河南)人。登进士第。元和十年前任侍御史。十一年,迁金部员外郎。后任仓部郎中。长庆元年,授京兆少尹,二年春卒。元宗简自贞元末与白居易订交,后过往频繁,唱酬诗多达数十首。卒后,其子元途以其诗近七百首,文七十五篇,编为文集三十卷,白居易为之作序。集今不存,《全唐诗》《全唐文》皆未收其作品。事迹据《白氏长庆集》卷六十八《故京兆元少尹文集序》,参朱金城《白居易交游考》。(陈尚君)

元宗简的事迹,通过与之结交的白居易的文章才勉强可窥一斑。下面根据仅限于已判明的事实,来标出元宗简的官场履历①。

①侍御史(从六品下)

白居易于元和九年(814)冬为其母陈氏服丧之后赴任太子左赞善大夫,次年八月因武元衡袭击事件的发言而获罪,被贬江州司马。就在这半年时间里,白居易与元宗简加深了交往。

李十一舍人松园饮小酌酒得元八侍御诗
叙云在台中推院有鞫狱之苦即事书怀因酬四韵

白居易

爱酒舍人开小酌,能文御史寄新诗。
乱松园里醉相忆,古柏厅前忙不知。
早夏我当逃暑日,晚衙君是虑囚时。
唯应清夜无公事,新草亭中好一期。

元和十年(815)初夏,白居易受邀赴中书舍人李建宅邸,参加在其松树庭

---

① 关于元宗简的交友关系及由此而显示出来的元宗简像的研究,可详见丸山茂《唐代文化与诗人之心》(汲古书院,2010年)第320页以下部分。

院举办的消暑酒宴,此诗即为当时所作。若据诗题,元宗简时任繁忙的侍御史而正在审讯囚徒,因而无法前来参加宴会。根据诗篇末尾所添写的自注"元于升平宅新立草亭",可以判明此时元宗简已在升平坊购入了私宅。

②金部员外郎(从六品上)

元宗简于元和十一年(816)由侍御史(从六品下)升任金部员外郎(从六品上)。白居易是在江州司马任上得知这个消息的。

夜宿江浦闻元八改官因寄此什
白居易

君游丹陛已三迁,我泛沧浪欲二年。
剑佩晓趋双凤阙,烟波夜宿一渔船。
交亲尽在青云上,乡国遥抛白日边。
若报生涯应笑杀,结茅栽芋种畲田。

这首诗中虽并未明示官名,但元宗简官任金部员外郎在《郎官石柱题名①中则有明记。

③郎中(左司郎中、仓部郎中,从五品上)元和十二年(817)冬

元宗简官授金部员外郎后一年有余,又顺利晋升为同属尚书省的郎中。白居易于元和十二年(817)年末在江州作的《浔阳岁晚,寄元八郎中庚三十二员外》诗题中则明确记有"元八郎中"。

而在此诗中,郎中的所属不明。《郎官石柱题名》②中记载有元宗简为仓部郎中。

另一方面,张籍《和左司元郎中秋居十首》诗中记有左司郎中的官名。这两个郎中的前后时间不明,元宗简被认为是可能历任了两个郎中。而关于元宗简晋升郎中的时间,白居易此诗作于元和十二年(817)冬,那么可以推定元宗简的授官时间就在此时或在其前。

④京兆少尹(从四品下)

元宗简于长庆元年(821)春升任京兆少尹,即包括长安在内的京兆府的副长官,这是他的最终官职。诰命文书由其时担任祠部郎中、知制诰的

---

① 岑仲勉《郎官石柱题名新校订》(上海古籍出版社1984年版)"金部员外郎"记载于第109页。
② 岑仲勉《郎官石柱题名新校订》"仓部郎中"第117页中记载有"此又宪宗末任"。

友人元稹起草,而白居易也作诗相贺①。

白居易则于元和十五年(820)夏由忠州刺史被召回长安(到达长安为当年冬),从而再度开始与元宗简的交游。然而此次交游未能持续多久,元宗简便于其年秋季卧病②,并于次年年春辞世。

元宗简的履历尚有许多不明之处,因此上文又要言不烦地将已确定了的官场履历列举了一遍。如同以上确认的那样,元宗简"郎中"在任的"秋季"可能是元和十三年(818)、元和十四年(819)或元和十五年。

下面想来确认一下姚合的履历③。就探索唱和诗创作时期而言最根本的条件即为"姚合其时身在长安"。

姚合于元和七年(812)秋为科举应试而上京,于元和十一年(816)进士及第。可能次年冬即以魏博节度使田弘正幕僚身份赴任魏州。据考证,姚合回到长安乃元和十五年(820)夏④。其后,姚合官任武功县主簿(正九品上)的时间,按郭文镐说乃长庆元年(821)春,而按陶敏说为元和十五(820)年冬。而不论按二人谁的说法,姚合元和十五年秋都该是身在长安的。

此外,姚合辞去武功县主簿回到长安的时间,按郭文镐说即为长庆三

---

① 元稹《元宗简授京兆少尹制》(《元氏长庆集》卷四六)。白居易《和元少尹新授官》诗中"官稳身应泰,春风信马行。纵忙无苦事,虽病有心情。厚禄儿孙饱,前驱道路荣。花时八人直,无暇贺元兄"。

② 白居易于长庆元年(821)秋作的《慈恩寺有感(时杓初逝,居敬方病)》诗(居敬是元宗简的字)中有"自问有何惆怅事,寺门临入却迟回。李家哭泣元家病,柿叶红时独自来"。

③ 作为姚合的传记研究,以下四篇论文很重要。郭文镐《姚合佐魏博幕及贾岛东游魏博考》(《江海学刊》1987年第4期);同作者《姚合仕履考略(以下略称为郭文镐年谱)》《浙江学刊》1988年第3期;陶敏《姚合年谱(以下略成为陶敏年谱)》(《文史》2008年第二辑);朱关田《姚合卢绮夫妇墓志题记》(《书法丛刊》2009年第1期)。最后一位作者朱关田的论文是新出土的《姚合墓志》(全称《唐故朝请大夫守秘书监赠礼部尚书吴兴姚府君墓铭并序》)的解题。郭文镐的第二篇虽是一篇旧文,但考证精密而可信性颇高。另可参照本书《姚合的官场履历与武功体》一节。

④ 郭文镐《姚合仕履考略》(见注③郭文镐论文所揭)中有以下考证。姚合与补缺的李绅一同造访曲江并作《和李补缺曲江看莲花》诗。李绅在任(右)补缺官职的时间是自元和十五年二月至次年长庆元年三月,而且诗中有"日浮秋转丽"句描写秋景,因此此诗的创作时间即为元和十五年初秋。作此诗时,姚合业已辞去魏博节度从事而身在长安了。

年(823)春,陶敏说亦同。而那时元宗简却已经辞世,不可能再唱和诗歌了。

总结上述论述的结果就是,张籍陪伴姚合造访左司郎中元宗简宅邸,二人并唱和元宗简之诗:张籍作《和左司元郎中秋居十首》、姚合作《和元八郎中秋居》,可以确认上述时间是在元和十五年秋季。此外,从张籍诗(其五)的"称是早秋天""竹院就凉眠"二句也可看出,当时是暑气尚存的早秋时期。元宗简的原诗却并未存世。

这组唱和诗作于元和十五年秋的意义,以下可分别由张籍与姚合来进行简单地确认。张籍自元和元年(806)起的十年间一直在任所谓太常寺太祝这个正九品上的管理太庙神位的底层小官。唐代官职的任期多为三年,而于底层小官在任十年,这即使在友人看来也觉奇异①。而且在元和八年(813)冬至元和十一年(816)冬的三年中,张籍曾罹患严重的眼疾(张籍《患眼》诗中有"三年患眼今年校")。这就意味着这十年多真可谓乃张籍一段郁郁不得志的时期。而就在这种郁郁不得志的生活中,正像前节《张籍闲居诗的成熟》中所述,对于张籍而言他独自创制的闲居诗也日臻成熟起来。眼病快要痊愈的元和十一年冬,张籍晋升为国子助教(从六品上),其后,元和十三年(818)升任广文馆博士(正六品上)、元和十五年任秘书省秘书郎(从六品上)、长庆元年升任国子博士(正五品上)等这样一路晋升上来。作此组唱和诗的元和十五年秋,时值张籍在任秘书省秘书郎。

创作这组唱和诗的元和十五年秋之际,姚合也辞去魏博节度从事回到长安,正在等待下一任官职的任命。而同年冬乃至次年春,姚合被任命为主簿而赴任武功。姚合在任武功县主簿期间,确立了一种被称为"武功体"的独特诗歌风格,而成为文学史上的重要事件。本文的观点认为,这组唱和诗的创作,对于姚合武功体风格的确立来说,是一个重要的契机。

---

① 白居易作于元和十年的《重到城七绝句·张十八》中"独有咏诗张太祝,十年不改旧官衔";另有同年冬作于左迁之地江州的《与元九书》中也有"张籍五十,未离一太祝",而这些都是将其视为异常事态来讲的。

二　张籍与元宗简之间的交游

关于张籍与元宗简之间的交游,先来大致叙述一下。据推定,下面这首诗显示出二人开始交游的最早时间为元和五年(810)。

送元宗简
张籍

貂帽垂肩窄皂裘,雪深骑马向西州。
暂时相见还相送,却闭闲门依旧愁。

(大意)貂皮帽子盖住了你的肩膀,黑色的皮衣紧裹着你的身子。你就要在这样的深雪中跨马奔向西州。我暂时与你相会,又目送你走上旅程。我要是回去一闭上门,依然会感到悲伤。

而白居易于元和五年此时所作的诗为《送元八归凤翔》。

莫道岐州三日程,其如风雪一身行。
与君况是经年别,暂到城来又出城。

上面这首诗是白居易因元宗简雪中归任凤翔而作的送别诗,与张籍诗同为七言绝句,且所描写的情况也相似,很可能是二人同时唱和的。白居易与张籍的交游始于元和四年(809)前后,而可能是经由白居易的介绍,张籍与元宗简相互结识的吧。

包括上面这首诗在内,下面将张籍寄赠元宗简的诗作全部列举如下。括号中为推定的创作时期。

①送元宗简
张籍(元和五年)

貂帽垂肩窄皂裘,雪深骑马向西州。
暂时相见还相送,却闭闲门依旧愁。

②送元八
张籍(元和五年,①之前?)

百神斋祭相随遍,寻竹看山亦共行。
明日城西送君去,旧游重到独题名。

③病中酬元宗简

张籍(元和十四年抑或次年)

东风渐暖满城春,独占幽居养病身。

莫说樱桃花已发,今年不作看花人。

④寄元员外

张籍(元和十二年时,元宗简为金部员外郎)

外郎直罢无余事,扫洒书堂拭药炉。

门巷不教当要闹,诗篇转觉足工夫。

月明台上唯僧到,夜静坊中有酒沽。

朝省入频闲日少,可能同作旧游无。

⑤书怀寄元郎中

张籍(元和十三年时,张籍在任广文馆博士)

转觉人间无气味,常因身外省因缘。

经过独爱游山客,计校唯求买药钱。

重作学官闲尽日,一离江坞病多年。

吟君钓客说中说,便欲南归榜小船。

⑥雨中寄元宗简

张籍(长庆元年以前,张籍尚居住延康坊)

秋堂羸病起,盥漱风雨朝。

竹影冷疏涩,榆叶暗飘萧。

街径多坠果,墙隅有蜕蜩。

延瞻游步阻,独坐闲思饶。

君居应如此,恨言相去遥。

⑦移居静安坊答元八郎中

张籍(长庆元年,张籍任国子博士,移居静安坊)

长安寺里多时住,虽守卑官不苦贫。

作活每常嫌费力,移居只是贵容身。

初开井浅偏宜树,渐觉街闲省踏尘。

更喜往还相去近,门前减却送书人。

⑧答元八遗纱帽

张籍（长庆元年移居静安坊以降，住在眺望南山的居所时所作）

黑纱方帽君边得，称对山前坐竹床。

唯恐被人偷剪样，不曾闲戴出书堂。

⑨哭元八少尹[①]

张籍

平生志业独相知，早结云山老去期。

初作学官常共宿，晚登朝列暂同时。

闲来各数经过地，醉后齐吟唱和诗。

今日春风花满宅，入门行苦见灵帷。

下面，就张籍与元宗简二人交游的情况做简单记述。

张籍于元和元年（806）至元和十年（815）在任所谓太常寺太祝的底层小官。其间，张籍身体常常不适，特别以元和八年（813）冬至元和十一年（816）冬三年间罹患严重的眼疾，曾一度不得不因此而辞官。其眼病终将痊愈的元和十一年（816）冬，被任命为国子助教（关于张籍的眼病参照前节）。下面要读的是，张籍仍患眼疾时期的诗作。

③病中酬元宗简

张籍

东风渐暖满城春，独占幽居养病身。

莫说樱桃花已发，今年不作看花人。

（大意）东风逐渐暖和起来，长安城中一片春意。但是只有自己还过着清贫的生活而在家养病。请不要再说什么樱桃花已开，我今年可不是一个能看花的人啊。

张籍应是被元宗简邀请去看花的吧，而作诗以答，感叹自己今年不能看花的这首诗，作于元和九年（814）抑或次年春季。

张籍于元和十一年（816）冬就任国子助教后，与元宗简二人在朝中往来相互帮衬，也加强了关系的亲密度。诗④《寄元员外》即为当时所作（元

[①] 《全唐诗》中作《哭元九少府》，是混为元稹之误。此处据《张司业诗集》卷四更改。

宗简其时乃金部员外郎）。

元和十二年（817）元宗简升任至左司抑或仓部郎中，次年张籍也晋升四门博士。诗⑤《书怀寄元郎中》即为其时所作。

长庆元年（821）早春，张籍被授太学博士。他以升任此正五品上的高官为机遇，从居住了长达十余年的延康坊寓居移居到了靖安坊。其移居之后紧接着作有诗⑦《移居静安坊答元八郎中》。

此时元宗简虽尚为郎中，但在同年春以内旋即晋升为京兆少尹。不过，元宗简同年秋患病，次年春随即辞世，下面列举的即为张籍悼念元宗简的诗作。

⑨哭元八少尹

张籍

平生志业独相知，早结云山老去期。
初作学官常共宿，晚登朝列暂同时。
闲来各数经过地，醉后齐吟唱和诗。
今日春风花满宅，入门行苦见灵帷。

（大意）你平时的志向与官务，我很了解。而且我们还曾期待过一起去隐遁。我做学官时，我们还常常一起住宿。晚年有了参加朝会的身份后也时常一同度过短暂的时光。闲暇时，我们曾多次一起出去游玩，酒醉之后也一起唱和过诗篇。今天，春风吹来，鲜花开满宅邸，我进门行着哭礼时就看见了你的棺柩。

三 原诗

下面先来通览一遍组诗《和左司元郎中秋居十首》吧。

和左司元郎中秋居十首

张籍

其 一

选得闲坊住，秋来草树肥。
风前卷筒簟，雨里脱荷衣。
野客留方去，山童取药归。

非因入朝省,过此出门稀。

（大意）你选了升平坊这样寂静的坊里住着,那里夏天过后草木茂盛。风口卷起竹席,雨中脱去蓑衣。野客写下药方后归去,山童采药归来。要不是上朝列会的话,你就不再专门外出了。

其　二
有地唯栽竹,无池亦养鹅。
学书求墨迹,酿酒爱朝和。
古镜铭文浅,神方谜语多。
居贫闲自乐,豪客莫相过。

（大意）有空地的话,就只栽(王徽之喜爱的)竹子;没有池塘,也养几只(王羲之爱养的)鹅。学书法并不讲究名家墨宝;酿酒时就爱水少的做法。收集古镜,铭文磨得很难读懂;仙药的熬制方法也如同谜语一般难以理解。主人虽然生活得很清贫,但却享受着自在的乐趣。有钱人啊,是不来这样的地方的。

其　三
闲来松菊地,未省有埃尘。
直去多将药,朝回不访人。
见僧收酒器,迎客换纱巾。
更恐登清要,难成自在身。

（大意）一来种植松菊的地方放松身心,就好像与世俗的尘埃毫无关系了。主人去值班时身上带着很多药;朝廷的官务结束后,也就不去造访别人了。与僧侣相会时,先收拾好碍眼的酒器;迎接客人时,换上简便的纱织头巾。已经不想再踏上出人头地的道路了,因为那将使自己无论如何都无法身心自由了。

其　四
自知清净好,不要问时豪。
就石安琴枕,穿松压酒槽。
山晴因月甚,诗语入秋高。
身外无余事,唯应笔砚劳。

（大意）主人因为知道清净世界的重要，也就不用再看当权者的脸色了。枕着琴形的石头随性睡着，用挖去了松树树芯做的槽子来过滤酒。山蒙上了月光而更觉轮廓分明，而诗歌到了秋天也觉得语言越来越优雅。你身边没有什么多余的差事，只有好好努力作诗啊。

其 五

闲堂新扫洒，称是早秋天。
书客多呈帖，琴僧与合弦。
莎台乘晚上，竹院就凉眠。
终日无忙事，还应似得仙。

（大意）方才洒扫了寂静的堂屋，好像已经是感觉到了秋天了。能写会画的客人们拿来了作品，会弹琴的僧侣演奏着乐曲。天黑了站在长满了莎草的台阶上，在竹荫遮蔽的庭院里，纳着凉睡觉。一整天你都与繁忙的公务毫无瓜葛，宛若成了仙人一般啊。

其 六

醉倚斑藤杖，闲眠瘿木床。
案头行气诀，炉里降真香。
尚俭经营少，居闲意思长。
秋茶莫夜饮，新自作松浆。

（大意）喝醉了酒就倚靠在斑藤拐杖上，没事儿了就躺在装饰了楠木根瘤的床铺上。桌子上放着写满气功口诀的书，香炉里焚烧着据说能引得神下凡的降真香。你的生活以朴素为宗旨，不追求奢华，置身于轻松的时间里，意趣享受不完啊。秋天刚摘的茶叶，夜里不要饮用；拿出我最近自制的松子浆来喝啊。

其 七

每忆旧山居，新教上墨图。
晚花回地种，好酒问人沽。
夜后开朝簿，申前发省符。
为郎凡几岁，已见白髭须。

（大意）主人总是怀念着故乡的老家,最近就画起了水墨画。菊花种满了一地,问着别人可有好酒,就让人去沽来(这是要喝菊酒的吧)。到了夜里,打开朝廷的文书;黄昏时就起草官署的通告。这左司郎中的差事,已经干了好几年了吧,不知不觉我已经长上了显眼的白胡须了。

其 八

菊地才通履,茶房不垒阶。
凭医看蜀药,寄信觅吴鞋。
尽得仙家法,多随道客斋。
本无荣辱意,不是学安排。

（大意）我种菊花的时候,尽量要避开花苗走,不要乱踩;茶室里就不再专门设置台阶了。拜托医生给我开些蜀地的药方来,写信让人寄来吴地的鞋子来。你完全学会了仙人的方术,接着要模仿做道士的素斋。你本来就不关心世间的荣辱,现在就更没有必要学什么处世的心思了。

其 九

林下无拘束,闲行放性灵。
好时开药灶,高处置琴亭。
更撰居山记,唯寻相鹤经。
初当授衣假,无吏挽门铃。

（大意）离开世俗的世界没有什么束缚,你悠闲地散步,让心思轻松下来。天气好的时候,给熬药的灶里点上火;在高台上安置一处弹琴的亭子。你模仿谢灵运的《居名山考》来做文章,搜寻浮丘公鉴定鹤的《相鹤经》。今天是授衣之假(阴历九月的假日),所以也没有不知风雅的差人来打扰。

其 十

客散高斋晚,东园景象偏。
晴明犹有蝶,凉冷渐无蝉。
藤折霜来子,蜗行雨后涎。
新诗才上卷,已得满城传。

（大意）来客回去的时候，书斋里也暗了下来。东面的庭院里更有风情了。晴朗的时候还有蝴蝶飞来，凉风中蝉的叫声也渐渐小了。由于霜降，藤蔓的枝条都枯萎了；秋雨停后，地上还残留着蜗牛爬行过的痕迹。主人的新诗才刚添进诗卷，街上马上就传读开来了。

这组《和左司元郎中秋居十首》诗歌，是对元宗简《秋居》诗的一组唱和之作。但是，由于元宗简的原诗并未流传下来，所以原本其诗是否是十首连作，无奈仍然不明。然而，作为同时唱和而流传下来的姚合的《和元八郎中秋居》却是一首单篇诗作，这样推定元宗简的原诗也可能是一首而已。如果如上推论成立的话，那么张籍可能当场与姚合一同各自唱和一首，而其后又将自己的一首扩大为连章的十首组诗吧。其五的"早秋天"一诗，可能是造访元宗简宅邸之际所作；而其九诗中"授衣假"（晚秋阴历九月的假日）被写入诗中，就成为推测该组诗并非同一时间内所作的根据。本文就准备基于这样的理解来解读。

此外就此十首诗的排列而言，第一首记述了造访，第十首记述了告辞，除了以上两首以外，其余八首并未看出是特别根据时间序列或内容来做排列的迹象。

这里出现的问题是，组诗中所描写的元宗简的生活，果真记载了其原貌吗？抑或是在吟咏其他因素的投影？按照逻辑性的说法来看，要考虑到被见之物与所见之物具有相对的关系。

元宗简的宅邸及其宅内的生活，从这组诗的描写来看，是否称得上"朴素"呢？元宗简的诗文集完全散佚了，因此不可能通过他自身的作品来窥测他的生活形态。这就需根据除了张籍以外如白居易等的第三者，来调查其生活是如何被记录下来的。而首先必须应该确认的就是，元宗简宅邸所位于的所谓升平坊的坊里，在当时是如何被评价的。

四 元宗简的升平坊宅邸

元宗简元和十年（815）春于升平坊购入新宅。所谓升平坊，说起来是一个什么样的坊里呢？

升平坊占据着长安制高点乐游原的高地,以尽览长安城为名,因而每逢佳节成为长安百姓云集的绝佳旅游胜地。还不止如此,升平坊一带王侯高官等的宅邸鳞次栉比,成了一片高级住宅区①。清人徐松的《唐两京城坊考》卷三"升平坊"条记有在此购入居所的姓名。据其记载,在升平坊,早则有武则天长安年间(701—704)太平公主于此营建宅邸,其后又在此相继赐予宁王、申王、岐王、薛王土地,由此可见早在初唐后期,升平坊一带王侯别墅就已连片出现了。总之,占据长安城内制高点乐游原这个胜地的升平坊,是一个达官显贵争相购置宅邸的特别的坊里,因此自然可以推定在这里营建起来的元宗简府邸,可以号称是一座具有与升平坊地位相配的兼具规模与品味的豪宅吧。

上述判断,在读白居易下面这首诗时也可得到印证。

正当元宗简因购入升平坊宅邸而美滋滋的时候,白居易在这首诗中表达了自己也想搬到元宗简府邸东邻的愿望,表面上说是为了要将自己与元宗简的友情传至子孙后代,实质上可以看出升平坊的环境对白居易的确很有吸引力。

欲与元八卜邻先有是赠

白居易

平生心迹最相亲,欲隐墙东不为身。
明月好同三径夜,绿杨宜作两家春。
每因暂出犹思伴,岂得安居不择邻。
何独终身数相见,子孙长作隔墙人。

(大意)我与你平时交往最为亲密。我想隐居在你府邸东邻,绝不是为了自身的得失。明月高悬的夜里,想与你漫步于庭院松竹菊三径。而绿茵茵的柳树遮蔽了我们两家连墙的院子,显得一派春光明媚。即使我暂时外出,如果有你住在隔壁也很放心。既然要购置宅院,又何不与你为邻呢?我这一生中,仅仅与你相见几次是远远不够的,还要让我们的子孙也世代友好为

---

① 关于唐代乐游原的情形,可参照植木久行《唐都长安乐游原诗考——乐游原的位置及其印象》(《中国诗文论丛》第六集,1989年),以及本书《诗性世界之现场——贾岛的原东居》一节。

邻啊。

白居易如此拘泥于"墙东——东邻",是基于"隐居于墙东"的典故而发的①。话虽如此,正如诗题中所云《欲与元八卜邻先有是赠》,白居易是真心愿意购买的。而白居易诗中设定的移居元宗简宅院东邻一事,也重复出现在后面读到的《高亭》《松树》二诗中,如此看来,元宗简东邻可能就存在可真实购置的房产。

由于白居易在此诗之后随即被贬为江州司马,结果购置东邻的愿望没有实现。而结束五年的左迁后,回到长安已是元和十五年(820),次年春即官授礼部主客郎中,至此结束了租赁房屋的生活,而代之以出手阔绰地购置了长安城内新昌坊的宅邸,却并非所谓升平坊的元宅东邻。

新昌坊位于乐游原向东延伸的丘陵以北的斜坡上,名刹青龙寺在此,而其北则可一览大明宫的雄姿,那里是安史之乱后面向高级官僚而新近开发的住宅区②。白居易在购置新宅之际作有《题新居寄元八》一诗,送给了元宗简。在诗中,将自己违背约定未在升平坊而在新昌坊购宅一事,借以解释为"莫羡升平元八宅,自思买用几多钱"(再别羡慕升平坊元宗

---

① 《后汉书》卷八十三《逸民传》"逢萌"条目中述有王君公隐遁之事:"(王)君公遭乱独不去,侩牛自隐。时人谓之论曰:'避世墙东王君公。'"(王君公遭遇了王莽新末暴乱,也没有离开原来的住所,而是在做着牛贩子的同时隐遁起来。时人就此评价他说"王君公隐遁于墙东"。)

② 妹尾达彦《长安的都市计划》(讲谈社选书流派系列,2001年)第205页中关于以新昌坊为中心一带有以下说明:"街东中部的宅邸开发自安史之乱后正式开启,仅次于位于头等的大明宫前的土地。虽以其优良的住宅环境而闻名,但在九世纪前半叶仍留有宽绰的住宅建筑余地。在自然环境上,街东中部的乐游原北麓诸坊都位于小高台北斜坡之上,北面可一览大明宫胜景,排水也很顺畅,能够躲避唐代后期长安城内频发的水害。而且敞亮的街东中部拥有数条相连的丘陵,根据《易经》风水的土地鉴定观念,也认为适宜于营造宅邸。从交通地理条件来说,这个地区毗邻代表着长安消费文化的东市及其周边诸坊的高级商业区、娱乐设施等;同时通过东城墙诸门(春明门、延兴门)与城东街道相连,也便于往来城南别墅与寻访胜迹。官僚在这个地区集中居住的结果,使得其友人熟人都集中住在徒步可达的范围以内,方便了拜访往来,对社会生活来说具有重要的有利因素。"

简的宅邸啦,算算就知道了,要买的话那得花掉多少银子啊)①。对于豪购了高级住宅区新昌坊宅邸的白居易而言,嘴上却说着升平坊房产价钱过高这个举动本身,就具有重要的意义吧。

白居易元和十五年(820)春造访元宗简购置的升平坊宅邸并作有以下这四首绝句,就成为一份了解元宅的重要材料。

和元八侍御升平新居四绝句
(原注:时方与元八卜邻) 看花屋

白居易

忽惊映树新开屋,欲以当檐故种花。

可惜年年红似火,今春始得属元家。

(大意)你怎么又在树荫里新造了房子了?就像你特意在新家旁边种植了花木一样。只是可惜过去这些花木每年都白白花红似火,到了今年才终于开进了元宗简的家里来了。

和元八侍御升平新居四绝句 累土山

白居易

堆土渐高山意出,终南移入户庭间。

玉峰蓝水应惆怅,恐见新山望旧山。

(大意)土堆堆得越来越高了,渐渐看出了山的意趣来,好像终南山要出现在庭院中一样。玉山呀蓝水一定会沮丧的吧。元宗简从此就可以从这新筑的假山上去眺望自己曾经住过的玉山了。(原注有"元旧居位于蓝田山")

和元八侍御升平新居四绝句 高亭

白居易

亭脊太高君莫拆,东家留取当西山。

好看落日斜衔处,一片春岚映半环。

(大意)亭脊修得又瘦又高,注意可别折断了。你家东邻的人

---

① 丸山茂《唐代文化与诗人之心》(汲古书院,2010年)第333页中有:"即便是想要一起搬迁成为邻居,对当时的白居易来说尚有经济上的制约而不得不放弃吧。元宗简卖掉蓝田的旧宅而购置升平坊,并想着要投入巨资来整备庭院;而当时的白居易却并不具备如此雄厚的财力。"

（白居易）要将这个亭子看作是西山呐。夕阳西斜的时候,应该能看见春山一面的烟霭（亭子）,隐含着半圆落日的美景啊。

和元八侍御升平新居四绝句　松树
白居易

白金换得青松树,君既先栽我不栽。
幸有西风易凭仗,夜深偷送好声来。

（大意）花掉了真金白银买来青青的松树。你首先栽种了,我就以后再说吧。幸好一定有西风吹来,深更半夜会偷偷送来松风清爽的沙沙声。

元宗简在长安城内头等地的升平坊宅院内,充满人文情趣地又营建了一座与升平坊相称的新房,特别设置了一处"为了看花的房子"（看花屋）、堆建了"假山"（累土山）、盖起了"高亭"、种植了"松树"。对于这一个个宅内的景致,白居易充满羡慕地作诗吟咏起来。而正是处于对自己的匠心充满着自信,元宗简才会开放新居,用来作为邀请白居易、元稹等文人聚会的场所（参照第72页注②）。

"看花屋""土山""高亭""松树"等,这些都是白居易所选择的元宗简宅邸的景致。就相同景致来看《和左司元郎中秋居十首》是如何描写的话,也就肯定会得知张籍组诗全体的基调。然而,在张籍的组诗中,这四者作为整体并没有从正面加以描写。张籍从与元宗简的匠心与白居易的溢美毫无关联之处着眼,通过自己独特的视点将元宗简庭院描述了一遍。

说起来,张籍将元宗简庭院视为朴素之所而加以描写,其本身就是与将元宗简自身的性情概括为"尚俭经营少"这一点互为表里关系的。元宗简要真的是"尚俭经营少"的话,他的庭院也应按照其朴素美学来营造。不用说,张籍也从吟咏元宗简庭院的《和左司元郎中秋居十首》中,有意识地将偏离其朴素美学的地方都已排除掉了吧。——当然不要忘了,在这里将元宗简自身的性情认定为"尚俭经营少"的,并非元宗简本人,而是张籍。

五　作为官僚的元宗简像

在《和左司元郎中秋居十首》组诗中,元宗简作为高官的事实被隐蔽起来了,而被描绘成一名过着宛若隐者生活的人。元宗简其时在任左司郎中(从五品上)的高官。而其前任职务是从事检察的侍御史(从六品下)这样公务繁重的官职,与之相比,即使公务有所宽松[①],但也不会是一个闲职。

而且元宗简位于与其地位相称的升平坊这个长安城内高级住宅区的宅邸也被隐蔽了起来。通常作为一首应酬诗,要按照一般认为对于对方的高位或功勋、奢华的宅邸或园林的称赞都是不可或缺的,那么这组张籍诗歌的手法就显得很独特了。

这组诗中触及到元宗简官职的几个地方,即使要多估算也仅止于下面几个。

> 组诗其一:非因入朝省,过此出门稀。
>
> 组诗其三:直去多将药,朝回不访人。
>
> 组诗其四:身外无余事,唯应笔砚劳。
>
> 组诗其七:夜后开朝簿,申前发省符。为郎凡几岁,已见白髭须。
>
> 组诗其八:本无荣辱意,不是学安排。
>
> 组诗其九:初当授衣假,无吏挽门铃。

这里没有诗句显示出左司郎中具体职务,只有与其相近的组诗其七:"到了晚上翻开朝廷的文书,黄昏时起草官署的通告。做了几年左司郎中,都长出显眼的白胡须了。"而这首诗的前半部分是"每忆旧山居,新教上墨图。晚花回地种,好酒问人沽",白天的时间都用在了怀念故乡、或想方设法饮用美味的菊酒等事情上;而官署的公务要到了黄昏才开始处理,说明对官务消极怠慢;也是想说就任郎中也经过了数年,又上了年纪,对公务的热情也在减退吧。

除此之外的诗句,还有几句也笼统地写了一些对公务的倦怠。依照这组诗,说元宗简除了去官署上班以外,就不出宅院。(其一"非因入朝省,过此出门稀")即使从官署值班回来,也不去拜访他人。(其三"直去多将药,

---

① 白居易于元和十年(815)所作的《朝归书寄元八》中有:"台中元侍御,早晚作郎官。未作郎官际,无人相伴闲。"诗中记述了与元宗简现任的侍御史相比较的话,其被看好将要就任的尚书省员外郎或郎中二者都很悠闲。

朝回不访人")当然,作为官僚的活动,并不限于官署以内。即使是官僚同事之间私下可见的交际,也处于政治和实力上的交易的延长线上。元宗简对于上述交际漠不关心,其本身就表明了一种态度。

其四"身外无余事,唯应笔砚劳",即对文学以外的事情毫无兴趣,"身外无余事"暗示着对于做官的荣华富贵毫无欲望。而说得再直接一点,即其八的"本无荣辱感,不是学安排"吧。"荣辱"即为"官界的浮沉",既对此并无兴趣,也就不去费心思搞钻营("安排")了。

这样一来,作为一个对荣华富贵毫无欲望的官僚的结果就是,元宗简将兴趣都集中到自己身上来。去值班的时候也担心着自己的身体,随身带着大量的药去官署(其三"直去多将药")。

元宗简唯一希望的就是,自宅与官署之间要隔着距离,减少与官署的瓜葛。这样的心思可从其九的诗句读得出来,即"初当授衣假,无吏挽门铃"(现在是阴历九月授衣的假日,没有了那些不知风雅、前来打扰的差吏了)。

六　元宗简的追求

这里所描写出来的元宗简,是一个斩断了对官僚荣华富贵的向往、对公务没有了干劲儿的人。然而,元宗简并非对一切都提不起精神来,他对自己身边那些日常而浅显的某种"琐事"却持有一份执着的追求。张籍通过讲述对那些琐事的追求,使得元宗简的为人秉性显现了出来。

《和左司元郎中秋居十首》组诗,描写了与天下无关的元宗简宅邸的日常生活,要说的话全不过是些琐事而已。其中有些诗句揭示出元宗简的追求,在此先摘录出几段来。

元宗简是作为以"尚俭经营少"为宗旨的人物而出场的。然而他却并非是一个为了节俭而节俭的人。正确地说,元宗简的审美意识所选取的是一种重视简单朴素即"尚俭"的生活方式①。

---

① 在文人的价值观上,意味着尚俭的情形,大致如下:①不想拥有奢华的家财(台榭、池、桥、舟);②不炫耀与富贵人物的交游;③不赞美富贵;④不表示出人头地的愿望;⑤对公职不显示出责任感;⑥体贴老病的身体;⑦显示出对药食的关心;⑧不讨论天下国家大事;⑨关心身边的琐事;⑩喜爱自然的而非制造出来的东西。

元宗简深谙贵族式的风雅。其二诗中"有地唯栽竹,无池亦养鹅"意即东晋王徽之(王羲之之子)称竹为君子而爱竹,而王羲之据说想要一只鹅而以书法与养鹅人交换,二者都是东晋贵族间有名的风流韵事。不过按照张籍的说法,元宗简宅院(由于修建得很简朴)只是在狭窄的地方种上竹子、没有池塘也养了只鹅而已。这看起来叙述得与主人的情趣以及实际生活的条件之间并不相称;而实际上,这是为了使元宗简作为文人的高雅追求更为引人注目而使用的一种高超修辞手法。

这里补充一句,正如贵族的庭院常被称作池苑、池馆那样,要是考虑到以池为中心布局庭院来作为造园惯例的话①,那么从"无池"之语也就可以看出其旨在强调朴素的意趣;而且诗的尾联"居贫闲自乐,豪客莫相过"一句也的确在强调元宗简的生活态度是以朴素为宗旨的。也就是说,张籍的意图在于,他想将元宗简宅邸及其中所营造的生活全貌,故意描写得简单朴素一些。

　　书画、古董:其二"学书求墨迹,酿酒爱朝和。古镜铭文浅,神方谜语多";其七"每忆旧山居,新教上墨图"。

　　药食:其三"直去多将药";其六"秋茶莫夜饮,新自作松浆";其八"凭医看蜀药"。

　　道术、导引:其二"神方谜语多";其六"案头行气诀,炉里降真香";其八"尽得仙家法,多随道客斋"。

　　饮酒:其二"酿酒爱朝和";其七"好酒问人沽"。

　　花木:其二"有地唯栽竹";其七"晚花回地种"。

元宗简作为一个文人,自然会对书画②、古董、花木抱有兴趣:或搜寻墨迹或古镜(其二"学书求墨迹……古镜铭文浅"),或将自己故乡的景色画在水墨画上(其七"每忆旧山居,新教上墨图"),或种植竹子或菊花(其二"有地唯栽竹"、其七"晚花回地种")。

---

①　白居易将描写自己洛阳履道里宅的作品题为《池上篇》,显示出宅邸以池为中心来布局的意识。

②　白居易元和十四年(819)于忠州作有《画木莲花图寄元郎中》诗:"花房腻似红莲朵,艳色鲜如紫牡丹。唯有诗人能解爱,丹青写出与君看。"记述了他将木莲花的画图寄给了懂画的元宗简。

此外,元宗简还对自己的健康状况非常关心。即使说本草学对于文人是一种不可或缺的教养,而在十首诗中就有三首来写"药",也可看出其对健康非同寻常的关心。即其一"野客留方去,山童取药归"(野客写下药方就回去了,山童采了草药回来)、其三"直去多将药"(值班去的时候身上带着很多草药),还有其八"凭医看蜀药"(请求医生给自己开蜀药的处方)。当时蜀地作为盛产特殊草药的地方而为人所知。除此以外,当时将"茶"也视为药的一种,元宗简认为睡前饮用秋摘的茶叶对于身体来说过于刺激①,自己还加上松子来酿造药酒(其六"秋茶莫夜饮,新自作松浆"),从这些也可看得出元宗简的养生意识。

更有甚者,元宗简还在养生意识的延长线上,又加上了对气功导引以及仙药等的兴趣;其二"神方谜语多",其六"案头行气诀,炉里降真香",其八"尽得仙家法,多随道客斋"(彻底领会仙人的方术,还跟着道士学习素斋)等也都是元宗简的兴趣。还有其九"好时开药灶"(天气好的时候给熬药的灶里点火),这就是所谓的要炼丹药吧。

还有那些看起来自然随性的行为中,也有细心周到的用意。比如在庭院随意摆放的石头上,架起一架古琴。虽则看似一个漫不经心的动作,但那石头并非自然地堆放,而肯定是作为整个庭院布局的一部分来加以考量的。还有傍晚站在长满莎草的台阶上来纳凉、在种了竹子的中庭阴凉处和衣而卧,这些都是元宗简按照预定计划进入到他事先准备好了的舒适空间里来享受的。无论是"斑藤杖"还是"瘿木床",或许本身并非金碧辉煌的昂贵奢侈品,但那都是根据元宗简的审美眼光挑选出来的很讲究的物件儿。也就是说,即使是若无其事的举动,在宅邸的每个角落也都是给予了审美的关怀的。

在这里,不同于所谓天下国家大义这样的世界,而是在细节上加以打磨锤炼的同时,自始至终都在描绘着一片自然而随意的审美生活的世界。而那却并非是需要投入大规模的财力与心力来经营的,反倒是以"居贫""尚俭"为信条,放弃"登清要"的进取心,呈现"本无荣辱意",并与"豪客"

---

① 白居易元和十五年(820)作有《吟元郎中白须诗兼饮雪水茶因题壁上》:"吟咏霜毛句,闲尝雪水茶。城中展眉处,只是有元家。"融化雪水来泡茶饮用,由此可见元宗简有饮茶的爱好。

断交等为前提的一种简单朴素的美学。张籍通过元宗简的秋居世界想描绘的,正是那样一种执着的追求。

七 "闲"的境界

这组《和左司元郎中秋居十首》的关键词是"闲"。全十首诗中,实际上有六首中用了这个关键词,而且在其六一首诗中就出现了两次。可以说,这组诗就是将元宗简秋日居所的境况,要作为一种闲的情境来描绘出来的作品。既如上所述,无论是对于"官的名望与富贵"的无所欲求、还是对"日常琐事"的审美性的执着,这些都是在"闲"的情况下才会有可能实现的追求。

在仔细研究"闲"的具体内容之前,先通过其一诗来确认一下,张籍是要将元宗简宅来做如是描写的吧。

其一:选得闲坊住,秋来草树肥。风前卷筒簟,雨里脱荷衣。
　　野客留方去,山童取药归。非因入朝省,过此出门稀。

"选得闲坊住"首先就要注意。如前所述,每到佳节时分,占据乐游原高台的升平坊是长安人举城出游造访的一个名胜景点,也是王公显贵们连片置业的高级住宅区,并非是一个寂寞萧条的坊里。当时的"闲",与现今所说的闲静有所不同,而是带有一种所谓被遗弃后冷落荒废的负面语感。所以到了秋季,满是繁茂的草木在闲坊中疯长。与这样的闲坊印象相称的是那种人烟稀少、墓地或田地广阔的贾岛所沦落的那个潦倒破败的升道坊[①],而根本与这个升平坊毫不相似。

张籍首先将升平坊规定为闲坊之后,又将出入那里的访客以及主人的形象描写了出来。首先是"野客"。野客信步走进元宅,写下草药处方后又走了。所谓野客,是指那些与官职毫无瓜葛的山野村夫。其次是"山童",山童可能是按照野客开下的方子采药归来。所谓山童,是指那些入山采药来卖的农夫或樵夫的孩子吧。也就是说,出入元宅的访客,未必与政府高官的高门大院相称,可以说是身份卑贱的庶民百姓。而要说主人,除了上

---

① 参照本书《诗性世界之现场——贾岛的原东居》一节。

朝以外却很少走出家门，只是在宅院里静静待着。可以说主人全身上下都表现出了对荣华富贵的无所欲求；其三诗中"更恐登清要，难成自在身"（警惕着不要爬上清要的高官，那样的话就不再是自由之身了）的意思，可以算作这里的一个注脚吧。

组诗其一位于全体总括的位置上，所提示的是"宅邸位于寂静冷清的坊里，除野客与山童来访以外几乎没有什么人出入；主人除了官署公务以外也不出门"。这是一个极其轻松随便的世界，在这里看不到朝气活力与热情积极，也看不到对富贵的雄心奢望。

这里补充一下，所谓的"闲"，在这个时期里以白居易的闲适诗为代表，是多数文人共同为之寄托了兴趣的所在。那么，应该被问及的是，张籍在这些诗中所用的"闲"，具有什么样的含义？这个问题应该可以根据作品来正确地得以理解。

考虑"闲"的含义就意味着，研究"闲"具体是与何种题材共同发生并共同存在的？除了（上述）其一以外，下面就一起来读一下用了"闲"字的六篇诗歌吧。

　　其二：有地唯栽竹，无池亦养鹅。学书求墨迹，酿酒爱朝和。
　　　　　古镜铭文浅，神方谜语多。居贫闲自乐，豪客莫相过。

尾联"居贫闲自乐，豪客莫相过"说的是，"主人日子虽过得很贫困，但却在享受着自由的时间。有钱人啊，请不要找到这里来"。在这里共同使用了"闲"与"贫"。在"贫·闲"的境界中，因为"自乐——自己享受自己的生活"，所以就希望"豪客"不要闯进来打搅这种幸福的因果关系。——这里"豪＝富豪"，是作为侵害令人满意的"贫·闲"状态的一个负面要素来被认识的。就张籍而言，"贫"也是受到肯定评价的。而与"豪"直接对应的概念是"贫·闲"中的"贫"。即伴随着"豪"的侵入，直接受到威胁的是"贫"。这样来考虑的话，"贫·闲"关系就并非"虽然贫但是闲"这样的转折关系，而是理解为"因为贫所以闲"的因果关系才比较适当。

张籍是将"闲"与"贫"理解为不可分离而且相互依存的关系的。如果要追求"闲"的话，就必须以"贫"为前提条件。即在这个限定下，"贫"是一个令人期待的条件。

　　其三：闲来松菊地，未省有埃尘。直去多将药，朝回不访人。

见僧收酒器,迎客换纱巾。更恐登清要,难成自在身。

首联"闲来松菊地,未省有埃尘"说的是,"在这种植了松树与菊花的地方放松一下的话,马上就与世俗的尘埃等都脱离了关系了。""闲"在此的意思是,世俗尘埃生在自己以外的别处的一种隐者的境界。

"闲"是指一种从职务排挤出来的状态,而将其视为苦痛还是视为舒适,这又是另外一个问题。平均来看,古代的"闲"被认为是一种士人被职务(政事)排挤出来的郁郁不得志的状态;到了中唐以降,逐渐地被认为是一种从职务中解放出来的自由而理想的状态了。只是在那种情况下,却附带着一个贪婪的条件,即"闲"的状态是建立于一个令人满意的官职在任的基础之上的(吏隐)。

主人元宗简在出去值班时随身带着大量的草药,而从朝廷回来也不再去拜访他人。即,对保养自己的身体看得很重,而对结交官场人际关系则看得很淡。僧侣来访时将酒器隐藏在看不见的地方,客人来访时就戴上纱巾。纱巾如同白居易在《香山避暑二绝》其一中的"纱巾草履竹疏衣"那样,是放松随便的时候戴的头巾。而尾联"更恐登清要,难成自在身"在说就此不再想登上清要官职(高官),因为那样会失去自由之身。这里所描写的是一个虽身为官吏但对公务草草了事、也不图出人头地、却重视自己的身体健康、一心要放松身心地度过余暇时间的元宗简的形象。

顺便说一下,此时元宗简的官职是左司郎中,是一个从五品上的"清要官"(一般五品以上即为可列席朝会的常参官,可谓是日本的殿上人),而左司郎中之上依次为正五品上的给事中(门下省)、谏议大夫(门下省左散骑)、中书舍人(中书省)、御史中丞(御史台①),更往上走即为各省的次官(侍郎,正四品下等)或长官(尚书等,正三品)等,因此左司郎中是一个以追求荣华富贵为定位的精英官僚。一考虑到元宗简拥有如此的地位,就不得不认为张籍所描绘出的元宗简像,是在极其明显地沿着一个特定的方向而被扭曲变形了。

其五:闲堂新扫洒,称是早秋天。书客多呈帖,琴僧与合弦。

---

① 若论地方官,还有从四品下的三府(京兆、河南、太原)少尹等。顺及,元宗简在郎中之后升任为京兆少尹(从四品下),而这也是他的最终官职。

莎台乘晚上，竹院就凉眠。终日无忙事，还应似得仙。

首联"闲堂新扫洒，称是早秋天"中的"闲"，要先注意的是，这个闲字不是用来形容人物而是用来形容事物（场所）的。元宗简的"闲"的境界，将他所居住的空间也变得"闲"了。

元宗简所交往的人物，除了其一中说的"野客""山童"之外又增加了"书客"与"琴僧"。善于书法的访客和擅长抚琴的僧侣都是元宗简的客人；总之他那里没有如"豪客"所代表的追名逐利的形象。清客们以文雅相交；而主人则在洒扫清新的厅堂、在爬满莎草的台阶，或在栽满竹子的庭院里，忘却了繁忙的公事而悠闲度日，好似一个仿佛与俗世断交了的仙人一般，被形象化了。

"闲"具有与书客、琴僧、仙人的亲和性，并提示与追逐世俗名利的"忙"处于相对立的关系。

其六：醉倚斑藤杖，闲眠瘿木床。案头行气诀，炉里降真香。

尚俭经营少，居闲意思长。秋茶莫夜饮，新自作松浆。

首联"醉倚斑藤杖，闲眠瘿木床"以及颈联"尚俭经营少，居闲意思长"，出现了两个"闲"字，可谓是一首描写"闲"的作品。主人喜欢醉酒与闲卧，其时有两个小小的讲究，就是主人爱用的"斑藤杖"与"瘿木床"。主人还对气功的秘笈与请神的降真香非常感兴趣；而由于秋天摘的茶叶妨碍睡眠，就加了松子来亲自酿酒喝。因为主人是以节俭为宗旨的，所以并不在宅邸上花费金钱和时间。然而，就是在这样以简单朴素为宗旨的"闲"的日子中，过着充满情趣的生活。

元宗简是将"闲"视为与"尚俭""经营少"、再加一个"养生"等三位一体化来享受的。

其九：林下无拘束，闲行放性灵。好时开药灶，高处置琴亭。

更撰居山记，唯寻相鹤经。初当授衣假，无吏挽门铃。

首联"林下无拘束，闲行放性灵"，"林下"并不单是指林中，正如"林下人""林下士"意味着隐遁者一样，也如"林居"意味着隐遁生活那样，"林下"是一个指示隐遁世界的用语。这里也是其一个用例。（元宗简的宅地里可能并没有真正的森林）。"闲"是为了"放性灵——原模原样地表露出心情"的条件；使得"性灵"闭塞的是"豪"是"官"等这样世俗的要素,具体来说,末句的"吏挽门铃"(差人按响门铃)即为其一个形态。因为现在的时节是授衣假,即在农历九月中所给予的十五天的假期①,所以元宗简也不用去担心世俗要素的闯入,是能够在"林下"世界中享受其"闲"的境界的。

"闲"指的是一种被"官"继而被富贵排挤在外的境遇。按照"闲"的原意,闲居是指一种被置身野外的郁郁不得志者的生活。但是,后期的韦应物发明了所谓"吏隐"的概念②,而又经过白居易将"吏隐"用作"闲适"的方法而固定下来以后,"闲"就变成为担任着官职并确保着富贵的同时、从公务中被解放出来的一种自由时间。这样的"闲"由于兼有富贵,因而并不再伴有心身的苦痛而能与"适"相关联,即所谓"闲适"的概念也就此成立了。(参照前节《张籍闲居诗的成熟》,特别是结论部分)

由于对于"闲"的含义产生了如此的差异,关于中唐以降的文学中所出现的"闲居",就必须要考虑到两个极端的情形。一个是官职在任并确保了富贵之际的"闲";另一个是更加保留了原意,"不为官""不取富贵"之际的"闲"。前者由白居易的"闲适诗"而走向成熟,后者相对于前者眼下称为"闲居诗"用以区别比较适当吧。

此外,后者的情形下,不限于"无官",也包含有"沉沦于微官"的状态而广义地去考虑,则更与实际状态相吻合。张籍在太常寺太祝这个正九品上的微官上沉沦了十年、而且其间还罹患严重的眼疾、不得已而辞官在家的状态,就成为后者"闲"的一个典型。正如前节既已论述的那样,张籍正是从这种郁郁不得志者的"闲"中,使其独创的"闲居诗"走向成熟。中唐以降,以上述二者为两个极端,其间各种形态的闲居又派生了出来。

张籍在《和左司元郎中秋居十首》中,以"闲"为主题,将元宗简的"闲居"描写了出来。而其闲居的性质,最后在此应确认一下。——元宗简作为一个所谓左司郎中的从五品上的高官、而且在所谓升平坊的高级住宅区

---

① 《唐会要》卷八二中"其年(天宝五)正月,内外官五月给游假,九月给授衣假,分为两番,各十五日"。

② "吏隐"之语,正如《佩文韵府》中举宋之问"宦游非吏隐,心事好幽偏"(《蓝田山庄》诗)之例那样,以前已有之。然而使其作为一个表示士人生活方式的概念而成熟起来的人是韦应物。

购置了宅邸,客观上看来,毫无疑问是处在一个富贵的境遇之中的。然而,张籍笔下所描写的元宗简与元宗简宅邸,却与其客观事实不同。而且位于升平坊的宅邸更被看作是闲坊之宅,元宗简也被塑造成一个对职务毫无兴趣、对荣华富贵毫无热情的人物。"居贫闲自乐"(其二)中所表达的意思,在这里是具有象征性而且是决定性的意义的。

八 姚合的唱和诗

那么接下来,姚合所作的与元宗简唱和的诗又如何来看呢?

和元八郎中秋居

姚合

圣代无为化,郎中似散仙。
晚眠随客醉,夜坐学僧禅。
酒用林花酿,茶将野水煎。
人生知此味,独恨少因缘。

(大意)圣上在位期间,诏行无为之治;而郎中您也恰似那无官的仙人①一般。晚上睡觉时随来客同醉,夜里坐禅时随僧侣学习。酒,加以林花来酿;茶,汲取野水来煎。自己出生以来,就已知道了这种生活的滋味了,遗憾的只是即使想与您一样活着,也因前世没有因缘而无法实现啊。

姚合的诗一读就明白,与张籍的诗趣味一致。"郎中似散仙",即将元宗简比作一个仙人,并大书特书了其不受世间约束的飘逸形象。而看似散仙的元宗简的风貌,则由颔联与颈联的"晚眠随客醉,夜坐学僧禅。酒用林花酿,茶将野水煎"来继续具体加以说明。

姚合的唱和诗句,正如下面也能够得以确认的那样,与张籍的唱和组诗紧密地相互对应着。(△符号意即对应是不全面的)

"郎中似散仙"→其五"还应似得仙"、其八"尽得仙家法,多

---

① 散仙是天界中未任仙官的神仙。(《中华道教大辞典》,中国社会科学出版社1995年版)

随道客斋"

"晚眠随客醉"→其五"△竹院就凉眠"、其六"△闲眠瘦木床"

"夜坐学僧禅"→其三"△见僧收酒器"、其五"△琴僧与和弦"

"酒用林花酿"→其二"酿酒爱朝和"、其六"新自作松浆"

"茶将野水煎"→其六"△秋茶莫夜饮"、其八"茶房不垒阶"

  姚合于元和七年(812)秋为科举应试而上京,元和十一年(816)春进士及第。姚合此间将拜访张籍呈送名片的投刺之作《赠张籍太祝》赠给张籍而当面求见。这首诗中有"甘贫辞聘币"一句,如果此句指的是淄青节度使李师道招聘张籍之事的话,则应为元和十一年冬所作(参照《张籍闲居诗的成熟》一节第35页注②)。另有"贫须君子救,病合国家医",说明在此时间点上,张籍已过三年的眼疾尚未痊愈,而其眼疾几近痊愈则是在元和十一年年末。

  张籍在任所谓太常寺太祝这样的微官(严格地说,元和十一年张籍既已因眼疾而辞去了此官),却并非处在对科举或吏部铨试录取具有影响力的立场上,因此姚合对张籍的投刺行为,与其说是为了科举应试的事前来公关,不如说就是缘于对张籍诗名的敬慕吧。不过,不管怎么说,都可以认为姚合与张籍的交游是开始于这个时期,同时张籍的文学此时也是正在影响着姚合的。姚合作为魏博节度从事而赴任魏博是在元和十二年(817)冬,而那已是二人结识以后的事情了。

  姚合赴任武功县主簿的时期,确立了被称为武功体的诗歌风格。然而,其实在早于此前的魏博节度从事时期里,姚合已经正在形成着一种描写对职务倦怠、自己身体不适,及对归隐渴望的独特诗风,而且就在其中也业已开始孕育着武功体了(参照《姚合的官场履历与武功体》一节)。在这段姚合的魏博节度从事的时期,可以说对原"武功体"的形成而言,必须要考虑到很可能已经受到了张籍的影响了。

  在此基础上,本文想来确认一下姚合这首《和元八郎中秋居》的创作时间本身所具有的意义。姚合是在辞去魏博节度从事之后、且在下一任武功县主簿的赴任之前,即正值两者的中间点(元和十五年[820]秋)之际,创作了这首诗的。姚合是在这首唱和诗创作的当年冬季抑或次年春季,赴任的武功县主簿。在这个时机上,恰逢姚合与张籍两人正好都在唱和的现场,即在张籍创作了那组可谓其尚俭美学集大成的《和左司元郎中秋居十首》的那个现场,姚合恰好身在现场的这个事实,对考虑其后武功体的形成,具有不可限量的重要意义。

九 唱和诗以前的张籍

由唱和诗所描写出来的元宗简的世界,显示出其对朴素生活的追求、对官职的毫无兴趣、对遁世的渴望、以药食而养生,以及对身边琐事的关注等的一种意向性,总而言之这些都是由朴素与无欲的价值观所贯穿下来的。

可是这样的意向性与价值观究竟存在于何处呢?这里包含着微妙而复杂的问题。尽管如此,元宗简真实的生活具有如此"朴素""无欲"特征的可能性也应该是很难排除的;至少可以确信元宗简所过的并非是一种标榜与之相反的价值观、炫耀一夜暴富的低俗嗜好的生活吧。如果真是这样的话,张籍也不会专门选取元宗简宅邸来创作这样的唱和诗。但是,元宗简宅邸却绝非陋巷中的贫家寒室,而且元宗简本人既非乡野村夫也非底层小官。总之,他是一个不乏荣华富贵的人物。因此,必须要考虑到,被张籍组诗所描写的元宗简的世界,多多少少都强烈反映着张籍本人的价值观。

考虑上述观点的线索,在这组唱和诗之前的二人交往的诗作中就应会有所存在。因元宗简的作品全已散佚,只能来集中追寻张籍的诗歌了。如上所述,张籍于元和五年(810)与元宗简结识,但二人的交游深化到亲密的程度而持续发展的时期,却到了张籍治愈了眼疾也恢复了官职(国子助教)的元和十一年(816)冬季以降,而诗歌的应酬也是从这个时期开始活跃起来的。

首先要关注的是下面这首诗歌。因诗题写作《寄元员外》,可知此时正值元宗简在任金部员外郎。元宗简就任金部员外郎(从六品上)是在元和十一年(816),到了元和十三年(818)就升任郎中了(在此期间张籍为国子助教)。故而诗歌的创作时间也限定于这个时期。

寄元员外

张籍

外郎直罢无余事,扫洒书堂试药炉。
门巷不教当要闹,诗篇转觉足工夫。
月明台上唯僧到,夜静坊中有酒沽。
朝省入频闲日少,可能同作旧游无。

(大意)你担任了金部员外郎,值班结束后清闲下来,洒扫书堂点起药炉。你将宅邸选建在避开繁华的地方,看得出在诗歌创作上你也越来越下工夫了。皓月辉映的高台上虽说只有僧侣前来赏月,所幸夜阑人静的坊内仍有沽酒之肆。不过你常常去官署上班,也没有多少闲暇的日子吧。什么时候我们俩再一起去踏访曾经出游过的地方吧。

元宗简于升任金部员外郎之前的元和十年(815)即购置了升平坊宅邸,因此这里的"门巷不教当要闹"是指其升平坊宅邸。张籍在这首诗里也还是将升平坊描写成为一个"并非要闹"的寂静的坊里。

包含上面一点之外,很明显的是这首诗与作于两三年后的《和左司元郎中秋居十首》拥有多处相同之处。如值班结束下班后就无所事事;埋头将书斋洒扫得一尘不染;还常常清理炼丹的药炉;喜欢伫立在傍晚的台阶上,喜欢邀请僧侣前来闲谈等。——这两处诗歌都通过元宗简如此的举止行为,将其喜爱闲雅的禀性展现出来了。要做一个对应表的话,将会如下所示。

A."外郎直罢无余事":其三"直去多将药,朝回不访人",其四"身外无余事"

B."扫洒书堂试药炉":其五"闲堂新扫洒",其九"好时开药灶"

C."门巷不教当要闹":其一"选得闲坊住"

D."诗篇转觉足功夫":其四"诗语入秋高……唯应笔砚劳",其十"新诗才上卷,已得满城传"

E."月明台上唯僧到":其三"见僧收酒器",其五"莎台乘晚上"

F."夜静坊中有酒沽":其七"好酒问人沽"

C组不过是将七言句换作五言句;A组将值班与余事等素材组合起来;

B组也同样将扫洒与药炉组合起来;E组有些复杂,是将"僧人来访"与"夜台"在变化的同时组合起来。

这样来看的话,似乎可以说《和左司元郎中秋居十首》是将《寄元员外》诗中预先准备好了的元宗简闲居的意象,以组诗的形式扩大化了的结果。

那么元宗简如此闲居的意象,是被如何形成的呢?按照常识来说,那些意象在元宗简的生活中既已存在,由此察觉之后而被形成了意象的吧。但是,事情并没有那么简单。应该考虑到,形成意象的更为本质性的因素,已经在张籍自身的"闲居"观中被预先准备好了。

书怀寄元郎中

张籍

转觉人间无气味,常因身外省因缘。
经过独爱游山客,计校唯求买药钱。
重作学官闲尽日,一离江坞病多年。
吟君钓客词中说,便欲南归榜小船。

(大意)最近渐渐感觉不到人间的味道了,而常从身边悟出佛法所教诲的因缘来。顺便来访的人,只有忘记凡俗而进山游玩的友人(元宗简);而让我计较的只有买药的钱。我重新做了学官(助教→广文馆博士),得以安闲地度日。想来一度离开故乡的村庄(安徽省和县),竟在病中度过了这么长的一段年月。吟咏你的《钓客词》诗句时,不知怎么地特别想回到南方去泛舟江上。

这首诗作于元和十三年(818)张籍从国子助教晋升至广文馆博士之间的那个时间点上。

正如诗题中的"书怀"所示,这首诗是专门抒发张籍自己胸臆的作品。张籍失去了对世间(人间)的兴趣,而触及到他身边所发生的事情,他就不由得想起了佛法教诲的因缘说来。而对世间失去兴趣的结果,使得张籍的兴趣就仅仅集中在以下三个地方。第一个是与游于世间以外的人(游山客)的亲密交往,第二个是他的自我养生,第三个是渴望归隐。张籍并且将这三个兴趣分别写进了下面三句诗中:"经过独爱游山客""计校唯求买药钱",以及"便欲南归榜小船"。

而支撑在上述心思下面的是张籍"闲"的境遇。因为置身所谓学官这种不忙的官职,不管他喜欢还是不喜欢,张籍都处于这种"闲"的境遇之中。然而现实却是,以上这三种心思却并非是在张籍就任学官之后才生发出来的。就任学官之前,于所谓太常寺太祝的管理太庙神位的小官在任的十年之间,这样的心思就业已被深深印刻在了张籍的心中。这个时期,张籍在长期沉沦于下级官吏的焦躁心绪下,更处于担心由于眼疾而导致失明的恐怖中,以及在无奈辞官的懊悔之中,忍耐着这种被富贵排除在外的所谓"闲"的境遇,竭力摸索出了一种生存下去的方法;同时从那样的闲居生活中所创作出来的就是张籍的"闲居诗"。而本文认为,在这种闲居诗中所形成的价值观与审美意识,即使在其后眼疾痊愈、官职得以提升(国子助教)之后仍被继承了下来(参照前节《张籍闲居诗的成熟》)。

下面再读一首张籍寄给元宗简的诗作。创作时间虽未能确定,但很有可能是元和十五年(820)以前的作品。从诗中叙述了张籍远离升平坊的元宗简宅邸("恨言相去遥")可以判断,此时仍是张籍住在延康坊的时期。张籍于长庆元年(821)就任国子博士之后,移居到了距离元宗简所住的升平坊相当近的靖(静)安坊。因为作此诗的季节是秋季,所以应是元和十二年至元和十五年之间的某个秋季所作。

雨中寄元宗简

张籍

秋堂羸病起,盥漱风雨朝。
竹影冷疏涩,榆叶暗飘萧。
街径多坠果,墙隅有蜕蜩。
延瞻游步阻,独坐闲思饶。
君居应如此,恨言相去遥。

(大意)秋日的房间里,拖着病弱的身子起来;风雨交加的早上,洗漱束发。竹子的姿态清冷而肃穆,茂密的榆树叶子沙沙作响。道路的两边落满了果实,土墙的墙角里滚落着蝉蜕。即使试着眺望远处,也觉得走着去太费时间了。独自坐着,沉溺于安静的思绪中。你的生活也应该和我一样吧。遗憾的是,我俩相互住得太远了点儿。

与《和左司元郎中秋居十首》关联起来看,这首诗有两个值得注意的地方。第一,这是一首张籍描述自己"秋堂"生活的作品,题材上也与描写元宗简"秋居"生活的《秋居诗》相互关联。第二,叙述了张籍自己的"秋堂"生活应该与元宗简的"秋居"生活相类似("君居应如此"),预想着二人生活的和谐状态,而且也期待着二人感情也相通相合。——不过,"君居应如此"到底还是一句叙述推测的话语,在此时间点上张籍还尚未造访过元宗简宅邸。可想而知,"君居应如此,恨言相去遥"二句很有可能是在婉转地表达张籍想造访元宗简宅邸的愿望。如果这样的话,元宗简的《秋居诗》与张籍的这首诗实际上应是同一系列的作品。

首先就列举的第一点来看,这里所描写的,与其说是一个放松随便的闲居,不如说是接近于一个被阴暗的荫翳所遮蔽起来的幽居的语感①。对其阴暗的情调中,所谓"拖着病弱的身子起来"的情景设定也带有几分影响吧。但是这个结论却不能仅仅在这一点上寻找理由。此外,在所谓"在风雨交加的早上洗漱束发"那样漫不经心的举止中,使得一个并不依存于世间(及其价值观)的轮廓鲜明的人的形象浮现了出来。而伫立在风雨飘摇阴暗湿冷之中的竹子或榆树的姿态,也似乎在暗示着住在那个世界的人那忍受孤独的心灵。那道路两边落下的果实,以及土墙角落里滚落的蝉蜕,对生活在被世间权贵利益所吞没的人来说,它们也是一种发觉不到但却真实存在的姿态。通过这样的描写,这首诗成功地描绘出了一个被排除在世间之外的孤独人的姿态。被排除在世间之外,意即不受那个支配世间(官的世界)富贵与权力的价值观的约束而漏网脱离出来的意思。

张籍在诗中除了描写了自己秋堂孤独的生活以外,还道出一句"你的生活也应该和我一样吧"。这句应该理解为,张籍不仅仅是预想着元宗简在居住状况及日常举动上与自己相似,而是信赖并期待着与元宗简共同享有闲居的价值观。(客观上元宗简虽置身于富贵的立场上,但在对闲居的感觉上却是一个与张籍共鸣相惜的同道人)

---

① 参照《张籍闲居诗的成熟》一节。"闲"是士人被排除在官(富贵、权力)以外的状态。而其含义演变成为一个所谓从公务解放出来的自由状态这种具有积极价值的意义,这个时间可以认为是在中唐以降。因此,中唐以前的闲居,最根本的意义是指一种被遗弃在野的郁郁不得志者的生活,与幽居或家居同义。

十　组诗的意义

这里首先要注意到的是,《和左司元郎中秋居十首》是由十首诗组成的一组规模庞大的组诗。而除此之外,还能列举上来张籍所创作的组诗,仅有《庄陵挽歌词三首》《寒食书事二首》《寒食内宴二首》《和韦开州盛山十二首》《同严给事闻唐昌观玉蕊近有仙过因成绝句二首》《凉州词三首》等若干组而已。而其中仅有两首到三首的诗歌却不能称之为组诗。总之,张籍并不是一位创作了很多组诗的诗人。而其中规模最大的是《和韦开州盛山十二首》,但这组诗具有所谓唱和韦处厚《盛山十二诗》的一个篇数上的他律的理由。而且韦处厚的这首《盛山十二诗》,正如韩愈在《韦侍讲盛山十二诗序》中所说的"于时应而和者凡十人"那样,是一组具有多数唱和者的著名组诗,张籍的组诗也就被包括在其唱和圈里。如果与此相对比的话,就会了解到,《和左司元郎中秋居十首》是在张籍诗歌中占据着特殊的位置的。这里再追加一句,元宗简的原唱诗歌虽未有遗存,但是姚合的唱和诗是一首单篇,因而原唱诗也很有可能是一首单篇之作。如果这个说法成立,那么也可以认为,这组扩大到十首规模的唱和组诗,就成为张籍一个非同寻常的积极性的产物了。

可是张籍的这组诗从历史的眼光来看的话,是将元宅庭院的数个景致由几首诗分别来描写,即属于所谓"庭院组诗"的谱系[①]。其中,从并非描写自宅而是描写造访对象的庭院这一点来看,应该是直接借鉴了杜甫的《陪郑广文游何将军山林十首》《重过何氏五首》等先例的吧。然而张籍这组诗,其所考虑的诗歌主题既非庭院亦非宅邸,而是其中所经营的主人的生活及其主人的人格禀性,在这一点上张籍这组诗又大大超出了以往庭院组

[①] 关于庭院组诗的用例,则有王维的《辋川集》、杜甫的《陪郑广文游何将军山林十首》《重过何氏五首》、皎然的《南池杂咏五首》、韩愈的《盆池五首》《游城南十六首》、李坤的《新楼诗二十首》、韦处厚的《盛山十二诗》等。而张籍以后则有王建的《原上新居十三首》、姚合的《题金州西园九首》《杏溪十首》《陕下厉玄侍御宅五题》、朱庆馀的《和刘补缺秋园寓兴之什十首》、雍陶的《和刘补缺秋园寓兴六首》、李德裕的《思山居一十首》《重忆山居六首》《春暮思平泉杂咏二十首》《思平泉树石杂咏一十首》等。

诗的创作手法。而要论二者之间的差别,可比较杜甫由友人郑虔所陪同造访何将军别墅之际所作的《陪郑广文游何将军山林十首》,即可知晓。

陪郑广文游何将军山林十首

其　九

杜甫

床上书连屋,阶前树拂云。

将军不好武,稚子总能文。

醒酒微风入,听诗静夜分。

绨衣挂萝薜,凉月白纷纷。

(大意)长椅上书籍堆得几乎高到了屋顶,台阶前树木高耸拂云。主人虽为将军却不好武,而孩子们也学艺优秀。微风习习,酒醒了过来;清朗的晚上到了夜深人静时,我们还在倾听主人吟诗。脱了夏衣就随手挂在萝薜上;而一走出屋外,却见天上一轮明月皎洁,在地上洒下光辉一片。

这首诗将主人的姿态鲜明地描绘了出来。主人虽是位将军,却不好习武而爱书籍,孩子们也如其父喜爱文墨。宴席上虽有好酒,但最后大家却以诗相和,在互相欣赏中,迎来了清朗的月夜。如此描写主人文雅禀性的诗歌,就超越了当时单纯描写庭院之美的老套庭院诗,也显示出了杜甫的个性来。——但是,这首诗是连作的第九首,而其他九首却依然是描写庭院之美的组诗。其一写的是造访位于长安城南别墅的行程,其二写的是被林木包围的作为庭院核心的池水景致,其三以降则是移步换景地描写其别墅的细部。其一与其二如下文所揭。

其一:不识南塘路,今知第五桥。名园依绿水,野竹上青霄。

谷口旧相得,濠梁同见招。平生为幽兴,未惜马蹄遥。

其二:百顷风潭上,千重夏木清。卑枝低结子,接叶暗巢莺。

鲜鲫银丝脍,香芹碧涧羹。翻疑柁楼底,晚饭越中行。

与这样的作品先例相对比,不注重庭院景观描写,而是关注主人生活的张籍的组诗,则明显就是一种崭新尝试的产物。此外,王维的辋川庄或何将军的别墅均在长安郊外,作为大规模营造的郊区庭院与城内的元宗简宅邸相比则轩轾立见,而由此就认为张籍诗歌出现了不同,则并非是对问题本质的正确理解。这里需要回想到白居易在吟咏升平坊元宗简宅邸的四首组诗(前揭)之际,仍旧是对宅邸与庭院的营造显示出了兴趣。

张籍的《和左司元郎中秋居十首》虽属庭院组诗的谱系,但又向前迈进了一步。这一点在与姚合的关联上就具有决定性的重要意义。姚合并非是将张籍的《和左司元郎中秋居十首》当作一组庭院组诗,而是将其当作一种全新的闲居诗的形式来接受的,这样就诞生了《武功县中作三十首》《游春十二首》《闲居遣怀十首》等代表姚合武功体的作品群①,且上述这些组诗早已不再以"宅邸·庭院"为主题了。说到底,姚合组诗群的舞台已不再是富贵高官所拥有的宏丽池苑,话虽如此,但也并非是那种规模虽然低调但却讲究意趣的文人私邸。总之,姚合组诗的舞台不过已演变成小县(武功县)县斋,抑或贫士寒舍而已。姚合组诗群意在描写被富贵逻辑所排除在外、沉沦于底层微官或山野村夫境遇中的孤独者的闲居姿态来,这才始终是姚合组诗群的主题。

下面虽为方便计而极显简略,分别就上述姚合三组组诗的最后一首列举如下,窥一斑而知全豹。

武功县中作三十首

其三十

姚合

作吏无能事,为文旧致功。
诗标八病外,心落百忧中。
拜别登朝客,归依炼药翁。
不知还往内,谁与此心同。

(大意)自己作为官吏很无能,在作诗这一点上一直拼命到现在。虽然我的诗歌与八病无关,自负取得了不错的成绩;但是我

---

① 三组组诗中的前二者是姚合在武功县之作,最后一组则推定是姚合宝历元年(825)春夏结束了武功县主簿的任期而在长安等候守选半年多之际的作品,姚合于其后官任万年县尉。武功体是姚合在武功县主簿任中所形成的一种文学风格,即通过"贫、边、老、病、束、倦、隐"等多个契机,一一去除以"中央、权力、富贵"为属性的"官"的要素,即实现文学舞台的脱"官"化的一种诗歌样式。在这样的诗歌中,满目所及的所有光景都布置于世界偏僻的一隅,而这就是姚合文学的美学,也是"武功体"的特征。详细参照《姚合的官场履历与武功体》一节第四部分。

的内心一直处于忧虑之中。我将不再对那些出入朝廷的官员恭敬行礼了;而是要将我的身心归依到炼仙丹的药翁那里去啊。可是即便如此,这来往的世人之中,有谁能和我同心而行呢?

游春十二首
其十二
姚合

晓脱青衫出,闲行气味长。
一瓶春酒色,数顷野花香。
朝客闻应羡,山僧见亦狂。
不将僮仆去,恐为损风光。

(大意)黎明时分我脱去了青衫的官服,慢悠悠地走着,心中涌上一股幸福之情。瓶内装着春酒,眼前一片野花飘香。朝廷的官员听到这里,一定会感到羡慕吧。山僧见到我的这副模样,肯定也以为我会发狂的吧。我不让仆人随行同去,那样的话就会断送了这难得的风光。

闲居遣怀十首
其 十
姚合

拙直难和洽,从人笑掩关。
不能行户外,宁解走尘间。
被酒长酣思,无愁可上颜。
何言归去事,著处是青山。

(大意)我性格过于耿直,不善与人交际,因而就闭了门蛰居起来。即使他人嗤笑,我也并不介意。我都不愿在家的外面走来走去,更何况追逐在名利场上更叫人忍无可忍。痛饮美酒,总是沉浸在快乐酣畅之中。因为没有忧愁,醉意都上了脸了吧。何必还硬要口口声声说去隐遁呢?眼下自己的所在,就是安顿身心的地方啊。

姚合的这些由武功体写就的闲居诗,如果与张籍的《和左司元郎中秋居十首》相比较的话,自己的无能或贫贱、对朝客反感等表达都变得更加激进起来。其第一个理由是,张籍(或姚合自己)的唱和诗中,因为被描写的是元宗简、是以对主人元宗简的敬意为前提而作的诗。即使在吟咏对公务的倦怠上，也不能将元宗简描写成一个无能之辈；即使是面对着富贵的朝廷官员，也不能借主人之口露骨地说出敌对情绪来。相反所有的话语全都控制成为一种有节制的表达了。姚合武功体的闲居诗所具有的这种激进的风格，会被认为是从对他人节制性的制约中解放出来的一个结果。

当然，姚合的武功体闲居诗，并非是这样只对"元宗简宅邸的张籍唱和诗"的一种矫枉过正；即便是与作为母体的"张籍体的闲居诗"相较而言，也显示出了过激的风格。正是这种超越了张籍闲居诗而显得更加激进化、极端化的姚合闲居诗，才可谓成就了武功体的特质。

姚合所谓武功体的闲居诗的整体风格，并非全都汲取自被富贵排挤在外的自己的闲居生活；其首先是从张籍那里接受了这种风格的理念之后，又将其进一步提纯而变得更为彻底化之后才形成的。张籍闲居诗的原型，成熟于他自己在任太常寺太祝十年的郁郁不得志的生活中，这一点如前节《张籍闲居诗的成熟》所述。而对于姚合而言，客观上却看不到仕途不遇的时期。姚合武功体的文学所描写的那些郁郁不得志的下级官吏的自画像，要说起来的话，都是虚构，是与他头脑中的闲居文学相一致而创作出来的形象。按照不少文学史论者的说法，姚合在沉沦于所谓武功县主簿与万年县尉这样的小县下吏期间，从其郁郁不得志的生活中出发创作出来了武功体文学。然而，这两种官职实际上都被评价为位于精英官僚路线出发点的令人艳羡的美差。因此，将此时期认定为姚合的郁郁不得志时期是错误的，关于这一点笔者以前业已有过论证[1]。

姚合从张籍那里继承了闲居诗的创作方法这一点并没有问题。因为作为与闲适诗区别开来的样式，闲居诗的确是由张籍其人创制的，因为张籍之前的所谓闲居诗尚未以明确的形式存在过。然而，张籍与姚合所作的闲居诗中，微妙之处却隐含着决定性的差异。单纯来讲的话，张籍的闲居诗，是指忍受存在于此处的称为闲居的负面境遇的同时，描写这种在精神上恢复平衡过程的一种文学样式。但是就姚合的武功体而言，他是先自行设定一种称之为所谓闲居的典型，然后再在其中故意地敌视仇恨富贵和权

---

[1] 参照本书《姚合的官场履历与武功体》一节。

力,继而导演出一个懒散堕落的自我形象。蒋寅就武功体的新意义所概括的"姚合给自己画了一幅古典诗歌中前所未有的、也是正统观念所不容的懒吏的自画像",就是针对这一部分所言的①。

结语

姚合在创制自己闲居诗样式的武功体之际,分为两个阶段:第一个阶段是以魏博节度从事赴任魏博时期;第二个阶段是结束节度从事回到长安,在等待武功县主簿任命的守选时期。第一个时期中,正如同姚合业已将自己对老病的悲哀、对不适应职务的抱怨,以及对归隐的渴望等委婉地表现了出来的那样,已经出现了其后会演变成为武功体萌芽的闲居诗(参照《姚合的官场履历与武功体》一节)。姚合在赴任魏博节度从事之前,因已被确认与张籍之间有了交流,故而即使对于魏博时期的姚合文学作品来说,也不能不考虑到可能从张籍那里受到了一定的影响(参照《姚合"武功体"之谱系》一节第七部分)。

第二阶段就是这首唱和诗的创作时期。这首唱和诗的创作给予姚合的意义,进一步可以分为两个侧面来整理。一个侧面在于将构成闲居诗的诸要素(尚俭的美学、富贵的回避等主题性的价值观,以及松、菊、酒、茶、药、琴、僧等填充在闲居空间的这些素材),从张籍的《和左司元郎中秋居十首》里概括性地吸收上来。

另一个侧面在于,学习张籍组诗的形式。代表姚合武功体的作品都是采取了《武功县中作三十首》《游春十二首》《闲居遣怀十首》等大规模组诗的形式而得以成就的。自然地想一想就会知道,如此闲居组诗的形式,并非是从姚合闲居诗中突然跳出来的,而是有所由来。张籍《和左司元郎中秋居十首》正是提供在姚合前面的那个范本。

所谓组诗的这种形式,是以集中于其中的作品的主题、手法,即样式的均质性为前提而成立的。根据均质性样式来构成大规模组诗的工作,一方

---

① 参照蒋寅《"武功体"与"吏隐"主题的发展》(《扬州大学学报》[人文社会科学版]第4卷第3期,2000年)第四节。

面也是伴随着对其样式不断深化认识的相互作用的。总之,武功体文学是以大规模闲居组诗的形式得以成就的;其组诗的创作过程本身对于所谓武功体的闲居诗样式来说,也成为一种批评反省与精炼优化的契机。

闲居诗是张籍为中国古典诗歌添加的一种新的文学样式。《和左司元郎中秋居十首》组诗就成为张籍闲居诗的一个终结性的作品。而且姚合碰巧也正好身处此诗的创作现场。其后姚合旋即赴任武功县主簿,创作出了一种风靡了整个晚唐时代的所谓武功体文学。这样看来,张籍与姚合二人相会于元宗简宅邸并各自唱和了闲居诗的现场,正是那个恰如其分地被称为晚唐诗摇篮的场所。

第三节 张籍的"无记名"诗歌
——连接徒诗与乐府之间的桥梁

一 无记名诗的存在

张籍留下了一大批以近体五律为中心、具有独特风格的诗歌。那些诗歌看起来却并不是自然真实地反映了作者张籍本人所置身的具体境况。换言之,看上去张籍为了不留下自己作诗的痕迹而在诗中做了掩饰。这样的作诗手法,在本文中就将其称之为"无记名性"手法吧。

中国古典诗歌的陷阱在于作诗的制度化与日常化,而其结果就是原本不具灵感的平庸诗作被大批量地粗制滥造出来。诗歌的制度化与日常化就使得作诗行为更为普遍化,这在诗人数量飞跃上升的中唐以降尤为显著。尤其在送别的宴席上,或在诗会的唱和中,甚或是在取代兼有近况报告书信而相互交换的诗歌中,这种倾向就很突出。

这种礼仪性的应酬之作,就成了一种在社交场合犹如名片一般相互交换的东西。因此,是何人于何地所作的诗即所谓诗的"记名性",就成为一个最为重要的前提条件。正是由于这样的记名性,使得诗歌的自由抒情就受到了抑制,而愈发显得死板僵硬;对于这样的诗界现状,由张籍最先尝试的无记名诗,就成为改善现状的一个提案。

也就是说,在非乐府系列的徒诗领域,尝试这样"无记名性的"作诗手法,就使得徒诗与另一方的乐府系列之间的边界线得以消融,从而在记名的徒诗系列作品与无记名的乐府系列作品的边界上,开创了一种新的诗歌空间。

首先列举一首被认为是张籍的一首典型无记名诗,与通常记名性作品对比着开始分析吧。

送远客

张籍

南原相送处,秋水草还生。
同作忆乡客,如今分路行。
因谁寄归信,渐远问前程。
明日重阳节,无人上古城。

(大意)南面的原野上我为你送别,踏上旅途时,秋日河边的野草仍在萌生。我虽与你同是怀乡的旅人,但是现在我们却开始踏上了不同旅途,那么以后让谁给故乡把书信捎回去呢?就在要分手之际,我询问你将去何处。明天就是重阳节了,而在你走后,就再也没有人与我结伴而行去古塞登高了。

诗题的"送远客"中,作为记名送别诗应该具有的形式上的特征,如被送别者的姓名、送别地点、旅途目的地等具体信息,却都没有被记录下来。相比之下,李白《黄鹤楼送孟浩然之广陵》诗题中就已明确告知了送别诗应该具有的具体信息:"作者李白参加在黄鹤楼举行的送别会,在那里送别出发去扬州的孟浩然。"看来二者差别很大。而且就作品本身而言,这首送别诗所作的地点或作者张籍的情况等也没有加以说明。结果就是,从作品中很难看出这首诗的作者张籍本人的任何情况来。

当然,诗中的确也记有送别的场地"南原"以及季节"重阳前日",然而那些却只是具有古典出处的词语而已,未必就可以认为是在提示其送别场景的具体信息。说起来,"南原"只不过意味着某个城镇南面的原野;而且作为离别文学经典的江淹的《别赋》中就有"春草碧色,春水绿波,送君南浦,伤如之何?"(《六臣注文选》卷十六)由此会使张籍自然而然地意识到所谓离别的决定性场景就是"南浦";可以看出《送远客》中张籍是将"水边"的光景转移到了"陆地"的南原上来了。第二句"秋水草还生"也肯定是将所谓"春日河边野草萌生"的《别赋》中的"春草碧色,春水绿波"的时节颠倒了一下春秋季节,而变成"秋日河边野草仍在萌生"而已。即,无论是"南原"还是"秋水草还生",并非是仅仅特定了那一个具体的离别场面,不如说很可能是借鉴了过去作品(江淹《别赋》)里的一个典型而现成的场面罢了。

再加上,重阳节登高原本就是与亲人一同举行的风俗活动,所以才会成为一个让人感叹其亲人不在身边的场面。王维《九月九日忆山东兄弟》诗"独在异乡为异客,每逢佳节倍思亲。遥知兄弟登高处,遍插茱萸少一人",即为其代表性范例。这里张籍这首诗叙述时值重阳节的望乡之念,也是对这种传统情感的一个继承。

这样考虑的话,这首《送远客》诗的"南原"地点与"秋水还生草"的情景,以及"重阳"的时节,都不是对送别场面的具体真实的一个限定,不如说看起来像是描写送别情景的一个典型的舞台设置。说得再明白一些的话,作为送别场面真是有些过于恰当了。因而这首诗并不是一首旨在反映作者特殊而具体的个人体验的作品;换一个说法的话,即这首诗并没有将作者束缚于所置身的特殊情况上,而是要将关于离别的一种普遍情感在典型的场面中加以表现出来的诗歌。本文认为这首诗带有无记名性的风格,说的就是这个意思。

如果说《送远客》是无记名性质的作品,那么下面所列举的诗篇就成了一篇基于具体场面的"普通送别诗"了。而张籍自己也就身在送别的现场,并与被送别的"郑秀才"四目相对。所谓"记名性的"意思是说,作为作者的张籍自己置身于这首诗中送别的现场。

送郑秀才归宁

张籍

桂楫彩为衣,行当令节归。
夕潮迷浦远,昼雨见人稀。
野芰到时熟,江鸥泊处飞。
离琴一奏罢,山雨霭余晖。

（大意）你将要乘坐华丽的大船,为了让父母高兴还特意如孩童那样穿上盛装出行;这次在美好的春季你一定能顺利回到故乡的。黄昏满潮的时候,大船就会开进远离江口的内港;下起了雨,周围也看不见来来往往的人影。莲花在你回到家的时候就会结莲子了,海鸥在船到岸的时候就漫天飞舞。现在送别宴席之上,琴声奏罢,山雨潇潇;夕阳西下,满目氤氲。

诗题中的"郑秀才归宁"意即郑秀才回家探望父母。但实际上是郑秀才(秀才是科举应试者)科举落第,于失意中返乡;而言语间却不见落第二字,就是这种送别诗的做法。

这首诗满足了通常送别诗所具备的条件。送别诗就是在送别的宴席上作为饯别而亲手赠给对方的诗歌。在对方旅途出发之际赠与对方祝福的话语,是不可或缺的一种礼仪上的关照。而将通向目的地沿途景色的叙述置于诗歌中央,则是修辞上的一个惯用手法。这首诗的作诗现场肯定就是送别的宴席(尾联"离琴一奏罢,山雨霭余晖")。而首句所见的"彩衣"一语是指孩童漂亮的盛装,送别诗中这个词语被引用时,也是一种惯用表达,意即表示为了使在家乡等待的父母高兴而特意如孩童那样穿上盛装,以此来表示要对父母尽奉孝养之意。此外,对沿途景色的叙述则在诗中颔联、颈联的两句中得以经典地展开。

由此看来,张籍出席了这次送别宴会并于会上作了这首送别诗。而社交场面上应约来作礼仪性的诗歌,实乃官僚社会生活中的一个重要组成部分。这首诗即为张籍参加这种社会生活的一个证据(记有自身姓名的名片或出席名札),因此,诗歌带有记名性则是当然的要求了。与这样的记名性作品相比较,前面引用的张籍《送远客》诗所具有的无记名性的意义也就得到了确认。

这里要考虑的是,这样的无记名性作品,在同时代的诗人中,对于张籍而言很具有特征性,而且限于五言律诗之际其独特性更为明显。

张籍所作的五言律诗全部共有一百三十二首(一百零四题),根据版本的不同而在排列上稍有差异。大概来分的话,占据前部三分之一的是采用这种无记名手法的作品。与此相对,后部的三分之二均是记名性的作品。而之所以大体上采取这样前后截然断开的做法,据推测可能是诗集编辑者

（五代张洎？）意识到了张籍的五言律诗中存在着这两种异质性的作品群的缘由吧①。

下面将以若干模式的分类方式,来观察一下张籍采用无记名手法所作的五律诗的实际情况。

二 乐府及其延续

在张籍诗集的五言律诗卷中,占据前三分之一的无记名作品中也包含有乐府诗歌。乐府是一种经典表现无记名性诗歌的类型。

出 塞
张籍

秋塞雪初下,将军远出师。
分营长记火,放马不收旗。
月冷边帐湿,沙昏夜探迟。
征人皆白首,谁见灭胡时。

作为乐府(拟古乐府)的理所当然的做法,这首诗中,作为作者的张籍自身的记名性要素,即直接从张籍个人的体验或感情而来的是,从作品的前面远远地退出来,可谓从作者独立的第三人称的视点来

---

① 张籍诗集中采用了如下诗歌类型的分类,即五言古诗、七言古诗、五言律诗、五言排律、七言律诗、五言绝句、七言绝句等,但却未见"乐府"的部门分类。此处顺及,因占据张籍乐府(古题、新题)的大部分为七言古体诗(歌行体),结果实际上大部分的乐府诗就都集中在了七言古体诗这一部分。但是仍有少数非七言古体诗的乐府,分别分布于其他各种诗歌类型之中。如,五言律诗中就有《出塞》《望行人》《思远人》(《乐府诗集》中上述诗歌分别收录在卷二十二《横吹曲辞》二、卷二十三《横吹曲辞》三、卷九十三《新乐府辞》中)。下面就三种版本的概要做一分类。四部丛刊本《张司业诗集》由八卷构成,每卷卷一为五言古诗、七言古诗;卷二为五言律诗;卷三为五言排律;卷四为七言律诗;卷五为五言绝句;卷七为补遗。四库全书本《张司业集》诗分七卷,卷一为五言古诗、卷二为七言古诗、卷三为五言律诗、卷四为五言排律、卷五为七言律诗、卷六为五言绝句、卷七为七言绝句。《全唐诗》本为五卷构成(卷三八二至卷三八六),各卷分为七言古诗、五言古体诗、五言律诗、七言律诗、五七言绝句等。

吟咏诗歌①。乐府并非是一种标记着特定作者的创作型诗歌,而是作为大众的歌谣而形成的一种样式,而文人的拟古乐府也模仿了这种样式。

在五律卷前部集中起来的无记名诗中,严格说来虽然并非是拟古乐府,但也收录了与其相似的作品。下面要列举的《思远人》诗,就以"新题乐府"收入在郭茂倩的《乐府诗集》卷九十三中。这首诗虽未用古乐府题,但却是一篇忠实地模仿了古乐府手法(无记名性、闺怨性的主题)的作品,因此才根据新题而被认定为乐府的吧。

思远人
张籍

野桥春水清,桥上送君行。

---

① 关于古乐府(拟古乐府)表达功能的特点,松浦友久先生在《中国诗歌原论》(大修馆书店,1986年)中整理如下:第一,可以由诗歌联想到乐曲;第二,视点的第三人称化以及场面的客体化;第三,表达意图的未完结化。其中,关于第二、第三两个特点因与本文关系重大,故下面特别引用松浦该著论述。"关于第二点,古乐府系列的作品中,一般都舍弃了作者第一人称的个别视线,而是由共有的第三人称视点来描写一首诗歌的全貌。于是,根据这个特点,作品的场景并非是作者个人主体性体验的现场,可谓如同一个舞台上的场景那样,一般是被客体化和被提示化出来的。这一点基本上看作是汉代以来乐府诗传统的创意与手法,但是到了唐代的诸多作品中,又增加了一种古乐府具有悠长历史的拟古性手法传统,可谓是强化了这种表达功能吧。(第326页)""关于第三点,诗歌对时政的美刺、讽喻、谏言等理念,以汉代前期的《毛诗大序》为主要源泉并被后世继承下来。……特别是乐府类,正如汉武帝设立乐府本身就象征着以这样的诗歌观来作为诗歌理念这一点,至少在理念性上可以说,常常以这样的比兴式的解释为类型是可能的。然而,正如我业已在《李白乐府论考》中所论述的那样,作为个别乐府的实际状态,这样的要素却并不常常包含在作品之中。不如说,是否包含这样的要素尚未决定也尚未确定,就这么原模原样地提示给读者,根据读者主观的判断来使得其表达意图得以完结,而恰恰正是这一点才是使乐府诗发展成为富有魅力的类型的一个要因。如果是这样的话,那么所谓该作品根本的美刺讽谏的表达意图由于乐府诗的特性而尚未被完结化、而是被交给读者来判断的这一看作是表达上的功能与作用,就应该最为接近实际状态。"(第327页)如果将松浦先生的论述换个简洁的说法的话,第二点中"视点的第三人称化以及场景的客体化"即为,将作者所固有的体验或感情,不要作为作者自身的一部分而明确地带入到作品中去,也就是大概等同于本文所说的"无记名性"的意思。而第三点中的"表达意图的未完结化"是指,特别要将美刺讽谏的意图就那样暧昧地提示出来,最终交由读者去解释。就第三点而言,元、白等人的新乐府中标榜将美刺讽谏的意图明确地提示出来的做法,是与古乐府(拟古乐府)的手法相背离的。

> 去去人应老,年年草自生。
> 出门看远道,无信向边城。
> 杨柳别离处,秋蝉今复鸣。

(大意)野桥架起在清澈的春水之上,在那桥头我为你送行。就在你远赴他乡的时候,我人也就老了吧。即便如此,年年当野草发芽抽秆之际,我依旧会出门来眺望你远去的驿路,而自你远去了边城,就再也没有寄来书信了。在我们别离时的杨柳树上,现在已有秋蝉在鸣唱了。

这首诗叙述了对远赴"边城"的"你"的思念之情。第四句"年年草自生"是沿袭了《楚辞》"招隐士"中的"王孙游兮不归,春草生兮萋萋",即思念并想要召唤回已成隐士的王孙的诗句。限于原句中的思念主体,并非女性而是男性。在张籍这首诗中,讲述送别远赴边城的你,并在等待你归来的同时,担心自己衰老下去的主体,要是按照中国古典诗歌的做法(边塞诗与闺怨诗结合的类型),一定是一个女性。然而在这首诗中,并未突出其主体女性的性格,倒不如说反而将其抑制并呈现出了中性化这一点,应值得注意。

《乐府诗集》轻易地就将这首诗归类为新题乐府,但是张籍自身作诗时究竟是否有此意识,还尚待考察。就张籍而言,之所以识别其乐府(含新题乐府)与非乐府并非易事,因为在二者的分界领域上,还分布着不少的作品。张籍并非是将乐府与非乐府区分开来而作诗的,倒不如说是在以往的基础之上,使得乐府即无记名性的手法,明显地渗透在非乐府的作品中。这样具有意图性的诗歌创作,就被判断为张籍的一个特征。而根据这一点,就足以将张籍的《思远人》根据《乐府诗集》而归类为新题乐府的想法,是很不充分的;倒不如说,与乐府中具有明显传统性闺怨特征的王建同题之作相比①,可以将这首抑制了闺怨风格的诗篇,定位为一篇具有作于乐府

---

① 王建同题之作(与张籍诗作共同收于《乐府诗集》卷第九十三新乐府辞四)描写了等待出征士兵的女性,因沿袭了传统的闺怨手法,故《乐府诗集》认定其为新题乐府应是适当的。王建的《思远人》曰"妾思常悬悬,君行复绵绵。征途向何处,碧海与青天。岁久自有念,谁令常在边。少年若不归,兰室如黄泉"。在王建诗中,明确显示出从首句"妾思常悬悬"开始,到末句"兰室如黄泉"(兰室意即妇女华美的居室)结束,思念边地"君"的主体是女性,这是一首典型的闺怨诗。与王建诗相比较,可以明显看出,张籍诗反倒采取了一种与闺怨手法保持了一段距离的方法。

与非乐府分界线上的独自主张的作品,反倒是非常重要的。

下面这首《送远客》(再揭)如上所述,就在此仅简单加以补充说明。这首诗虽然是无记名性的作品,但却并未收入《乐府诗集》中。究其理由,可能是因为缺少类似乐府的闺怨性要素吧;加之即使作为一首张籍基于自身的体验而作的诗也是能解释得通的,的确是由于其具有多义性之故吧。

南原相送处,秋水草还生。同作异乡客,如今分路行。

因谁寄归信,渐远问前程。明日重阳节,无人上古城。

这首诗如上所述采用了无记名的手法。然而即使采用了无记名手法,这首作品读起来还是偏向于看不见作者张籍本人的影子,那是因为作者将送别友人出行的"送者"的视线亲密地融入作品之中的缘故。

无记名作品中也常会有第一人称出现的情况。在那种情况下,第一人称定位于与作者区别开来的"作品中的第一人称(说话方)"。但是在这首诗中,仅仅解释为"区别于作者的作品中第一人称"还是无法涵盖全部内容的。领联"同作异乡客,如今分路行"就表明了送者与被送者都处于被望乡之念所感动的境遇之中。总之,作为作品中第一人称的送者,并不是一个仅从外部遥望被送者的冷静观察者,而是作为一个登上同一舞台并共享同一心情的"活生生的思想者"而显现在眼前的。而且颈联"因谁寄归信,渐远问前程"中,作品中第一人称即使追随被送者,也想要托人向故乡寄回书信,是作为这么一个"热烈而悲哀的人"而被描写出来的。这样抱有感情地介入到作品中去的第一人称,就并非是仅仅为了使作品得以推进而被权宜地设定成一个冷静的观察者了;使人明显地感觉到其背后是作者自身正在主动向其靠近。而结果就是,这首诗虽然基本上被定为无记名诗歌,但是还是给人以跨出界外的印象。——张籍是朝着一般体验性记名诗与无记名诗之间那微妙的分界区域,将这首诗投入了进去的。

下面这首诗,是一首送给返回故乡的人的诗歌。

送友人归山

张籍

出山成北首,重去结茅庐。

移石修废井,扫龛盛旧书。

开田留杏树,分洞与僧居。
长在幽峰里,樵人见亦疏。

(大意)你虽离开故乡就已决心要埋骨他方,但是这次又回到故乡重新搭起了茅屋。搬挪石块,修缮古井,打扫佛龛,堆放旧书。开垦农田时,小心留下杏树;在山洞中,与僧侣一起休息。你总是躲在深山中,恐怕连山中的樵夫见了你也一定会认不出来了吧。

与前诗同样,这首诗也没有什么特别设定离别情景的信息。被送者的某个"友人"也是无记名的,作为诗中第一人称的送者也未含有可以认定为作者本人的任何信息。友人虽回到了故乡("山"),但那故乡位于何处也完全没有记述下来。在这一点上是具备了无记名作品的特征的。

然而,这首诗的场景中,还是能推测得出到作者自身(张籍)视点的介入。说起来"友人"作为一个渴望归隐的人物,在诗中未必得以彻底典型化。"友人"可能是为探索仕途上进的路径,曾一度决然舍弃乡里而投身到广阔的世间中去了("出山成北首")。但是现在其希望破灭,离开世俗又再度要返回乡里了。那么其心理的波动曲折,即暗示着其背后隐藏有一段特定人物的具体经历。结果就是,虽然作者张籍都未直接介入,但是潜藏在作品底层对人物深刻的共鸣,还是使人设想得到成为共鸣主题的作者自身视线的移动。——王维《送友人》诗中有"下马饮君酒,问君何所之。君言不得意,归卧南山陲。但去莫复问,白云无尽时",虽未显示出被送者("君")与作品中送者之间的具体信息,但是由于抱有对归隐者深切的共鸣,在诗中还是能体会得出作者王维自身的视线。张籍这首诗的情况就与此相类似。

上述三首诗《思远人》《送远客》《送友人归山》,其顺序就显示出由无记名性到记名性风格的推移。从无记名性作品到记名性作品之间,能够做到没有任何大的断裂且平滑持续地推移,这一点作为张籍诗歌的特征具有重要的意义。即,在张籍的无记名与记名,以及情况类似的乐府与非乐府诗歌之间,并未划以明确的界限而使其相互隔离,倒不如说是在其分界区域上张籍要创作出至今尚未出现过的新样式的诗歌,这一点必须要作为张籍诗歌的一个特征来给予评价。

三　描写典型人物的诗篇

下面要列举的无记名五律诗歌，是一批描写了各自领域典型人物的诗篇。作者张籍或与作品中的人物之间没有交游关系，或即使有也会隐蔽起来，或原本这些人物都是虚构的。而从特定人物的个别情况中解放出来，就使得更加普遍更加典型的人物造型成为可能。

先读一首送别出阵边塞的将军的诗篇①。

征西将

张籍

黄沙北风起，半夜又翻营。
战马雪中宿，探人冰上行。
深山旗未展，阴碛鼓无声。
几道征西将，同收碎叶城。

（大意）北风一起黄沙漫天，黑夜阵营里风越刮越大。战马绑缚于雪中，侦探行走于冰上。兵士们卷起军旗分头深入深山；在阴山以北的荒漠上，军鼓也不似平时敲得震天作响。曾经西征过的将军虽然各自曾选取不同的道路进军，但最后也都攻取了碎叶重镇（今吉尔吉斯斯坦共和国托克马克市南郊）。

如果这位将军是一位特定的人物的话，则在诗中记述其名、且具体记述其人远征内容，就会使得诗歌更要具备现实感。然而尽管如此，张籍还是不想写下这位将军的姓名。

总之，这首诗应被看作是一首边塞乐府诗的派生类型。说起来边塞诗大体看来并不是作于边塞体验基础之上的，而是要将由边塞风土所培育的

---

①　这首赠给作为特定友人的将军的诗篇，是包括张籍在内过去以来一直在作的一种诗歌类型。张籍《赠赵将军》诗云："当年胆略已纵横，每见妖星自不平。身贵早登龙尾道，功高自破鹿头城。寻常得对论边事，委屈承恩掌内兵。会取安西将报国，凌烟阁上大书名。"

一般性意象加以修辞性地典型化处理而表现出来的一种类型①。在这首诗的前六句中也并列了一系列代指"黄沙""北风""雪中""冰上""深山""阴碛"等漠北风土的常用套语,结果就描写出了一组如画般的边塞意象。边塞乐府中所描写的出征的士兵都不具名,而是被一般化和典型化了的;在这首诗中,更连将军也没有称呼其名。只是与以往边塞诗不同的是,多数边塞乐府中都将焦点聚焦在一介小兵之上,可谓以自下而来的视线描写边塞风土;与此不同,这首诗是以全军指挥官的将军为焦点而聚焦起来的诗歌,这是追求新意的地方。

下面三首也是送别远征边塞的将军的诗篇,看来都是张籍很喜欢的一类题材。三首诗应该并非都是取材于特定将军的作品。

送防秋将

张籍

白首征西将,犹能射戟支。
元戎选部曲,军吏换旌旗。
逐虏招降远,开边旧垒移。
重收陇外地,应似汉家时。

送安西将

张籍

万里海西路,茫茫边草秋。
计程沙塞口,望伴驿峰头。
雪暗非时宿,沙深独去愁。
塞乡人易老,莫住近蕃州。

老　将

张籍

鬓衰头似雪,行步急如风。
不怕骑生马,犹能挽硬弓。
兵书封锦字,手诏满香筒。

---

① 根据边塞体验而作边塞诗并取得成功的是岑参,就边塞诗的历史来看,他几乎是一个特例性的存在。

今日身憔悴，犹夸定远功。

而与上述取材于外征将军诗歌互为表里关系的一首，如下所示，是一首描写远征边塞(月支)并吊唁牺牲士兵的诗篇。诗以《故人》为题，诗中虽以"君"相称，但却是更为虚构的一首诗。无论是吟咏将军的诗篇，还是这首诗，都没有触及事件(战役)，而是聚焦于人物，以求谋得传统边塞乐府的新变化①。

没蕃故人

张籍

前年伐月支，城下没全师。
蕃汉断消息，死生长别离。
无人收废帐，归马识残旗。
欲祭疑君在，天涯哭此时。

下面读的这两首，是送别流放边疆的人的诗篇。

送流人

张籍

独向长城北，黄云暗塞天。
流名属边将，旧业作公田。
拥雪添军垒，收冰当井泉。
知君住应老，须记别乡年。

(大意)一个人在长城以北旅行时，一定会见到黄沙漫天暗无天日的景象吧。被去除了户籍而编入边境武将的手下；原来的田地就被充公成了官田。堆了雪来造关垒，取了冰来代替井水。你在北疆已上了年纪了吧，还是先好好记住离开故乡的年数吧。

这是一首伤心地送别被编入边境防卫军队的人的诗篇，他犯了罪，被发配边疆，家产遭罚没，就连户籍也丢了。猛地一看，这首诗看来是与边塞诗谱系相联系的。然而，通常边塞乐府中，或者鼓励士兵要梦想封侯立功，或将士兵描写成为苦于从军且归乡无望、被边境遗弃并耗尽生命的形象。

---

① 列举一首具有相同旨趣的七言绝句的诗篇，《邻妇苦征夫》："双鬟初合便分离，万里征夫不得随。今日军回身独殁，去时鞍马别人骑。"

而这首诗的情景中,虽预想了从军之苦("拥雪添军垒,收冰当井泉"),但主题却是在描述沦落为流放之人,失去了全部家产与户籍,坠落到底层的命运与苦难。这一点,就使得这首诗与边塞诗区别开来,是一首采用了不同于边塞诗的结构来创作的诗篇。

此外,所谓"流人"也并非是一个与张籍自身有所交往的熟人。张籍可能是为设想了一个忍受了除籍、流放等最坏命运的人而创作的诗篇。

类似的作品中也有送别流放到岭南的罪人的诗篇。在唐代的观念来看,岭南是一个贬谪之地。

送南迁客

张籍

去去远迁客,瘴中衰病身。
青山无限路,白首不归人。
海国战骑象,蛮州市用银。
一家分几处,谁见日南春。

(大意)被流放到那遥远偏僻地方的人啊,你一定在瘴疠之地深受侵害而病气缠身了吧。小路沿着绿色群山之间不知延续到哪里,你人到白头也是不能归乡的。近海之国作战时骑着大象,岭南州县做买卖都用银子。就在你发配边疆之际,家人也四散殆尽,到底还有谁能安安稳稳地欣赏日南郡的春色呢?

这首诗中,连家人也被流放到岭南边地,而且四散亡命,都不允许在一个地方团聚。"南迁之客"是指犯了相当重的大罪的人吧。对他而言,就连生还也无法预见。从此就在瘴疠的风土中身体被侵害,即便是耗尽一生也归乡无望①。

张籍由前面的《送流人》及这首《送南迁客》,分别描写了两个流放到南北两个边境忍受残酷命运的罪人。张籍的主旨是在于描写悲惨命运的典型。列举出严寒的边塞与酷热的岭南这两个极端的风土,也很适合描

---

① 除了此诗以外,张籍还有两首送别发配到岭南不遇之人的无记名性作品。《送蛮客》:"借问炎州客,天南几日行。江连恶溪路,山绕夜郎城。柳叶瘴云湿,桂丛蛮鸟声。知君却回日,记得海花名。"《送南客》:"行路雨修修,青山尽度头。天涯人去远,岭北水空流。夜市连铜柱,巢居属象州。来时旧相识,谁向日南游。"

写各自的典型。追究诗中人物与张籍是否具有交友关系,是没有意义的。这样的诗篇,是作于与作者自己直接体验相断开的无记名性的空间之中的。

以上所列举的是勇敢的出阵与悲惨的流放,二者即使有所差异,即前者多少与边塞乐府相关联,而后者则是张籍独自开拓的题材;但是在取材于陷入非同寻常境遇的人物这一点上,二者则是共通的。这样的事件,因并不属于张籍直接的体验世界,故而与无记名手法具有很高的亲和性。

与此相对,下面要列举的一批诗篇,都是描写日常生活中的宗教式的人物的。而其人物既无固有名称,也未记述与张籍有交游关系,因此都不是设想着特定人物而创作的作品。即使创作背后存在着特定的人物,作品也舍弃了其具体性细节,可以认为使得人物实现了一般化与典型化。

当然,这里所谓的人物像的典型化,未必就是理想化。由于这些诗篇所描写的人物,可谓典型地体现了世间的预想值,反倒是暴露了其世俗性。

赠辟谷者

张籍

学得餐霞法,逢人与小还。
身轻会试鹤,力弱未离山。
无食犬犹在,不耕牛自闲。
朝朝空漱水,叩齿草堂间。

(大意)你既已修得餐霞之术,逢人便授以丹药。身体变得轻盈便可驾鹤而游;因气力尚未充足,现在还不能飞离大山。虽没有食物,狗仍卧在身边;既已不再耕田,牛就悠闲了下来。每天早上,不食五谷而自饮唾液,坚持修行;整天都待在草堂里施行叩齿之术。

要想以辟谷而使自己的身体得到净化的话,方法即如上所述,"极其诚实"而认真地一个一个积累上去。但是作为结果而被描写出来的,却只有一个滑稽的姿态,和一副"逢人就授以仙丹"的善良热情的好心肠。因其修行不足,虽可乘鹤,却不能远飞,这是一个具体的能力评价。这样的描写就将人物身上的神秘性全部剥除干净了。

不食姑(《全唐诗》中一作《赠山中女道士》)

张籍

> 几年山里住,已作绿毛身。
> 护气常稀语,存思自见神。
> 养龟同不食,留药任生尘。
> 要问西王母,仙中第几人。

(大意)你在山中住了好几年了,已经遍体生满了绿色的苔藓。为了不漏气,总是寡言少语。冥想则可见仙人之姿;养龟却不与喂食。仙药留下了很多,不饮不服而任其生尘。我想问问西王母,这位仙姑在仙人中位列几何啊。

这首诗,可谓前例《赠辟谷者》的女性版本。作者亲切的描述方式,转化成了讽刺的口吻。所谓道士待在山中修行,全身就生满绿苔,是张籍在诗中活用了这种民间传说。话虽如此,全身长满绿苔也只是一种异样而已。这位长满绿苔的女道士,在人前故意以此示人,还装作为不漏真气而沉默不语。这个人物如此矫揉造作的特点,显示出她作为修行者不成熟的一面。而向西王母询问这位道士到底排序如何,这种仿佛演戏般的发问,只是将这个女道士更为滑稽化了而已①。

下面这首诗描写了市井的隐者。

隐　者

张籍

> 先生已得道,市井亦容身。
> 救病自行药,得钱多与人。
> 问年长不定,传法又非真。
> 每见邻翁说,时时使鬼神。

(大意)先生既已得道(道士境界中的一个),因此平静地置身于市井之中。要治病而饮药时为引出药效而来回走动,手里有钱

---

① 张籍另有五律《不食仙·山房》应称为此诗的姊妹作。"寂寂花枝里,草堂唯素琴。因山曾改姓,见客不言心。月出溪谷静,鹤鸣云树深。丹砂如可学,便欲往幽林。"可能当时山中有隐居不食而修行的女道士,以"不食仙姑"闻名,聚集起一批好奇者来。想来张籍取材于该话题而创作的诗就是这首吧。

了就毫不吝惜地施舍给他人。问起您的年龄来,每次总说得不对;传授方术时,又总觉得不太可靠。您这位道士啊,每见到邻里的老翁时,就会自吹自擂起来说:"我常常降伏鬼神呦!"

前半部分平静地描写了一位在市井修行的道士。然而一到后半部分就暴露出其人物是一个诓人的假道士。每与人相见都欺骗他人自己的年龄,传授法术时也不教给真实的内容。还不止这些,还向邻居吹嘘说自己具有能够支配鬼神的超能力云云。张籍将这一类假扮道士诓骗世人的人物是作为一种类型来描写并揶揄讽刺的。《赠辟谷者》《不食姑》《隐者》也都是讽刺伪装成道教修行的人,因此张籍对于他们的态度也很冷漠。这是因为当时社会风气崇尚道教,想要卖弄稀奇、夸耀诓骗法术的假道士都聚集成了团伙,张籍的这首诗应与当时的这种社会现象有关。

与揶揄道士相比较而言,下面这首吟咏"律僧"的诗,就感觉不到这样讽刺的口吻了。

律 僧

张籍

苦行长不出,清羸最少年。
持斋唯一食,讲律岂曾眠。
避草每移径,滤虫还入泉。
从来天竺法,到此几人传。

(大意)苦行时也没有出过寺外,清瘦而纯真。手持戒律,每日一食。遵守戒律,从不打盹。不踏草地,多走旁道。汲取井水,过滤小虫,放还井中(严禁杀生)。天竺传来的佛法,至今究竟还有谁在正确传经呢?

这首诗表现出对律僧严格遵守戒律、勤于修行的赞颂。同时也揶揄讽刺了那些忘记了佛法本来精义而堕落的佛僧有碍观瞻。("从来天竺法,到此几人传")

上面这些诗,都是以描写非个性而被典型化的人物像为宗旨的。对于宗教信奉者,可能由于与所规定的修行成为一体而比较容易构成典型化的人物像;尤其是对于街头巷尾的俗人来说,对于这样的"圣者"的固定印象会比较强烈吧。可以认为,张籍就势反驳这些俗人的先入之见,从而创作了这一系列描写宗教者形象的诗篇。

以上这批诗歌,描写了外征的将军、流放的罪人,还有宗教信徒等,其间的方案设计虽有少许不同,但是不管在哪一首诗篇的场景中,都设定有一个与作者没有直接对应关系的人物,并将其加以典型化而描写了出来。而这一点就是这批诗群所共同拥有的一个特征。

无记名性的手法,原本就是乐府所具有的特征。因此,位于边塞乐府延长线上描写将军的多篇诗歌,很自然就沿袭了无记名性的手法。对于这一点而言,后面的二者就稍微脱离了乐府传统的题材;而将这二者也以无记名性的手法来描写,就体现出了张籍所考量的新鲜创意来。

四 记名与无记名的混淆

张籍无记名作品富有深意的一点在于,彻底贯彻执行了视点的第三人称化及对象的典型化,而且还将这些作品与基于作者具体体验的记名性作品也顺畅地接连了起来。

下面两篇,是以旅行中随处可见的平凡的河边风景为舞台而创作的诗篇。既没有记载特定地点的地名,也没有联系到作者自身所经历的特定的任何事件。在这样的限定下,这两首作品就带有了无记名性的风格。然而,不知为何河边的世界里还是可以看得见作者添加了自身的视线移动。

夜到渔家(《全唐诗》一作《宿渔家》)

张籍

渔家在江口,潮水入柴扉。

行客欲投宿,主人犹未归。

竹深村路远,月出钓船稀。

遥见寻沙岸,春风动草衣。

(大意)渔夫的家住在河畔,涨潮时潮水就淹到柴门里。游人想去他家投宿,但是主人捕鱼尚未归来。村道一直延伸到深深的竹林中;月亮出来的时候,渔船也就少了起来。一走到远处的岸边,春风就吹起了我的粗布大衫。

宿江店

张籍

野店临西浦,门前有橘花。
停灯待贾客,卖酒与渔家。
夜静江水白,路回山月斜。
闲寻泊船处,潮落见平沙。

(大意)村庄里的客店面临西边的入江口,门前橘树开着花。挑起灯火来迎接行商商人,酒水则卖给了渔夫。到了深夜外面静谧无声,只有江水泛着白光;山路峰回路转,一轮斜月挂在群山的天空上。静静地寻找到停船的码头时,只见落潮后江边的沙滩平展而漫长。

这两首诗具有一个共同的特征。就诗题而言,《夜到渔家》诗在《全唐诗》又注作《宿渔家》(四部丛刊本《张司业诗集》中并无此注记)。若按《全唐诗》注记的《宿渔家》,则与《宿江店》两首诗在诗题上就明显很类似(具有对偶性)。而两篇诗作的首句"渔家在江口""野店临西浦"也还是形成了同一性的对偶构造。说起来,可以推定这两篇诗作是作为双子作品来创作的吧。

然而边塞或宫怨,毕竟是乐府传统性的题材,而且都是非日常性的题材。相对于此,张籍这两篇诗歌所描写的,虽然是典型的世界,但也是到处可见的日常性的生活场景。将这种普通的世界作为一种普通的情景来描写的手法,乐府中从来没有。张籍是采用了"徒诗"的手法来试着描摹这个日常性的生活场景的。

在这两篇诗作中,作者自身的记名性很稀薄。作品中的主人公(第一人称)原本是什么人,又为何现身于此,这一切都不明确(即无记名性)。但尽管如此,仅仅指出其无记名性,对这两首诗又觉得还没有涵盖完全。其主人公在《夜到渔家》诗中,自己"到达渔家",并要在那里投宿("行客欲投宿");而且还在黄昏时分无法等待出外捕鱼主人的归来,自己走到远处的入江口去("遥见寻沙岸")。如果只是单纯地描写渔家场景的话,视点只要定位于一个俯瞰的第三者视点即可,就没有必要如此把持着自我意志来回移动。如此"作品中的视点具有自己的意志而移动"的背后,是可以设想得到作者张籍自身的视线的。

　　同样的情形在《宿江店》诗中也可以指得出来。作品中的主人公在此也还是具有自我意志地采取行动。他在如诗题中"宿江店"那样江边的旅店投宿,夜晚也不由自主地出门来到船坞码头,眺望着落潮后宽阔的江滨("闲寻泊船处,潮落见平沙")。作品中的主人公也会使人无比肯定地联想到作者张籍自身上来。

　　张籍并没有闯入江边的渔村世界中去。虽然没有亲身前往江滨渔村,但是张籍是要像用自己的眼睛来观察、用自己的身体来感触那样,要创作出描摹这个世界的"诗歌"来的。那么张籍却为何没有想亲自踏入那片世界中去、为何没有想与那个世界中的人们交谈呢? 且果真那样的话,那片自我完结的世界即庶民的日常生活,由于张籍这个异质的局外人的闯入,原有的状态很容易就会遭到改变的。张籍可谓变成一个别人看不见的透明人,"不用动手"就将渔村里的情形来回看了个遍;这应该是一种如同毫无声息地漂浮空中独特的"浮游感"那样的感觉吧。而无记名性的手法,就是为了这样的描写而采用的手法。

　　从以上《夜到渔家》《宿江店》中似乎可以感到作者张籍视线这一点,就可以推测得出那两首是记名性的手法浸透到以无记名性为基础作品中去的例子。相对于此,下面要列举的诗篇中,能够确认张籍的体验(经历)与具体的对应关系;以这一点就成为更加接近张籍自身作品的特性。换言之,记名性的手法与无记名性的手法之间连接得更为紧密了。

蓟北旅思(《全唐诗》一作《送远人》)

张籍

日日望乡国,空歌白苎词。
长因送人处,忆得别家时。
失意还独语,多愁只自知。
客亭门外柳,折尽向南枝。

　　(大意)每日眺望故乡的方向,我只能徒劳地低声吟唱白苎之词。送别出门旅人之际,我就想起了自己告别家乡的情景。失意时我也只有自言自语,多愁善感也只有自己独自品味。旅店门外的柳树向南冒出的枝条,在送别南下友人时已被折送殆尽了。

这首诗以诗题中"蓟州"为主要根据,被解释为是张籍根据蓟州体验而创作的记名性作品。张籍除了此诗以外还有《蓟北春怀》一首,因此张籍具有蓟州体验之事自身就可得以确认了吧①。

而方回则关注着诗中所言的"白苎词"与苏州的关系,《瀛奎律髓》卷二十九述有"此《张司业集》中第一首诗。三四真佳句。司业,姑苏人,故云'空歌白苎词'"。以张籍由"白苎词"而知是苏州出身(张籍的出生地是苏州,成人以后移居和州)为前提,这首诗中张籍的记名性就要得以确认了。一般认为这首诗是根据张籍自身的体验而创作的无记名性作品,这是毋庸置疑的。

然而同时,这首诗带有无记名性本身也是一个事实。诗题在全唐诗中注记为"一作《送远人》"。这个异样的诗题就显示出,诗题中所谓"蓟北"的情况设定几乎未被反映,故而有可能省略掉了。这首诗的创作地点及作为一首不特定其场景情况的无记名性送别诗而"解释得通"。通过这一点,就可以将此诗定位在前面两首《思远人》《送远客》那样无记名性送别诗的延长线上。

难怪"作品中的第一人称"每日怀念故乡、吟唱苏州白苎词("日日望乡国,空歌白苎词"),且其人还处于孤独失意的境遇之中("失意还独语,多愁只自知")。但是,仅仅如此的话,这首诗也就止步于古来吟咏感叹游子流离的一般性的主题而已;就诗作本身而言,并未显示出张籍与自身体验相重合的积极性的根据来。——说起来,如果这首诗有记名性的话,作者张籍是在何时又是为何来到这里等所谓作者固有的信息,要是能稍微再多加一点儿就好了。此外,因为诗的尾联"客亭门外柳,折尽向南枝"中,暗示出送别多个出门南下的友人,而就算加写上若干个于蓟北地方与人分别的情景也是可能的。在由记名性所作的多数诗歌中②,这首诗中张籍反而为了

---

① 潘竞翰《张籍系年考证》(《安徽师范大学学报》1981年第2期)中,邢州求学结束之后的张籍,自贞元九年(793)至贞元十三年(797)去长安等各地干谒,足迹甚至远至河北的邯郸、襄州、蓟州等地。

② 下面就来列举张籍自身所作的诗篇吧。《宿邯郸馆寄马磁州》中有:"孤客到空馆,夜寒愁卧迟。虽沾主人酒,不似在家时。几宿得欢笑,如今成离别。明朝行更远,回望隔山陂。"这首诗虽说也是叙述了游子孤独的思念,但是却包含了赠诗给对方的名字(马磁州),是一首具体写进了作诗情况的记名性的作品,与这首《蓟北旅思》之间的差异就很明显。

要避开记名性那条路而所下的工夫,也是不能忽视的。

　　这首诗中不仅仅只有创作地点信息不足这样的消极条件,也有为积极上演无记名性的因素所下的工夫。其中之一就是,对吟咏乐府《白苎词》的设定。乐府并非是属于特定人物(诗人)的诗歌,而是在普通百姓中传唱的歌谣。张籍在此吟咏那首歌谣这个行为本身,就是在表明一种态度,即要使诗歌与自己作为创作者的特权性之间保持距离,也就是以舍弃自己的个性来与普通百姓共鸣。而尾联的手折柳枝赠送旅人的行为也属于一种民间习俗,这也具有同样的效果。如此一来诗中添加了一些接近民风习俗的行为,并以此使得诗中张籍这个特殊人物的记名性稀薄开来,取而代之的是,得以添加了一种毫不焦躁且心平气和的歌谣性。

　　下面这首诗歌《蓟北春怀》可能与上一首诗属于同一时期所作,或可谓所言相同。在这种具有歌谣性质的诗中,假如没有"蓟北"(诗题与第七句)这样具体的地名,就很难能看出这首诗会是一首张籍自身体验性的作品。

蓟北春怀

张籍

渺渺水云外,别来音信稀。
因逢过江使,却寄在家衣。
问路更愁远,逢人空说归。
今朝蓟城北,又见寒鸿飞。

　　(大意)我与故乡天各一方,自从离别以来与家里音信渐少。因见到了去往长江以南的使者,我得以托付他送来我在家穿过的衣服。每当被问起通往故乡的路时,我就会油然而生出一种故乡远不可及的悲伤之情;而每与旅人相逢,口中也就下意识地说起归乡之情。今日清晨在蓟州城北我又看见了成排的大雁向北飞去(可见寄给故乡的书信还是没有收到啊)。

　　包覆在这首诗上歌谣性的气息是因何而形成的呢?要想讲清楚并不容易。然而可以明确的一点是,诗中既没有带入作者自身压抑沉重的切实体验,也没有什么强加于人的东西。

　　根据传记性研究成果,此时张籍的蓟州之行,好像是以追寻仕途上进之道而去干谒为目的的。干谒的结果以有头无尾的失败而告终,张籍失意之中去造访正在邢州的同学王建,而后返回了故乡和州①。在蓟州受思乡之念的驱使,写下这首诗篇的张籍,正处在挫折与绝望之中②。

第四句的"却寄在家衣"值得关注。"寄衣"在诗歌世界中,尤其是指妻子为身在远方的丈夫(尤其是出征士兵)寄送衣物(尤其是冬衣)的行为;总之那表达了女性纤柔的爱情。这样的情节在张籍所作的乐府《寄衣曲》中也可知晓③。张籍在诗中重要的地方巧妙使用了这个词语,于其中既寄托了绵绵思乡之情,又抑制了张籍自己作为男性的视线,同时还在诗中创作出了一个"作品中的第一人称"。也许正因为这个原因,这首诗中将直接紧贴在作者张籍身上的愤懑之情渐渐地削减了下去,代之以不可思议的透明的悲哀之情。

这样一首诗歌,如果单纯地将其理解成为一首从作者体验中创作出来的记名性作品的话,那么张籍创作此诗时所用的巧思妙想就可能会被白白地忽视掉。

五 张籍的无记名性作品的特征——与李白的比较

将张籍诗歌中无记名性的特征与李白相比较来看的话,会更有效吧。

李白的文学以一般化与典型化为特征,杜甫的文学则以特殊化与个别化为特征,二者具有正相反的风格。相对于李白以拟古乐府见长而留下了许多优秀的无记名性的作品,杜甫则除了《前出塞》《后出塞》等少数例外作品以外,几乎未作什么拟古乐府,而代之以直接与自己见闻的时事相对应

---

① 关于张籍的长安出游、遍访各地,以及其失意归乡的经过,作为同学的王建在其《送张籍归江东》一诗中有所记载:"……离我适咸阳。失意未还家,马蹄尽四方。访余咏新文,不倦道路长。……"

② 在此时期张籍所作的《南归》诗中有"……岂知东与西,憔悴竟无成。人言苦夜长,穷者不念明。惧离其寝寐,百忧伤性灵……"叙述了自己为了从失意的苦恼中逃脱出来,总是渴望长睡不醒的心情。

③ 张籍《寄衣曲》中有"织素裁衣独苦辛,远因回使寄征人。官家亦自寄衣去,贵从妾手著君身。高堂姑老无侍子,不得自到边城里。殷勤为看初著时,征夫身上宜不宜。"从诗中可以明白,寄衣的主体是丈夫戍边在外的女性。

的《兵车行》、《丽人行》、"三吏"、"三别"等新乐府先驱性的作品,可见二者差异之显著。①

关于李白论或李杜比较论的详情,自待他文详述,本文中下面要来读李白几篇无记名性风格的作品,并理解其特征的概要。

早发白帝城
李白
朝辞白帝彩云间,千里江陵一日还。
两岸猿声啼不住,轻舟已过万重山。

旅夜书怀
杜甫
细草微风岸,危樯独夜舟。
星垂平野阔,月涌大江流。
名岂文章著,官应老病休。
飘飘何所似,天地一沙鸥。

李白的诗作于由白帝城放舟顺三峡而下之际,杜甫的诗作于穿过三峡之后驶向江陵之际。当然,两首诗都是各自代表了诗人诗风的名作。那就先来简单地整理一下吧。李白诗中几乎没有包含关于李白自身的信息。本诗或为其早年即二十四岁出蜀时所作,或为晚年五十九岁豁免于贬谪夜郎而归江南之际所作,但皆因缺乏明证而已被议论良久,也是因为作品中包含的具体情况非常有限。近年"千里江陵一日还"的"还"字很受关注,虽然其字的解释已成定论化,但是即使按其解释,这首诗创作背后的夜郎贬谪及赦免这个所谓李白晚年的一大事件在作品中却未留痕迹,而

---

① 松浦友久《李白乐府论考》(同作者《李白研究》三省堂,1976 年)中,李白的《战城南》与杜甫的《兵车行》相比较后有如下论述:"《兵车行》与《战城南》不同的一个手法在于,考虑到《兵车行》所吟咏的战役内容,是与相当具体的特定史实相对应的这一点上。……至少读者能够从《兵车行》诗句的字里行间直接意识得到那场现实存在过的战役。李白的《战城南》虽然部分地尝试着描写了详细的战役场面,但是诗歌全体上统一于没有任何限定的一般性战役描写,这与杜甫形成了鲜明的对照。而就李白而言,实际上其如此一般化而集约化且古典化又客体化的倾向,在乐府诗以外的作品中,也被认为存在着某种程度的共通性。而如果要从主题或素材方面来看的话,这种倾向性更为显著地存在于离别诗与闺怨诗之中。"(第 294 页)

这一点就不能不说是这首诗的一个特征。总之这首诗创作时并未反映出当时李白的具体情况，是属于无记名性风格的一首作品。而作为其结果，读者也不再深究李白生活的细节，而是重在读出并玩味作品中"下三峡"的畅快。

与此相对照，杜甫的诗歌却深深地刻印上了杜甫自身的具体情况。从"细草微风岸"开始便知时节正值春季；由"星垂平野阔"可知场景发生在渡过三峡之后缓流平原的一段长江之上；由"名岂文章著"可知作为文官荣华富贵的希望受到挫折；而由"官应老病休"可知因老病而不得不放弃任官；最后"飘飘何所以，天地一沙鸥"一句就可详细了解到，杜甫此时处于流浪的境遇之中。总结一下的话，这首诗可以确定是大历三年（768）春杜甫五十七岁之际，带病从夔州下三峡，在到达江陵之前所作的作品[①]。——从上面可以看出李白、杜甫诗风的差异。读者在李白诗中，读到的是轻舟下三峡；而在杜甫诗中，想到的是杜甫所处的境遇。李白的诗歌中，由于舍弃了李白个人的细节，就能理解任何人都能共有的其典型化了的世界；而另一方面，杜甫的诗歌中，倒不如说是因为诗歌紧贴杜甫自身的情况，而成功地使个别情况上升到一个普遍的高度。二者的差异在于记名性浓淡的不同。

下面再列举几首李白的代表作吧。

山中问答

李白

问余何意栖碧山，笑而不答心自闲。

桃花流水窅然去，别有天地非人间。

秋浦歌十七首

其十五

李白

白发三千丈，缘愁似个长。

不知明镜里，何处得秋霜。

[①] 参照松原郎《关于杜甫〈旅夜书怀〉一诗的创作时期》（早稻田大学中国文学会《中国文学研究》第16期，1990年12月）

静夜思

李白

床前明月光,疑是地上霜。

举头望明月,低头思故乡。

　　李白的这三首诗,记名性也很稀薄。三首诗各自描写了对山中隐遁的心绪,对年老的哀愁,以及对家乡的思念,但是作诗时李白处于何种境遇却无法详查。

　　三首诗其中,《静夜思》收于《乐府诗集》卷九十的《新乐府辞》,同题之诗除了李白此首外却别无他作。"某某思"虽是乐府系列的命题法,同时也是认定新乐府辞的一个根据吧。更何况,这首诗采用了并未直接反映作者李白个别性体验的无记名性手法,这也肯定是一个重要的前提。然而不管怎样,认定《静夜思》是乐府(新乐府)的是后世的郭茂倩,可以认为,李白仅在作此诗之际是并没有所谓要以新题乐府来作诗的意图的。李白诗的底色,并不限于《静夜思》,其他诗歌大约与此相似,还是确认无记名性的更为重要一些。

　　李白这样的诗歌,试着总结一下的话,是一种为了在舞台上来歌唱的诗歌。而李白本人就是那个站上舞台面向观众读诗的演员,或者是那位歌声朗朗回响在舞台上的著名歌手。李白站在舞台上并不是一个只顾着说自己的乡巴佬,而是即使走下了舞台回到朋友中说起来也是很优雅的。无论如何李白一定是将可示于人的自己那部分给别人看,并与不可示人的自己那部分相互区别开来。李白即使是在唱《静夜思》这样一人独自浅声低吟的诗歌之际,也是想象着自己登上舞台、而台下观众则在注视着自己。

　　李白的诗歌一般所显示出来的记名性程度很低,这其实意味着他的文学是建立在区分为可示于人和不可示人的截然分开两段的基础之上的。若以《山中问答》为例,即是哪座山,又是经过如何的过程而进山的,而现在在山中又是如何生活着的等,这些都不是应该可示于人的信息。而要说明剩下的部分的话,李白自己是知道的,即反倒是此诗所要描写的东西却变得看不见了。

　　张籍这一批诗歌,都是以无记名性为特征的。但那看来却与李白的特征恰恰方向相反。如果说李白的无记名性诗歌,是以剔除多余的部分而追求轮廓雕刻得更为鲜明而醒目的话;张籍的无记名性诗歌的手法则是通过自己走下舞台而使得先前看不见的变为更可见的一种手法。如果说李白是自己将欲示于人的更高调地张扬出来;而张籍则是自己亲自走到近前,使得低处不显眼的可以看得更为清楚。

张籍诗歌所描写的对象,并非是那种"雕刻得轮廓深刻而鲜明的事物",既并非是英雄性的,也并非是剧场性的;即并非是作为特别事物而受到强调的,而是要将平凡事物原模原样地描写出来。被张籍的无记名性诗歌所描摹出来的,不是惹人注目的,而是那种好好一看的话,存在于任何时候任何地方的普通事物。甚至可以说,张籍的文学是那种在对所谓个性感到审美疲劳之前,就憧憬着歌谣的优美性与丰富性的一种文学。张籍的风格是很明确的。

代为结语——无记名化的意义

本文关注的是张籍的无记名性作品,并对其加以考察。

如果要问,为何要关注无记名性作品?那是因为张籍的这些作品极富特性且集中出现在五言律诗中,即因此可以推测张籍是有意图地来创作此类作品的。因此,在本文最后,就会必须要对张籍创作无记名性作品时的创作意图加以考察。

关于张籍无记名性手法的实际状态,就每篇作品具体考察的结果而言,可以得出下述结论。即,无记名性的手法并非是为了一个单一的目的而使用的,而是根据其使用方法产生出多种多样的作品来。可以暂且分为以下几类:①具有近似于拟古乐府样式的作品(新题乐府);②定位于拟古乐府派生类型的作品(出征将军);③吟咏作为市井中典型性人物的宗教信徒的作品;④可以管窥得到作者张籍关注点的作品;⑤以无记名性手法来吟咏作者张籍自身体验的作品。而且从①到⑤的变化,可以理解为是从更加纯粹的无记名性手法,到更向记名性手法靠近的无记名性手法的一种递进式的变化。对张籍而言,记名性与无记名性手法虽处两个极端,但是未必就是排他性的关系。其结果是,在两极之间,根据二者的混淆程度,就出现了差别细微的多种样态。

因此，以题材与张籍生活之间的距离为标准，就可以将上述五种作品统合成为两组吧。第一类是并未进入张籍生活圈内的诗歌，可谓就与其生活体验没有直接关系的题材来进行"题咏"的作品。这里可将上述①②甚至③都可归入这一类。

第二类是无记名手法发生另类的变化的作品。因为第一类中的作品原本就是与张籍生活并未接触的"客观性对象"，是作者自己采取了无记名性的手法。在这种情况下，可以认为，以往乐府诗都是以采取无记名手法的作品为范本的，而张籍则将作品描写领域扩大到超出了至今乐府诗所具有的题材范围。例如将出征将军为题材的诗篇看作是边塞乐府诗的一个变种，就显示出了张籍扩大题材领域的经过；而以发配到边境的流谪者为题材的诗篇则就位于边塞乐府诗的外延上，就其诗歌整体方向来看，可以认为是描写了那种典型地承受了某种职能或命运的人物，作品是以这样的形式来向边塞乐府诗外延延伸的。

与其不同的是，第二类并非是"客观性的对象"，而成为一种"主观性体验"的题材。因此在这里就不得不提出一个问题：虽然作为一种体验性的题材，却为何要采取无记名性的手法呢？那是因为在这里无记名性的手法并非如第一类那样必然没有选择的余地，而是经由张籍自己考量并处理而选择性地灵活应用了无记名性的手法。而且正是"无记名性手法经由作者的考量处理而被选择性地灵活应用"这一点，才成为在考察张籍无记名性手法意义上的一个大大的线索。

如果假说性地来考虑的话，就可以认为"张籍是采取了一种调节了记名性手法的方法的"。关于徒诗的无记名化，已如上详细论述，就不再重复了。这里再最后一次转变一下论点，想就张籍乐府的记名化来稍作考察。

张籍在《送远客》那样的徒诗（非乐府）中，将特征性的无记名性手法注入到了乐府诗当中。这样一来，张籍就在既非乐府诗也不是非乐府诗的二者交界的领域上，开拓出了一种新的诗歌空间。而此外，在另外一部分作品中，张籍又将记名性的手法带入到乐府诗中去。可以恰当地说，张籍将这样一种突破了隔离记名与无记名的界限的尝试，在乐府诗与徒诗两个方向上都推进了一步。

下面两首《送远曲》，被归类于《乐府诗集》卷二十的《鼓吹曲辞》中，是两首地地道道的拟古乐府作品。

送远曲
张籍

戏马台南山簇簇,山边饮酒歌别曲。
行人醉后起登车,席上回尊劝僮仆。
青天漫漫复长路,远游无家安得住。
愿君到处自题名,他日知君从此去。

（大意）戏马台的南面,群山重重叠叠。我们在山边饮酒,唱着分别的歌谣。旅人酒醉后要登上马车,就将席上酒壶里的酒让给僮仆来喝。青天如同要覆盖你远去的道路一样漫无边际,而你就此远行,连一个安稳的家都没有啊。我愿你啊,在游历的地方到处都题上你的大名,这样等我他日出游之时,就会知道你曾路经此处啊。

送远曲
张籍

吴门向西流水长,水长柳暗烟茫茫。
行人送客各惆怅,话离叙别倾清觞。
吟丝竹,鸣笙簧,酒酣性逸歌猖狂。
行人告我挂帆去,此去何时返故乡。
殷勤振衣两相嘱,世事近来还浅促。
愿君看取吴门山,带雪经春依旧绿。
行人行处求知亲,送君去去徒酸辛。

（大意）从吴门向西,长江流水远尽无涯。江水长长,柳树青青,春日霞光弥漫无垠。无论是旅人还是送行的人,大家都满是悲伤,说着送别的嘱咐,喝着送别之酒。调好丝竹管弦奏起歌曲,乘着酒兴尽情放歌。旅人就要向我告别了,即将起帆远航,而你就此一别,不知何时才能重返故土啊。殷勤挥袖别离之际,相互谆谆嘱咐不尽。而这在这世间处世也越来越艰难。我愿你啊,最后一次再好好看看这苏州吴门之山吧,下了雪的山上,现在到了春天就总是绿蒙蒙的。旅人啊,云游四方都要靠朋友啊,看你远去的背影,我不禁悲上心头。

以上两首诗,都是以"作品中的第一人称"来登场的,都设定了送别友人出游的场面。

这里作为一种判断记名性手法有无的客观材料,值得注意的是诗中的地名。前者的"戏马台"是位于徐州彭城(江苏省徐州市)的古迹。此处的徐州,是张籍从家乡苏州(即和州)北上时的必经之地;贞元十五年(799)张籍进士及第之后,也在此地拜访了时任徐州张建封僚佐的韩愈。即描写戏马台(徐州)离别友人的这首乐府,是与张籍的体验相互重合的。后者的"吴门"当然就在张籍的家乡苏州。从这一点来看,这两篇都满足张籍记名性作品的条件。

诗中的表达方法也应值得关注。前者中提示将从此要远行的被送者称为"行客"和"君",也就自然而然地从反面暗示出第一人称的存在。后者中就不仅仅将被送者称为"行人"和"君",而且明示了作品中第一人称的"我"。这样虽然有暗示与明示之间的区别,但都是以作品中第一人称来登场的。而且其作品中的第一人称,并不仅仅是作为一种方便叙述的视点,还变成一种自己带有感情地去影响被送者的能动性主体。

前者中"愿君到处自题名,他日知君从此去"(我愿你啊,在游历的地方到处都题上你的大名,这样等我他日出游之时,就会知道你曾路经此处啊),是我向旅人充满惜别深情地来话别。而后者中"行人告我挂帆去,此去何时返故乡"(旅人就要向我告别了,即将起帆远航,而就此一别,他不知何时才能重返故土啊),则是旅人向"我"话别,而"我"也向旅人切切话别说:"愿君看取吴门山,带雪经春依旧绿。行人行处求知亲,送君去去徒酸辛"(我愿你啊,最后一次再好好看看这苏州吴门之山吧,下了雪的山上,现在到了春天就总是绿蒙蒙的。旅人啊,云游四方都要靠朋友啊,看你远去的背影,我不禁悲上心头)。作为这样一种带有感情的主体来行动的"作品中的第一人称",可以使人窥测得到其背后附着作者张籍自身看不见的影子。——这样伪装成无记名性手法的乐府诗,实际上使人不由得想做出如下解释:这不就是基于张籍亲身体验过的特定离别事件的基础之上创作出来的嘛。

参考其一:下面将被视为灵活运用记名性手法的乐府诗追记如下。包含前揭两首《送远曲》在内,那些以羁旅和离别为主题的作品,引人注目。而且很可能都会是张籍科举登第以前游历时期的作品。

车遥遥(《乐府诗集》卷六十九《杂曲歌辞》)

张籍

征人遥遥出古城,双轮齐动驷马鸣。
山川无处不归路,念君常作万里行。
野田人稀秋草绿,日暮放马车中宿。
惊麋游兔在我旁,独唱乡歌对僮仆。
君家大宅凤城隅,年年道上随行车。
愿为玉銮系华轼,终日有声在君侧。
门前旧辙久已平,无由复得君消息。

忆远曲(《乐府诗集》卷九十三《新乐府辞》)

张籍

水上山沉沉,征途复绕林。
途荒人行少,马迹犹可寻。
雪中独立树,海口失侣禽。
难忧如长线,千里萦我心。

各东西(《乐府诗集》卷九十五《新乐府辞》)

张籍

游人别,一东复一西,
出门向背两不返,惟信车轮与马蹄。
道路悠悠不知处,山高海阔谁辛苦。
远游不定难寄书,日日空寻别时语。
浮云上天雨坠地,暂时回合终离异。
我今与子非一身,安得死生不相弃。

羁旅行(《乐府诗集》卷九十五《新乐府辞》)

张籍

远客出门行路难,停车敛策在门端。
荒城无人霜满路,野火烧桥不得度。
寒虫入窟鸟归巢,僮仆问我谁家去。

行寻田头暝未息,双毂长辕碍荆棘。
缘冈入涧投田家,主人舂米为夜食。
晨鸡喔喔茅屋傍,行人起扫车上霜。
旧山已别行已远,身计未成难复返。
长安陌上相识稀,遥望天山白日晚。
谁能听我辛苦行,为向君前歌一声。

参考其二:以下所揭的都是以羁旅和离别为主题的徒诗系列的五言古体诗。一般认为这些诗歌都是以作者自身体验为基础所作,但也有个别情况限于说明,也可以看作是无记名性手法的积极活用。与上面导入了记名性手法的乐府诗一起,要确认的是二者相互接近的地方。徒诗的无记名化与乐府的记名化,结果就创作形成了这样一种共通的诗歌世界。

怀 别

张籍

仆人驱行轩,低昂出我门。
离堂无留客,席上难琴樽。
古道随水曲,悠悠绕荒村。
远程未奄息,别念在朝昏。
端居愁岁永,独此留清景。
岂无经过人,寻叹门巷静。
君如天上雨,我如屋下井。
无因同波流,愿作形与影。

怀 友

张籍

人生有行役,谁能如草木。
别离感中怀,乃为我桎梏。
百年受命短,光景良不足。
念我别离者,愿怀日月促。
平地施道路,车马往不复。
空知为良田,秋望禾黍熟。
端居无俦侣,日夜祷耳目。

立身难自觉，常恐忧与辱。
穷贱无闲暇，疾痛多嗜欲。
我思携手人，逍遥任心腹。

寄别者

张籍

寒天正飞雪，行人心切切。
同为万里客，中路忽离别。
别君汾水东，望君汾水西。
积雪无平冈，空山无人蹊。
羸马时倚辕，行行未遑食。
下车劝僮仆，相顾莫叹息。
讵知嘉期隔，离念终无极。

乐府诗固有的风格与原本的价值应该在于无记名性手法上，在此张籍为何将记名性手法硬要移植到乐府诗上去呢？或者应该问，为何张籍不将记名性手法应用到与其相称的徒诗（非乐府诗）上呢？就乐府诗而言的记名性手法的意义，对于回答上述提问，应该要给予必要说明吧。

将记名性手法移植到乐府诗上，对于徒诗系列的作品来说，会使抽象的印象更加典型化与古典化。要以上述作品为例的话，作为一个身陷羁旅或离别的人，作者张籍自身脱去了唐代的穿戴，转而以魏晋时代的人物风貌突然出现在眼前，而且侃侃谈论着羁旅或离别自古以来就是如此。而侃侃而谈的人就是作为作者的张籍本人（记名性）。而且"脱去唐代的穿戴"，即张籍为了要隐藏自身的情况，无论如何是一定会需要乐府诗本身所具备的无记名性的。

拟古乐府诗的特征在于，并不直接带入作者自身体验或感情的无记名性。然而看到这样的作品范例时就可确认，张籍的一部分拟古乐府诗中已被带入了记名性手法。就张籍而言，无论是在其乐府诗上，还是在其徒诗（非乐府诗）上，其分界线都在逐渐消失。

在徒诗中进行着的无记名化与在乐府诗中进行着的记名化，如果将这两个过程分别做个别性考虑，就很难将张籍的文学再作为一个整体来理解了。而为了将这两个事态做以统合性理解，就应该需要导入一种称为"记名性的调节"的更为普遍性的观点。

张籍乐府诗,虽说是一个比较性研究方兴未艾的领域,但是现在看来,关注点仍然主要被局限在元、白等人的新乐府诗及其关联、或者讽喻性等的观点之上。然而要是根据这种观点来研究的话,对张籍乐府诗中占有很大比例的古题乐府诗或无讽喻性的乐府诗来说,就很可能会出现一片研究的空白。就张籍乐府诗而言,从"记名性的调节"这个观点来考虑,将乐府诗总体统一起来进行讨论就很有必要。就张籍的徒诗而言,不仅与其乐府诗的关联尚未得到研究,而且还将其定位在了另外一个文学的世界里。就这一点而言,从"记名性的调节"观点来看,创造将徒诗与乐府诗统一起来进行研究的机会,就不仅可能而且很有必要。

张籍自如地调节着记名性,要在乐府诗与徒诗之间的分界领域开拓出一片新的诗歌世界;他并以此为杠杆,尝试着要改变以往乐府诗与徒诗的固定存在方式。如上所述,在这样的预测之中,本文仅是一篇以张籍无记名五律为中心来加以考察的献芹之作。

第二章

姚合论

第一节 呼朋唤友的姚合
——姚合诗歌集团的形成

绪论

闻一多之《贾岛》(一九四一年,后《唐诗杂论》收录)一文,字虽不足四千,然富有惊人之洞察力,开其后贾岛研究之风气,影响何其大也。

闻一多《贾岛》一文,富蕴诸多创见,然其最具先见者,莫过如下卓见:闻一多不仅以"贾岛时代"冠诸贾岛诗风风靡晚唐之时代,而且一语点破了这个事实——贾岛生前其周遭业已群聚了一批郁郁不得志之下级士族出身的诗人。恕引起首一段为证:

> 这像是元和、长庆间诗坛动态中的三个较有力的新趋势。这边老年的孟郊,正哼着他那沙涩而带芒刺感的五古,恶毒地咒骂世道人心,夹在咒骂声中的,是卢仝、刘叉的"插科打诨"和韩愈的宏亮的嗓音,向佛老挑衅。那边元稹、张籍、王建等,在白居易的改良社会的大纛下,用律动的乐府调子,对社会泣诉着他们那个阶层中病态的小悲剧。同时远远的,在古老的禅房或一个小县的廨署里,贾岛、姚合领着一群青年人做诗,为各人自己的出路,也为着癖好,做一种阴黯情调的五言律诗(阴黯由于癖好,五律为着出路)。(闻一多,昆明《中央日报·文艺》第十八期)

此处闻一多所谓"远远的,在古老的禅房或一个小县的廨署里,贾岛、姚合领着一群青年人做诗",大概是基于以下两条证据吧:

> (姚)合宰相崇曾孙。登元和进士第,调武功主簿,世号姚武

功。……与马戴、费冠卿、殷尧藩、张籍游,李频师之。(《唐诗记事》卷四十九《姚合》)。

贾阆仙燕人。……同时,喻凫、顾非熊,继此张乔、张祜、李频、刘得仁,凡唐晚诸子皆于纸上北面。随其所得浅深,皆足以终其身而名后世。(方岳《深雪偶谈》贾岛条[元·陶宗仪《说郛》卷二十下所收])

闻一多所谓的"古老的禅房"想必指的是心中所念的贾岛堂弟,即那位簇拥在贾岛、姚合周围诗歌集团之一员的诗僧无可的那间僧房吧①,而所谓"小县的廨署"则指的是姚合在任武功县主簿、万年县尉之时小县的宿舍(县斋)吧。如此场所,的确是贾岛他们频繁群聚举办诗会的地方。

本书所要讨论的是,应晚唐"贾岛时代"的出现而所必要的贾岛文学之辅佐者——即诗人群体,在初期是如何得以形成的这一问题。另外,成为其诗人群体纽带的,并非贾岛其人,实乃姚合。下面将通过姚合具体的活动来考察这一论断。

一 姚、贾初期的亲密交往

严格说来,将姚合定位为簇拥在贾岛身边诗人群体之一员,并不合适。而即便在当时,以及就对后世诗坛的影响而言,二人处于互相抗衡的地位,且"姚贾"之对等并称也反映了文学史上的这一评价。南宋"永嘉四灵"及"江湖诗派"等,在祖述姚、贾代表的晚唐体文学时,四灵之一的赵师秀就为姚、贾而编纂了一册《二妙集》,这一事实也象征了二人对等的关系。言虽如此,即便人们将二人置于对等关系,然而究其在诗坛所起的作用,二人也并不相等。应该说,二人在互相亲近交往的同时,也相互补充地完成了各自的角色。

贾岛于元和七年(812)秋上京之后不久,即开始了与姚合的亲密交往。就贾岛初识姚合的时期而言,现有三说:传统的看法是,李嘉言《贾岛

---

① 由贾岛的《就可公宿》诗,姚合的《过无可僧院》诗、《过无可上人院》诗等可知,无可的僧房,贾岛、姚合他们也常常顺便造访。另外,无可亦似与长安城内青龙寺或终南山之一峰——白阁峰的佛寺关系匪浅。《金石萃编》的《佛顶尊胜陀罗尼经石幢》以"白阁僧无可书"为题,末尾则署有"太和六年四月十日建"。

年谱》说(一九四五年序刊。《长江集新校》所收,上海古籍出版社1983年版),贾岛在去凤翔的旅途中,与任武功县主簿的姚合相遇。第二种看法是,齐文榜《贾岛研究》说(人民文学出版社2007年版),第六章第三节《姚合》中有,元和八年(813)贾岛于长安结识了姚合。该说认为其前一年秋,二人为科举应试而上京,其后不久相会于长安。第三种看法乃张震英《寒士的低吟——贾岛诗歌艺术新探》之说(中国社会科学出版社2006年版),其第九章《姚贾初识考》中认为,元和五年(810)至元和七年(812)之间时常往返于范阳、洛阳与长安之间的贾岛,于往返途经的相州临河县,与居家待仕的姚合相识的。

上述三说中,李嘉言所倡之姚合武功主簿在任期间的看法,已被否定。由近年姚合研究成果可知,就任武功县主簿之前姚合曾任魏博节度使从事,且在此时期二人的亲密交往业已得到确认①。第二种齐文榜说与第三种张震英说,都以二人科举应试上京之元和七年(812)秋为基准,虽有前后之分,但在时间上并无大歧。本稿为方便起见,在此依齐文榜之说。因本稿拟要考察姚、贾二人其后之亲密交往,且此点亦并非决定性分歧之所在,故于此并不过多拘泥。

关于姚、贾亲密往来之记录,除去忆旧的文本以外,作为当事人二人共时性的资料,最初得以确认的是,元和十二年(817)冬到十五年(820)夏姚合在任魏博镇从事(京衔为试秘书省校书郎)时期,由贾岛赴魏博拜访姚合时所作的诗篇。贾岛与姚合二人曾于元和八年(813)春一同科举应试且双双落第。姚合其后于长安备考苦读三年,可以推定最迟至此时之前二人即开始结交。其后姚合于元和十一年(816)进士及第,次年吏部铨试及格,同年冬官服加身,赴任魏博节度使田弘正僚佐②。

可以推定次年(元和十三年)春,贾岛接到了姚合从赴任地发出的邀

---

① 见郭文镐《姚合佐魏博幕及贾岛东游魏博考》(《江海学刊》1987年第4期),以及同作者《姚合仕履考略》(《浙江学刊》1988年第3期)。

② 新出土的《姚合墓志》(全称《唐故朝请大夫守秘书监赠礼部尚书吴兴姚府君墓铭并序》)中有"田令公镇魏,辟为节巡官,始命试秘省校书,转节度参谋,改协律,为观察支使"。身为魏博节度使田弘正的僚佐,姚合曾历任节度巡官、节度参谋、观察支使,其间可知姚合以京衔兼任试秘书省校书郎,其次兼任太常寺协律郎。

请,而决定了贾岛此次魏博之旅。下面按照时间序列来引用姚合、贾岛的这三首诗。第一首乃贾岛逗留魏博半年之后与姚合告别,返回长安途中南渡黄河时,于黎阳所作。

黎阳寄姚合
贾岛

魏都城里游从熟,才子斋中止泊多。
去日绿杨垂紫陌,归时白草夹黄河。
新诗不觉千回咏,古镜曾经几番磨。
惆怅心思滑台北,满怀浓酒与愁和。

(大意)你我结伴同去三国魏都之邺城游历多时,又于你的宿舍连宿了几晚。我从长安出发时,京城大道两旁柳枝绿垂;而今回到长安,却已枯草泛白,掩蔽了黄河两岸。你新作的诗句,不知不觉我已吟诵了千百遍;想看看自己茫然的面容,我将古镜磨了又磨。依依不舍的感伤情绪都涌向你所在的滑台之北的魏博;既已别离,我只有借着满杯之酒,将哀愁吞咽入怀。

第二首诗应该是贾岛自魏博踏向长安的归途之后,来自姚合的追思寄情之作吧。

喜贾岛至
姚合

布囊悬蹇驴,千里到贫居。
饮酒谁堪伴,留诗自与书。
爱眠知不醉,省语似相疏。
军吏衣裳窄,还应暗笑余。

(大意)你将行囊驮上瘦驴,千里迢迢来到远在魏博我的陋舍。若论举杯共饮,舍其谁啊。你运笔纸上留下的诗篇,那都是为我而作的啊。我昏昏然想睡就睡,不知自己何时清醒。我与君心有灵犀,已无需言语表达,甚似相见不语的疏远陌路。自己只是效力于节度使的一介武官,身上军装也捉襟见肘。你见了我这个样子怕是暗自发笑了吧。——"还应暗笑余"乃是一句谦逊之语,是在自嘲自己乃是不入流之幕僚,身裹军服的节度使之一介幕僚而已。

第三首诗则是贾岛对上一首诗的唱和。读到第七句"不觉入关晚",即可推定此诗是姚合《喜贾岛至》的诗稿先期到达贾岛在长安的空宅,而贾岛回到京城(入关)打开家门读到此诗后,又写下了如下这第三首《酬姚校书》回寄唱和姚合。

酬姚校书
贾岛

因贫行道远,得见旧交游。
美酒易倾尽,好诗难卒酬。
公堂朝共到,私第夜相留。
不觉入关晚,别来林木秋。

(大意)自己穷困无奈,为谋一份官差而远行至此,得以受到老友热情款待。美酒一干而尽倒是不难,可是你的好诗,都不是随口就能唱和上来的佳句。你我天亮时一同去县衙,天黑时又一同住进你的寓所,尽情交流畅谈。如此拖拖延延到我起身回京时不觉天色已晚。与君别离后,林木皆已黄叶尽染矣。

关于此诗,就姚、贾初期亲密交往来说,可以确认以下三点:第一点,由"得见旧交游"句可知,早于贾岛拜访魏博之前,即上溯到长安一同备考科举时期,二人已有了亲密交往。第二点,由"因贫行道远"句,可推定贾岛此次拜访魏博,也是为自己谋求幕僚官差的一次求官活动,可谓二者得兼。即便科举落榜,抑或可谋求到一份节度使帐下的小吏差事,而姚合为了老友贾岛,极有可能为其谋职而出面斡旋,尽管最后结果不了了之。第三点,由此诗题"酬姚校书"可知,此时姚合乃以身兼试校书郎之所谓中央官衔的身份出任魏博节度使从事的。即校书郎仅乃其名义官衔,但实际上其并未负责秘书省校书郎之实务。

二 武功县主簿时期

姚合与贾岛的亲密交往,其后仍在继续。

姚合于元和十五年(820)夏辞去魏博节度使从事之职,秋返回京城长安,仅在长安待命半年,即于长庆元年(821)春又被任命为武功县主簿(正从九品上),在任两年至长庆三年春(823)。任武功县主簿期间,姚合因确立了被誉为"武功体"的独创诗风,使此时期成为一个重要时代。姚合也因此初期的小官而获世称"姚武功",这也象征性地显示了姚合文学的历史性评价①。若要列举武功体之典型诗作,下列诗篇可供一读。

武功县中作三十首
其 一
姚合

县去帝城远,为官与隐齐。
马随山鹿放,鸡杂野禽栖。
绕舍惟藤架,侵阶是药畦。
更师嵇叔夜,不拟作书题。

(大意)武功县远离帝都长安,在此即使为官亦与隐者无异。马可牧于山鹿群中,鸡则可与野鸟同饲。官舍周围尽是藤架,而台阶遍布药畦。更可效仿嵇康先生,不过要像有名的《与山巨源绝交书》那样,与势利小人宣告绝交的书信也懒得去写了。

所谓武功体,即为悲叹自己的老病与贫贱,厌嫌任职地的偏僻与官职的束缚,追求一己小我之愉悦,期盼归隐山林等这样的文学。武功体抵抗以"中央、权力、富贵"为属性之"官"的逻辑,亦可称之为实现诗中所描写境界的去"官"化的文学样式。此乃姚合文学的审美意识,是他于武功县主簿时代所完成之"武功体"的特征。然而不说自明的是,那些要考证姚合身体病弱是否属实,精神世界是否退缩消极的想法,倒是没有必要的。因为任武功县主簿之前,姚合曾于任魏博节度使从事期间,也能写出吐露忧国忧民、富有蓬勃朝气的从军诗来②。而且姚合所任之拱卫京畿之武功县主簿,

---

① 作为初期之例,可见《新唐书》卷一二四"姚合"条:"(姚)合,元和中进士及第,调武功尉,善诗,世号姚武功者。"另见《四库提要》卷一五一《姚少监诗集十卷》"开成末,终于秘书少监。然诗家皆谓之姚武功,其诗派亦称武功体。以其早作武功县诗三十首为世传颂,故相习而不能改也"。

② 参照张震英《诗句无人识,应须把剑看——论姚合反映幕府戎旅题材的作品》(《湖州师范学院学报》第 24 卷第 5 期,2002 年)。文章列举了姚合《闻魏州破贼》诗:"生灵苏息到元和,上将功成自执戈。烟雾扫开尊北岳,蛟龙斩断净黄河。旗回海眼军容壮,兵合天心杀气多。从此四方无一事,朝朝雨露是恩波。"

并非人人鄙视之小官,非但如此,反而还被誉为位于仕途阳关大道入口处之众人艳羡的美差(详见本书《姚合的官场履历与武功体》一节)。所谓武功体之文学,实际上并非是姚合对生活直接的忠实反映,而应该将其理解为姚合审美意识的一种映照投射。

姚合任主簿之武功县,位于长安西去约八十千米、沿渭水北岸、经马嵬再向西行之地。姚合也认为此地乃畿县,即拱卫京师之地,并常以此为由,邀请朱庆馀、殷尧藩等诸友来此相聚。而他们亦于此武功之地,仿效姚合,书写并留下了带有武功体隽永意趣的诗篇①。

而贾岛却未留下在武功县所作的篇什。然而若读了下面诗文,则可知贾岛似乎收到了姚合再三催其来访武功县之联系诗作,故而考量贾岛造访武功县应确有其实。

寄武功姚主簿
贾岛

居枕江沱北,情悬渭曲西。
数宵曾梦见,几处得书披。
驿路穿荒坂,公田带淤泥。
静棋功奥妙,闲作韵清凄。
锄草留丛药,寻山上石梯。
客回河水涨,风起夕阳低。
空地苔连井,孤村火隔溪。
卷帘黄叶落,锁印子规啼。
陇色澄秋月,边声入战鼙。
会须过县去,况是屡招携。

(大意)我虽说居住在长安曲江北岸原东之地,但心却向着你所在的渭水以西。多少个夜晚都梦见你,多少次都在读你寄给我的信。——(想象着你所在的武功县风景)。驿路穿过荒野丘陵,

---

① 朱庆馀《夏日题武功姚主簿》、殷尧藩《署中答武功姚合》。另外,就殷尧藩诗作,陈贻焮等人所著《增订注释全唐诗》(文化艺术出版社2001年版,第三册,项目执笔者陶敏)认为,因现行殷尧藩诗集中混杂有元明时期诗篇,故而关于此诗亦尚有伪托之疑。待考。

公田延伸到湿地。你下棋时运棋何其奥妙,你悠闲作诗时步韵何其凄美。锄草时留下草药,访山时登上石梯。客人起身渡河回家时,水量开始大涨;风吹起来时,夕阳就要西沉。空地上苔藓蔓延到井口,隔河对岸也看得见小村的灯火。卷起草帘露出窗框时,看见黄叶从树上簌簌落下。而你收好官印时,杜鹃就鸣叫着"不如归去,不如归去"。陇山景色虽说秋月皎洁,但好似边城一般响起了阵阵鼓声。——那可就是你所在的武功县啊,我一定想去造访一番。何况我已收到你好几次邀请了。

占据诗中大部分的从第五句"驿路穿荒坂"至第十八句"边声入战鼙"的十四句描写了武功县的景色风物,这是在一边复咏姚合寄给贾岛的诗(前揭《武功县中作三十首》等),一边在心中想象那里的景色风物。而姚合在邀请诗友时,不限于贾岛,大概常常在诗中努力将任地的情况富有魅力地描写出来,以此来邀请友人来访。

贾岛造访武功县,有可能是与朱庆馀一起来访的。可由下面这首朱庆馀的诗推测而来①。凤翔位于岐山山麓,西去武功约一百千米。

凤翔西池与贾岛纳凉

朱庆馀

四面无炎气,清池阔复深。

蝶飞逢草住,鱼戏见人沉。

拂石安茶器,移床选树阴。

几回同到此,尽日得闲吟。

姚合以邀请友人来访自己的任地为乐,像是一个善于社交的人物。然而,姚合还是与韩愈那样强烈标明主张、召集与自己共鸣之人、富有领袖的做派有所不同。姚合自身即使在官职上处于显贵的地位,也要与友人保持平等相处的关系。大概正因如此,姚合身边不久就会聚集起一批年轻诗人来。

---

① 贾岛《岐下送友人归襄阳》诗中有"蹉跎随泛梗,羁旅到西州。举翮笼中鸟,知心海上鸥。山光分首暮,草色向家秋。若更登高岘,看碑定泪流。"由首联"随着漂泊而岁月蹉跎,一路羁旅来到西州"可知,贾岛在长途旅行的最后,费尽辛苦来到"西州,即岐山山麓的凤翔"。另外,此诗的季节也可由第六句"草色向家秋"推定为晚夏,与朱庆馀所吟咏的夏之《纳凉》诗一致。

即便如此,要做到将友人千里迢迢地邀请到任地并好好招待,已然超越了单纯热衷社交的范围。对于姚合,这应该说是一种特殊的趣味吧。

回头来看,姚合曾经将贾岛邀请至任地魏博,这对后来姚合形成呼朋唤友行为方式的原型而言,是具有重要意义的。任职魏博时期的姚合,将友人邀请至自己赴任地的馆舍,体验到了这种结为风雅之好的喜悦之情后,在距长安并不远的武功县任主簿时,姚合就立即将魏博经验移植并实行起来。——而且这种以将友人邀请到自己任地为目的之做法,在唐诗中却并非常见之事。多数情况是,旅行途中途经友人任地,顺便来访罢了①。

三　万年县尉时期

长庆三年(823)春,姚合由武功县主簿卸任。经过半年在家待命,是年秋就任万年县尉(从八品下),任职两年至长庆五年(825)秋②。

万年县管辖以朱雀大街为中线二分长安之东半城,其县衙位于东市西邻之宣阳坊。即所谓获取了京都心脏的任地,由此姚合可以比以往更轻松地召集友人了。据贾岛《宿姚少府北斋》诗(后揭)之颔联"鸟绝吏归后,蛩鸣客卧时"来看,其馆舍(县斋)与县衙办公场所是相邻接的。

在万年县馆舍内参加聚会者人数最多一次是下面朱庆馀诗所记录的,贾岛、顾非熊、无可、朱庆馀,加上东道主姚合共五人,济济一堂相会欢谈。其时,殷尧藩也收到了姚合的邀请,但似因病缺席聚会。由诗中的"通宵坐""漏声残"语句中可知,此种夜会诸人一般也留宿了一晚。

与贾岛顾非熊无可上人宿万年姚少府宅

朱庆馀

莫厌通宵坐,贫中会聚难。

堂虚雪气入,灯在漏声残。

---

①　有名的一个例子即为王昌龄于开元二十七年(739)降职岭南,次年北归途中顺访襄阳孟浩然。

②　《册封元龟》卷一三一、晁公武《郡斋读书志》卷四中、辛文房《唐才子传》卷六、计有功《唐诗纪事》卷四九等均记述有姚合赴任万年县尉前后曾就任富平县尉,但在本人及友人之同时期资料中尚未可见。待考。

役思因生病，当禅岂觉寒。

开门各有事，非不惜余欢。

（大意）大家要下定决心，准备通宵熬夜坐禅吧。贫穷的日子里能这样抽出时间聚到一起可不容易啊。厅堂里空空荡荡，雪天的寒气溜将进来，灯火继续燃着，漏刻水滴的声音报告着天就要亮了。殷尧藩因患神经衰弱症而参加不了聚会了。聚集在这里的我等好友怎么也得忘却寒冷抱团坐禅啊。明早天一亮，大家出了门就各自有事忙去了，就算再难舍难离也只好如此离别散去。

下面，万年县馆舍在诗人的笔下是如何被描写的不免引起人们的好奇。值得注意的是，作为武功体诗人的姚合之审美意识，是否也在他们之间共有共享呢？先来看看姚合自身的诗作。

万年县中雨夜会宿寄皇甫甸

姚合

县斋还寂寞，夕雨洗苍苔。

清气灯微润，寒声竹共来。

虫移上阶近，客起到门回。

想得吟诗处，唯应对酒杯。

（大意）万年县的馆舍，还是很寂静避世的。夜雨簌簌落在青苔上。清清爽爽之中总觉得灯火也微微湿润了，冰雨的回音与竹子的沙沙作响一起传入耳中。爬虫悄悄爬上台阶爬近（我）身边。客人挂念有人来访，穿过庭院直到大门又走回来。皇甫甸（荀）呐，我心头想起你来。你吟诗时，必定是要把盏相伴的啊。

在此姚合将位于帝都长安城中央的万年县馆舍，描述得宛如边远偏僻的乡村角落一般。"县斋还寂寞"意即"这里万年县的馆舍，依旧与以前任地的馆舍一样寂静避世"。而姚合所熟识的县斋（馆舍），除了武功县以外并别无他地。即谓万年县馆舍确如武功县那般寂静避世。第二句到第六句则描述出了馆舍的寂静。如，夜雨濡湿了青苔。所谓青苔，则是诗中必定出现的，填满人迹罕至之寂寞世界一角的景物。读到此诗之人，若诗题中没有"万年县中"的说明，只会让人想到偏僻边地馆舍的落魄凄惨场景，而实际上万年县馆舍临近大明宫与东市之长安街市中心。

——读者如此读解此诗时,姚合则就达到了他的目的:目中所及的所有景色风物,即使其位于长安帝都中心,姚合也要将其布置于世界边地偏僻之一隅,这就是姚合文学的审美意识,也是姚合在武功县主簿时代所完成之"武功体"文学样式的特征所在。

推定与此姚合诗歌同席之作的乃下面这首贾岛的诗作。此诗乃与姚合同韵之五言律诗,与诗友聚会同席之中,吟咏秋之夜雨,想念不在的友人时所作。倘若如上推测成立的话,姚合、贾岛以外,厉玄也在同席之列。另,关于皇甫荀,贾岛另亦有诗《题皇甫荀蓝田厅》。而姚合诗中之"皇甫甸"该是乃"皇甫荀"之误。

雨夜同厉玄怀皇甫荀

贾岛

桐竹绕庭匝,雨多风更吹。
还如旧山夜,卧听瀑泉时。
碛雁来期近,秋钟到梦迟。
沟西吟苦客,中夕话兼思。

(大意)桐树与竹子围满了庭院四周,瓢泼大雨之中,风也愈刮愈大。我想起了过去在故乡的夜晚,躺着听瀑布水声的时候。漠北的大雁,就快要飞来了吧。秋天的钟声,从梦的远方回响而来。住在沟西的苦吟诗人呐,你的事情,我们一直聊到夜深人静,还是思念不已。

贾岛还有一首作于万年县馆舍的诗作。

宿姚少府北斋

贾岛

石溪同夜泛,复此北斋期。
鸟绝吏归后,蛩鸣客卧时。
锁城凉雨细,开印曙钟迟。
忆此漳川岸,如今是别离。

(大意)我们同在韩愈城南别墅的南溪里乘船夜游,而且现在我如约造访你万年县馆舍北斋。官差回家后,鸟也一声不叫了,客人回到卧房时,蟋蟀就不停地鸣叫起来。夜里城门锁闭之际,冰凉的雨水静静地下起来,你取出官印开始处理公务之际,耳边就悠然传来黎明的钟声。我回忆起来,在漳川岸边曾与你度过的那段令人怀念的时间。而如今,我又要与你离别了。

"复此北斋期"意指,应姚合发出的邀请,贾岛如约造访了馆舍北斋。"忆此漳川岸"意指,贾岛回想起了拜访任魏博从事的姚合之时,二人在魏都(邺)漫游的往事。漳川款款流过魏都之南。而且要意识到,这一带也曾是当年曹丕与建安文人亲密交往的地方①。

成为这首诗舞台之万年县县衙所在的宣阳坊,因位于繁华东市的西邻,也近接大明宫,故而其地实乃帝都名流府邸连片之处。然而只读此诗,并不会让人想到这会是繁华长安帝都中心之所在,而看起来与描写偏僻武功县馆舍的诗句并无区别。这样诗歌描写得巧妙设计,与其说是贾岛自身的想法,倒不如应该判断为贾岛在倾向并贴近姚合的趣味。此诗实乃确认姚合武功体文学之谓何物的绝佳资料。

四 金州刺史时期

如上所述,姚、贾初期的亲密交往,是以姚合邀请贾岛来访自己任地(魏博镇、武功县、万年县)的馆舍这种形式持续进行的。

其后不久,姚合作为京官调回长安任职期间,姚、贾二人则相互邀请对方来访自己的住所,继续维持着亲密的往来关系,关于此点,本章第六节将简单加以整理,此处暂且割爱不论。以下将重点介绍的是,姚合作为金州刺史、杭州刺史赴任远地之时②,招待贾岛来访自己偏远任地所作的诗篇。

---

① 曹丕曾看望过病卧于漳川之滨的刘桢。刘桢《赠五官中郎将四首》(其二)中有"余婴沈痼疾,窜身清漳滨"。

② 姚合于太和元年(827)冬至次年秋,作为监察御史分司东都赴任洛阳(郭文镐《姚合仕履考略》),其间亦召集友人举办了诗会。姚合《洛下夜会寄贾岛》诗云:"洛下攻诗客,相逢只是吟。夜艄欢稍静,寒屋坐多深。乌府偶为吏,沧江长在心。忆君难就寝,烛灭复星沈。"另外,作为同时期诗作,马戴《雒中寒夜姚侍御宅怀贾岛》诗云:"夜木动寒色,雒阳城阙深。如何异乡思,更抱故人心。微月关山远,闲阶霜霰侵。谁知石门路,待与子同寻。"这里聚集的诗人应该并非马戴一人,上述两首以外是否还有其他同时期的诗作,未详。

姚合由户部员外郎(从六品上)调任至金州刺史的时间是太和六年(832)秋。在任至次年秋为止,实质上整一年。金州(陕西省安康市)位于汉中盆地腹地,刺史乃主政地方行政的高官,此时期的姚合可谓已相当飞黄腾达了。

姚合到任金州时,照例以诗相邀,招待诗友们来访自己的任地。

金州书事寄山中旧友

姚合

安康虽好郡,刺史是憨翁。
买酒终朝饮,吟诗一室空。
自知为政拙,众亦觉心公。
亲事星河在,忧人骨肉同。
簿书岚色里,鼓角水声中。
井邑神州接,帆樯海陆通。
野亭晴带雾,竹寺夏多风。
溉稻长川白,烧林远岫红。
旧山期已失,芳草思何穷。
林下无相笑,男儿五马雄。

(大意)金州确是一方宝地,而作为刺史的自己却是一个无能的老头。买了酒,就盼着整日啜饮不停;吟了诗,则屋里空荡荡什么家当也没攒下。虽然自己也知道不善为政,可是百姓们都理解自己没有私欲。亲力亲为事不求人,为人要光明正大。我之所以忧心百姓的苦难,乃因我视百姓为亲人骨肉。公务文书堆积如山,鼓角军乐响彻河川。山野乡村亦可与帝都相连,帆船顺流汉水而可通大海。原野上的亭子,晴日亦有云气萦绕四周;竹林中的寺庙,时虽溽暑亦有凉风穿堂而过。稻田若引水灌溉,江面则一片白波闪闪;林地若逢烧荒,火光则一直烧到远山尽头。荣归故里遥遥无期,而隐遁山林的想法却与日俱增。庭院树下再也没有了友人的谈笑,虽说当上了座驾为五马之乘的高官,还是一眼就可看出我慨叹孤独的落寞来。

此诗值得注意的有以下两点:第一,任职金州的姚合仍在邀请友人们来访。金州隔着秦岭山脉与长安相邻(井邑神州接),对贾岛这些住在诗歌世界中的友人们(山中旧友)来说,邀请来访就方便了。而长安的诗友们也接受了姚合的邀请,都予以积极地唱和回应(详见后述)。

第二点,在此诗中也创作出了"武功体文学"。"安康虽好郡,刺史是憨翁。买酒终朝饮,吟诗一室空"这四句描写出了一个倦怠懒散的无能之辈的自画像,这就是武功体的典型手法。

另外,"簿书岚色里,鼓角水声中"则是要将为官者主要政务之民政与军政,收纳隐藏于"岚色"(山林之象)与"水声"(溪流之声)之谓的隐者世界之中去。而由"旧山期已失,芳草思何穷"两句可见归隐之思的吐露,"林下无相笑"则可见对同好友人们的思恋,而无论这两者皆与地方行政长官刺史之政务相悖,反而塑造出了一个隐居于边地偏僻一隅的隐者形象。——自不用说,创作出如此武功体文学的姚合,却并不意味着他在刺史任上有所玩忽职守。那句"自知为政拙"的谦逊之意,即刻由"众亦觉心公"这样袒露为政者自信之好评做保证;而"亲事星河在,忧人骨肉同"也表达了为官者要勤政爱民的决心;根据这些诗句都可确认姚合为官确未有懈怠。武功体并非事实的客观现实的反映,而是姚合审美意识的一种现实化手段,理解这一点至关重要。

寄金州姚使君员外

马戴

老怀清净化,乞去守洵阳。
废井人应满,空林虎自藏。
迸泉疏石窦,残雨发椒香。
山缺通巴峡,江流带楚樯。
忧农生野思,祷庙结云装。
覆局松移影,听琴月堕光。
鸟鸣开郡印,僧去置禅床。
罢贡金休凿,凌寒笋更长。
退公披鹤氅,高步隔鹓行。
相见朱门内,麾幢拂曙霜。

(大意)老来期盼清净的生活,你自己请求去做了金州太守。

在你的良好治理下，废弃的村庄又汇聚起了村民，恶虎（恶人）逃向了山林深处。迸发出的山泉滴水而石穿，雨后山椒飘香。山脉缺口处汉江流过，江上漂流着楚国的帆船。下乡视察农事时，你悠然放松；去寺庙拜佛时，你穿上僧衣宽袍。围棋下完时，松影西斜；聆听抚琴时，月儿西沉。鸟鸣的清晨，你取出金州郡印；僧人要告辞时，你依依不舍地取出禅凳。金州现在由于向中央纳贡而停止了金矿的开采，寒气中竹笋还在拔节。退堂下班后，你就披上了隐士的鹤氅，忘却郡署的烦心事，你要云游在清高脱俗的世界里。——然而一想起要在长安朱门府邸与阁下邂逅的话，你依旧还是那位在寒风中被高举旗帜的仪仗队簇拥着走向早朝的朝廷命官啊。

这首诗如果除了最后两句，可以确认是一首依据彻底的武功体手法而创作的诗作。特别是"覆局松移影，听琴月堕光。鸟鸣开郡印，僧去置禅床"这四句，可谓达到了武功体美学的最高境界。

另外，令人意味深长的是，"迸泉疏石窦，残雨发椒香"这两句，与喻凫送别赴金州旅行的贾岛时所作的下面这首诗中"溪沥椒花气，岩盘漆叶阴"这两句正相似。由此，可以综合还原出下面的想象来——姚合寄来《金州书事寄山中旧友》诗作以催促诗友来访金州，承此美意，长安的诗友们聚集起来召开了一个诗会。马戴于是作了《寄金州姚使君员外》，以此来唱和姚合。然后，在讨论有谁来应姚合之邀去金州造访时，贾岛则应声报名说自己要去。由此，对将去金州的贾岛，喻凫则作了下面这首送别之诗。

送贾岛往金州谒姚员外
喻凫

山光与水色，独往此中深。
溪沥椒花气，岩盘漆叶阴。
潇湘终共去，巫峡羡先寻。
几夕江楼月，玄晖伴静吟。

（大意）踏入金州的山光水色，你一个人前去旅行。溪流的浪花沁入了山椒的香气而飞溅开来，岩石穿过漆树的浓荫而高耸入云。还想着与你何时同去潇湘之地呢，现在就羡慕你先行一步到了巫峡。再过上几个晚上,到达汉江江畔再登楼赏月,静夜之中你要与宣城太守谢朓(喻指金州刺史姚合)结伴一同吟诗了吧?

此外,位于汉中盆地腹地的金州,因建于汉江江畔,可与"潇湘""巫峡"之谓长江沿岸的意象合为一体。姚合赴任金州之际,方干前来送别而作有《送姚合员外赴金州》,如上述喻诗,方干其诗中亦有"树势连巴没,江声入楚流"的句子。

五 杭州刺史时期

姚合于五十四岁太和八年(834)冬,官拜杭州刺史。赴任乃次年春,离任乃又次年(开成元年[836])春,实质上任期仅仅一年。出发之际,贾岛与刘得仁作诗送行①。

升任杭州刺史的姚合,看来是一如既往邀请友人来访。与武功县、金州不同,若是杭州,则需做好精神准备,那将是花费一个月以上的长期旅途。即便如此,贾岛还是去拜访了杭州。

贾岛的确奔赴杭州,此事可由二人在杭州一同为送别殷尧藩作诗而判明②,贾岛作了《送殷侍御赴同州》(姚合作了《送殷尧藩侍御赴同州》)。

贾岛在造访杭州之前就作了下面这两首诗。

早秋寄题天竺灵隐寺
贾岛

峰前峰后寺新秋,绝顶高窗见沃洲。
人在定中闻蟋蟀,鹤曾栖处挂猕猴。
山钟夜渡空江水,汀月寒生古石楼。
心忆悬帆身未遂,谢公此地昔年游。

---

① 贾岛《送姚杭州》、刘得仁《送姚合郎中任杭州》。两诗韵母相同,可推定为同席同赋之作。

② 殷尧藩太和七年(833)至八年(834),应湖南观察使李翱的征召而赴任长沙,太和八年(834)辞去幕府之职来到杭州。恰逢太和九年(835)姚合以刺史赴任杭州,贾岛亦造访了此地。而以姚、贾二人送别殷尧藩两诗为据,来指出贾岛的杭州之行的,除了李嘉言的《贾岛年谱》以外,《唐才子传校笺》卷六《殷尧藩》(吴企明执笔)亦对此更追加了证据并予以了确认。

寄毗陵彻公

贾岛

身依吴寺老,黄叶几回看。

早讲林霜在,孤禅隙月残。

井通潮浪远,钟与角声寒。

已有南游约,谁言礼谒难。

前诗于周弼《三体诗》中亦有所收。所谓"寄题"是将诗作寄至身在远处的对方、并委托其将诗作题写于某所。因此,此诗即为贾岛计划赴杭州旅行之际("心忆悬帆身未遂")、于造访杭州名胜灵隐寺之前所作的诗作。

后诗是贾岛寄给毗陵(江苏常州市)寺僧清彻的诗[①]。值得注意的是尾联"已有南游约,谁言礼谒难"——业已约好去南方旅行,故而拜谒老师也一定能实现。毋庸置疑,那约定南方旅行的对方则是姚合。姚合在此也是要邀请自己的友人来访任地。顺及,太和九年(835)之际,贾岛五十七岁,已非可以随便长期出游的年纪了。

姚合此时邀请贾岛的理由,无非是想将友人邀请至任地、召开风雅的诗会这个不变的想法吧。特别是姚合与贾岛,虽说二人元和八年(813)正月一同开始参加的科举考试,然而一个是官拜杭州刺史的封疆大吏,而另一个却是科举屡试不中沦落长安陋巷而终老一生的老残诗人,其境遇又何其迥异。自二人交往以来,期盼着至少要帮带贾岛将其邀请至新世界的姚合的那份心愿,一直都未曾停止过。至于旅费缠资,应该是由姚合赞助的吧。

六 姚合诗歌集团的诗会

以上就姚合如何邀请贾岛(等诸人)、特别是以赴任地方官时期为中心,进行了整理。而上文之所以限定于地方官时期,是因为邀请友人到远方姚合的任地,实乃一种非日常性的特别行为,试图通过此点,将姚合对于诗友的特殊态度刻画出来的缘故。

---

① 《宋高僧传》卷十六《唐钟陵龙兴寺清彻传》中有"释清彻……初于吴苑开元寺北院,道恒律师亲乎阃奥,深该理致"。

早年的魏博节度使从事、武功县主簿、万年县尉等时期,以及之后延伸到金州刺史、杭州刺史的全部时期,姚合一直都在邀请贾岛来访自己的任地。而贾岛亦接受了所有的邀请,千里迢迢地逐一走向更遥远的任地。这个事实若仅限定于姚、贾二人的关系,那就成为一种二人结为金兰友情笃厚的证明。然而,如果仅仅认为姚合只对贾岛持如此之态度的话,则是一种误解。姚合不仅仅是面对贾岛,更是面向诸多与自己趣味相投的诗友,并一直将他们视为好友来邀请的。

在武功县与贾岛一起,还邀请了朱庆馀、殷尧藩。万年县的馆舍里邀请人数则更多,贾岛、朱庆馀、无可、顾非熊、厉玄等人受邀来访,殷尧藩、皇甫荀想来也应收到了邀请。而在金州,赴任前,方干作有送别姚合《送姚合员外赴金州》之诗;到任后,姚合则将《金州书事寄山中旧友》诗投往长安诸诗友,对此,马戴作以唱和,而喻凫则对造访金州的贾岛作有送别诗。而实际上来访金州的诗友除了贾岛,尚有僧无可与项斯二人①。而在杭州,贾岛作有《送姚杭州》、刘得仁作有《送姚合郎中任杭州》等诗,以送别姚合赴任。而实际上可被确认造访杭州的,仅有贾岛一人。

若总结以上列举的提名诗人,则可计有:贾岛、无可、朱庆馀、殷尧藩、顾非熊、厉玄、马戴、喻凫、项斯、方干等诸人。由此这些诗人们,不仅限于姚合地方赴任之情形,即使于帝京长安之日常性场合中,也频繁聚集在姚合名下,召开诗会、作诗唱和、结为友好,逐渐形成了所谓围聚在姚合身边的诗歌集团。

下面,就将姚合也包括在内同席唱和的诗作列举如下,以此来确认姚合所起到的作用及参加者的范围。

(一)长安时期(万年县尉)

就姚合在任万年县尉时期中,此处将列举(1)李余的送别诗、(2)韩湘的送别诗、(3)朱庆馀的送别诗。

---

① 无可于金州所作之诗有:《陪姚合游金州南池》(一作《金州夏晚陪姚合员外游南池》)、《金州别姚合》、《金州冬月陪太守游池》、《过杏溪寺寄姚员外》等计四首。且最后一首诗中"杏溪"乃流经金州之汉江支流;且诗题所记官名"员外"乃指赴任金州刺史之前姚合前任京官之户部员外郎,由此可判明此诗实乃这一时期之诗作。无可滞留金州的时间,乃从冬至夏延至半年之久。项斯则有诗《赠金州姚合使君》一首。

（1）李余送别

李余（生卒年不详①），乃姚合诗歌集团之一员，留有不少往来唱和诗作。长庆三年（823）第十次科举应试之际总算及第。之后衣锦还乡返蜀之际，姚合、贾岛、朱庆馀、张籍诸人均作了送别诗。姚合特地以三十二句长篇五言古体诗，极尽详述，对于历尽苦读终于及第的后进诗人予以慰劳。送别诗一般以短篇律诗写就，而姚合作此诗突破常规，不得不说其言辞恳切。

送李余及第归蜀

姚合

蜀山高岧峣，蜀客无平才。
日饮锦江水，文章盈其怀。
十年作贡宾，九年多遭回。
春来登高科，升天得梯阶。
手持冬集书，还家献庭闱。
人生此为荣，得如君者稀。
李白蜀道难，羞为无成归。
子今称意行，所历安觉危。
与子久相从，今朝忽乖离。
风飘海中船，会合离自期。
长安米价高，伊我常渴饥。
临岐歌送子，无声但陈词。
义交外不亲，利交内相违。
勉子慎其道，急若食与衣。
苦蘖道路赤，行人念前驰。
一杯不可轻，远别方自兹。

姚合诗中记有"十年作贡宾，九年多遭回"。若说李余每年都参加科举应试，若以倒算，李余初次科举应试应在元和九年（814）。其年时值姚合、

---

① 李余科举及第后，虽赴任湖南观察使从事，无奈以小官落魄终生。李氏以乐府诗创作引人瞩目。元稹《乐府古题序》中有"昨梁州见进士刘猛、李余各赋古乐府诗数十首，其中一二十章咸有新意，豫因选而和之"（《元氏长庆集》卷二十三）。

贾岛开始应试之次年。姚合三次落第之后,元和十一年(816)科举及第(而贾岛则连年落第)。姚合与李余一同科举反复落第的时期,于长安有足以相识的可能性(可以推定姚合与贾岛也是在如此境遇中相识的)。而且即使并非上述情形,姚合也非常能理解李余的苦读艰辛①。此诗不单单是一首千篇一律的礼节性诗作,姚合在此敢于选择可称为破例的长篇诗型来吐露自己的真情,其缘由也在于这种同情吧。——实话实说,姚合凝聚周围的诗人、能持续保持向心力的原因也在于此,即如此富有这般并非泛泛应付的恻隐之情的缘故。

此时,贾岛作有五律《送李余及第归蜀》、朱庆馀作有七律《送李余及第归蜀》。张籍作有七律《送李余及第后归蜀》,首联中有"十年人咏好诗章,今日成名出举场",祝贺李余十年苦读艰辛之后进士及第。张籍与可称为他的后进的姚合、贾岛保持亲密交往,常常一同举办诗会。

此时,张籍亦应同席并赋有送别诗。值得注意的是,他们的诗型并不整齐划一。恐怕是专门使用这种不同的诗型来保持唱和时的一种紧张感吧。

(2)韩湘送别

韩湘(韩愈的侄孙)作为姚、贾诗歌集团的一员,与他人相互作有多首往来唱和的诗篇。他与李余同于长庆三年(823)进士及第。上面李余的送别诗,乃刚及第之后的春天诸人送别他还乡时所写;韩湘的送行诗,则是其年冬赴任宣歙观察使从事(试校书郎)之际,姚合、贾岛、朱庆馀、无可等诸人,以相同的六韵十二句之五言排律作诗壮行②。姚合的《送韩湘赴江西从

---

① 姚合落第时所作《下第》诗写有"枉为乡里举,射鹄艺浑疏。归路羞人问,春城赁舍居。闭门辞杂客,开箧读生书。以此投知己,还因胜自余。"此外,《寄杨茂卿校书》诗中有"到京就省试,落籍先有名。惭辱乡荐书,忽欲自受刑。还家岂无路,羞为路人轻。决心住城中,百败望一成"等句。而且在科举及第后所写《及第后夜中书事》中,忘却了自制而写道:"夜睡常惊起,春光属野夫。新衔添一字,旧友逊前途。喜过还疑梦,狂来不似儒。爱花持烛看,忆酒犯街沽。天上名应定,人间盛更无。报恩丞相阁,何啻杀微躯。"可见其及第后欢欣雀跃的心情。

② 沈亚之《送韩北渚赴江西序》(《全唐文》卷七三五):"今年春,进士及第,冬则宾仕于江西府。且有行日,其友追诗以为别。"此首送序,应该是沈亚之与姚合诸人聚集并同席送别宴之际,作以唱和的吧。

事》第二联有"行装有兵器,祖席尽诗人"。韩湘作为幕僚赴任,故而"随身携带兵器出发"。并且还特别记述了莅临送别宴席的有姚合、贾岛为首的诸诗人。诸人的诗题有:贾岛《送韩湘》、无可《送韩校书赴江西》、朱庆馀《送韩校书赴江西幕》等。

(3)韦繇送别

韦繇,宝历元年(825)以贤良方正能极言直谏科及第,是秋,由浙东观察使元稹征召为观察使从事(试校书郎)。是时,姚合作有《送韦瑶(当作繇)校书赴越》、贾岛作有《送韦琼(当作繇)校书》、朱庆馀作有《送韦繇校书赴浙东幕》等五律以壮行。下面选取姚合诗作为例。

送韦瑶校书赴越

姚合

寄家临禹穴,乘传出秦关。

霜落橘满地,潮来帆近山。

相门宾益贵,水国事多闲。

晨省高堂后,余欢杯酒间。

观察使等使职具有征召僚佐的权力,元稹积极不断地招募优秀人才之事,即由"相门宾益贵"所记述。元稹因以前曾官拜宰相故而谓之以"相门"。此外,姚合诗中的"韦瑶"、贾岛诗中的"韦琼"皆为"韦繇"之笔误。

(4)朱庆馀送别

朱庆馀,乃姚合任武功县主簿时期造访以来的老诗友,也是位于姚、贾诗歌集团中心的一员,其进士及第乃宝历二年(826)。姚合《送朱庆馀及第后归越》、贾岛《送朱可久归越中》、张籍《送朱庆馀及第归越》等诗作,皆为五言律诗。贾岛的诗作与张籍诗同韵,虽然诗题中并未明记,由于是送别归越,故而可判断此乃送别朱庆馀及第归乡之诗。

以上,李馀、韩湘、韦繇的送别诗,皆为姚合万年县尉时期所作,朱庆馀的送别诗,作于姚合辞去万年县尉不久之后。由此可以确认姚合诗歌集团举办过活泼热烈的诗会。

(二)洛阳时期(监察御史分司东都)

姚合于太和元年(827)秋,官拜监察御史分司东都,其后整一年赴任洛阳。

(5)于洛阳马戴之诗会

马戴,作为姚合诗歌集团之一员,留下诸多往来唱和诗作。姚合将马戴邀请至自己洛阳私邸,举办了诗会。现存诗作有姚合的《洛下夜会寄贾岛》与马戴的《雒中寒夜姚侍郎御宅怀贾岛》二首。在此列举马戴诗作如下。

雒中寒夜姚侍郎御宅怀贾岛

马戴

夜木动寒色,雒阳城阙深。
如何异乡思,更抱故人心。
微月关山远,闲阶霜霰侵。
谁知石门路,待与子同寻。

由尾联"不知石门在何处,我想等你来时一起去寻找"可知,此诗乃是以催促尚在长安的贾岛来访洛阳为内容的诗作。客人马戴的诗中如此叙述,当然应该合乎主人姚合邀请贾岛来访洛阳的意向。另外顺及,此时显示贾岛旅赴洛阳的资料,尚未得到确认。

(三)重返长安时期(殿中侍御史、侍御史、户部员外郎)

姚合由监察御史分司东都返回后,接着以金州刺史赴外地任职之间,姚合曾任职殿中侍御史(侍御)、侍御史(端公)、户部员外郎,一路顺利升迁而来。就此间约有四年(太和二年冬至太和六年秋)的姚合诗会,下面加以概述。

(6)长安姚合私邸的诗会

参加这个诗会的贾岛、马戴,均为姚贾诗歌集团的中枢。此时未能参加的无可亦为其中一员。姚合此时官拜殿中侍御史(在任时间:太和二年[828]冬至太和四年[830]初春)。姚合作有《喜马戴冬夜见过期无可上人不至》[①]、贾岛作有《夜集姚合宅期可公不至》、马戴作有《集宿姚殿中宅期僧无可不至》等五律诗。下面举马戴诗作为例。

---

① 姚合诗其二"内殿臣相命,开樽话旧时。夜钟催鸟绝,积雪阻僧期。林静寒声远,天阴曙色连迟。今宵复何夕,鸣珮坐相随"。此诗曾讹传为马戴的唱和诗,而混入了姚合诗作。但实际上二者多少有些文字上的异同。

集宿姚殿中宅期僧无可不至

马戴

殿中日相命,开尊话旧时。
余钟催鸟绝,积雪阻僧期。
林静寒光远,天阴曙色迟。
今夕复何夕,人谒去难追。

值得注意的是首联"殿中侍御史姚合,每天还是那样,喝着酒要我们一起来忆旧"。看到"日相命"(每天都请求我们来访)这样的用词,就可判明举办诗会时,果不其然姚合是非常积极的。

(7)李廓送别

李廓,以其鄠县县尉时期为中心,曾频繁与姚贾诸人往来唱和,也是姚贾诗歌集团的一员。太和三年(829)冬,南诏开始入侵,成都受到威胁,时任监察御史的李廓就被朝廷紧急派往当地平乱。姚合(侍御:殿中侍御史在任)将李廓邀请至私邸,为他举办了送别诗会。

姚合作有《送李廓侍御赴西川行营》、无可作有《冬夜姚侍御宅送李廓少将》、顾非熊作有《送李廓侍御赴剑南》等,留有这三篇五言律诗。下面以姚合诗为例。

送李廓侍御赴西川行营

姚合

不道弓箭字,罢官唯醉眠。
何人荐筹策,走马逐旌旃。
阵变孤虚外,功成语笑前。
从今巂州路,无复有烽烟。

首联"你口中不提弓箭武器之名,若辞了官只有聊以醉眠",此句按照姚合拿手的武功体手法,将李廓对官场不甚留恋的样子描写了出来。

(8)姚合私邸的诗会

姚合在任侍御史(端公)中的太和四年(830)九月十五日月圆之夜,邀请无可等诸位诗友聚会于姚合私邸。姚合以及其他诗人之诗无从确认。下面举无可诗作为例。

秋暮与诸文士集宿姚端公所居
无可

宵清月复圆,共集侍臣筵。

独寡区中学,空论树下禅。

风多秋晚竹,云尽夜深天。

此会东西去,堪愁又隔年。

(9)于姚合私邸诗会思念殷尧藩

距上述(8)的诗会不久,侍御史姚合的私邸又举办了诗会。此次诗会里看见了永乐县令殷尧藩的名字。殷尧藩乃姚贾诗歌集团的一员。无可作有《冬中与诸公会宿姚端公宅怀永乐殷侍御》、马戴作有《集宿姚侍御宅怀永乐宰殷侍御》等五律。另有姚合作有五律《寄永乐长官殷尧藩》、雍陶作有七律《寄永乐殷尧藩明府》等诗中亦提及永乐县令殷尧藩,可推定亦为此次诗会而作。下面举无可诗为例。诗中"柱史"用作为侍御史之雅称。

冬中与诸公会宿姚端公宅怀永乐殷侍御
无可

柱史静开筵,所思何地偏。

故人为县吏,五老远峰前。

宾榻寒侵树,公庭夜落泉。

会当随假务,一就白云禅。

(10)于姚合私邸寄马戴诗作

太和八年(834)秋,因隐居华山的马戴寄来了《山中寄姚员外》,随即姚合诸人举办诗会寄和马戴。姚合作《寄马戴》、贾岛作《马戴居华山因寄》、无可作《寄华州马戴》(一作《秋中闻马戴游华山因寄》)。顺及,顾非熊所作五律《送马戴入山(一本山前有"华"字)》亦为马戴去华山之际送别之诗。此处举姚合诗为例。诗中"新诗"乃指马戴寄给姚合之《山中寄姚员外》诗。

寄马戴
姚合

天府鹿鸣客,幽山秋未归。

我知方甚爱,众说以为非。

隔屋闻泉细,和云见鹤微。

　　　　新诗此处得,清峭比应稀。

(11)雍陶送别

雍陶与姚合有数篇往来唱和之诗,可谓姚、贾诗歌集团中占据一隅的诗人。太和八年(834)雍陶进士及第后归乡成都之际,诸人题诗送别。姚合作有五律《送雍陶及第归觐》、贾岛作有八韵十六句的五排《送雍陶及第归成都宁亲觐》。

以上列举了多以友人送别场面为题的诗会,大概介绍了参加者和作品。若在此将参加者加以整理,则如下所示。(AB乃第三部分中所列举之万年县馆舍诗会;括号中为未参加诗会但在诗中有所言及之人。)

A【万年县馆舍诗会】姚合、贾岛、顾非熊、无可、朱庆馀、(殷尧藩)。

B【万年县馆舍雨夜会宿】姚合、贾岛、厉玄、(皇甫荀)。

①【李馀送别】姚合、贾岛、朱庆馀、张籍、李馀。

②【韩湘送别】姚合、贾岛、朱庆馀、无可、韩湘。

③【韦鏻送别】姚合、贾岛、朱庆馀、韦鏻。

④【朱庆馀送别】姚合、贾岛、张籍、朱庆馀。

⑤【洛阳马戴之诗会】姚合、马戴、(贾岛)。

⑥【长安姚合私邸诗会】姚合、贾岛、马戴、(无可)。

⑦【李廓送别】姚合、无可、顾非熊、李廓。

⑧【姚合私邸诗会】姚合、无可。

⑨【姚合私邸诗会思念殷尧藩】无可、马戴、姚合、雍陶、(殷尧藩)。

⑩【姚合私邸诗会寄和马戴】姚合、贾岛、无可、(马戴)、(顾非熊)。

⑪)【雍陶送别】姚合、贾岛、雍陶。

上述名列若以出现频度来排列,则为:姚合13次、贾岛10次、无可7次、朱庆馀5次、马戴4次、顾非熊3次、张籍2次、雍陶2次、殷尧藩2次、厉玄1次、李馀1次、韦鏻1次、李廓1次、皇甫荀1次。以上的数字乃以出席姚合诗会为条件的统计结果;当然,如姚合缺席的诗会①、说起来并非同

---

① 姚合缺席下的"姚合诗歌集团"也举办过诗会。作为其中一例,可列举姚合《和厉玄侍御无可上人会宿见寄》诗,从中可判明厉玄与无可二人亦曾举办过诗会。然而姚合缺席下的诗会,次数也少,参加者亦不多。亦可理解为在他们之中,姚合起到了领衔带头的发起人作用。

席场合之往来唱和的诗篇更数不胜数①。此外,上述名列仅限定于金州刺史赴任之前姚合的前半期,而对于其后与姚合交往热络的无可②、喻亮、方干、刘得仁、周贺③等人而言其数字并未显现出来。上述罗列的数字虽然受到了如此限制,但仍可成为一种参考,以此来管窥出聚拢在姚合周围诗人群体之概貌来。就这些诗人之间的亲密交往若加以更加详细的调查,则对于姚合诗歌集团的具象而言,就能展开更为细致的研究。

七　姚合诗歌集团的形成

姚合与贾岛的周边,专以诗歌为纽带的人际关系,形成了所谓诗歌集团。官场的阅历、年龄在此无甚意义,无论是一步步迈向官僚升迁阳关大道的姚合,还是科举持续落第不中的贾岛,甚或是较姚贾年少二十岁的佛僧无可,皆为其诗歌集团之成员。与此对照的另一种情形,如白居易晚年与刘禹锡之所以结交为并称"刘白"的紧密交际关系、二人文学交流之所以取得了《刘白唱和集》这样的成果,毕竟是建立在年龄与官场上的飞黄腾达这两点将二人相互吸引所致。背负有如此众多文学以外要因的文人间之联合,与姚合诗人集团的情况则大相径庭。

成为姚合诗歌集团核心的人,明显是姚合,而非贾岛。姚合不仅富有

---

①　举一例来说明李廓的话,姚合则有《寄鄠县尉李廓少将》《送李侍御过夏州(一作:送李廓侍郎)》《新居秋夕寄李廓》《酬李廓精舍南台望月见寄》,贾岛作有《酬鄠县李廓少府见寄》《净业寺与前鄠县李廓少府同宿》,雍陶作有《送前鄠县李少府》等诗寄予李廓。由此可知李廓亦为姚贾集团的一名重要人物。

②　无可造访金州刺史姚合,由冬至夏逗留了半年以上之事,前注(第147页注①)已有所述。根据吴汝煜《唐五代人交往诗索引》(上海古籍出版社,1993年版),无可寄赠姚合的诗作有十二首,而相反姚合寄赠无可的则有九首。对于姚合而言,除去贾岛,往来唱和诗数最多的就是无可。此外,无可有三首诗作寄赠贾岛,而相反贾岛则有四首寄赠无可。

③　周贺乃法号清塞的一名佛僧。曾于姚合任杭州刺史时拜访过他,得其赏识后还俗。之后与姚合开始亲密交往。《唐才子传》卷六"清塞"条目有"清塞字南卿。居庐岳为浮屠。……宝历中,姚合守钱塘,因携书投刺,以丐品第。合延връ甚异……因加以冠巾,使复姓字。"若据前注吴汝煜上述著作,周贺寄赠姚合之诗有五首,不过相反姚合寄赠周贺之诗则未有遗存。

社交禀赋,而且也具备发挥社交禀赋的社会地位。如果姚合是与贾岛同样的贫穷寒士,那么连诗会的场地也将无法提供。姚合未能购置私邸之时,则将友人邀至自己的馆舍聚会。在购置了私邸的中年以后,姚合就敞开私邸迎接客人。另外,姚合在官场上的接连升迁,对于集体成员而言亦为令人鼓舞的一大幸事。若对于临近科举的应试者而言,能得到姚合好评作后盾,也将对事态的发展非常有利。

然而,社会地位应该说毕竟是止步于第二位的因素。而且取得姚合那样地位的诗人也并不少。可是如同姚合那样发挥出了特殊社交性作用的诗人,有唐一代几乎未见同类。姚合经常邀请诗友来访。即使在自己尚未获得足够地位之际,亦于魏博镇邀请贾岛,于武功县邀请贾岛、朱庆馀、殷尧藩。而到了万年县尉时期,于馆舍邀请贾岛、顾非熊、无可、朱庆馀、厉玄等诸人。姚合即使其后,京官在任时期亦于长安私邸、地方官在任时期亦于馆舍,分别邀请诗友来访。

姚合招待诗友的时候,并非虚情假意地敷衍,而是表明了积极坚决的强烈意愿而将诗友呼唤到自己的身边的。其邀请招待诗友的强烈意愿,不仅在自己的诗篇中,而且在诗友唱和寄赠给他的诗篇中,也被反复吟咏。

(一)呼朋唤友的姚合

(1)姚合在任武功县主簿时邀请贾岛之事,贾岛于《寄武功姚主簿》诗中明示如下:"数宵曾梦见,几处得书披。……会须过县去,况是屡招携"(多少个夜晚都梦见你,多少次在读你写来的信。……而那你所在的武功县,我是一定要去拜访的。况且一直收到你这么多次的邀请呢)。可推定贾岛已造访过武功县。梦境在当时理解为,所显示的实乃对方思念自己的结果。

(2)姚合于万年县馆舍亦邀请贾岛来访。姚合自己所作的《寄贾岛》中有"赖君时访宿,不避北斋风"(拜托你啦,常来住住吧,希望你别嫌弃馆舍北边的屋子透着贼风啊)。

贾岛下面这首《酬姚合》所作时间不明,暂假设为当时所和:"故人相忆僧来说,杨柳无风蝉满枝。"(和尚转告我说"你的朋友想着你哟";柳枝风不拂,秋蝉满树鸣。)"僧"说的或许即为无可。

(3)姚合在任殿中侍御史期间,曾邀请诗友来自己私宅举办诗会。马戴《集宿姚殿中宅期僧无可不至》诗中有"殿中日相命,开尊话旧时"(殿中侍御史,每天都招呼我说,来这里边喝酒边忆旧吧)。在此诗会上姚合所作《喜马戴冬夜见过期无可上人不至》诗中有"僧可还相舍,深居闭古松"(和尚无可又丢下我们不管啦,他肯定偷偷地躲在老松林里面吧)。可知姚合向无可也发出了邀请。

(4)姚合金州刺史赴任之际,如前所述,向长安的诗友寄去了《金州书事寄山中旧友》诗。末尾两联"旧山期已失,芳草思何穷。林下无相笑,男儿五马雄"(何时归乡已不可期,心中尽是归隐的念头。园林中也没有了一同谈笑的朋友。虽说当上了五马之驾的高官,可谁知我现在这副抱怨孤独的德行啊)。其结果,贾岛、无可、方干等人就应姚合之邀而去造访了金州。

(二)奖掖后进的姚合

姚合并非仅仅面向结为好友的诗友打开大门,他还经常想着要照顾与自己趣味相投的人。这里就列举几个事例予以简单说明①。

【韩湘】

韩湘(韩愈侄孙)作为姚贾诗歌集团之一员,我们已于第六节列举韩湘送别诗之处有所言及。下面姚合的诗,作于韩湘刚刚进士及第之后,诗中记载了迄今为止韩湘"投刺"与"行卷"的经过,读来兴味颇深。

答韩湘
姚合

……
子独访我来,致诗过相饰,
……
子在名场中,屡战还屡北。
我无数子明,端坐空叹息。
昨闻过春关,名系吏部籍。
三十登高科,前途浩难测。
诗人多峭冷,如水在胸臆。

---

① 关于姚合奖掖后进,白爱平《姚合贾岛诗歌的共时接受》(《宁夏大学学报》[人文社会科学版]第28卷,2006年第3期)一文中有所初步研究。

> 岂随寻常人,五藏为酒食。
> 期来作酬章,危坐吟到夕。
> 难为闻其辞,益贵我纸墨。

(大意)……(自己虽并非大牌诗人)只有你前来造访,你投刺时献上我的诗,过度褒奖我了。……你也曾在科举考场上屡战屡败。自己并无名流那样出色的见识,只能端坐叹息。前日进士及第的登记已经结束,你的大名登上了吏部名册。三十岁就突破了进士难关,真乃前途无量。你作为诗人,狷介孤傲又正直,如胸中充满澄澈的清水。怎能如同一般世人那样五脏六腑塞满酒食,贪得无厌呢?我想为你作诗唱和,端坐苦吟到夜半。但是即使是想为你的诗添写陪衬来提高自己文学的评价,可也实在写不出那么好的诗作啊。

韩湘向姚合投刺、行卷(子独访我来,致诗过相饰)的时期,以常识来考虑,应为迫近应试日程的长庆二年(822)秋。韩湘曾反复多次落第,姚合虽已知晓但却因无法提供助力而无奈叹息。然而这次韩湘未而立即已进士及第。姚合听说后作了此诗以示贺喜。——此诗可谓道出了姚、贾诗歌集团形成的一个原委。此时姚合在任万年县尉,其作为诗人已声名远扬;为了得到姚合的赏识,韩湘这样的年轻诗人们便开始聚集在姚合的周围。就姚合而言,富有特点的是他会将韩湘这样前来投刺、行卷的年轻诗人,作为自己诗会的成员来接纳进来。韩湘与姚合诗歌集团的交往在其后虽并不太活跃,如前所记,韩湘赴任宣歙观察使从事之际,姚合将周围的诗人们(姚合诗歌集团)聚集起来为韩湘召开了送别的唱和酒筵。而且贾岛其后亦想念起随行韩愈贬谪潮州的韩湘,而作了《寄韩湘》。

若如此类推的话,与韩湘同年进士及第、由姚合诸人送别的李余,以及于宝历二年(826)进士及第的朱庆馀,和太和八年(834)进士及第的雍陶等人,可推定他们参加姚合诗歌集团的契机亦应与韩湘相同,或许可能也是如此投刺、行卷的。

作为科举应试准备的投刺、行卷,可推定能成为其对象的应该是对座主(主考官)持有影响力的政府权力者,但也有例外。贾岛为应试而上京赴长安时,曾向张籍以诗《投张太祝》投刺。当时的张籍不过只是一介太常寺太祝（正九品上）的小官。从此事例可判明，投刺、行卷的对象未必仅限于高官，依据情况不同，也会选择那些人物，他们均在诗坛保有声望，并经由他们（如张籍）评价的作品可对应试者知名度的形成施加影响。

姚合于万年县尉时期（四十岁前半期），业已成为投刺、行卷的对象而博得了诗坛声望。（声望一半源于由武功体这种新审美意识的确立而成为诗坛瞩目的诗人；另一半则来自于能被提拔为万县县尉这样来自官场的高度认可）。于此恕再赘述一言，姚合如此热心于提升应试者知名度这类奖掖后进青年的活动，也就因此而成为后进诗人出名发迹的起点而备受后进瞩目。

以下将论述的诸人，皆为在姚合发迹腾达之后，得到其知遇之恩的后进诗人。

【周贺】

姚合在任杭州刺史时期（太和八年［834］冬至开成元年［836］春），认为向姚合投刺过的诗人有周贺与郑巢。周贺乃法号清塞的一名佛僧，姚合看了其《哭僧》诗后大为赞赏，力劝他还俗应试科举（参照第155页注③）。其事可见如下《赠姚合郎中》诗。诗题中的"郎中"乃姚合之前任京官户部郎中之谓。由此亦可窥得其时世人重京官轻外官的官场观念。

赠姚合郎中

周贺

望重来为守土臣，清高还以武功贫。

道从会解唯求静，诗造玄微不趁新。

玉帛已知难挠思，云泉终是得闲身。

两衙向后长无事，门馆多逢请益人。

上诗有两点值得注意：第一，"望重来为守土臣，清高还以武功贫"（您虽是官拜背负重望的刺史，然而依旧坚守着清廉高洁如同武功县主簿时代的清贫生活）句，赞美姚合虽拜高官、仍过着志在清贫的生活。由此可知关于武功体诗人即姚合的评价业已落定。第二，"门馆多逢请益人"（您在宅院里接待众多前来请益的后进），此句则记述了姚合热心于对后进的奖掖鼓励。

【郑巢】

郑巢,钱塘(杭州)人,姚合刺史在任中,经常出入姚合的馆舍,陪同姚合出则登高览胜,入则宴饮聚会。据称对姚合行有"门生之礼"①。

【刘得仁】

姚合自杭州刺史卸任返京之后,就任谏议大夫(正五品上)。其返京不久就有刘得仁前来投刺,并献上了下面这首诗。

上姚谏议

刘得仁

高文与盛德,皆谓古无伦。
圣代生才子,明庭有谏臣。
已瞻龙衮近,渐向凤池新。
却忆波涛郡,来时岛屿春。
名因诗句大,家似布衣贫。
曾暗投新轴,频闻奖滞身。
照吟清夕月,送药紫霞人。
终计依门馆,何疑不化鳞。

诗中的"明庭有谏臣",乃指姚合在任谏议大夫之事。"却忆波涛郡,来时岛屿春"则指的是前任杭州刺史之事。值得注意的有三点:第一,"名因诗句大,家似布衣贫"(作为诗人您已声望颇高,但家中仍似无官布衣一样朴素)两句,实乃刘得仁明知姚合作为武功体诗人而有意赞美之句。第二,"曾暗投新轴,频闻奖滞身"(怀才不遇的在下过去向您献呈新诗时,耳闻您常常向大家宣传在下)两句记述了刘得仁向姚合行卷以及姚合接待之后宣传刘得仁的经过。第三,"终计依门馆,何疑不化鳞"(在下总想着拜访您的门客馆舍,并且相信一定能够鲤鱼化龙),从这两句我们管窥到,对于作为谏议大夫飞黄腾达之后的姚合而言,希望通过他的提拔而能开始出人头地的后进青年,一定会使得姚合私邸门庭若市。

---

① 《唐才子传》卷八"郑巢"条有:"郑巢,钱塘人。大中间举进士。时姚合号诗宗,为杭州刺史。巢献所业,日游门馆,累陪登览燕集,大得奖重,如门生礼然。"至今尚留郑巢写给姚合的献诗三篇。

【李频】

最后,列举李频的例子。姚合过了六十岁,任给事中(正五品上)(开成四年[839]至会昌三年[843]),有众多人士聚集在他的门下,其中李频也从睦州上京长安,期望得到姚合的赏识。姚合对李频评价颇高,据载还将自己的女儿嫁给了李频①。

以上,以杭州刺史为中心,列举了向姚合投刺、行卷并加入其诗歌集团的诗人。他们的诗作中反复讲述的是:姚合的诗歌大名广为知晓、众多人士都期待得到姚合的赏识而聚集起来②。而且还可附加一点的是:姚合似乎旨在以朴素的生活来平易近人地接近后进诗人们③。

姚合特殊的社交性特征,不仅只是对待旧友如此,如此处所述,即使对待新知诗友也一视同仁。假如要除去姚合的这种禀赋,那么想考虑其诗歌集团的形成,则将是不可能的。

此外还有一点,若要再补充一下姚合之所以成为诗歌集团中枢的理由的话,那就是,姚合将所谓武功体明确的诗学主张平易通晓地广而告之,从而得到了聚集在姚合周围的诗人们的共鸣。姚合将目之所及充盈于世界的每个角落,而那种将自己塑造成生存于世界角落中的遁世隐者的武功体审美意识,终在武功县主簿时代得以奠定于世。而姚合诗歌集团的诗人们,亦于他们觥筹交错往来唱和之间,得以将上述手法原样沿袭而来。

这种武功体审美意识,以兼具二重意味而受到世人的欢迎。第一是关乎晚唐时代的世界观问题。那曾经闪耀在世界中心——盛唐的国家之威信、礼乐之庄严,以及最终出将入相、飞黄腾达之幻想,对于那些生活在由所谓晚唐那样闭塞的空气所支配的时代的诗人们而言,一切的一切皆变成一场虚假而空虚的"假大空"。而武功体,则成为将此"假大空"取而代之的

---

① 《新唐书》卷二〇三"李频"条有:"李频字德新,睦州寿昌人。少秀悟,逮长,庐西山,多所记览。其属辞,于诗尤长。与里人方干善。给事中姚合名为诗,士多归重,频走千里丐其品,合大加奖掇,以女妻之。"文中的方干,亦为姚合诗歌集团之一员。

② 若包括前述资料来加以摘要的话,则有:周贺《赠姚合郎中》中有"门馆多逢请益人"、刘得仁《上姚谏议》中"终计依门馆,何疑不化鳞"、方干《哭秘书姚少监》中"入室几人成弟子"等句。

③ 如前述有:周贺《赠姚合郎中》中"望重来为守土臣,清高还以武功贫"、刘得仁《上姚谏议》中"名因诗句大,家似布衣贫"等。

另一种理想形态,即将那种世俗性价值观无处见缝插针、以无欲脱俗为原理的世界观,提示告知出来。

第二则乃是关乎身边浅显的世俗问题。科举的天罗地网,将诗人们网罗起来而变得无法自由。若在盛唐以前,诗人们可以将自己的郁郁不得志归结到超乎个人努力的不公正的社会性责任上去。然而到了科举业已普及的晚唐时代,在一个将自己的怀才不遇只能视为个人责任的时代,诗人们最终失去了那个可以将一己之怨恨愤怒发泄出去的外部世界。精神的退缩萎靡、生计的困顿不如意,以及身边想逃也无处可逃并变成负面价值的日常生活,等等,而将诸如此类负面价值观就这样在文学中颠倒反映成为正面的价值观的,正是武功体的手法所在。

八　姚合诗歌集团与贾岛的位置——代为结语

从以上资料分析中可以看出,姚合的禀赋对于以姚合为中心的诗歌集团之形成起到了决定性的作用。文学史研究,是一种以作者文学性个性为问题意识的研究。此外,形成其个性的时代状况,及其一部分诗人同道的交流,也是文学史研究的问题意识。然而以社会交流为问题意识时,即使要对政治势力的社会集团、或对相同文学主张社会集团的构造进行分析时,参加其中的每一个人的个性禀赋却几乎未受到任何关注。而在构筑文学理论之际,诗人个性禀赋的分析却是最低限度的学术良心。然而在分析聚拢姚合周围诗人集团的向心力之所在时,关于姚合这个人物特殊的禀赋分析却被疏忽或忽视掉了,从而难免会对全面理解姚合造成很大的误解。

关于聚拢在姚合周围的诗人集团,本书中特意使用"姚合诗歌集团"之名称,以此避开"姚贾"之并称。最后,关于此点,在此预测性地陈述一下笔者对此的思考,并以代结语。

姚合与贾岛二人维持着亲密往来的关系,并且二人也是姚合诗会的常客,对此可由第六部分介绍的诗会大部分中皆有贾岛姓名这一点可得以确认。姚合所在的地方,贾岛也会出现。然而尽管如此,其诗会仍然是姚合的诗会,而聚集的人员虽也包括贾岛,但仍应视为姚合诗人集团之诗人群体。

姚合与贾岛的关系,取出某一面来看的话,类似于姚合与其他众诗人的关系。姚合一直以来总是在贾岛的生活上、在与其应试相关一个接一个的环节上,牵挂惦念着这位郁郁不得志的老友。而最能体现出这种关心的是贾岛所作的下面这首诗。此诗推定作于姚合任万年县尉之长庆三年(823)秋。诗中详尽记述了姚合从贾岛旧作中编选出百篇诗作,并准备以此作为贾岛行卷之用的过程细节(《百篇见删罢》①)。

重酬姚少府
贾岛

隙月斜枕旁,讽咏夏贻什。
如今何时节,虫虺亦已蛰。
答迟礼涉傲,抱疾思加涩。
仆本胡为者,衔肩贡客集。
茫然九州内,譬如一锥立。
欺暗少此怀,自明曾沥泣。
量无赵勇士,诚欲戈矛戢。
原阁期跻攀,潭舫偶俱入。
深斋竹木合,毕夕风雨急。
俸利沐均分,价称烦嘘噏。
百篇见删罢,一命嗟未及。
沧浪愚将还,知音激所习。

(大意)从窗子射进来的月光照在枕边,我读着你今夏寄来的诗篇。现在啊,是什么季节啊?不知何时起虫子呀毒蛇都钻进了洞。回复迟了,失礼至极,那是因我患了病,人也郁闷起来。我到底算什么啊?与考生摩肩接踵济济一堂。像在茫茫世界中寻觅良久却连一个立锥之地也没有,失意落魄无所寄身。我无法模仿

---

① 作于此诗之前,先行寄给姚合的是贾岛的《酬姚少府》。其中亦提及了诗集选编定稿之事。"刊文非不朽,君子自相于"(你将我与不朽无缘的拙作选编出来,令我诚惶诚恐且不胜感激。你已身为杰出的大人物,还挂念并照顾关切着我)。而作为科举应试的一项准备,秋天之前就将所作诗篇冠以"秋卷"为题选编审定、并将其作为行卷呈送给有权有势之人,这是晚唐时代的一种习惯。这部《秋卷》就是姚合为贾岛而选编审定的。

抢先于人的机灵,知道自己能力的高低,只能洒下悔恨的泪水。我不是气势威猛的武夫,战斗的长矛已经想收起来了。我想随心所欲地登上乐游原东边的阁楼,想与你一起泛舟江上。在远离人群的自己的草堂里,竹木茂密,整夜风雨交加。你为了我,将自己的一半俸禄都周济给了我;你为了提高我的名声,努力为我四处宣传。虽然你已将我百篇的拙诗选编成册(投卷),但是我还是科举落第,仕途之梦也破碎了。我想去沧浪水边遁世隐居。即使如此你还是褒奖我的诗作,鼓励我不断努力下去。

此诗记述了当时有关贾岛所处状况的各种信息,若仅限定于与姚合的关系来看的话,(1)姚合俸禄的一半都提供给了贾岛以作生活费用;(2)随时为贾岛宣传扩大影响,从侧面驰援贾岛的科举应试;(3)选编审定贾岛用以行卷的诗作;(4)褒奖贾岛的文学,激励动辄绝望的贾岛。

在此诗中出现的姚合,是贾岛真正的知己。然而虽有程度大小不同,但是那种热情的关怀,也给予了同时期向姚合投刺、行卷并持续落第的韩湘(参照第七部分);而且姚合即使在任杭州刺史那样的高官之后,对于后进诗人所表现出的热情关怀,虽然看上去程度有所差异,但以上三者的本质都是相同的。姚合之所以能将众多诗人聚拢在自己周围,说到底,还是要归结到他这种一视同仁的亲切热情的关心后进的力量上。

另一方面,对于姚合而言,贾岛是无可替代独一无二的存在,这是毫无疑问的事实。姚合的身边,总是需要贾岛的存在。而那不仅仅是为了一份友情,同时也是姚合为了自身的文学得以立足而所必需的一个支柱。

下面姚合的诗,可推定是对前面贾岛《重酬姚少府》的唱和,是一首与贾岛具有相同韵目的五言二十四句的古体诗。所描写的季节是晚秋,所描写的世界是贾岛的原东居(乐游原以东升道坊的住所)。没有比这两首唱和诗作更能率真地道出姚、贾二人的友情了。

寄贾岛浪仙

姚合

悄悄掩门扉,穷窘自维縶。
世途已昧履,生计复乖缉。
疏我非常性,端峭尔孤立。

> 往还纵云久,贫寒岂自习。
> 所居率荒野,宁似在京邑。
> 院落夕弥空,虫声雁相及。
> 衣巾半僧施,蔬药常自拾。
> 凛凛寝席单,翳翳灶烟湿。
> 颓篱里人度,败壁邻灯入。
> 晓思已暂舒,暮秋还更集。
> 风凄林叶萎,苔糁行径涩。
> 海峤誓同归,橡栗充朝拾。

(大意)你悄悄掩上门扉,过于贫困而使你无法外出游历。迈步涉入的这世间动荡不安,经营生计也很不容易。无法另起炉灶还是在于你自己性格的偏激。因你性本狷介,故而在世间陷入孤立。与你交往业已很久了,而我还是无法适应你贫困的生活。你的住所几乎是一片荒野,无论如何也使人无法想象它位于长安帝都城里;你的庭院天黑后愈加凄凉冷清,耳中只能听取虫声一片、雁鸣啾啾。你的衣服头巾都是僧侣所赠,而蔬菜草药也都是自己捡拾而来。铺盖仅有一床,还寒气刺骨;因不生火做饭而使得漆黑的炊烟也常常带着水汽。墙根坍塌的缺口,村民任意穿行;墙壁破败的窟窿里透过邻家的灯光来。黎明时分,郁闷的心情才稍稍有所舒畅;而到了寂寥清苦的秋日黄昏,忧郁就与日俱增。寒风吹来,林叶枯黄;苔青蔓延,道滑难走。遥远海边的山中,我要与你一起去遁世隐居,让我们像上古有巢氏那样去捡拾橡栗以为朝食吧。

此诗所描写的是贾岛所营生的世界——"所居率荒野,宁似在京邑。院落夕弥空,虫声雁相及。衣巾半僧施,蔬药常自拾。凛凛寝席单,翳翳灶烟湿。颓篱里人度,败壁邻灯入"——这几句恰恰正是姚合武功体诗歌所追求的那世界一隅的情景。(作为武功体之诗例,参照第二部分姚合《武功县中作三十首[其一]》以及第三部分姚合《万年县中雨夜会宿寄皇甫甸》)。

然而贾岛的世界与姚合的世界,却绝不相同。对于贾岛而言,包括自己生活之贫苦、落第之怨愤在内的,那个乐游原东的原东居所象征的世界,就是那个独一无二的、无处可逃亦无需憧憬的眼前真实的世界,总之,这个世界就是自己无法与之剥离、如同自己身体一般的一种存在。然而姚合所描述的武功体的世界,则是一片世外桃源的牧歌式的理想国,姚合则期望要成为这片桃花源的一位隐者。姚合《万年县中雨夜会宿寄皇甫甸》诗(见第三部分)中,将位于紧接长安东市、邻近大明宫的宣阳坊的万年县馆舍,描写成了恰似穷乡僻壤的村庄一隅,不期而至,这恰恰暴露出了武功体文学的本质所在。

贾岛诗中的世界与姚合诗所描绘的世界,则似是而非、貌合而神离。最清楚这个事实的,一定莫过于姚合本人。姚合虽深知武功体世界的假设性,同时也无法从武功体世界所放射出的魅力中逃脱出来。那是因为,盛唐诗歌热情的世界既已随那遥远的安史之乱远去了,而元和诗歌原理所高昂主张的世界,却又将沉没于唐朝所面临的社会颓败中;在此历史背景下,武功体那种与热烈而高昂的主张隔离开来的"安稳而满足"的世界、即所谓与有巢氏子民共同捡拾橡栗以充朝食那样贫穷且清澄的世界,才是诗人们所应该追求的看似永远而美好的所在。

对于姚合而言,为了证明自己的文学却也并非仅是一场幻影,其中也必须要有真实性的保证。而成其保证的,就是现存于此的贾岛的生活以及贾岛的文学。姚合的武功体或许是一个缺乏实体的影子。然而那个所谓的影子就是,保有内部塞满锐角轮廓的贾岛文学,投映于晚唐微弱光芒中的平稳安详的影子。而且只有贾岛文学的内部支持,姚合文学才确有真实蕴含其中。——对于贾岛而言,尽管那并非平稳安详,而是苦痛辛酸;尽管那并非憧憬,而是憎恶的一个对象。

晚唐,虽如闻一多所言,曾是一个"贾岛的时代";然而那将时代本身演绎出来的卓有功勋之人,却是姚合。姚合因其社会性的包容力,吸引众多诗人聚拢周围。而且作为堪称学习的典范、作为融入目之所及全世界的一个万能范型,姚合在众多诗人面前,将其武功体文学提示宣告了出来。而正是通过姚合如此这般聚集培养姚合诗歌集团的这个媒介,贾岛的文学才得以传播开来,并最终得以风靡一时。总之,贾岛既是在姚合诗歌集团内部得到了姚合格外厚待的一位成员,更是一个位于他们文学内部的"内佛殿(最深奥的境界)",亦即所谓最终到达目的地的成员。

列举姚合、贾岛文学之际,首先应该论述的,既是他们诗歌集团中二人所完成的作用之内涵,也是他们之间存在的差异。只有通过上述分析的理解,姚、贾二人文学之比较才会有意义。如上所述,本书仅是一个为了阐述姚合武功体、同时也为了考察贾岛文学独创性的小小的出发点。

第二节　姚合的官场履历与武功体

绪论

姚合(777—842),常为世人称其为"姚武功",并非出自其最后官职,而是缘其最初官拜武功县主簿而得①。姚武功之称谓,《新唐书》卷一二四"姚合"条中便早有如下记述:

(姚)合,元和中进士及第,调武功尉,善诗,世号姚武功者。迁监察御史,累转给事中。……历陕虢观察使,终秘书监。

姚合独自完成的一种文学样式,世称武功体。其名称缘于姚合早年任武功县主簿时期所形成的文学风格。他于此时期创作了《武功县中作三十首》《游春十二首》等几组诗歌,由这些作品所代表的诗体即为武功体,而且姚合生前既已获评为武功体诗人。周贺《赠姚合郎中》诗中"望重来为守土

---

① 就姚合生卒年月及其最终官职秘书监,据近年出土的"唐故朝请大夫守秘书监赠礼部尚书吴兴姚府君墓铭并序"(下作"姚合墓志")已可明察。从而称姚合诗集为《姚少监诗集》实乃基于误解之误称。且其最终官职历来被称为悬案。郭文镐于《姚合仕履考略》(《浙江学刊》1983年第3期,第48页)中将其疑点整理如下:姚合官秘书监,有罗振宇《李公夫人吴兴姚氏墓志跋》(《贞松老人遗稿[丁戊稿]》)为证,其云:"此志夫人从子乡贡进士潜撰,称夫人……秘书监赠礼部尚书我府君之女弟也。"该墓志为姚合子姚潜撰,共称父"秘书监赠礼部尚书",当不致有误。《新传》《郡斋读书志》《唐诗纪事》等亦俱谓合"终秘书监"。徐希平同志《姚合杂考》尤不信,云:"方干有《哭秘书姚少监》诗,又有《过故秘书姚少监宅》,可知"姚监"者,"姚少监"之省称也。"《全唐诗》卷六五〇方干《哭秘书姚少监》,《文苑英华》卷三〇四恰作《哭秘书姚监》,《全唐诗》误,姚监固非姚少监之省称矣。

臣,清高还似武功贫"一句,道出了姚合诗文一般所体现之"清高"风格,实乃承继于其武功县主簿时期以"清贫"为特征的所谓武功体文学。而面世伊始,作为一卷体现武功体精粹诗集的《武功县中作三十首》,则很有可能是曾以单行本付梓的①。姚合亦由武功体蜚声诗坛而青史留名。

那么写就武功体之场所的武功县究竟是何方之地？姚合在任武功县主簿亦为何职？后世武功体论者之中,正是欲以此问来考察武功体品性的。既如此,本章亦欲依此路径来进行探讨。

正如论者所指：所谓主簿,不过是近于官僚组织末端的一介小官；而武功县亦不过是远离长安之偏僻小县。姚合当于此武功县主簿之职心怀不满。例如：曹方林《姚合诗初探》(《成都师专学报》1986 年第一期,第 27 页)就总结如下：

> 姚合诗歌流传下来的有五百余首。集中相当大一部分诗作是对职小官卑的处境的伤叹。这和他早年官况有关。元和十一年姚合及第后即出任武功主簿,富平、万年尉,前后十年,均任下层。主簿又是闲职,只不过做些"句稽省署钞目"(《文献通考》卷六三)之事。县尉的品位更低下。虽都是文士解褐的起家官,但为俗吏不及诸曹尚书中的校书郎那群清要。加之唐代重内轻外,武功又远离京城,地处荒凉,姚合做主簿三年,是很不得意的。这种心情集中反映在他的名篇《武功县中作三十首》中。……这些诗句中,看出诗人官况萧条。诗中真实而又细致地反映下层官僚的矛盾心理和痛苦心情。过着这种仰人鼻息的生活,他十分难受,想归隐。

"所谓武功体,即自己身处偏僻小县而任职底层小官,抒发由此而带来的那种郁郁不得志心情的诗文",若如此来解释武功体,不仅说明未必能正确理解唐代官制②,而且实际上也仅仅是对姚合武功体相关诗篇的一个归

---

① 四库提要《姚少监诗集》条目中记有："(毛晋)又称得宋治平四年王颐石刻武功县诗三十首。其次序字句。皆有不同。"此即为单行本行世的证据。

② 如在同等级别的县中,主簿乃位居县尉之上的官职；而在不同等级的县中,却不受此限。作为帝都第一等级的万年县县尉(从八品下),则位居京畿郊县武功县主簿(正九品上)之上。

纳而已。就其武功县主簿官职之卑微以及武功县地处之偏僻，姚合一直都在反复不停地抱怨。这可下面这组诗中的一篇管窥一斑：

武功县中作三十首
其 一
姚合

县去帝城远，为官与隐齐。

马随山鹿放，鸡杂野禽栖。

绕舍唯藤架，侵阶是药畦。

更师嵇叔夜，不拟作书题。

（大意）武功县远离帝都长安，即便在此为官亦与隐士无异。马与山鹿同牧，鸡与野鸟同饲。藤架环绕馆舍，药畦爬满台阶。虽可学嵇康先生归隐田园，但我却懒得去写《与山巨源绝交书》一般与势利小人宣告绝交的书信。

"为官与隐齐"意即对官职的不够满意，"县去帝城远"意即武功县地处穷乡僻壤，"侵阶是药畦"则暗示着自己身体欠佳，全诗总体上预示了包含了这组诗中的那种"倦怠慵懒的情绪"。

其次，关于《武功县中作三十首》之中姚合所表述出的不满情绪，下面姑且为权宜之计，整理为以下五项："卑职""贫穷""职务苦恼""束缚""偏僻"（含有兼跨多数项目的诗句）。

【卑职】

其三：微官如马足，只是在泥尘。

其十：微官长似客，远县岂胜村。

其十二：官卑食肉僭，才短事人非。

其二十二：养生宜县僻，说品喜官微。

【贫穷】

其三：到处贫随我，终年老趁人。

其四：簿书多不会，薄俸亦难销。

其十二：官卑食肉僭，才短事人非。

其十七：每旬常乞假，隔月探支钱。

其二十四：久贫还易老，多病懒能医。

其二十五:醉卧疑身病,贫居觉道宽。

其二十九:月俸寻常请,无妨乏斗储。

【职务苦恼】

其三:簿书销眼力,杯酒耗心神。

其四:簿书多不会,薄俸亦难销。

其十七:簿籍谁能问,风寒趁早眠。

其二十七:主印三年坐,山居百事休。

其二十八:今朝知县印,梦里百忧生。

其二十九:自知狂僻性,吏事固相疏。

其三十:作吏无能事,为文旧致功。

【束缚】

其六:三考千余日,低腰不拟休

其七:自嫌多检束,不似旧来狂。

其十五:谁念山东客,棲棲守印床。……人间长检束,与此岂相当。

其十六:朝朝眉不展,多病怕逢迎。

其二十六:青衫迎驿使,白发忆山居。

【偏僻】

其一:县去帝城远,为官与隐齐。

其十:微官似长客,远县岂胜村。

其十一:县僻仍牢落,游人到便回。路当边地去,村入郭门来。

其十三:歧路荒城少,烟霞远岫多。

其十四:作吏荒城里,穷愁欲不胜。

其二十二:养生宜县僻,说品喜官微。

上述情绪中亦有相互矛盾之处,试举一例,姚合的俸禄是否足够应付生计?据"簿书多不会,薄俸亦难销"(其四)来看,俸禄似乎是花不完的。而另一方面,下面两句"每旬常乞假,隔月探支钱"(其十七),"月俸寻常请,无妨乏斗储"(其二十九)又在抱怨俸给不足。然而表面上看来似乎很矛盾,实际上,对于消极处理着文书公务的同时还甘于薄俸的处境,姚合心存不满,这一点是贯穿其表面矛盾之下的一个共通之处。虽说"薄俸亦难销",但实际上俸禄并不充裕。姚合难以适应这种手头拮据的笔吏俗务,对于这种穷忙的生活所发泄出的不满情绪,可以理解为这是姚合文人式的一种高雅说辞。

对于武功县的地处偏僻,"养生宜县僻,说品喜官微"(其二十二)即使说得积极肯定,而实际上仍然是在抱怨偏僻小县的一句反话罢了。

如此看来,武功体诗篇就可以理解为是姚合对于受命武功县主簿这种偏僻小县芝麻小官所抒发出的一种郁郁不得志的诗文。而由武功体所象征的姚合诗歌,也可说是对处于晚唐闭塞政治社会情况中下层官吏郁郁不得志的一种代言。包括前文介绍的曹方林观点,以及下面所要引述的作为理解武功体原型的《唐才子传》文献,就下面三家的观点加以介绍。

①《唐才子传》卷六"姚合"

"盖多历下邑,官况萧条,山县荒凉,风景凋敝之间,最工模写也。性嗜酒,爱花,颓然自放,人事生理,略不介意,有达人之大观。"

②许总《唐诗体派论》第十五章《贾姚论》第一节《贾姚诗歌创作的人生背景》(台湾,文津出版社1994年版,593页)

"与贾岛相比,姚合的人生遭际显然平定得多,其从曾祖姚崇为开元名相,父姚闳曾任相州临河县令,姚合本人宦途亦较为通达,远非贾岛那样终生沉沦。但尽管如此,处于衰败的时代氛围与深重的民间疾苦之中,姚合也同样感受着贫寒的生活况味。如其《庄居野行》诗云:

客行田野间,此屋皆闭户。
借问屋中人,尽去作商贾。
官家不税商,税农服作苦。
居人尽东西,道路侵垄亩。
采玉上山巅,探珠入水府。
边兵所衣食,此物同泥土。
古来一人耕,三人食尤饥。
如今千万家,无一把锄犁。
我仓常空虚,我田生蒺藜。
上天不雨粟,何由活丞黎。

"此诗着重揭露的固然是弃农经商的社会问题,但在对田地荒芜的客观描述与对民生疾苦的深切忧虑之中,也明确可见其本人'我仓常空虚'的贫困生活处境。姚合虽自元和十一年(816)进士及第后未离官职,但'多历下邑,官况萧条,山县荒凉,风景凋敝之间,最工模写'(《唐才子传》卷六)。张籍《寒食夜寄姚侍御》诗即称其'贫官多寂寞,不异野人居',可见一斑。

"正是因为仕宦之途的失意与愤世之志的淡褪,使得贾岛、姚合在长期的贫寒生活中逐渐形成恬淡自安的心态并将人生意趣集中到诗歌创作上来。"

③张震英《论"武功体"》(《兰州大学学报》[社会科学版]第31卷第3期,2003年5月,32页)

"我们将'武功体'的创作时间大致定为起自任武功县主簿,经历富平尉、万年尉等小官,其中包括短暂去职闲居的时间,止于重新在洛阳官监察御史仕宦显达之前的一段时间,即起于元和十五年(820)止于敬宗宝历二年(826)之前五六年的时间,这是诗人一生仕宦生涯最不得意的阶段,但作品却最极有成就,内容多为表现'多历下邑,官况萧条,山县荒凉,风景凋敝'的卑官生活和抒发自己内心种种复杂的感受。

"身为僻县小吏的姚合此时又怎能超凡脱俗、依然拥有从军魏博时的豪情壮志呢?在经历了为求仕进、漂泊无依的辛酸之后,又因久居下僚、贫疾交加,姚开始对前途产生迷茫,并在心理上留下了难以排遣的失落与空虚、惆怅与无聊。'一官无限日,愁闷欲何如'(《武功县中作》之二十三)及'独坐荒城里,穷愁欲不胜'(《武功县中作》之十四)正是当时心理的真实写照。此时的姚合也只有随遇而安、悠闲自适以求解脱。'武功体'所描绘的多是目光所及的身边景物,既非雄奇阔大也非明朗艳丽,更非含蓄蕴藉,而是为大多数诗人所不愿涉及的平常琐屑之景。少数作品甚至在人们常常恐惧忌讳的贫病、饥寒乃至死亡等事件中倾注了极大的兴趣,不厌其烦地加以描述,反映出一种内心疾苦无法排遣的压抑与孤寂的心理状态。组诗中既有困顿落魄类似贾岛的叹贫嗟病,又有倦于政事独善其身如白居易般的悠闲泰然,举债度日的悲辛,身多疾病的窘迫,以及吟诗纵酒、赏恋风物、追慕仙道隐逸的闲适有机地融合为一体,真实地反映出那个时代下层文人官吏的人生境遇和内心世界。"

诸如上述论调,皆可谓具有与历来姚合论或武功论共通的倾向,且几无新意可言。

不过,本文所面临的首要问题,却并非在于如何解读武功体文学特质本身。至于上述论述无非是在老调重弹:武功县主簿乃一下等小官,且不过是毫无功名的一介俗吏云云,加之武功县不过一个远离长安之偏僻落魄小县云云,故而姚合为抒发对此武功县主簿境遇之郁郁不得志而创作出了武功体这样一种充斥着消极情绪的诗歌体裁云云。而在此我们本应要讨论的是:上述论者人云亦云的判断究竟是否客观正确,作为其判断依据的姚合自身《武功县中作三十首》组诗到底应如何解读?这才是我们所要研究的要义所在。

一 姚合的官场履历

为方便起见,在进入本文具体论述之前,先就姚合的官场履历加以简单介绍。笔者主要参考的文献是:郭文镐《姚合士履考略》(以下简称为郭文镐年谱)(《浙江学刊》1988 年第 3 期)、陶敏《姚合年谱》(以下略称为陶敏年谱)(《文史》2008 年第 2 辑)、朱关田《姚合、卢绮夫妇墓志题记》(《书法丛刊》2009 年第 1 期)等。最后一篇朱关田的论文乃是对新出土《姚合墓志》(全称《唐故守秘书监赠礼部尚书吴兴姚府君墓铭并序》)一文的内容解说。

根据新发现的《姚合墓志》,曾经无法判明的姚合生卒年月得以证实。墓志中记载有"会昌二年壬戌夏五月,辞以目视不明,归摄私第。冬十二月寝疾,旬余,是月廿有五日乙酉,启手足于靖恭里第,享年六十有六",据此确定,姚合生于大历十二年(777),卒于会昌二年(842)。

关于姚合官场履历可做补充的新资料,过往仅有"魏博节度从事、秘书郎"可判明其出仕官职的详细情况。而墓志中有"田令公镇魏,辟为节度巡官。始命试秘省校书,转节度参谋,改协律,为观察支使",据此来看,节度从事具体上是从①节度巡官(试秘书省校书郎)②节度参谋(试太常寺协律郎?)③观察支使(试太常寺协律郎)这样晋升上来的;另外,"秘书郎"(正九品上)并非实职,乃为附属于幕职官的一个京衔,且是秘书省的京衔,而后其京衔也可知晋升为"试太常寺协律郎"(正八品上)。

此外,过往一直悬而未决的姚合的最终官职,也终于由此可确认为"秘书监"(从三品)了。

但是,随着《姚合墓志》的出现,另外一个难以解释的问题又浮现上来。最大的疑点在于姚合辞世时间的会昌二年(842)上。姚合诗集收有《哭贾岛二首》(《姚少监诗集》卷十),其中可知贾岛逝于其后的会昌三年(843)①。另外,一般认为姚合于《太尉李德裕自城外拜辞后归弊居,瞻望音徽,即书一绝寄上》(《姚少监诗集》卷十)诗中咏到,会昌六年(846)三月末宣宗取代武宗即位,四月一听政随即将武宗朝中宰相李德裕贬为荆南节度使之事。(郭文镐年谱、陶敏年谱亦皆如此解释)。假如一旦论起《姚合墓志》真假问题的话,这一点应为争议最大之处。

还有一个小问题,若据墓志"复判余杭,岁余,入为户部郎中,迁谏议大夫"之句,姚合应是由杭州刺史归京后就任户部郎中的。然而根据贾岛《喜姚郎中自杭州回》诗中"东省期司谏"一句,姚合又应是预定就任门下省(东省)左谏议大夫的②。对于尚且如此存疑的《姚合墓志》,不加批判就要拿来当作金科玉律的话,还是要必须慎重一些才好。

因此,对于姚合传记的深入研究,应建立在对新发现《姚合墓志》的批判性研究的基础之上。本文当下仅就墓志来推定姚合的生卒年份,而其余主要依据的则是郭文镐年谱。而对于新出成果的陶敏年谱(但其中并未涉及《姚合墓志》),根据我的个人意见,还是认为郭文镐所说更为妥当一些。无论如何,下面所整理之姚合官场履历,不过是一种折中而暂定的看法而已。

【姚合官场履历】

大历十二年(777)姚合出生。

元和七年(812)三十六岁　应试上京。

元和十一年(816)四十岁　冬,魏博节度使从事(节度巡官,节度参谋,观察支使)。

长庆元年(821)四十五岁　春,武功县主簿(正九品上)。

---

① 苏绛《贾司仓墓志铭》(《全唐文》卷七六三)中记有"会昌癸亥岁七月二十八日。终于郡官舍。春秋六十有四"。

② 贾岛诗题《喜姚郎中自杭州回》中所见"郎中",即姚合所任京官中最高官历(此郎中乃时任杭州刺史前之"户部郎中"),依惯例添于姓后之称谓。

长庆三年(823)四十七岁　　春,武功县主簿退任。秋,万年县尉(从八品下)。

　　宝历元年(825)四十九岁　　秋,万年县尉退任。

　　宝历二年(826)五十岁　　四月,监察御史(正八品上)。

　　太和元年(827)五十一岁　　八月　监察御史东都分司。

　　太和二年(828)五十二岁　　十月,殿中侍御史(正七品上)。

　　太和四年(830)五十四岁　　初春,侍御史(从六品下)。

　　太和五年(831)五十五岁　　初春,户部员外郎(从六品上)。

　　太和六年(832)五十六岁　　秋,金州刺史(从三品)。

　　太和七年(833)五十七岁　　七月,刑部郎中(从五品上)。

　　太和八年(834)五十八岁　　户部郎中(从五品上)冬,杭州刺史(从三品,次年春上任)。

　　开成元年(836)六十岁　　春,杭州刺史退任。夏,入京任左谏议大夫(正五品上)。

　　开成四年(839)六十三岁　　八月,陕虢观察使(兼御史中丞,正五品上)。

　　开成五年(840)六十四岁　　冬,给事中(正五品上)。其后,右谏议大夫(正四品下)、秘书监(从三品)。

　　会昌二年(842)六十六岁　　十二月,卒。

二　武功县主簿

　　武功县乃京畿之县。而"县"根据《新唐书》卷三十七《地理志》可分为:赤县(京畿)、次赤县(次京畿)、畿县、次畿县、望县、紧县、上县、中县、下县等十个等级。另据杜佑《通典》,上述十个等级又汇总为七个等级:将"赤县、次赤县"合为赤县;"畿县、次畿县"合为畿县;"中下县、下县"合为下县①。无论如何分类,武功县均为畿县。而问题在于武功县主簿

---

① 《通典》卷三十三《职官十五》州郡下有"县令":"大唐,县有'赤'(三府共有六县)、'畿'(八十二)、'望'(七十八)、'紧'(百一十一)、'上'(四百四十六)、'中'(二百九十六)、'下'(五百五十四)七等之差(京都所治为赤县,京之旁邑为畿县。其余则以户口多少,资地美恶为差)。凡一千五百七十三县。"

175

之职应该如何评价。评价之际需要注意的是,所谓官阶未必与时人之评价一致。第一个原因是,重内轻外的观念在起作用。就姚合而言,太和六年(832)五十六岁之际,由户部员外郎(从六品上)升任为金州刺史(从三品),次年却以刑部郎中(从五品上)之京官复归长安。另于太和八年(834),以户部郎中(从五品上)升任杭州刺史(从三品),而第三年则又以谏议大夫(正五品上)之京官复归长安。如此两度京官复归之路,若仅以官阶来看则视为降职调动,而事实上则是荣升晋爵。当然,就武功县主簿而言,任职之地虽说临近长安京畿,然而毕竟乃一地方官职而已。

第二个原因,也是具有重要意义的一点在于,官场清浊的观念。所谓被视为精英路线的官职则为"清",众所期待的是进入之后即一路高升。如此清浊观念,不单单是一个士人的主观判断,而且就连正史《旧唐书》卷四十二《职官》一文中亦记有"清望官""清官"之谓,实可谓一种客观之存在。

> 职事官资,则清浊区分,以次补授。又以三品以上官及门下中书侍郎、尚书左右丞、诸司侍郎、太常少卿、太子少詹事、左右庶子、秘书少监、国子司业为清望官。太子左右谕德、左右卫左右千牛卫中郎将、太子左右率府左右内率府率及副、太子左右卫率府中郎将(已上四品)。谏议大夫、御史中丞、给事中、中书舍人、太子中允、中舍人、左右赞善大夫、洗马、国子博士、尚书诸司郎中、秘书丞、著作郎、太常丞、左右卫郎将、左右卫率府郎将(已上五品)。起居郎、起居舍人、太子司议郎、尚书诸司员外郎、太子舍人、侍御史、秘书郎、著作佐郎、太学博士、詹事丞、太子文学、国子助教(已上六品)。左右补阙、殿中侍御史、太常博士、四门博士、詹事司直、太学助教(以上七品)。左右拾遗、监察御史、四门助教(已上八品),为清官。

另外,以上官职中并未言及八品以下的官职,无从而知畿县主簿(正九品上)之清浊该当如何。而此官在任者之前后官场履历却可为调查线索。孙国栋《唐代中央重要文官迁转途径研究》(香港·龙门书店1978年,第7页及第257—259页之注释)记载:校书郎任期满后多有升迁至"京畿(赤县或畿县)簿尉(主簿,县尉)之记述。另外,赖瑞和在说明赤县尉之特别地位的行文中,就畿县有如下记述:"畿县尉、畿县主簿或畿县丞迁官时,可迁入万年、长安两赤县任县尉"(参见赖瑞和《唐代基层文官》第三章"县尉"节)。若将上述孙著与赖著合并起来,那么从校书郎开始的文官精英路线则会遵循如下所示的典型途径:

校书郎(秘书省校书郎正九品下等)→畿县县尉(正九品下)、主簿(正九品上)→赤县尉(从八品下)

赤县在唐代京兆府(长安)有二:万年、长安,河南府(洛阳)有二,太原府有二,共计六县。理所当然,长安的这两个县是特殊之例外,尤以辖有大明宫与兴庆宫并位于朱雀大街以东的万年县之地位为高。而始经此万年县尉,再经下一个目标监察御史,便可鱼跃而入高级官僚之门①。

升任至武功县主簿之前的姚合官场履历(节度使从事),虽不能说是郁郁不得志,但还算不上踏入精英路线。姚合之所以能被选拔成为武功县主簿,可以推测是由于魏博节度使田弘正向中央政府强烈推荐的结果。《姚合墓志》中有:"中令入觐,公随之,授武功主簿",可见姚合当时是跟随魏博节度使田弘正朝觐而上京,并由此而被授予武功县主簿之职的。而这段特别记述的墓志背后也可看出如此这般的经纬来由。姚合被任命为武功县主簿,便由此正式进入精英路线。这个事实也可由次年稳步荣升万年县尉而得以证实。由此可见,作为一个客观事实,武功县主簿并不应该被贬低成为一个所谓的"卑职、微官"。

姚合因武功县乃一偏僻小县而感伤悲。赖瑞和《唐代基层文官》第三

---

① 参照本章结论所示的封演《封氏闻见录》卷三《八俊》,以及白居易《策林》三十一。另,之所以称监察御史实乃通往新锐精英之路的特别官职,是因为在由吏部任命(铨选)的六品以下的官职当中,不过正八品上而已的监察御史却是采取由皇帝亲自任命(敕授)的形式来选拔的,可参照赖瑞和《唐代中层文官》(联经出版,2008年)《第一章 监察御史、殿中侍御史和侍御史》中《第三节御史的选任》。另外作为具体例子来说,参加王叔文等的永贞改革而下台的柳宗元与刘禹锡,当时就是分别经由"监察御史里行→礼部员外郎""监察御史→屯田员外郎"的经历而一路荣升上来的。另见传奇《人虎传》(中岛敦《山月记》蓝本)中亦有"袁傪经由监察御史而出人头地"的记事,监察御史的社会评价之高,亦可由此可见一斑。

章《县尉》中有下述记录:"畿县约八十多当中①,并非个个等同,而以临近长安城的约十个畿县最为紧要,计有蓝田、渭南、咸阳、户县、礼泉、美原、周至等。这几个畿县的县尉,常是校书郎、正字和州参军等迁官的美职。"临近长安的畿县县尉,是由校书郎等官职荣升后的官职。武功县虽并非赖瑞和所揭示的最重要七县之一,却隔渭水与周至北邻(白居易在秘书省校书郎之后曾任职周至县尉),并邻接通往凤翔、秦州的渭水北岸驿道。而从距离来看,武功仅距长安不足七十千米②,从长安出发仅需三天即可到达。武功县的条件即使放入畿县中也决非恶劣可言。

武功县主簿可谓是位居精英路线入口的令人艳羡的美差。即便如此,姚合仍在哀叹其官也为卑,其俸也薄,这到底是基于何种意图呢?在此,为周全起见,让我们先来看看武功县主簿的俸钱吧。据《新唐书》卷五十五《食货志》,武功县(畿县)主簿、县尉之月俸为"二万"(单位:文)。下面赖瑞和所指出的这段话很重要。

> 回到基层文官,令人关注的是,他们的俸钱以当时的生活水平来说,是否丰足?……我们在第一章《校书郎》中见过,白居易任校书郎时,便说"月俸万六千,月给亦有余",很有一种自满和自得的情绪。在第四章《参军和判司》,我们见到他以京兆府户曹参军任翰林学士,有诗云:"俸钱四五万,月可奉晨昏。廪禄二百石,岁可盈仓囷。"可证州判司的俸钱和"廪禄"都很不错。在第五章《巡官、推官与掌书记》,我们见过韩愈在汴州董晋幕府任观察推官三年后,竟然写信告诉友人卫中行说:"始相识时,方甚贫,衣食于人。其后相见于汴徐二州。仆皆为之从事。日月有所入,比之前时,丰约百倍。"(《与卫中行书》)他任观察推官时的月俸约三万文,比起他之前毫无官职和收入,的确是"丰约百倍"。而且他任了三年推官后,一转到徐州张建封幕,还没有开始工作,便有诗云:"箧中有余衣,盎中有余粮。闭门读书史,

---

① 畿县并不限于长安,洛阳与太原等城市周边也有分布。而在畿县之中,以长安周边畿县的评价为高。

② 《太平寰宇记》卷二《七关西道三·雍州三》"武功县"中有"(长安)西北一百四十里"。

窗户忽已凉"(《此日足可惜赠张籍》诗)。这"余衣"和"余粮"的积存,应当来自他任董晋推官时的俸钱。有了这些,生活才有安全感,韩愈才能写意地去追求那"闭门读书史,窗户忽已凉"的读书生活。(赖瑞和《唐代基层文官》《第六章 文官俸钱及其他》275—276 页)

这里介绍了三种官职的俸钱及对其评价(即本人满意度)。校书郎(正九品上)每月俸钱(单位为文)"万六千",即使在物价高昂的长安①,按照白居易的记述②,以这样的收入租借四五间民房、雇上两个仆人、过着不失官人体面的生活也是绰绰有余的。当然,如若按照白居易其后官任京兆府户曹参军(从七品上)的月俸"四万"来说,日子就能过得更加富裕了。另外,再以韩愈为例。韩愈官拜汴州幕府观察推官时期,每月俸钱虽为"三万",韩愈已然喜其收入已是自己无官时期的百倍之多了。而将其收入结余储蓄起来,即使丢了官职,仍可暂时维持"箧中有余衣,盎中有余粮"的富裕生活。白居易在物价高昂的长安任职秘书郎时,月俸虽"万六千"而"月给亦有余",由此可见,姚合在任武功县主簿之时,如若月俸"二万",估计在武功县的确可以生活得很富裕。

而就武功县主簿一职,姚合在《武功县中作三十首》中将其诉为"卑官""贫穷",这并不符合事实。由此可知,无论是张震英所谓"在此时期,是诗人一生官场仕途最不如意的时期"的判断,还是曹方林所谓"就任武功县主簿,富平、万年县尉期间,是诗人屈居人下的十年"的判断,二者皆是将姚合《武功县中作三十首》视为事实而生吞活剥的结果,不得不说他们的判断并非客观事实。

---

① 《太平广记》卷一七〇《幽闲鼓吹》"顾况"条中有,"尚书白居易应举,初至京,以诗谒著作顾况。况睹姓名,熟视白公曰,'米价方贵,居亦弗易'"。

② 赖瑞和所引用的是,白居易在任秘书省校书郎之际,写诗曰"常乐里闲居偶题十六韵,兼寄刘十五公舆、王十一起、吕二炅、吕四颖、崔十八玄亮、元九稹、刘三十二敦质、张十五仲元,时为校书郎"。诗中有"茅屋四五间,一马二仆夫。俸钱万六千,月给亦有余"。

三 武功县主簿以前

作者所描述的武功县特定而言即《武功县中作三十首》所描述的"卑官""贫穷"的世界,但却并非是客观事实。武功县主簿,实乃当时士人所羡慕的一个美差,且其月俸收入亦完全足以维持武功县的生活。

那么,姚合所作的武功体文学,难道只不过是一种并无事实的虚构吗?如果只是一捅就破的虚构的话,那么武功体文学是无法取得成功的。而事实上却恰恰相反,武功体文学不仅在当时而且在后世,都获得了大量的追随者。南宋永嘉四灵之一的赵师秀就为姚合、贾岛二人编辑了《二妙集》,继其之后,江湖派诸人皆遵姚合诗文为其规范的事实,已然成为文学史上的一个常识了。姚合身后三百年仍旧能够吸引众人追随的事实证明,武功体要成为真实无伪文学的"真实性"恰恰就蕴含在其中。但是武功体并不能够使文学与姚合的生活实现简单对接,而我们所需要的正是将武功体视为一种文学表现手法来正确理解的视角。

这里应该确认的是,被姚合诉以"卑官""贫穷"的"武功体意趣",实际上并非来自武功县主簿的特定环境,而很可能是来源于武功之前业已显现在姚合身上、且在其之后一生中都得以保持的、即来源自所谓姚合与生俱来本质的一种意趣。

姚合于元和十二年(815)春进士及第,可能次年就以魏博节度使田弘正的幕僚身份赴任魏州(河北省大名府)。当时,如若想要得到正规的官职(流内官,即九品三十阶以内的官职),必须要历经科举及第、吏部选考、吏部任命等过程。因为相对于有限的官职数目来说,具有为官资格的候选者又过多了,所以任职待命的时间就被拉得很长,甚或长达数年之久。因此,以使职(节度使、观察使等)的幕僚身份入仕的做法,就成为一种颇有成效的捷径。使职握有能够越过吏部任命而直接启用幕僚的辟召权。而且使职还常常为辟召入幕的幕僚向中央奏请京衔。姚合曾任的试校书郎以及试太常寺协律郎二职,就是田弘正向中央奏请所得的京衔。

关于姚合在魏博节度使田弘正幕下就任的幕僚官职,据《姚合墓志》记载,一开始为节度巡官,后为节度参谋,最后升任观察支使。顺便提及一下,巡官的月俸为三万文,观察支使为五万文①。其官俸数额分别与姚合数年后所拜任的监察御史(正八品上)以及刑部郎中(从五品上)不相上下。这里需要提醒一下的是,五品以上的官职就已然是所谓的高官了。足见唐代后期幕府幕职的官俸是相当可观的。

关于姚合初期幕僚时代文学的研究几乎尚未开拓。作为少数研究成果之一,从张震英所著的《诗句无人识,应须把剑看——论姚合反映幕府戎旅题材的作品》(《湖州师范学院学报》第 24 卷第 5 期,2002 年)一文可以看出,在此段初期的姚合文学中,具有与其后不同的经世济民的热情。参看如下引文。

> 姚合反映幕府戎旅题材的作品首先表现在对削藩平乱、维护国家统一战争的颂扬以及由此激发出的为国效命的豪情壮志之上。元和十二年十月,割据数十年之久的淮西镇被平定,一向骄横的淄青镇也于元和十四年二月被平定,一度飞扬跋扈的处于割据和半割据状态的藩镇势力受到了严重的打击,国家出现了短暂的"中兴"局面。"滥得进士名,才用苦不长。……将军俯招引,遗脱儒衣裳。"(《从军行》)元和十二年冬,及第不久正思有所作为的姚合被辟为魏州从事,正值宪宗进行平藩战争并取得重大的成就的阶段,姚合此时的许多作品反映了对削藩战争的关切和赞扬。

---

① 关于俸钱数额,参照赖瑞和《唐代基层文官》第六章《文官俸钱及其他》。另,因该著中并无观察支使一项,故援引掌书记俸钱以作参考。《册府元龟》卷五〇八有:"观察支使一员,其俸料春冬衣赐仍准掌书记例支遣",由此可推测观察支使的地位待遇与掌书记大体相同。另可见戴伟华《唐代使府与文学研究》(广西师范大学出版社1998 年版)中"支使"一项说明:"观察支使的地位,未必在掌书记之下。"(48 页)而且官僚的俸给中既包括每月支遣的月俸钱,还包括每年配给的禄米这两项,可以推测,姚合的禄米就是按照京衔的校书郎及太常协律郎的规定来配给的。砺波护《唐代政治社会史研究》(同朋社,1990 年)118 页《第一部 唐宋变革与使职》《第三章 唐代使院的僚佐与辟召制》中有:"自八世纪末至九世纪前半的时期中,支付给使院僚佐们的月俸钱,数额分别如此表所示。他们根据在使院幕职官的地位上下来分等级领取俸钱。而要问及禄米是按何标准来配给的,我认为则可能是按照他们所任检校兼试的职事官官品来配给的。"

闻魏州破贼
姚合

生灵苏息到元和,上将功成自执戈。
烟雾扫开尊北岳,蛟龙斩断净黄河。
旗回海眼军容壮,兵合天心杀气多。
从此四方无一事,朝朝雨露是恩波。

诗写元和十四年(819)正月田弘正破李师道军于阳榖,二月,李师道被部将刘悟所杀,反叛的十二州被平定一事。诗歌写出国势在元和时的复苏,赞扬将领执戈上阵亲自杀敌,终于扫清障碍的烟雾,斩断为害的蛟龙,取得平藩战争的胜利;颈联歌颂军容的强盛,写出战争的正义性。尾联歌颂平藩后的太平景象,表现出对平乱胜利的喜悦和对社会安定的向往,流露出诗人的兴奋之情。

田弘正于元和十四年(619)平定了淄青节度使李师道叛乱。上述引文中姚合《闻魏州破贼》一诗正是对其功绩的颂扬。田弘正因平叛有功而由宪宗授予检校司徒、同中书门下平章事官职(《新唐书》卷一四八《田弘正传》)。司徒与太尉、司空并称三公(《通典·职官一》),乃正一品的最高官衔。同门下平章事乃宰相之职。田弘正在握有魏博节度使实权的同时,因赫赫战功而受封中央高官(检校司徒)。

顺便需要关注的是,姚合在上面一诗后紧接着又作有《假日书事呈院中司徒》一诗。由诗题所见的"司徒"指的是在任"检校司徒"的田弘正。就上面《闻魏州破贼》一诗来看,在下面这首诗中本应高唱凯歌的姚合,话锋突然一转竟然咏叹其退缩消极的情绪起来。而此诗看来则应作于假日(十天休息一天)幕府院中摆设的宴席之上。

假日书事呈院中司徒
姚合

十日公府静,巾栉起清晨。
寒蝉近衰柳,古木似高人。
学佛宁忧老,为儒自喜贫。
海山归未得,芝术梦中春。

(大意)第十天的休息日中,衙门也很安静。我因要沐浴而早起出门。寒蝉停在过夏后零落的柳枝上,古木也避开俗世而使人想起高风亮节。若言崇佛则我既不忧老之将至,而身为儒者我也并不厌贫。然而如今,我尚难如愿以归隐桑梓,只是在睡梦中梦见春天的芝术仙草正在发芽。

这首诗中充满着静谧消极的情绪。然而这里毕竟是节度使的幕府军营。元和十四年(819),田弘正因讨伐淄青节度留后的李师道而树立了功勋。可是在此后两年的长庆元年(821),田弘正由魏博节度使调任至成德节度使,受到兵乱牵连,与手下三百幕僚一起惨遭杀害。姚合作为其中一员即使惨遭毒手也并非不可思议。正因为如此,田弘正幕府位于对峙叛乱藩镇的最前线,必须要知道其时其地是充斥着血腥残暴的紧迫感的①。

第二点需要注意的是,这首诗赠予的对象正是田弘正本人。姚合的节度从事一职,并非是经吏部选考而任命的,而是由节度使田弘正辟召而得的。这样的辟召,使得主人与幕僚之间存在着惠顾或主从的关系。然而,姚合对其辟召的恩人,并无职场上励精图治的誓言,反而"学佛宁忧老,为儒自喜贫。海山归未得,芝术梦中春",抛弃了职务而诉说起归隐的心愿来。这不得不称为一个违反常识的发言。此外就诗中的"老"字而言,卸任魏博从事的元和十五年(820)之际,姚合四十四岁,正是一个即使意识到年老也还算年富力强的年龄。但是对于比自己年长十三岁的田弘正(764—821)来诉说自己老矣,这也是违反常识的。且就"贫"来说,俸钱是通过幕主田弘正来发放的,若姚合月俸如上所述从三万文(节度巡官)到五万文(观察支使),这在物价低廉的地方小城生活已然是过于充足的高额收入了。

如此这般在颈联诉说了自己的"老""贫"之后,紧接着就将"海山归未得,芝术梦中春"置于尾联结束全诗。在写此诗之际,姚合一定很想知道田

---

① 节度使军府并非就不讲文化。田弘正虽起于军营武夫,但他在做了节度使后却很尊重文化。《旧唐书》卷一百四十一《列传第九十一·田弘正传》有"(田)弘正乐闻前代忠孝立功之事,于府舍起书楼,聚书万余卷,视事之隙,与宾佐讲论古今言行可否。今河朔有《沂公史例十卷》,弘正客为弘正所著也"。田弘正对姚合的看重与善待也是一种尊重文化的表现。然而军府毕竟是军府,而且魏博镇还处于对峙叛乱藩镇的最前线。此外,关于节度使幕府的文化环境,还可参照戴伟华《唐代使府与文学研究》第二章《使府中的文化氛围》。

弘正将会以何种心绪来读此诗的吧。

总之,这首诗并非要为辟召恩人田弘正颂恩,反而是一首违反"礼仪"的作品;反过来说,这首诗倒的确是蕴含着某种超越礼仪性的真情的。镝鸣马嘶的节度使军府却被描绘成一片平和静谧的世界,而姚合也将受惠于高俸厚禄的幕僚描述成了一个完全相反的"老""贫"形象。而日后成熟的武功体美学,可以看出也是对此种手法的一种延续吧。

急于得出结论之前,在此先来追加姚合几首作于田弘正幕府时期的诗歌,让我们来感受一下。

从军乐二首
姚合

其 一

每日寻兵籍,经年别酒徒。
眼疼长不校,肺病且还无。
僮仆惊衣窄,亲情觉语粗。
几时得归去,依旧作山夫。

(大意)每天只是查点部队的名簿,已经多年没有与老友饮酒相聚了。眼睛疼痛还难以治愈,肺病最近倒是轻了下来。仆僮惊呼自己的军服又小了,友人也诧异我说的话越来越粗鲁了。到底要熬到什么时候我才能辞去官职,像以前那样做个快乐的山野村夫呢。

其 二

朝朝十指痛,唯署点兵符。
贫贱依前在,癫狂一半无。
身惭山友弃,胆赖酒杯扶。
谁道从军乐,年来镊白须。

(大意)每天早晨双手十指都疼痛难忍。每天就只是出出操、点点部队名簿。贫贱而屈居人下的日子,仍旧与从前一样,却很难再过上那任性自在的生活了。一天天被故乡老友忘却,我也只能借酒消愁,真是令人惭愧。究竟是谁说的从军生活很快乐?近来胡子也渐渐变白了,只能用镊子一根根地拔掉。

"从军"指的是姚合在节度使军府内从事勤务之意。其职务的实质内容是"每日寻兵籍(其一)以及"唯署点兵符"(其二),即兵籍的管理。此诗虽以《从军乐》为题,而实际上正如"谁道从军乐"(其二)所坦白的那样,吟咏的都是所谓的从军苦罢了。

姚合为何要将节度从事的职务视为苦痛呢?虽说是军府,姚合的职务只是兵籍管理,也就是文官的案头工作。那么姚合对于节度使幕僚这种并非由中央政府所任命(流内官)的身份,会感到不满吧。然而中唐以后,成为节度使或观察使的幕僚,对文官而言已经成为一种有效的晋升捷径。作为代表性的事例,韩愈与杜牧就是分别作为宣武军节度使(汴州)董晋、江西观察使(洪州)沈传师的幕僚而进入仕途的。姚合官拜魏博军节度从事,如果说是反映了当时文官晋升捷径的实际情况,那么可以说是毫不逊色的初次出仕,而且还加封了试校书郎、试太常寺协律郎等中央官厅的京衔。也正因此,以此为基础才可能荣升到下一个官职武功县主簿。客观地来看,无论是使职幕僚的身份,还是俸给的待遇,加上又确保加封了京衔等这几点,都说明姚合此时的待遇是很不错的。——然而尽管享受着如此良好的待遇,姚合仍然在诗中流露出不满来。姚合文学所具有的这种结构,我们有必要提前来确认一下。

先来分析一下诗歌的内容吧。第一,诉说老病。"眼疼长不校,肺病且还无"(其一)、"朝朝十指痛"(其二)、"年来镊白须"(其二)。当时,姚合正当四十出头,而且是科举及第后的初次出仕,无法想象他早在此刻却已经要担心起自己的老病来。

第二,诉说贫贱。"贫贱依前在"(其二)。然而,如上所述,姚合拿着高额的俸给,所谓"贫贱依前在"其实是一种并无事实依据的不满情绪。姚合于元和八年(813)开始参加科举考试,三次落第后,第四次及第。其时科举及第的喜悦在《及第后夜中书事》诗中有忠实地表达:"喜过还疑梦,狂来不似儒。……报恩丞相阁,何啻杀微躯。"尽管如此,得到了相应待遇的现在,却仍旧在自虐式地苦诉"贫贱依前在",所以说这只能是一种诗歌修辞罢了。

第三,诉说官厅工作的束缚太多。"经年别酒徒"(其一)、"癫狂一半无"(其二)。第四,诉说归隐的愿望。"几时得归去,依旧作山夫"(其一)、

"身惭山友弃"(其二)。若将这里的"老、病、贫、贱、束"综合起来,就会看出构成日后武功体的要素都已大体齐备于此了。

下面再来看一首作于魏博节度从事时期的作品。

寄绛州李使君

姚合

独施清静化,千里管横汾。
黎庶应深感,朝庭亦细闻。
心期在黄老,家事是功勋。
物外须仙侣,人间要使君。
花多匀地落,山近满厅云。
戎客无因去,西看白日曛。

(大意)政治上实施无私无欲的德化,可以治理好汾河周边千里的土地。庶民臣服德治,朝廷也想听到良好的政绩。先生的心思志于黄老之道,家中的教育是为国家建立功勋。先生期望远离世俗而与仙侣交游,而世间却希望先生身为刺史执掌政务。鲜花自由盛开,花瓣落满一地,山中溢出的云气弥漫了政厅。我自己也被那种情景所吸引,而想去拜访先生,但是因为身兼节度从事的戎务而无法实现心愿,只能遥望着绛州方向,空看落日西沉。

所谓绛州李使君指的是元和十年(815)始任绛州刺史的李宪。李宪是在德宗时代平定了"朱泚之乱"而建立大功的李晟之子,"家事是功勋"意即李晟以来建立的家族功业。而由自称"戎客"则可明白此诗作于姚合的魏博幕僚时期。

此诗赞美了李宪于绛州地方实施的无为善政。李宪寄心黄老,善待仙侣(风雅之士),而在政务上则继承了乃父李晟功勋而治理有方,姚合在此诗中盛赞若无李使君则绛州无法施政。

特别要注意的是最后四句。这里姚合描绘出了他理想中的世界。鲜花自由盛开,花瓣落满一地,山中溢出的雾气,弥漫了整个政厅("花多匀地落,山近满厅云")。简单来说那就是隐者隐居山野的情景。而吸引姚合内心的正是与那隐者世界融为一体、宛如无为而治的太古淳朴的世界。当然,姚合实际上并未去过李宪所治理的绛州,因此这只不过是他心中被理想化的世界光景而已。但是姚合却是以这个理想化的世界为标准来评价眼前的现实世界的。而实际上政治的直接责任人（地方的县令或刺史等）到底应该如何为政，这对于此时作为官僚而初出茅庐的姚合来说，其切实感受当然是无从知晓的。直到姚合终于升任金州刺史时，那种为政的真实感才借以描绘自画像的《金州书事寄山中旧友》得以表达出来。关于这首诗后文另做分析，此处暂先略述一下：姚合将升任金州刺史之后自己的所作所为，都按照上面绛州刺史李宪那样模仿了一遍。

我们已经介绍了四篇魏博节度使幕僚时期的作品，由这四篇可知，姚合就任武功县主簿以前，武功体的诸要素业已准备齐全。在这四篇作品中姚合悲叹自己的贫贱老病，佯装职务上的无能，期盼归隐山林等，恰恰正是这些要素，抢先预告了《武功县中作三十首》组诗中成熟的武功体美学特征。

如上分析若可成立，那么就可以看出，那些将姚合于武功县主簿时期所频繁诉说的"贫、边、老、病、束、倦、隐"等要素，机械地看作是姚合生活真相的看法，该是一种多么危险的逻辑。总之，武功体文学并非是对姚合彼时彼地实际生活的写实，而是对"官"所产生出的内心感情上的一种抵抗方式。由此，姚合在武功体中所诉说的"贫、边、老、病、束、倦、隐"等要素并非生活事实，而应该理解成为构建武功体而采取的一种修辞手段。

魏博镇上的幕职，是姚合进士及第后最初就任的起家官职。科举考试失败后姚合度过了三年的应试复习生活，这在当时也是极其寻常的事情。后来虽说四十岁及第，但是考虑到他三十八九岁应举，科举及第也不算特别晚。也就是说，姚合进入仕途官场颇为顺利。而幕僚职官的报酬也足够生活，并且田弘正对姚合还颇为优待，姚合还可兼任试校书郎与试太常寺协律郎等中央官职的京衔。如上利好再加一好的话，姚合任职所在地的魏州（河北省大名县北）距离姚合成长过的相州（河南省安阳市）也相当近（约80千米）。——受惠于如此众多可能想到的好条件，在原本应该燃起进取的希望、投身官场仕途的时候，姚合又为何只惦记着创作如此退缩消极的诗歌呢？这个问题本身才是分析姚合文学时的最大课题，而且很可能从这个问题的分析当中，还能够探寻得到所谓晚唐文学诞生的秘密来。

四 万年县尉——武功县主簿之后

让我们把话题转回来。姚合于长庆三年(823)春免去武功县主簿,当年秋季就任万年县尉[①]。

万年县尉如前所述,是处于精英路线正中央的官职。姚合以众人艳羡的万年县尉为跳板,继而荣升为监察御史。众所周知,监察御史乃通向高级官僚的成功之门,而自此以后,姚合的官场履历就沿着理想道路顺利前行了。

姚合在万年县官舍曾多次召集诗友们前来举办诗会。下面就来介绍一首作于诗会上的作品(诗歌大意参照前节《呼朋唤友的姚合——姚合诗歌集团的形成》)。

万年县中雨夜会宿寄皇甫甸

姚合

县斋还寂寞,夕雨洗苍苔。
清气灯微润,寒声竹共来。
虫移上阶近,客起到门回。
想得吟诗处,唯应对酒杯。

在此姚合将万年县官舍描述成一个宛若偏僻乡村的角落。第一句写道,"这里万年县的官舍也与以前的(武功县)官舍一样令人寂寞"。第二句到第六句,姚合就将官舍的寂寞情景描述了出来。例如夜雨打湿了苍苔,而苍苔在诗中总是一种填补在人迹罕见寂寞一角的景物。

重要的是,这首诗所描写场面的地点。若无诗题中"万年县中"的提示,读者一定会将此处当作是某个穷乡僻壤小县的官舍吧。而实际上,万年县实乃管辖长安城内朱雀大街以东的东半城的京畿要县,大明宫与兴庆宫一带亦皆属其管辖范围。在唐代全国一千五百多个县中,万年县毫无疑问是最重要的一个县。其政厅所在的宣阳坊,毗邻东市,且其北邻的平康

[①] 《姚合墓志》中有"韩文公尹京兆,爱清才,奏为万年尉"。据此,姚合拔擢为万年县尉,得于京兆尹韩愈的推举。若此为事实,则堪为姚合传记研究的一大发现。

坊是被唤作"北里"的有名的闹市。政厅也临近兴庆宫与皇城。一句话,万年县政厅位于长安街区的正中央,在当时再也没有比其更繁华的地方了。所以需要意识到的是,万年县官舍位于宣阳坊。然而即便如此,姚合仍然将其一成不变地描写得宛如武功县一般偏僻寂寥。

那么,对于由"贫、边、老、病、束、倦、隐"所设定了特质的武功体来说,这首诗距离武功体还有多远呢?

此诗也具有由主人所召集的诗会诗歌的特点,因而也就抑制了自身"苦贫""老病"等怀才不遇或郁郁寡欢等题材。但是诗中特别醒目的是,隐蔽了其官舍场所位于都城中央这一点,结果"偏僻"的因素就得到了强调。而正因为这一点,姚合也就将众人艳羡的管辖长安都心的万年县尉这一美差,隐蔽了起来。如此这般,姚合摒弃了自己坐拥美差的事实,反而宛若一名隐者在其寒舍中与诗友之间一次次地尽布衣之交之欢,就这样,姚合创作着自己的武功体诗歌。

所谓的武功体,是通过"贫、边、老、病、束、倦、隐"等契机,剔除"中央、权力、富贵"等属于"官"的逻辑,即实现了脱"官"化叙述空间的一种风格。将目之所及的所有景象,都布置于世界偏僻一隅,这就是姚合文学的美学,是完成于武功县主簿时代的"武功体"的特征。姚合正是用这种武功体来描写位于长安中心的万年县官舍的情景的。

下面来读一首万年县尉卸任时期(宝历元年[825]秋?)的诗篇。与姚合唱和的张籍的诗作,亦引用在此作为参考。

寄主客张郎中

姚合

年长方慕道,金丹事参差。
故园归未得,秋风思难持。
寒拙公府弃,朴静高人知。
以我齐杖屦,昏旭讵相离。
吟诗红叶寺,对酒黄菊篱。
所赏未及毕,后游良有期。
粲粲华省步,屑屑旅客姿。
未同山中去,固当殊路岐。

（大意）人老了才开始追随老庄，但金丹却炼得却不尽如人意。归隐故乡的愿望尚未实现，每当秋风初起，思乡之情令人难以忍受。虽说因生性愚钝不善理政而被官厅开除，幸而性喜纯朴而得高人(张籍)相知相伴。因为自己与先生心心相通，早晚又如何能够相离呢！我们一起在长满红叶的寺庙吟诗，在种满黄菊的篱笆前饮酒对酌，现在我们无法诗酒尽欢，那就留待日后再相聚吧。先生威仪粲然官拜尚书省高官(主客郎中)，而我现在还是一个行色匆匆的旅人。虽想与先生一同隐遁山林，但仍尚不可期，如若果真如此的话，那么我就只能与先生歧路而行了。

答姚合少府

张籍

病来辞赤县，案上有丹经。
为客烧茶灶，教儿扫竹亭。
诗成添旧卷，酒尽卧空瓶。
阙下今遗逸，谁瞻隐士星。

（大意）阁下因生病而辞去了赤县万年的县尉，桌子上的丹经道书仍然打开着。我去拜访贵府时，阁下还亲自为我点茶，并让令公子打扫竹亭来接待客人。阁下写好了诗篇，就补记在诗集中，酒喝完了，空瓶就横倒在那里。要说阁下您现在才是闲居之身啊。而除了我以外，还有谁能瞻仰到阁下皎若明星般的隐士风范呢。

姚合于宝历元年(825)晚秋辞去了万年县尉。经过半年多的守选(待命就任)之后，次年四月官拜万年县尉之后的监察御史[①]。姚合的卸任，如果他自己的说法可信的话，是任期途中因身体健康不佳而辞任的。关于万年县尉退任的经纬，可见如下郭文镐年谱。

---

① 陶敏年谱按照《册府元龟》卷一三一《帝王部·延赏第二》中"(宝历)二年四月，以姚元崇玄孙前京兆府富平县尉合，为监察御史。以宋璟曾孙前太常寺大乐署令坚，为京兆府富平县尉"的记载，认为姚合于此时辞去了富平县尉，而万年县尉的卸任是在富平县尉就任以前。对于此点，郭文镐年谱以及朱关田墓志题记中，皆无富平县尉就任一事。本文依据后者之说。

宝历元年晚秋姚合作《寄主客张郎中》,则所云"蹇拙公府弃"即指去万年尉,其诗又云"年长方慕道,金丹事参差",与张籍《赠姚合少府》"病来辞赤县,案上有丹经"相合,故二诗为一时之作。《赠姚合少府》,"赠",《全唐诗》注"一作答",按:当作答。姚合宝历元年晚秋已辞万年尉,逆推之,以疾长告在夏。

姚合诗中"蹇拙公府弃"一句,指的是万年县尉退任一事,这倒没有问题,问题在于其卸任的经纬。郭文镐以张籍"病来辞赤县"为据,认为姚合因病辞任。可是,姚合并非是任期中途辞任的,他以病为由提出了长期休假的请求,而郭文推测是到了病假百日期限的那一刻,依照规则就会按自动离职处理。这就是郭文镐的解释,即宝历元年夏季提出长告,而当年晚秋卸任。

然而,这里有必要考虑一下另外一种可能性。郭文镐可能是不加分析地过于相信姚合与唱和的张籍两人诗句的内容了。如果"蹇拙公府弃"(公务愚钝而被官厅开除)是真有其事的话,那又如何能够荣升到下一个令人艳羡的监察御史这样的清贵之官呢?而且如果真的是再加上生病的理由、而请辞"病来辞赤县"(因病而辞退了赤县要职)的话,监察御史这样繁重的职务又怎么可能任命姚合来担当呢?

考虑一下就会知道,姚合从初次拜官的魏博节度从事时期开始,就已经在诉说自己因老病而身体不适。继而在武功县主簿时期,又以老病为基调的《武功县中作三十首》为代表而创建了武功体文学形式。要提请注意的是,姚合诉说身体不适的那些诗作,正是他一流的"文学表达"。关于与张籍唱和诗篇,也同样要解读成为姚合的"文学表达",并以此来与张籍的"病来辞赤县"相呼应。这样的理解才应该是合乎条理的。

姚合卸任万年县尉之后,历任了监察御史、殿中侍御史、侍御史等"宪台"要职。而这些官职既是美差,又可谓公务繁重,然而这些职务姚合全都干到任期届满为止。此外,他还历任了金州刺史、杭州刺史、陕虢观察使等地方大官,最终以六十六岁高龄寿终正寝。要看到姚合未必是蒲柳之躯。姚合于宝历元年(825)秋致仕万年县尉,本文认为既未流于懒惰、也非因为疾病而卸任,而是顺利地干满了全部任期。而假如姚合真的因身体不适而于此时提出了长假休息,那也可以看作是对于任何人都可能发生的健康变动范围之内的一次正常休息罢了。

总之,将姚合的《寄主客张郎中》一诗,按照武功体作品来解读是适当的。而"蹇拙公府弃"一句,则可以看作是将《武功县中作三十首》中屡屡表述过的对职务倦怠的情绪,更以受虐性的形式而加以放大后的结果。再看放于诗篇开头的"年长方慕道,金丹事参差。故园归未得,秋风思难持"这写出归隐心绪的四句诗,其中所表达的心情与其说是在职中途憾遭开除的那种为人所熟知的愤懑或惭愧之情,倒不如说显示出了一种生活恬淡而富于情趣的内心世界的从容淡泊。由此才会在"蹇拙公府弃"之后又会出现一句"朴静高人知"(自己淡泊的性格,会有高人即张籍来理解的)这样自我肯定的诗句来。

另外,串联起这四句的归隐希望,也并非是突然出现在这个时刻的突兀之念,而是应该会让人想起与那些数年之前魏博从事时期的"学佛宁忧老,为儒自喜贫。海山归未得,芝术梦中春"(《假日书事呈院中司徒》),或"几时得归去,依旧作山夫"(《从军乐二首》其一)等诗句有异曲同工之妙。这首诗之所以诉说自己老病、写出职务倦怠、述说渴望归隐,并非是在交代姚合由于特别事件(如因职务怠慢或卧病不起而遭免职)而辞去了万年县尉,而是在说明正是这些"老病""倦怠""归隐"等要素才是姚合文学的特色所在,换言之,正是这些意象才构成了姚合武功体文学的特征,而这对理解姚合及其文学很重要。

五 万年县尉以降

下面让我们来简要确认一下,看看武功体意趣在万年县尉以后的姚合文学中是如何得以保持的。万年县尉以后,姚合又历任了监察御史、殿中侍御史、侍御史等宪台要职。上述要职任何一种都是精英路线所必由的"清官"(参照第二节前揭《旧唐书》卷四十二《职官》)。

喜马戴冬夜见过期无可上人不至

姚合

客来初夜里,药酒自开封。

老渐多归思,贫惟长病容。

苦寒灯焰细,近晓鼓声重。

僧可还相舍,深居闭古松。

(大意)马戴深夜来访,咱们启封一坛药酒来喝吧。自从上了年岁,归乡之情渐涨,或因生计贫困,病体总不见好。天寒地冻,连蜡烛的火焰看着都细弱无力,大概拂晓时分,太鼓敲得空气都震动起来。无可上人又一次弃我们于不顾了,他一定在古松荫蔽的僧房中闭门打坐吧。

根据由马戴唱和的《集宿姚殿中宅期僧无可不至》一诗可知,这是姚合在任殿中侍御史时期的作品。殿中侍御史已是封演"八俊"中所列举的精英路线的官职,而值得注意的是,即便如此,姚合还是写出了"老渐多归思,贫惟长病容"的诗句。姚合即使官至八俊,仍诉诸"贫困""老病",仍在期盼着归隐。

下面这首诗作于姚合在任尚书省郎官(员外郎、郎中)期间。

书怀寄友人

姚合

精心奉北宗,微宦在南宫。

举世劳为适,开门事不穷。

年来复几日,蝉去又鸣鸿。

衰疾谁人问,闲情与酒通。

四邻寒稍静,九陌夜方空。

知老何山是,思归愚谷中。

(大意)我诚心诚意地信奉着北宗禅,然而我身为微官,迫于无奈效力于尚书省官厅。我懂得世人皆望勤勉奉仕,而且出了家门,工作就没完没了地蜂拥而至。还有几天又是新的一年了,夏蝉刚刚鸣罢,秋雁就叫着飞过来了。而我身衰体病又有谁来关心呢?闲来只有让饮酒与心身相通。四邻周遭因寒冷而寂寥,帝都的大道到了夜里也变得人迹罕至。想到自己已经老了,想来想去真不知今后安身何处是好?还是回到愚公山谷中去隐遁吧。

如果按照"贫、边、老、病、束、倦、隐"的标准来看的话,上面尚未提及的只有"贫、鄙"二事。

诗中的"南宫"指的是尚书省,因其北面有中书省与门下省,尚书省位于南面。姚合就职尚书省是从太和五年(830)就任户部员外郎(从六品上),到太和八年(833)以户部郎中(从五品上)调动至杭州刺史的这四年,正当姚合从五十五岁到五十八岁之间。其间,太和六年(831)秋至次年秋所夹的一年时间里,姚合还赴任过金州刺史。而被称作郎官的郎中以及员外郎,是为升迁到正五品以上高官(如中书舍人、给事中、谏议大夫、御史中丞以及正四品的侍郎)的重要阶梯,而郎官自身也是名列"八俊"的美差。即使如此,姚合仍旧将自己的官职称作"微宦",这就不寻常了。而且在官拜如此重要官职的同时,姚合为何还能像旁观者一样说着"举世劳为适,开门事不穷"、而对官僚的政治生态加以冷眼旁观呢?那是因为如其诗云"精心奉北宗""闲情与酒通""思归愚谷中"的那样,姚合将自己重复叠加在"怠、隐"的意趣之上的缘故吧。

姚合在任郎官的五十六岁时(太和六年),升任刺史而赴任金州(汉中盆地的要冲,即安康)。在其赴任地的金州,姚合给其诗友寄去了诗作,我们来看一看(大意参照前节《呼朋唤友的姚合——姚合诗歌集团的形成》)。

金州书事寄山中旧友

姚合

安康虽好郡,刺史是憨翁。
买酒终朝饮,吟诗一室空。
自知为政拙,众亦觉心公。
亲事星河在,忧人骨肉同。
簿书岚色里,鼓角水声中。
井邑神州接,帆樯海路通。
野亭晴带雾,竹寺夏多风。
溉稻长川白,烧林远岫红。
旧山期已失,芳草思何穷。
林下无相笑,男儿五马雄。

姚合享受着金州刺史(从三品,月俸钱八万文)的待遇,故而果然并没有诉说贫苦之句;而作为一州长官,也就没有了感叹向上司卑躬屈膝的字句了。然而尽管如此,武功体的意趣仍然存活在这首诗中,因为:第一,将自己看作是无能之辈(憨翁);而作为其结果,第二,忘记职务而耽溺于饮酒与吟诗;第三,写出了归隐的心思,并寻找共享归隐思绪的同好之士。总体来说,武功体的特征在于,对官的价值观(中央、权力、富贵)的消极抵抗,并通过诉说老、病、怠、隐等要素,来建立一个官的价值观无法进入的、并以简素闲雅为价值观的小小的世外桃源。看来,这首诗可以理解成为当上金州刺史的姚合所创作的"武功体"诗歌吧。

对于姚合的诗作,其诗友马戴则以以下诗篇唱和回赠姚合(大意参照前节《呼朋唤友的姚合——姚合诗歌集团的形成》)。

寄金州姚使君员外

马戴

老怀清净化,乞去守洵阳。
废井人应满,空林虎自藏。
迸泉疏石窦,残雨发椒香。
山缺通巴峡,江流带楚樯。
忧农生野思,祷庙结云装。
覆局松移影,听琴月堕光。
鸟鸣开郡印,僧去置禅床。
罢贡金休凿,凌寒笋更长。
退公披鹤氅,高步隔鹓行。
相见朱门内,麾幢拂曙霜。

马戴巧妙地将姚合诗中的武功体要素引用在回信里。而"覆局松移影,听琴月堕光。鸟鸣开郡印,僧去置禅床"等句,即便是原样放在姚合《武功县中作三十首》中也显得非常协调。

另外第一联"老怀清净化,乞去守洵阳"讲的是无为的政治。姚合对无为之治的愿望,开始于魏博节度从事时期的《寄绛州李使君》(参照本章前文),在这首《金州书事寄山中旧友》中也得到了继承。顺便说一句,这里特别值得注意的是,马戴诗的第一句"老怀清净化"应该是有意识地沿用了姚合早年诗作《寄绛州李使君》的第一句"独施清静化"的。姚合从早年就开始仰慕无为之治"清静化"的愿望,一直持续思慕到了老年任金州刺史时期,而在这里马戴似乎是为姚合做代言了。

姚合于开成元年(836,60岁)春辞去杭州刺史,以门下省左谏议大夫的身份归任长安,其后转为给事中①。

暮春书事

姚合

穷巷少芳菲,苍苔一径微。
酒醒闻客别,年长送春归。
宿愿眠云峤,浮名系锁闱。
未因丞相庇,难得脱朝衣。

(大意)贫寒之家即使到了春天,花也开得很少,只通有一条爬满青苔的小路。直到客人离开,我才从酒醉中醒来。因为上了年岁,只能呆呆地看着春天远去。我的夙愿是隐遁到云蒸霞蔚的山里去,可是无可奈何却因追逐名利被官厅束缚住了。因尚未得到丞相的许可,我这身官服还是不能脱掉的啊。

读到这首诗时,必须要知道的是,此诗作于姚合官任所谓左谏议大夫这样正五品的高官之时。姚合所官拜的左谏议大夫、给事中,是伺机谋取下一个正四品侍郎(六部长官)且能够升任到相当高官厚禄的一个美差②。如果考虑到韩愈最终官拜的就是吏部侍郎(正四品上)、而白居易的最终的京衔也是刑部侍郎(正四品下),那么在此时姚合已经算是飞黄腾达了。

然而,就读此诗的感受而言,丝毫不像是政府高官所作,而是充溢着放松后的倦怠感。到了春天也没有花开的贫穷之家,只有长满青苔的小路通向庭院。如果没有来客,就继续喝着酒睡觉,不知不觉间春天就过去了。如此一来这首诗的前半部分描写出了一个无精打采的自己所生活的贫困简素且枯淡闲寂的世界,而后半部分则一如既往地吐露出了归隐的心声。尽管如此,此诗却唱不出慷慨激昂的"归去来兮"的气概,有的只是对丞相

---

① 据《增订注释全唐诗》(文化艺术出版 2001 年版)第三册(项目执笔:陶敏、汤丽伟)的注释有:"锁闱,即琐闱,指门下省。……时姚合在门下省给事中任,故云。"不过,姚合在门下省的官职是左谏议大夫以及与其后的给事中等两个官职,不应只限于给事中。

② 姚合自己其后又升任为中书省右谏议大夫(正四品下)与秘书省秘书监(从三品)。也可参照结论部分。

恩准自己退休的感激之情，自始至终都是听命于他人的态度，而支撑全诗的只有无精打采的倦怠感，或者说的好听一点的话，就是一种放弃了热情积极之后内心的安慰。

姚合自初次拜官的魏博节度使从事，到飞黄腾达时期为止，一直是以"贫、边、老、病、束、倦、隐"为基调，持续创作着一种描写生存于自我世界一隅的文学。

结语

下面让我们将返回题目《姚合的官场履历与武功体》来对本节加以总结。

姚合的文学，以其早年任职武功县主簿时期所创立的"武功体"风格为代表；而所谓武功体文学的特征即为，诉说自己贫穷、偏僻、老弱、疾病等负面的状态，并讲述对职务的倦怠以及对归隐的期望。

至今为止许多武功体的研究者都将姚合所诉说的贫穷、偏僻、老弱、疾病等作为事实原模原样地接受下来，并一直将其理解成为讲述沉沦为下级官吏悲哀的一种文学，而且还将其理解成为在晚唐闭塞的情况下为与姚合遭受共同境遇的贫寒士人而代言的一种文学。然而暂且不谈姚合自身是如何说明的，事实上作为京兆府畿县的武功县的主簿，本身就是位于精英路线的入口的一个官职，且其俸钱的数额亦足以维持一个地方主簿的生活。而无视以上客观事实却来讨论姚合的武功体，只能说是毫无意义地白忙活一场。

上述研究者们不仅就武功县主簿，还屡屡将姚合接下来任职的万年县尉（从八品下）也论述为一介卑职。然而事实上万年县是管辖包括大明宫在内的长安朱雀大街以东地区的最重要的一个赤县，其政厅也位于邻接东市的宣阳坊。且其万年县之县尉，也是一个以升任其后的监察御史为目标的令众人艳羡的美差。要正确认识这武功县主簿与万年县尉，并不在于其表面可见的官阶，而在于当时士人之间是如何来评价这两个官职的。作为这个方面的研究成果，砺波护《唐代政治社会史研究》（同朋社，1990年）所收的《唐代使院的僚佐与辟召制》《唐代的县尉》，以及赖瑞和《唐代基层文官》《唐代中层文官》（台湾联经出版2005年、2008年。前书由北京中华书局2008年改版发行）等，不能不说具有重大的启发性。

关于姚合的文学与其官场履历，下面将分别予以确认总结。先就姚合的文学而言，所谓武功体的风格，萌发于其就任武功县主簿以前的初次拜官的魏博节度从事时期，而这种风格在其后直至晚年都一直得以维持下来。武功体并非反映了武功县主簿这一个特定时期的环境，而是需要将其视为一种与姚合的本质一体化了的文学来理解。

再就其官场履历来看，姚合几乎是一路沿着模范的精英路线而实现飞黄腾达的。如果再次将姚合的官场履历加以梳理的话（参照第一节），将如下所示：①节度巡官（试秘书省校书郎，正九品上），②节度参谋（试太常寺协律郎，正八品上？），③观察支使（试太常寺协律郎，正八品上），④武功县主簿（正九品上），⑤万年县尉（从八品下），⑥监察御史（正八上），⑦殿中侍御史（正七品上），⑧侍御史（从六品下），⑨户部员外郎（正六品上），⑩金州刺史（从三品），⑪刑部郎中（从五品上），⑫户部郎中（从五品上），⑬杭州刺史（从三品），⑭左谏议大夫（正五品上），⑮陕虢观察使（兼御史中丞，正五品上），⑯给事中（正五品上），⑰右谏议大夫（正四品下），⑱秘书监（从三品）。而其中从⑥到⑰（除去地方官⑩⑬）与⑱，按照《旧唐书》卷四十二《职官》来说，分别被归类于"清官"与"清望官"，众所周知均是精英路线的官僚（参照第二节）。而④⑤则是位于其精英路线入口处的众人艳羡的两个官职。

关于精英路线的代表性说法，封演《封氏闻见记》卷三释作"八俊"，白居易《策林》三十一释作"大官乏人，由不慎选小官也"。

> 官途之士，自进士而历清贯有八俊者。一曰进士出身，制策不入；二曰校书，正字不入；三曰畿尉、（畿丞）不入；四曰监察御史，殿中（侍御史）不入；五曰拾遗，补缺不入；六曰员外郎，郎中不入。言此八者尤为俊捷，直登宰相，不要历余官也。（封演《封氏闻见记》卷三）①。

---

① 括号中的文字是根据砺波护《唐代政治社会史研究》第159页而做的补注。而"不入"二字若根据赖瑞和《唐代中层文官》《导言》第30页则可知是两个衍字。

臣伏见国家公卿将相之具，选于丞相给舍。丞相给舍之材，选于御史遗补郎官。御史遗补郎官之器，选于秘书校正畿赤簿尉（松原补注：秘书省著作局校书郎、正字，畿县赤县的主簿、县尉）。虽未尽是，十常六七焉。（白居易《策林》三十一，《白氏长庆集》卷四十六）

所谓封演的八俊可整理如下：（进士·制策）、（校书·正字）、（畿尉·畿丞）、（监察御史·殿中侍御史）、（左右拾遗·左右补缺）、（员外郎·郎中）。如果以白居易《策林》为标准，那么封演的八俊就不包含高层官僚了。当然，高层官僚实际上是众目所见的。因而问题是升任高层之前的基层与中层的阶段了。考虑到这一点，两者的高度共通性就再次得到了确认。也就是说，这是当时官僚精英路线的共识。此外还需注意一点，封演所说的"畿尉、畿丞"在白居易那里就成了"畿县赤县的主簿、尉"。姚合是畿县（武功县）的主簿，按照白居易的标准就可以被认定为到达了精英路线入口了，这一点在此需要提前确认一下。

关于姚合流内官的履历，最初的试校书郎与试太常寺协律郎并非实职，而是幕职官所带的京衔，如果将此点除外的话，姚合着实是走上了这条精英路线，不管怎么说姚合都已经是精英官僚了。如果就此就将这样的姚合看作是沉沦为下级的官吏，即使是限定于其初期履历（武功县主簿、万年县尉）而言，也必须说是明显搞错了事实。

姚合的武功体必须与其官场履历分开而论。至少，像以往那样基于其履历评价的错误认识就将武功体与下级官吏的境遇武断拼接的做法，要先叫声暂停了吧。

第三节　姚合"武功体"之谱系
——尚俭与慵懒的美学

一　武功体的由来

如何才能正确理解姚合的"武功体"文学呢？武功体的确是一种具有

鲜明轮廓的文学风格,然其应该归类于以往什么文学谱系?其与周围什么样的文学相互影响?这些反倒都是颇费思量的问题。

武功体所具有的鲜明轮廓,是根据姚合于武功县主簿在任中创作的《武功县中作三十首》组诗的单一意义所确定下来的。

文学的风格一般是由具有相似表现倾向的多数作品中所归纳提取出来并加以概念化而形成的。而如果是个人作品的话,那么作者一生所留下的作品群就会成为归纳考察的对象;而如果是超越了个人的集团共有的作品的话,那么其集团成员的作品就会成为归纳对象。无论如何,都需要对作品进行归纳处理。而作为归纳的前提,归纳提取文学形式的对象作品的范围也需要加以限定。而通过限定对象作品范围这一过程,其文学风格的发展扩散,乃至于其风格的继承关系,都会自然而然地被关注并得以讨论审议。

那么说到武功体的话,其文学风格还是应该专门从《武功县中作三十首》中提取出来。这样做就能够把握其风格的单一意义。然而由于武功体被确定为《武功县中作三十首》的风格,则其风格在姚合整个文学作品中、甚或在文学史中位于何种关联条理之上的问题就会变得难以理解。近年以来,正在试着将武功体置于吏隐谱系或闲适诗谱系之中来理解①。这样的尝试,也显示出为了使武功体不成为文学史上的孤儿,研究者们可能认为由此种谱系性的视角来进行考察也是不可或缺的吧。

二 武功体可否称为一种吏隐的文学?

如果根据蒋寅的论文《"武功体"与"吏隐"主题的发展》,武功体就关联于一条始于谢朓并由韦应物发展到白居易的吏隐诗谱系,并且还进一步深化了传统的吏隐主题。

蒋寅的论述如下。姚合的影响传及南宋江湖派,甚至波及清代高密诗

---

① 值得注意的与吏隐诗相关联的是,蒋寅《"武功体"与"吏隐"主题的发展》(《扬州大学学报》[人文社会科学版]2000 年 5 月第 4 卷第 3 期)。另外,与白居易闲适诗相关联的是,中木爱《姚合诗歌中的闲适要素——以与白居易相关联为中心》(《中国中世文学研究》第 54 号)。

派。然而,就姚合的评价而言,与其说是他对后世产生了如此的影响,倒不如说是他的武功体文学自身扩大了"吏隐"主题的境界,发展了"吏隐"主题的表现手法,这一点值得注意。

蒋寅的主张整理如下:武功体的成果在于,①扩大了主题(追加了"懒吏"的意象);②扩大了手法(吏隐生活中的诗意小景的发现);并由上述两个成果而产生了③深化了传统的吏隐主题。下面就以①②两点为例,让我们重点介绍一下蒋寅的主张吧。

①主题的扩大:懒吏

仕宦的不适,折腰的屈辱,怀归的渴望,加上颈联对生计困乏的婉曲暗示和惰于案牍的细节补充①,如此等等,准确地说已不属于吏隐主题的表现。因为吏隐的前提是兼得享受吏的富足和隐的自在,为官而依旧贫困,懒散而遭吏嫌怨,终究两不得宜。于是诗的主题就只能归结于退隐了,这也是很自然的归宿——吏隐向来就是作为归隐的过渡阶段存在的,历来吟咏吏隐者莫不以归隐为终极理想。姚合的贡献在于将这过渡阶段做了放大,使隐逸母题在吏隐这一阶段的内涵得到了充分的展示。……回顾一下吏隐主题的表现史,我们就会发现,姚合给自己画了一幅古典诗歌中前所未有的、也是为正统观念所不容的懒吏的自画像。从谢朓、王维、戴叔伦到韦应物、白居易,吏隐的主题一脉相承,但通常只写如何在退政之暇放松自己,为政则绝不敢懈怠,更没有写到玩忽职守,不理案牍。(第四节第29页)

②吏隐生活中的诗意小景

这组作品之所以具有特别的意义,我觉得就在于它发掘出了吏隐生活中特别富有诗意的细节:

移花兼蝶至,买石得云饶。(其四)

就架题书目,寻栏记药窠。(其九)

移山入县宅,种竹上城墙。惊蝶遗花蕊,游蜂带蜜香。(其二十一)

---

① 《武功县中作三十首》其二十六的颈联指的是"道友怜蔬食,吏人嫌草书"。

> 扫舍惊巢燕，寻方落壁鱼。（其二十三）
> 印朱沾墨砚，户籍杂经书。（其二十九）
>
> 这些生活细节都是唐诗中很少见的，出现在《武功作》中更引人注目……应该说，上述对吏隐生活中的诗意的发掘，实际上是与诗本身成为姚合吏隐生活的有机构成相关的。中唐以后，诗人们对诗歌的人生意义的体认愈益深刻，作诗本身越来越经常成为诗歌观照和咏歌的对象，在这方面，姚合是个有代表性的诗人，而《武功作》又典型地体现了这种时代精神。（第四节第30页）

蒋寅论述了姚合通过①追加"懒吏"的意象、②加入吏隐生活中的诗意小景，从而使以往的吏隐诗更加得以深化。而蒋寅却并未详细论述出其深化特别体现在哪些方面。话虽如此，蒋论的结尾部分仍然做出了如下论述：

> 前辈诗人孟郊在溧阳县尉任有耽诗废务而求分俸的传说，但他的诗中没有写怠政的情形，不似姚合坦率无忌。从这一点来说，《武功作》在吏隐主题的表现史上具有划时代的意义，它在画出作者懒吏形象的同时，也为他留下了诗吏的形象，使吏隐与诗愈益密切地联系起来，使得吏隐愈益诗意化，以至于成为一个与诗人形象相联系的概念。（第五节第31页）

如上所述，蒋寅以追加"懒吏"意象为核心而抓住了武功体如何使吏隐主题得以深化的问题。果真如其所述，那么正如蒋寅所言"准确地说已不属于吏隐主题的表现"，武功体是有其划时代性意义的。

但是，在"吏隐诗"的范畴内来理解"武功体"起初是否适当，还是一个需要考虑一下的问题。

众所周知，姚合文学与贾岛文学关系相近。生前二者是相互最为亲密的诗友；而到了南宋，永嘉四灵（赵师秀、翁卷、徐照、徐玑）很推崇二者，四灵之一的赵师秀还特地编写了《二妙集》以彰显二者的功绩；而接下来江湖派又祖述了姚、贾二人的文学，这些都是文学史上的一般共识。生前以诗而亲近，死后得以并称姚贾，这都显示出了二者文学的类似性。然而考虑一下的话，其实贾岛文学无论在何种意义上都不具备吏隐文学的资格。这样说来也是因为贾岛除了晚年极其例外的一个时期以外，其一生中大部分时期都是并无官职的一介在野贫士。可不是么,在承认姚合与贾岛文学相似性的基础之上,在与贾岛不相重合的细节中或许也会发现出一些吏隐文学的特征来吧。然而,除去与贾岛相互重合的较为重要的部分以外,所谓起用姚合文学的边缘部分来试着主张其吏隐文学的做法,究竟能具有多大意义呢?

说起来,切合于《武功县中作三十首》其二十六,正是蒋寅自己概括出了武功体的特征在于"仕宦的不适,折腰的屈辱,怀归的渴望,加上颈联对生计困乏的婉曲暗示和惰于案牍的细节补充,如此等等,准确地说已不属于吏隐主题的表现。因为吏隐的前提是兼得享受吏的富足和隐的自在……"而将隐遁的向往视为唯一的线索,并以此来连接起武功体与吏隐文学的做法,应该说是有些操之过急了吧。而从承认"准确地说已不属于吏隐主题的表现"开始来重新考察姚合的武功体,才是正道。

三　唐代前期的吏隐诗

然而,看到武功体不在吏隐诗谱系中这一点之前,预先确认一下姚合眼前即当时吏隐诗的情况也是很有意义的吧。吏隐的主题,按照蒋寅所言,即使说是具有自谢朓以来的长久传统,可是吏隐形象出现在诗坛中央的时间不过是距离姚合不久以前的韦应物与白居易而已。对于姚合的武功体而言,需要先与这些不久以前的吏隐诗相互比较一下。

而关于唐代吏隐诗的谱系,赤井益久所著《关于中唐的"吏隐"》(同《中唐诗坛研究》第Ⅴ部第一章,创文社,2004 年)提供了一种总括式的视点。基于此著,若将自初唐至盛唐的"吏隐"一语的用法做逻辑图式的整理的话,即为下文所示。(在该著中,除了将"吏与隐"对立并称的用例以外,皆将"吏隐"限定为一语连用的用例来进行考察。)

【初唐至盛唐】

①王侯贵族们优雅的园林生活或于山野间跋山涉水。(由"衣冠的巢由[巢父、许由]""谢安的东山游"联想而来)

②拥有可与隐者世界相媲美的山水的赴任地的官吏的生活。

③官吏世界中好似看不出存在意义的卑微官吏们郁郁不得志的生活。

【大历】

"吏隐"到了中唐大历时期后,①的用例消失了,将②③的用例专门融合于送别诗中的手法占了多数。赤井氏著作中以下诗为例并加以说明。"武陵县少府友人的生活方式称之为'吏隐'。任职地以理想之乡武陵的'世外桃源'来命名,而官吏们的生活可以理解为宛若隐逸一般,因而可以将'吏隐'视为连用之例吧"(同著,第454页)。

寄武陵李少府

韩翃

小县春山口,公孙吏隐时。
楚歌催晚醉,蛮语入新诗。
桂水遥相忆,花源暗有期。
郢门千里外,莫怪尺书迟。

接着,赤井氏将大历时期吏隐的特征概括如下。大历时期的吏隐主要见于送别诗,在抚慰那些赴任地方小吏的文脉中,告知他们赴任地山清水秀适于归隐,鼓励他们做吏的同时还能兼顾隐的生活。总之,这里的吏隐以地方小吏郁郁不遇的境遇为前提,是一种抚慰那些小吏的修辞之语。

以上赤井氏所注重的是,大历"吏隐",是"以吏为隐",即开始萌发出"在吏的生活中发现隐"的这样一种处世观。下面从该著中引述两条引文来加以佐证。

> 大概当初因下级官吏众所鄙视,故而吏隐一语带有缓和这种意识的口吻,后来由于士人意识的变化也就包含了一些肯定的含义吧。也就是说,当初如同老庄向下级官吏的"吏"中隐遁下去的传承一般,以"隐于吏中"的矜持而缓和了其下级卑微的意识。而将其中"吏"等同于"隐"的"以吏为隐"的想法,也会混合在其中吧。……借此还可管窥到大历以降士人对"吏"的意识,真是颇具兴味。(同著第456页)

> 如此考察一番而判明的是,大历时期对诗人而言"以吏为隐"的隐,首先能够确保作为隐者的立足之地。而作为那些立足之地(引用者注:县斋、郡斋),大多规模较小,被认为是一个与世隔绝、扫除灾厄的清净空间。(同著第458页)

赤井氏认为,这种"以吏为隐",即身为仕宦同时还摸索着隐者生活的处世观及作为其具体空间的"县斋、郡斋",在心中念之既久就形成了下面要说的韦应物吏隐诗的基础。

四 韦应物的吏隐诗

韦应物吟咏"幽居"的诗篇,可以分为滁州刺史之前的前期,以及历任滁州、江州、苏州刺史的后期两个阶段。

前期的"幽居"指的是在"仕宦"与"辞官(幽居)"二者之间选择辞去官职的状态。即所谓"仕宦与辞官"是一个士人内心深处的对立关系。此刻的韦应物将仕宦视为"有损于人性"并应该畏避的状态,即使付出失去富贵(官俸与尊位)的代价,也期待辞去官职去"幽居"①。

幽 居
韦应物

贵贱虽异等,出门皆有营。
独无外物牵,遂此幽居情。
微雨夜来过,不知春草生。
青山忽已曙,鸟雀绕舍鸣。
时与道人偶,或随樵者行。
自当安蹇劣,谁谓薄世荣。

(大意)正因为人的身份贵贱有别,所以出了家门大家都蝇营狗苟地忙活着自己的生计。但是我自己却没有地位、得失这些世俗的牵绊,还能实现幽居的心愿。昨晚因下了一阵小雨,春草开始发芽了吧。青山上不知何时已现曙光,小鸟们绕着鸟巢叽叽喳喳叫了起来。有时我与道人结伴,有时我与樵夫相随。自己还是就这样安贫乐道地活下去吧,鄙视世间的荣华,也无所谓什么升

---

① 关于"幽居""闲居""闲适"等用语,在这里事先将本书的基本立场与用法加以整理。"幽居"意味着一种官场规则力所不及的生活。所谓官场的规则指的是动用权力与富贵以及官僚组织时所必要的规则(束缚)。即幽居是以放弃官宦的权力与富贵为代价,而获得不受束缚的自由生活。直截了当地说,幽居象征着一种隐者的生活。

迁显贵。

关于此诗的创作详情尚不明了,创作时间大概是在韦应物辞去在任官职而等待次任官职的守选期间吧。在此诗中,与像白居易那种官职在身享受余暇的闲适诗意趣不同,将"世荣"(任官的富贵)与"寒劣"(无官的贫贱)对立起来,能够看出那种要选择后者的二选一的处世观。所谓幽居就是不钻进官宦的富贵与束缚的牢笼,而是以隐者的生活为志向。

此外,"闲居"作为一种生活的实际状态,大体上与"幽居"相同。二者之间的细微差别只是在于:不同于将其视作正的价值而来接受的"幽居";对于"闲居"而言,常常会附加上一种所谓从官(权力与富贵)中遭到排挤而被排除出来的郁郁不得志的生活这样一种负的价值。本书正是在这个意义上使用"闲居"一语的。另外,所谓"闲适"指的是一种白居易在闲适诗中所描写的生活姿态,即将那种在得到官宦富贵的同时、为了自我而享受余暇的愉悦性格给排挤出去,走向以"闲居"的暗色调来消除抑郁心情的方向。

韦应物自身的出仕与辞官之间的对立,萌发于其早年的洛阳丞任上。

任洛阳丞请告一首

韦应物

方凿不受圆,直木不为轮。
揆材各有用,反性生苦辛。
折腰非吾事,饮水非吾贫。
休告卧空馆,养病绝嚣尘。

在此韦应物明确宣告说,出仕与自己的本性相逆,是件很痛苦的事情(反性生苦辛,折腰非吾事)。如此韦应物以病为由辞去了洛阳丞,独卧空馆而幽居起来。对于韦应物而言,出仕与隐(幽居)是相互对立的关系,而二者各自的优点又无法共存于同一个人的世俗生活中来。要想获得隐的自由,就只有放弃对官宦富贵的期待。

然而即使就是对这样的韦应物而言,在以刺史出任地方期间迎来了转机,还是摸索着各种方法,使得出仕(吏务)与幽居在自己的生活上得以妥协与共存。

三十七岁时的建中三年(782)夏,韦应物从比部员外郎升任滁州刺史,其后历任江州、苏州刺史。虽然滁州在任期间还可见到惭愧反省自己"素餐"(以工怠工)的诗篇,但是刺史在职的同时,即所谓由前期到后期的过渡时期①,就已经可以见到他为自己享受私人时间的诗篇了。而且在这段不断摸索的时期里,作为韦应物后期文学特征的"吏隐"思想也同时得以成熟。在滁州刺史时期的《答杨奉礼》一诗中有"白事廷吏简,闲居文墨亲"一联,所谓"白事"是给中央写的汇报,也是刺史职务分内之事。而从白事公务解放出来的时间即为闲居(幽居),其间韦应物毫无顾忌地亲近起诗文来。这说明,公私有别地分开自己一个人的时间,结果不用辞官、无损于自己的本性,也是能找到两全其美的方法的,并不需要在出仕与辞官之间做二难选择,就能确保身虽为官却可阻挡官场规则的一片世界。就是这样考虑吏隐的方法,使得韦应物的文学摆脱了非此即彼二选一的紧张感,而变成一个能够彼此兼顾的宽松包容的世界。

下面列举的就是韦应物就任江州刺史时期的作品。

郡内闲居

韦应物

栖息绝尘侣,孱钝得自怡。
腰悬竹使符,心与庐山缁。
永日一酣寝,起坐兀无思。
长廊独看雨,众药发幽姿。
今夕已云罢,明晨复如斯。
何事能为累,宠辱岂要辞。

到了这首《郡内闲居》就更进了一步,出现了"腰悬竹使符,心与庐山缁"一联。如果说即使身为刺史,内心还是与庐山僧侣相通互合的话,那也就早已不需要特意的遁世了。此处特别要注意的是"何事能为累,宠辱岂要辞"一句,意即官宦世界的宠辱沉浮已然不能烦扰我心,故而也就无需辞官了——由此可以管窥得到,韦应物在刺史职务与幽居生活之间建构起了

---

① 山田和大《论韦应物的苏州刺史时期——诗歌系年与吏隐意识》(日本中国学会《日本中国学会报》第六十二集,2010年)有:"韦应物于滁州时期在追求吏隐和谐的同时也显示出了厌官的态度,但到了晚年的苏州时期则不再流露不满且实现了吏隐和谐的心境",借此指出滁州时期以降韦应物吏隐思想曾出现过变化。

一种安定而共存的关系。

韦应物的幽居就这样以吏隐的形式得以实现,而这样的诗歌即可谓吏隐诗。吏隐诗就是一种"作于在官之际、抒发幽居之情的诗篇",也可以称得上是一种在执着于权力、执着于富贵的同时,却又能忘却官场荣辱、自持而禁欲的文学吧。

五 白居易的吏隐诗

(一) 幽居与闲适

继承韦应物吏隐诗的是白居易的闲适诗。尚在青年时期的白居易曾为苏州刺史韦应物的私淑弟子,并于其后自任苏州刺史之际,将韦应物与自己的诗作同刻于一块石碑之上①,由此可以看出二者之间的师承关系。

白居易于元和十年(815)被左迁江州司马,其年末写就《与元九书》,提出了自己所作诗篇分为讽喻、闲适、感伤、律诗等四类。其中叙述到闲适诗定义的引文如下:"或退公独处、或移病闲居、知足保和、吟玩情性者,一百首。谓之闲适诗。"②如果说本书的立场是要追溯从韦应物到白居易吏隐诗的发展轨迹的话,那么韦应物那种专写幽居之情自持的情绪,是如何被白居易的闲适诗所继承下来的,对这一点的探明就很重要。

以此视点来读的话,就会注意到在白居易的闲适诗定义中,明确提出

---

① 白居易《吴郡诗石记》中"贞元初,韦应物为苏州牧,房孺复为杭州牧,皆豪人也。韦嗜诗,房嗜酒,每与宾友一醉一咏。其风流雅韵,多播于吴中,或目韦房为诗酒仙。时予始年十四五,旅二郡。以幼贱不得与游宴,尤觉其才调高而郡守尊。以当时心,言异日苏杭苟获一郡足矣。及今自中书舍人间领二州。去年脱杭印,今年佩苏印。……韦在此州。歌诗甚多。有《郡宴诗》云'兵卫森画戟。燕寝凝清香',最为警策。今刻此篇于石,传贻将来。……宝历元年七月二十日。苏州刺史白居易题。"文中的《郡宴诗》即为韦应物《郡斋雨中与诸文士谶集》,是一篇将闲居的滋味、文雅游玩的高昂情绪结合起来吟咏的佳作,广为人知。

② 白居易又接着叙述"古人云,穷则独善其身,达则兼济天下。仆虽不肖,常师此语"。其"古人云云"是《孟子》中的"古之人,得志泽加于民,不得志修身于世。穷则独善其身,达则兼济天下"(《滕文公下》),即指所谓"兼济、独善"说。白居易用此说作为闲适诗的逻辑根据。

了两种异质的"境遇"。一种是"退公独处",指的是办完公务后的余暇状态①,而其状态自身是一种并无负面意义的境遇。还有一种是"移病闲居",指的是一种因病而不得不辞去公务而居家修养的状态。这里的"闲居"继承了《论语》以来的传统用法,即意味着对于士人而言的一种负面的境遇(参照《张籍闲居诗的成熟》一节结语)。

而且上述两种境遇各自所对应的是"知足保和"与"吟玩情性"两种行为。承接顺境"退公独处"的是"吟玩情性";而承接逆境"移病闲居"的是"知足保和"。试着这样分析的话,就可以认为《与元九书》所述的"闲适诗",实际上在定义的当初就已内含了两种不同的诗歌类型。

作为白居易闲适诗的实际状态,业已判明被分为两种类型②。但是,在定义本身当中,就已包含有暧昧性乃至于二重性,而这一点往往不太被过去研究者所注意,即因为忘记了作为一个熟语整体上的"闲居"的原意(被公家排斥而居家的状态),而仅仅看到了一个"闲+居"的合成词,并理解成自由度过从公务中解放出来的余暇。换言之,是因为将"或退公独处,或移病闲居"看作是一种单纯修辞上的互文构造,解释成为"退公移病,独处闲居"而已。

白居易自身在使用"闲居"这个传统熟语时是相当慎重的,让人觉得似乎是与在其他场合所用的"闲"("闲适""身闲""心闲"等)明确加以区别

---

① "退公"见《旧唐书》卷一百六十"韩愈"条中"后虽通贵,每退公之际,则相与谈讌,论文赋诗,如平昔焉"所述,广义上指勤务时间以外,并不意味着所谓开除公职的负面的状态。

② 下定雅弘《论〈与元九书〉的"独善"——及其观念的二重性》(同《读白氏文集》勉诚社1996年,第372页)详论了此点。根据下定氏的解释:"独善"是①即使继承了孟子所谓"兼济、独善"的"独善"的原意(穷而不失义),以及②追求自己本身的快乐舒适这两个含义。白居易的闲适诗却在表面上标榜前者的同时,内在却创造出了包括了两个"独善"的世界。然而从左迁江州期间过半开始,根据后者对"独善"的理解逐渐地增加了闲适诗。而且后者的"独善"含义按照下定氏的说法,并非白居易所独有,同时代的韩愈也曾共有之,即所谓韩愈《争臣论》中的"愈曰,自古圣人贤士。皆非有求于闻用也。闵其时之不平,人之不义,得其道不敢独善其身,而必以兼济天下也。孜孜矻矻,死而后已。故禹过家门不入,孔席不暇暖,而墨突不得黔。彼二圣一贤者,岂不知自安佚之为乐哉。诚畏天命而悲人穷也";另外还有韩愈《后廿九日复上书》中的"故士之行道者,不得于朝,则山林而已矣。山林者,士之所独善自养,而不忧天下者之所能安也。如有忧天下之心,则不能矣",这两段引文中的"独善"用法即相当于白居易后者的含义。

的,即对于自《论语》以来而广为应用的"闲居"一语,是几乎从未误用曲解过其原意的。

补充一句,超越了熟语"闲居"束缚的"闲"字的意义,是指一种余暇,是指能自由地让人为所欲为的一种宽裕从容。若举例而言,试看最重要的一个词语"闲适",埋田重夫《闲适的诗想》(汲古书院,2006年,第9页)绪论中认为:"'闲适'并非是两个字一个概念的所谓'同义联合'(词组),而是将两个具有细微意义差别的'闲'与'适'二字组合起来而创造出来的词语。……'闲'的核心概念是'从公务中解放出来的完全自由的时空';而'适'的核心概念是'心身全无拘束感与不协调的一种境界'等,来分别定义'闲'与'适'二字。"白居易还多用"心闲""身闲"等词语,这些词语也明确表现出从束缚中解放出来的放松舒适的心情等这样肯定的意义①。

若与"闲适"的语义相比较的话,白居易在使用"闲居"这个传统熟语之际,明显与"心闲""身闲""闲适"等具有肯定意义的"闲"区别开来,这是一种强烈的压抑的情绪。下面将通过几个例子来确认一下。

先看白居易任江州司马时期的《访陶公旧宅》,其序中写有"余夙慕陶渊明为人,往岁渭上闲居,尝有效陶体诗十六首",其"渭上闲居"指的是为母亲陈氏服丧。而服丧也正是"被公家排挤出来的状态"的一种形式,白居易在此将家居注入否定的意义并称其为闲居,就是其中一个代表性的例子②。

①《初到洛下闲游》

汉庭重少身宜退,洛下闲居迹可逃。

此处将朝廷(汉庭)与洛阳的闲居相对比,洛阳的闲居就表明了被从中央官府排挤出来的状态。

②《闲卧有所思二首其二》

权门要路足身灾,散地闲居少祸胎。

---

① 《秋池二首其一》中有"身闲无所为,心闲无所思。况当故园夜,复此新秋池"(部分);《咏兴五首·出府归吾庐》中有"身闲自为贵,何必居荣秩。心足即非贫,岂为金满室"(部分)。

② 白居易此次为服丧而返回下邽家居,不仅仅是因为失去了母亲,他自己也在经受这些年来的一段令人沮丧的仕途挫折,并沉浸在忧郁的心情之中不能自拔,这些从当时的作品中即可管窥一斑。而这种沉浸于忧郁之中的生活,就是闲居。

③《闲居贫活》

冠盖闲居少,箪瓢陋巷深。

这里的③是一句记录了"闲居"辞书意义的例子。闲居是从富贵放逐出来的生活,换言之即所谓"箪瓢陋巷深",是衣食住全都拮据的日子,而追求这种闲居的生活有悖于人情常理。因此孔子才称赞颜回,即使闲居于陋巷也不改乐于求道,"贤哉,回也"①。

(二) 闲适诗的变化

白居易一生中留下了大量的闲适诗。现在就来看看其前期与后期闲适诗的质的变化②。如果大致分类的话,前期(暂定为江州司马之前)的闲适诗中,更多一些具有强烈闲居诗色彩的诗篇;而在后期,闲居诗所具有的压抑性的情绪则变得稀薄起来。

前期闲适诗具有压抑的情绪,理念上说那是与讽喻诗相对而言的,而其闲适与讽喻的双方都是在孟子"兼济、独善"说的基础上得以整理而成的。白居易从四十四岁写成《与元九书》之前开始,不久就开始创作起那些归类于闲适诗的篇什来。那些未必都是明确具有"兼济、独善"说的作品,也未必都是自觉与讽喻诗相对应而写成的吧③。但是即便说《与元九书》中闲适诗的定义是后来追加的,而事实是在其以前白居易就已经大致按照其定义的形式

---

① 《论语·雍也篇》有"子曰,贤哉回也,一箪食一瓢饮,在陋巷,人不堪其忧,回也不改其乐,贤哉回也"。

② 根据四类分法,拥有闲适部分的是编于长庆四年(824)的《长庆集》整五十卷;而从太和二年(828)编成的《后集》五卷就变成分为格诗(古体诗)与律诗(近体诗)的两分法。然而《后集》以降,实质上与其说是作闲适诗,不如说多产的闲适诗几乎覆盖了全部的作品。

③ 下定雅弘《读白氏文集》(勉诚社,1996年)中认为,讽喻诗与闲适诗的概念化形成是在白居易写成《与元九书》的左迁江州司马时期。"正因为白居易早年就对闲适怀有强烈的爱好,所以是在京官、下邽、复官三个时期,追求闲适的诗歌才逐渐成熟起来的。因此,对闲适的爱好且在其境遇使然之时,大量的诗作群才能成为'闲适诗'归类的前提。话虽如此,但是,这些诗篇存在的事实本身并未告诉我们其存在的意义,且爱好本身并不等同于赋予意义,而使得这些诗篇的特质与存在意义得以自觉认识的,是江州的穷困境遇。白居易所谓的'余志在兼济,行在独善',也主要是就江州现今的境遇而言的。被剥夺了实现兼济平台的白居易,不得已只能寄希望于独善了。而为了肯定其自我生存方式且肯定自己的诗作、并为二者找到根据,白居易所考虑的就是对应'兼济''独善'的'讽喻诗'与'闲适诗'的理论。"(同书第143页)

开始创作闲适诗了,并且也正是由此,闲适诗的分类才能成为可能。

所谓初期的闲适诗都是些什么样的作品呢？要说起来,那还真不是所谓描写心情舒适的闲适世界的作品；而是一种自我劝诫富贵带来的危险、并压抑奔向富贵而膨胀的欲望、有主见有意志的文学；也是一种为了慰藉且说服处于并不富贵境遇中的自己而作的说理性的文学。那种从富贵中被排挤出来的情况,就是所谓的闲居。

初期的闲适诗,一般都具有这种较强的闲居诗的色彩。特别是那些诗题中明示了"闲居"二字的诗篇,其倾向性也就更加显著一些。

闲 居

白居易

空腹一盏粥,饥食有余味。
南檐半床日,暖卧因成睡。
绵袍拥两膝,竹几支双臂。
从旦直至昏,身心一无事。
心足即为富,身闲乃当贵。
富贵在此中,何必居高位。
君看裴相国,金紫光照地。
心苦头尽白,才年四十四。
乃知高盖车,乘者多忧畏。

（大意）无可奈何吃着小碗盛的粥饭,因为空着肚子所以连这粥饭都很美味。暖暖地躺在南面屋檐下晒了半天的床铺上,不知何时就兀自睡去了。膝盖上盖着绵袍,双臂支在竹案几上。就这样从早到晚,没有什么烦心累人的事情。满足了内心就是富有,清闲了身体就是高贵,我这里已是富贵俱足,还有什么必要去追求高位啊。你看看尊贵的宰相裴垍,虽说金印紫绶的金光照射在地面上令人炫目,但是劳心费神头发花白,四十四岁就英年早逝[①]。这才

---

① 裴垍元和三年就任中书侍郎、同平章事（宰相），卒于元和六年（811）。《旧唐书》卷一百四十八"裴垍"条："元和初,召入翰林为学士,辅考功郎中,知制诰,寻迁中书舍人。……元和五年,中风病。宪宗甚嗟惜,中使旁午问,至于药膳进退,皆令疏陈。疾益痼,罢为兵部尚书,仍进阶银青。明年,改太子宾客。卒,废朝,赗礼有加,赠太子少傅。"

让人领悟到那华盖高悬的车马是很气派,但是坐车的人却有操不完的心啊。

昭国闲居

白居易

贫闲日高起,门巷画寂寂。
时暑放朝参,天阴少人客。
槐花满田地,仅绝人行迹。
独在一床眠,清凉风雨夕。
勿嫌坊曲远,近即多牵役。
勿嫌禄俸薄,厚即多忧责。
平生尚恬旷,老大宜安适。
何以养吾真,官闲居处僻。

(大意)贫穷而悠闲的自己,太阳升得老高才起床出门。门外如同一幅画般寂静。夏天溽暑之中早朝都暂停了,阴天里连客人都不来了。田野到处开满了槐花,却不见人的踪迹。一个人躺在床上睡觉时,黄昏的雨水生起了凉意。住在坊里倒并不嫌远离官厅,只是住得近了反而多有麻烦。俸禄虽少也不嫌弃,只因俸钱多了责任也会重大。平生也喜欢清闲,但老了以后才觉得能够悠然自在非常重要。如何才能养好我的真意?答案就在于位居闲职而身处僻静。

前诗乃元和六年(811)作于下邽服丧期间。后诗乃元和十年(815)初夏服丧结束并在任太子左赞善大夫闲职时所作。

这两首以"闲居"为题的闲适诗,大致具有相同的结构。两首的前八句歌咏的是埋头于无欲而朴素的闲居生活。如果按照文字来忠实理解的话,那可能就是一介陋巷贫士吟咏自己生活的诗篇。特别是前一句"空腹一盏粥,饥食有余味",讲到对于一个饥饿的人来说连白粥都很美味,而饥饿的空腹是贫困境遇最直截了当的表达。如此描述的闲居生活,与其说是对于白居易其时其地生活的写照,不如说是作为一种理念形态所描绘出来的反富贵的生活姿态。

然而,这两首讲述闲居的诗篇也就止于前半部的八句,后半部皆转向了对富贵的劝诫。

前诗中借"裴相国"讴歌富贵,以其仅四十四岁就早逝的例子来证明"心足即为富,身闲乃当贵。富贵在此中,何必居高位"(心满足了就是富,身清闲了就是贵,富贵已在此处,何须还要追求高位?)。白居易是在禁止自己的欲望无限膨胀。

后诗也是在规劝自己要习惯家离官厅很远、俸给又少这样的生活。家住得远才没有了世间的烦恼,俸给少了责任也就轻了。这样就以"官闲居处僻"的生活为宗旨,来追求"恬旷、安适"并重视"养吾真"。而"官闲居处僻"是一种与富贵逆反的价值观,白居易这是要以与富贵逆反价值观的"官闲居处僻"为信条来劝告自己。

前期白居易的闲适诗中,当然会以这样的"闲居"为题或诗文中包含有"闲居"一词,即使也有不包含"闲居"的诗篇,也可以指出具有相似的倾向。第一种倾向是,位于叙述韦应物以来的幽居主题的吏隐诗谱系中,继承了无欲、朴素的压抑性情绪。第二种,这是白居易新近附加的一点,即要讲述关于自己如何抑制对富贵的欲望的、禁欲的说理性的文学。

再重复一遍,占据白居易前期闲适诗中心的,并非是描写那的确存在的舒畅闲适的世界,而是因警告自己由富贵带来的危险,压抑向着富贵而增加的欲望的、有意志力的文学,同时也是要安慰并说服处在并不富贵境遇中的自己的一种说理性的文学。白居易后日写就的《与元九书》中,将闲适诗定义为独善的文学。就如同讽喻诗是一种叙述士人应然的兼济志向的文学一样,闲适诗也是叙述士人应然的人格陶冶的一种有意志力的文学。前期白居易的闲适诗结果还是会按照《与元九书》的定义而去创作的。的确,前期闲适诗中也有无忧无虑吟咏"愉悦自我"的诗篇,但是重要的是,相对于后期的闲适诗主要吟咏"愉悦自我"主题,前期闲适诗则以"压抑性的闲居的心绪"为前提的作品为多。下邽服丧期间的闲适诗《效陶潜体诗十六首并序》也可以理解为是一首以这种压抑性的心情为基调的代表作品。

相对于前期,后期闲适诗中的"闲居诗"在减少,而让居于正面的愉悦自我的诗篇增大了篇幅。正如第二年——开成四年(839)白居易68岁时于洛阳履道里宅所作的诗那样,即使在标榜"闲居"的情况下,也没有吟咏关于闲居的压抑性的情绪。

春日闲居三首
其 三
白居易

劳者不觉歌,歌其劳苦事。
逸者不觉歌,歌其逸乐意。
问我逸如何,闲居多兴味。
问我乐如何,闲官少忧累。
又问俸厚薄,百千随月至。
又问年几何,七十行缺二。
所得皆过望,省躬良可愧。
马闲无羁绊,鹤老有禄位。
设自为化工,优饶只如是。
安得不歌咏,默默受天赐。

(大意)疲劳的人,不知不觉就唱起歌来,唱的是他劳苦的工作。欢乐的人,不知不觉就唱起歌来,唱的是他的安逸快乐。如果问我安逸是什么滋味,我要说安逸就是无穷无尽的闲居之愉。如果问我欢乐是什么滋味,我要说欢乐就是少忧少愁的闲职之乐。如果问我俸禄有多少,我要说每月都有十万钱入账。如果问我年庚几何,我要说年距古稀差两岁。而我得到的一切都超过了我的期望,我躬身自省,觉得实在难为情。马从束缚中放出来就闲了,而鹤位居厚禄就会老。即便造化之功任为我用,而我所享受的丰饶也不过如此而已。如何不欢声歌唱就能默默地领受上天的恩赐呢?

"闲居多兴味"(闲居的欢愉无穷无尽)这一句中,就集中体现了后期闲适诗的倾向性。此诗通过反复四次的自问自答,确认了自己无上的幸福感。

而且此诗还值得关注的是,"闲居多兴味"一句,与隔句对中的"闲官少忧累"互相对置这一点。以"闲居"与"闲官"(闲+官)相对置,就将"闲居"(闲+居)分解开来。如此一来就将其意义从《论语》以来的熟语"闲居"的原意分离开来,向着没有束缚的放松悠闲(闲)的生活(居)的意义演变过去。

即白居易后期的闲适诗中,在自己面前展现出一种闲居而禁欲的世界来,而同时所谓抑制通向富贵欲望的说理的人为性也消失了。即作为并不具有与讽喻诗互补性的闲适诗,也从孟子"独善"说的禁欲伦理性中解放出来。这样一来,后期的闲适诗就将尚且大量残留于初期闲适诗中的闲居诗歌的阴暗面拂去,变成一种通向无忧无虑地歌唱自己欢愉的诗歌。总之,白居易的后期闲适诗是从闲居的诗歌改变成为一种歌唱以闲(闲静)为适(舒适)境界的闲适诗。

而能够传达出那种微妙之处的诗篇,正是六十二岁的白居易于太和八年(834)任太子宾客东都分司时所作的《序洛诗》。

> 序洛诗,乐天自序在洛之诗也。予历览古今诗歌,自风骚之后,苏李以还,次及鲍谢徒,迄于李杜辈,其间词人闻知者累百,诗章流传者钜万。观其所自,多因谗冤谴逐,征戍行旅,冻馁病老,存殁别离,情发于中,文形于外。故愤忧怨伤之作,通计今古,什八九焉。……(予)今寿过耳顺,幸无病苦,官至三品,免罹饥寒。此一乐也。太和二年诏授刑部侍郎,明年病免归洛,旋授太子宾客分司东都,居二年就领河南尹事,又三年病免归履道里第,再授宾客分司。自三年春至八年夏,在洛凡五周岁,作诗四百三十二首。除丧朋、哭子十数篇外,其他皆寄怀于酒,或取意于琴,闲适有余,酣乐不暇。苦词无一字,忧叹无一声。岂牵强所能致耶。盖亦发中而形外耳。斯乐也,实本之于省分知足,济之以家给身闲,文之以觞咏弦歌,饰之以山水风月。此而不适,何往而适哉。兹又以重吾乐也。予尝云:"理世之音安以乐,闲居之诗泰以适。"苟非理世,安得闲居。故集洛诗,别为序引。不独记东都履道里有闲居泰适之叟,亦欲知皇唐太和岁有理世安乐之音。集而序之,以俟夫采诗者。甲寅岁(太和八年,834)七月十日云而。

白居易在此认为,过往诗人的诗作,因"谗冤、谴逐、征戍、行旅、冻馁、病老、存殁、别离"等的痛苦,大部分都成为抒发"愤忧怨伤"之作。而相对于此，白居易自己本人却在抒发"乐"。那是因为，到了耳顺之年免去了病苦，到了三品官衔免去了饥寒，这是"乐"之第一所在。此外，自从太和三年（829）任官洛阳开始的五年间，白居易作有432首诗篇，除去十几篇"丧朋苦子"的作品以外，并无悲伤的内容。这就是由于有所谓"省分、知足"（认清天命，知道满足）的生活信条，以及所谓"家给、身闲"（不担心家计，不忙于工作）的物质条件的恩赐，因而就可以从诗歌与风月中品味出"乐"来。而可以得到如此无与伦比的"适"，这就是"乐"之第二所在。

而在末尾则有"理世之音安以乐，闲居之诗泰以适"这样的诗句，这里所谓的"闲居之诗"早已没有了歌咏所谓"闲居"的阴暗世界的意味了，而变成一种毫无畏惧地表达"以泰为适"愉悦明亮世界的喜悦的文学。毫无疑问，白居易明确而自觉地区别出来了"闲居"一语在前后期不同的含义。

以上，在沿着吏隐诗的谱系中，论述了韦应物的吏隐诗与白居易的闲适诗。

韦应物的吏隐诗还残留着幽居的色调。而说起来韦应物前期吟咏幽居的诗篇尚且不算是吏隐诗，因为幽居指的是，在仕宦或辞官的二选一中辞去官职而得到的生活状态，因此幽居诗就是辞官之后开始作的篇什。但是到了后期，韦应物就克服了这种二选一的激进的对立状态。他接受了仕宦的状态，然后有意识地区分开了办理公务与从公务解放出来的两种时间，并且确立了一种将在后者时间中的生活模拟当作幽居的方法，即所谓以吏为隐的"吏隐"。韦应物后期幽居诗就是在这样的吏隐中作为一种吏隐诗而成熟起来的，其中所显现的情绪仍然强烈，并且带有一种连接隐遁者世界的幽居色调的。

韦应物的"幽居诗"是向着"吏隐诗"的新结构而展开的一种诗歌，就此点而言，白居易的"闲适诗"也因为是处于出仕为宦且领受俸禄的状态①，因此也收入到吏隐诗的范畴中去。然而白居易处于闲适（吏隐）状态所面临的"仕宦或辞官二选一"深刻问题业已被韦应物超越并且解决了，区分白居易的闲适诗所面临的问题，是选择继承以往幽居心情的"韦应物似的吏隐

---

① 白居易七十一岁时以刑部尚书之衔拜官之后，仍然领受着半俸（官俸的一半）。

诗"呢,还是选择"吟咏愉悦自己的闲适诗"呢?

总之,从韦应物到白居易的过程,就是一种在如何确保官宦富贵的同时,将摆脱官宦束缚的闲居(隐的自由)状态收进并融合进普通生活中去的反复试验的过程。在此过程中,吏隐方法得到诗人们的考量,并开启了一条避免辞官并放弃富贵而去幽居的这种苦恼决断的道路。韦应物的吏隐诗与白居易的闲适诗之间,虽有微妙的差异,但二者都是进一步以"接受官宦"为前提、并都遵循吏隐方法的文学。

六　吏隐文学的方向

自韦应物到白居易而逐渐成熟的"吏隐的文学",的确是吸收了二人突出的文学成果,但是这却并不是这二者特有的文学形式,而是代表了时代氛围或文人官僚志向,并提供了明确式样的一种文学形式,这样理解才比较得当。

回顾来看的话,区分韦应物与白居易"吏隐"的重要契机,还在于其实现隐的生活的"场"的各不相同。对于韦应物来说,那是刺史的郡斋①,并以所谓幽居那种宛如隐者一般的禁欲式的生活为目标。而相对于白居易来说,那是从左迁之地江州香炉峰下的草堂开始、到长安新昌坊宅邸、再到洛阳履道里宅等,其全部都是白居易自己所营造的。即白居易的"隐"的场,作为自己的所有物,是随着自己的兴趣而被吟咏被营造出来的。对白居易而言,那是要在自己所有的空间里实现"隐",而所需要的不仅仅是营造上经济实力的根据,还贴付有要满足自己审美标准(甚或言之,与友人相互攀比作为其审美成果的庭院的精美程度)的欲望。——与此不同,韦应物"隐"的场,是借用寺院或郡斋等现成的场所,是一种不夹带自己私人物品的朴素而禁欲式的空间。而两者的"场"的差异,应是与作为目标的"隐"的差异相对应的。

---

①　作为前期"辞官＝归隐"选择的结果,某种隐的生活虽然并不入"吏隐"的范畴,但其隐的场所主要是寺院。而到了后期即使做了地方大员刺史,还是如滁州刺史退任后闲居永定寺时所作的《寓居永定精舍》那样,住在了寺院(参照本节前注山田和大论文)。对韦应物而言,似乎一贯是将寺院视为一种适宜"隐"(闲居)的场所。

如上所述,韦应物与白居易的吏隐之间虽互有不同,但二者在吏隐上仍有共通的方向,在这一点上反倒值得关注。所谓吏隐,是在安史之乱后贵族没落的形势下,在那些实现了出仕为官的所谓"下级士人阶层"在形成自我固有文化的过程中,应然且必然出现的一种文化现象。(要是说句大话,那些成为后来科举官僚们象征的文人教养或文人趣味,也是以吏隐为温床而培植起来的。而政治上的避讳以及对简素质朴的偏爱,则是那些文人式教养的内在实质。)

从贵族时代,再到科举官僚时代,中间夹着安史之乱,社会中枢的骨干阶层则轮换坐庄,这就是所谓中国中世纪史的一般共识。当然,关于贵族的定义本来就很困难,而且安史之乱后随着贵族通过科举出仕为宦的现象越来越显著,贵族也就无法再单纯地概念化了。然而,作为一个大致的标准,所谓贵族,除了出仕所得的收入(官俸等正规收入,还包括外快等非正规收入)以外,还持有本族聚居地中修建的庄园等可供传世的经济基础,相较于此,科举官僚则仅仅依据前者即官俸而已,贵族与科举官僚之间即可截然分开了。而在安史之乱以降,这种科举官僚抬头的时代到来了。

科举官僚主要是以官僚所得的收入来维持生计。因此,高官(例如五品官以上)在得到足够高的俸禄之前,他们大抵都是靠租借房屋来生活的。白居易购入新昌坊宅邸的时间是在五十岁任尚书主客郎中(从五品上)之际(长庆元年)。张籍从居住了十余年的延康坊租屋到移居靖安坊的时间是长庆元年(821)的早春、在其五十六岁就任国子监博士(正五品上)前后①。韩愈购入靖安坊宅邸是在五十岁任刑部侍郎(正四品下)之际(元和十三年,818),或在其前一年②。顺及,韩愈五十一岁在刑部侍郎任上时所作《示儿》一诗中吟道:"始我来京师,止携一束书。辛勤三十年,以此有屋庐。此屋岂为华,于我自有余。……"他夸耀地讲述自己辛勤三十年之后

---

① 张籍《移居静安坊答元八郎中》诗中写道:"长安寺里多时住,虽守卑官不苦贫。作活每常嫌费力,移居只是贵容身。初开井浅偏宜树,渐觉街闲省踏尘。更喜往还相去近,门前减却送书人"。将这里的靖安坊宅说是"移居只是贵容身",从敢于谦逊其狭促这一点上来看,可能是购入的私邸。元宗简从诗题中的"郎中"(左司郎中或仓部郎中)升任到京兆少尹是在长庆元年(821)晚春,该诗乃其前所作。

② 刑部侍郎就任之前,从五品上的考功郎中更历任至正五品上的中书舍人。

终于能购入住宅,是在给新晋科举官僚讲在长安拥有私邸有多么困难,这段话即可引读为资料。就这一点来说的话,元宗简就任侍御史(从六品下)之际就可购入升平坊私邸,可算是相当早的拥有私邸一族了。白居易在《欲与元八卜邻先有是赠》(作于元和十年,815)一诗中就以艳羡的口吻吟咏了此事,应有助于我们理解当时的时代背景。

科举官僚大举进入社会中坚阶层的时间是在元和时期。以上述数人为例,他们为了私邸而能从容地在营宅建邸上花费心思的时间,可以估计这可能会是在他们就任高官飞黄腾达后的元和十年以后了。在那个时期,白居易停止了创作讽喻诗,韩愈、柳宗元、元稹则从富有挑战性的古体诗创作,转向了追求日常生活题材的近体诗创作上,而这之所以可谓正值元和文学的大拐点①,也并非偶然。

元和时期的科举官僚们,他们在升任高官购入私邸的时期,各自都开始考虑如何充实地度过公务余暇。而有一个人占据着这个历史时期的中央位置,他不仅继承了韦应物创立的吏隐思想,还将其发展成为一种闲适的思想,并且在其中创立了闲适诗这种新的诗歌类型,这个人就是白居易。

从韦应物所谓幽居的禁欲的世界到白居易所谓闲适的愉悦的世界,同时从幽居之诗到闲适之诗推移的过程可以看出,不用说白居易经营长安新昌里宅或洛阳履道里宅之例,仅是作为实现闲适生活场地的自宅的经营就

---

① 下定雅弘《柳宗元诗体的问题——以元和十年为界的古体到近体的演变》(《日本中国学会报》第三十六集,1984年),及同作者《韩愈的诗作——从其古体优势到近体优势的转变》(《日本中国学会报》第四十集,1988年)中有详论。前文中有"白居易因武元衡暗杀事件的过早上书而受责难,于元和十年秋被贬为江州司马。他的诗以此时为界,律诗绝句的创作量激增,古体的创作量也随着波动逐渐减少。元稹于元和九年以后,律诗绝句的创作量经常超过古体,而元和十四年以后就只专心创作律诗绝句。韩愈也似乎于元和十年后律诗绝句的创作超过了古体诗"(第115页)。后文中有"与韩愈诗作中可见的变化相类似的现象,也可见于柳宗元诗作。在结束了整整九年的永州流放生活后,从元和十年正月返回长安开始,柳宗元的诗作中也以近体诗占优势。白居易也是如此……。虽说各人诗体的变化都有各自的理由,但是,大家相同的是,在要获取朝臣身份的激情时代逝去的同时,近体诗的时代也在到来"(第91页)。此处若要追加,则孟郊于元和九年、李贺于元和十一年相继死去而离开了诗坛。

已然成为重要的契机①。毫无疑问的事实是,他们进入科举官僚政权中枢,以及随之而来他们的特权化与富裕化,则进一步助长了这个趋势。而中唐时期吏隐思想的成熟与闲适文学的成立,也必须要放在这个大趋势中去理解。也正因为如此,对于那些背离了这种大趋势的文学,即使其诗歌题材中包含有"吏"和"隐"的要素,称其为吏隐文学也未必得当,至少,也与唐代后期文学史上的专有名词"吏隐"不相对应。

回到姚合武功体文学来看的话,其中丝毫没有富贵的迹象。寓居武功县或万年县的县斋,原本就并非是那极尽豪奢且精美打磨的生活空间。晚年在任左谏议大夫(正五品上)的《暮春书事》诗中(参照前节),所谓"穷巷少芳菲,苍苔一径微"(贫家中连春花都很少开放,只有一条长满苔藓的小径),从将自家描写得更为贫穷这一点来看,也是在继续与富贵无涉的生活方式。这样刻意地回避富贵,明显与唐代后期自韦应物到白居易发展而来的吏隐诗的方向背道而驰。

然而,所谓吏隐,原本就以"接受出仕为宦"为前提,借用蒋寅的话语,即同时确保"吏的富贵"与"隐的自由"的方法。但是姚合的武功体,对上述二者都诉诸不满,是一种期望辞官归隐的文学。这样的姚合文学,不仅与唐代后期吏隐诗绝不相同,而且与吏隐当初的起点也不相一致。要理解姚合的武功体,不能将其置于吏隐诗的谱系中,而必须放在别的谱系中才可行。

七　魏博节度从事以前的诗作

很久以来至今,人们都是这样来理解武功体的:所谓武功体就是姚合在任武功小县主簿这个底层小官时,哀叹以其郁郁不得志的境遇为背景所

---

① 是寓居(郡斋或寺院)还是经营自宅,两者之间的对立在韦应物的身上既已被意识化了。下面这首,赴任苏州刺史时所作的《新理西斋》诗中,韦应物在打扫郡斋庭院后,抒发了一通感慨:"始见庭宇旷,顿令烦抱舒。兹焉即可爱,何必是吾庐。"这里的韦应物将想拥有"吾庐"(私邸)的自然愿望,有意识地压抑了下去。而在被贬之地的江州经营庐山草堂的白居易,则轻轻一跳就越过了韦应物下定决心才定下的这一条界线。

形成的卑贱、贫穷、老病,抒发倦怠之思,并祈愿退隐山林等,以上述三者为主题的一种文学样式。然而,这样的认识,却是基于对武功县主簿这个官职的误解上所形成的。即武功县是配置于长安周边的一个特别县(畿县),畿县主簿则是一种位于精英官僚路线入口处的条件优越的官职。而且武功主簿之后姚合的官场履历也极为顺畅(参照《姚合的官场履历与武功体》一节)。关于武功体文学的成立,无论在何种意义上,从姚合的官场履历来说明都很困难。因此应该考虑的是,内在于姚合自身的作为诗人的资质禀赋,以及从其他诗人所接受的影响关系等因素上来看武功体的成立。

为了了解形成姚合武功的出发点,还是要需要分析魏博赴任之前最初期的姚合诗歌。不过,能够找到根据来确认是这个时期所创作的诗歌的数量,其实并没有多少。姚合于元和七年(812)秋上京并于次年春科举应试不中,及至元和十一年(816)春科举及第为止,姚合在长安度过了三年的备考生活。可以确认为此时期所创作的诗歌,是下面列举的几首以科举及第为话题的诗篇。

下　第

姚合

枉为乡里举,射鹄艺浑疏。

归路羞人问,春城赁舍居。

闭门辞杂客,开箧读生书。

以此投知己,还因胜自余。

(大意)虽说枉费了乡试及第,学问还是一知半解,仍然无法考中正式的进士。即使回到了故乡,被人问起科举结果来还是羞愧难当,那还是就在长安城内租房住吧。关起门来,不见那些杂人;打开书箱,看看还没有读的书。这首诗就写给知己吧,与其自己一个人消沉下去,不如这样好一些。

这首诗讲的是姚合落第后羞于面子无法回乡,就这样在长安开始了备考生活。下面通过"稳卧与闲名""病弱""山友""谦虚"等几个视点来观察一下赴任魏博节度从事以前最初期的姚合诗歌。

【稳卧与闲名】

下面这首诗作于科举落第后在长安过着备考生活之时,是以给弟弟来信写的回信来作的诗。

得舍弟书
姚合

亲戚多离散，三年独在城。
贫居深稳卧，晚学爱闲名。
小弟有书至，异乡无地行。
悲歌相并起，何处说心情。

（大意）亲族中很多人都分离开了，这样的自己前后三年住在长安。躲在贫居里舒舒服服地躺着睡觉。因我开始读书也很晚，就喜欢大家叫我闲人这个外号。弟弟来信了，说他身在异乡外出走动也无处可去（第六句可理解为在说弟弟的事情）。弟弟写来信我很高兴，但是无法见面我又很悲伤，这样的心情恐怕对谁都无法表达出来。

这首诗值得关注的是，"贫居深稳卧，晚学爱闲名"这两句。从"贫居""稳卧"①"闲名"等，可以开始看到后来关联到武功体中的要素。对于科举反复落第而在长安度过了三年备考生活的自己这样的境遇，姚合的讲述既不夸张地鸣不平，也不徒劳地悲伤叹气，决意要舒舒服服地"稳卧"，并且喜爱自己的"闲名"。这样毫无气势的搪塞应付的表情，是姚合所特有的。姚合将自己被置于负面的境遇转化为"稳""闲"等肯定的意义，看来，姚合似乎掌握了这种方法。

【病弱】

姚合于元和十一年（816）春在知贡举李逢吉主考下进士及第。及第的一系列礼仪结束之后，姚合带着喜报荣归故里相州临河县。其时，告别长安的堂哥时留下了这首诗。

---

① 《全唐诗》中可见的"稳卧"，除了姚合的这首诗以外，白居易仅有于太和三年（829）所作的《劝酒十四首·不如来饮酒七首》其七中有"不如来饮酒，稳卧醉陶陶"的一例，而元和十年（815）姚合所作的这首诗可谓先行一步。另外，这里的"稳卧"是姚合根据杜甫的《王十七侍御抡许携酒至草堂，奉寄此诗，便请邀高三十五使君同到》中"老夫卧稳朝慵起，白屋寒多暖始开"一句而来的。

成名后留别从兄

姚合

一辞山舍废躬耕,无事悠悠住帝城。
为客衣裳多不稳,和人诗句固难精。
几年秋赋唯知病,昨日春闱偶有名。
却出关东悲复喜,归寻弟妹别仁兄。

(大意)我离别故乡,停下了晴耕雨读的生活,无可事事地住在长安。旅人的身上,常常装束穿戴不像样,与人唱和也作不出好诗来。我多少年来虽然一直在提交秋试申请,可是身体却不好。前日春闱发榜时我无意中看到了自己的名字。为了归乡报喜我就要下关东了,悲喜交加的心情萦绕心头。家中弟妹相见让人欢喜,但是此处我却不得不与仁兄作别了。

这首诗需要留意"几年秋赋唯知病"一句。秋季参加礼部应试的人们都聚集起来,到了秋赋(秋贡)之际,姚合总是因身体不适而烦恼。而在这里则可看到后来的武功体文学中,姚合频繁吟咏自己病弱与衰老的征兆,这一点具有重要的意味。

【山友】

在此时期的姚合诗歌中另外需要关注的是怀念故乡旧友的诗作,在其怀旧的思绪中,对于将友人留在故乡而自己独自上京应举,姚合怀有一种愧疚的心情。

寄旧山隐者

姚合

别君须臾间,历日两度新。
念彼白日长,复值人事并。
未改当时居,心事如野云。
朝朝恣行坐,百事都不闻。
奈何道未尽,出山最艰辛。
奔走衢路间,四枝不属身。
名在进士场,笔毫争等伦。
我性本朴直,词理安得文。

> 纵然自称心,又不合众人。
> 以此名字低,不如风中尘。
> 昨逢卖药客,云是居山邻。
> 说君忆我心,憔悴其形神。
> 昔是同枝鸟,今作万里分。
> 万里亦未遥,喧静终难群。

(大意)我虽想着与你终于在此刻相别,但是日历已经循环了两圈了。我白天过得忙忙碌碌,而且人际关系还令人厌烦。你还住在以前的地方吧,你的心情就像原野上飘荡的云朵一样悠然吧。每天为所欲为,耳边也没有烦心的事情。但是我呢,修行还未结束就来到长安,令人心情痛苦。奔走迂回在帝都的大道上,疲惫得让人觉得手脚似乎都离开了身体。姓名与进士科场相连,挥笔作文争夺名次。但是我本性木讷,遣词造句也无法作出巧妙的诗文。即使自己想得通了,众人的趣味还是与自己不合。为此得不到别人的评价,就像风中飞舞的尘土那样被人肆意糟践。前日,我遇见一个卖药人,好像老家是我邻村的。你还记得我啊,但是我却已经憔悴不堪了。过去栖息在同一棵树上的鸟儿们,现在分别万里各自过活。然而即使相隔万里也不是问题,只是我们分别住在俗内与俗外的两个世界里,再也不能在一起了。

这首诗应作于姚合长安备考的第二年即元和九年(814),姚合家乡在相州临河县(距河南省安阳东南六十千米),恐怕他是想起了曾经一起在家乡读书而现在又没有来长安参加科举考试的旧友(旧山隐者)而作的这首诗。

将旧友与姚合联系在一起的是从故乡走出来的卖药人。卖药人带来了旧友"我还记得你啊"的口信("说君忆我心")。而姚合这次也是将写给故乡旧友的这首诗托付给那位卖药人。——卖药人是往来于山(隐遁的世界)与世俗之间的信使。而"入山采药"原本就是意味着时而隐遁的惯用语,就如同庾信《奉和赵王游仙》的"藏山还采药,有道得从师",张籍七律《书怀寄顾八处士》的"未能即便休官去,惭愧南山采药翁"那样,微妙地改变了一下姿态后出现在诗作中。

这首诗前半部分讲的是在长安备考生活的辛苦,末尾吐露了互相思念的友情,但需要关注的是"万里亦未遥,喧静终难群"这两句。两个人所相隔的,并不是旧友所在的临河县与姚合所在的长安之间的万里路途,而是投身"喧"的姚合与喜爱"静"的旧友之间的不同的人生选择方式。姚合"酷嗜进士名"(《寄陕府内兄郭冏端公》诗),祈愿荣华富贵而投身这"喧"的世界。在赞成并选择接受科举应试的同时,他也认识到了由此而失去的生活的重要性。"旧山隐者"的生活方式正是自己所失去的那重要的一部分。——姚合其后实现科举及第,以魏博节度从事出仕为官。如同其时所作的《从军乐二首》其二中"遭故乡友人遗弃而心中惭愧(身惭山友愧)"一句那样,姚合对留在故乡旧友(旧山隐者·山友)的思念绝不是一时的轻薄之情①。

别贾岛

姚合

懒作住山人,贫家日赁身。
书多笔渐重,睡少枕常新。
野客狂无过,诗仙瘦始真。
秋风千里去,谁与我相亲。

(大意)你慵懒得住在山里,贫困得每日都要卖力气挣钱。要抄抄写写的分量很多,运笔都慢了下来,也没有时间睡觉,枕头总是干净如新。你作山人的那种疯癫劲儿谁也比不过,而你当起诗仙来,身细体瘦还像个样儿。无论山人还是诗仙都是你自己啊。而此时秋风吹过千里,到底谁才能与我相伴相亲啊。

从这首诗中可以得知,贾岛似乎是承包了一些文书抄写的活儿来糊口度日。抄写文书的活儿曾是贫穷读书人最一般的生计。抄写文书写到手臂酸困,为了赶着交稿有时要不眠不休地连夜干。贾岛的生存方式,是一种与世俗名利的价值标准毫无干系的疯癫清狂;而所谓诗仙就是要将所谓的世俗性的沉渣油滑彻底清除干净后才来作诗。——这样贾岛在世俗无

---

① 对留在"山"(故乡、在野)中的友人的思慕之情,在其后姚合文学中也演变出各种形式并被继承了下来。那应是折射出姚合自身归隐愿望的一种投影,当然也不应忽略了还有一种质朴而亲爱的思念在其中。

用这一点上可谓"懒",而这样的人也就只能住在山里了。

姚合将从科举中漏网并从世俗荣华中逃逸出来的贾岛称为"住山人",他对这样的人自然而然地怀有极其亲近的好感。不知是关怀或是同情,但不同于蔑视底层人的目光,而是一股直接发自内心的爱惜之情。姚合正是将自己与这些人视为同类的。

金州书事寄山中旧友

姚合

安康虽好郡,刺史是憨翁。
买酒终朝饮,吟诗一室空。
自知为政拙,众亦觉心公。
亲事星何在,忧人骨肉同。
薄书岚色里,鼓角水声中。
并邑神州接,帆樯海路通。
野亭晴带雾,竹寺夏多风。
溉稻长洲白,烧林远岫红。
旧山期已失,芳草思何穷。
林下无相笑,男儿五马雄。

(诗歌大意见前节)

这首诗作于姚合赴任金州(汉中盆地的安康)刺史之际,招呼长安诗友来游的诗作。"旧山隐者""山友""住山人"等,都是由这里的"山中旧友"变化而来。山中之人,生活在世俗价值观以外,是被世俗的荣华富贵所遗弃的一些人。在长安接到这首诗的贾岛、马戴、喻凫、项斯、无可等人,当时皆是无官的诗人[①]。

姚合自贾岛开始特别将他们称为"山中旧友",并非偶然。处于世俗的荣华富贵与高官名利之外的是"山",姚合给他们这些受"山"支配的世界的

[①] 马戴作有《寄金州姚使君员外》来唱和姚合此诗;贾岛与无可应姚合之邀造访过金州,无可作有《陪姚合游金州南池》《金州别姚合》《金州冬月陪太守游池》《过杏溪寺寄姚员外》等四首;喻凫作有送别贾岛赴金州之行的《送贾岛往金州谒姚员外》一首;项斯作有《赠金州姚合使君》一首。上面这些诗人皆是以姚合为中心的诗歌集团的成员。参照《呼朋唤友的姚合》一节。

居民赋予了很重要的意义。从长安备考时代始,到实现了金州刺史这样的高官厚禄,要知道姚合对与"山中旧友"的这种亲密情感,对怀才不遇的他们来说,不仅仅只是一种同情怜悯之情。

姚合对自己在长安度过的三年备考生活所显示出的那种独特的"被动地应付搪塞"态度,以及他对于那些住在被世俗遗弃的"山"的世界的人们所显示出的独特的亲情,这二者对于日后武功体的成熟来说都是不可或缺的要素。

【谦虚】

此时期的诗歌中另有一个值得关注的特征,即姚合为自身及第的惊喜之态而感到羞耻并要将其压抑下去的一种含羞的心理。

感　时
姚合
忆昔未出身,索寞无精神。
逢人话天命,自贱如埃尘。
君今才出身,飒爽鞍马春。
逢人话天命,自重如千钧。
信涉名利道,举动皆丧真。
君今自世情,何况天下人。

(大意)你尚未进士及第之前,因满心寂寞而毫无生气,遇见人了你就说这是天命,将自己蔑视为尘芥。话说你最近科举刚一及第就英姿飒爽乘马踏春。你遇见人了也会说这是天命,你会将自己夸耀成千钧之宝。踏入名利场后,你所做的所有的事情都失去了真意。你如今陷入了世俗人情而不能自拔。连你都尚且如此,更何况芸芸众生,更是熙熙攘攘皆为利往呢。

这首诗是在讽刺科举刚一及第就立即变得狂妄自大起来的那些人。姚合科举三次落,第四次实现了及第梦想。其间姚合一定有蔑视他的落第而庆幸自己及第的朋友的。

然而好好读一读这首诗就会发现,其实也不能否定他将这首诗写给自己看的。本来科举及第后别人对你的态度大为转变也可以说是人之常情,并不值得大惊小怪。与其说这首诗是讽刺他人的,倒不如说是使人看出,对于实现了及第的"你"的非同寻常的定罪,反倒不是冲着外界发出的。人间丑恶的一面,是在于姚合自身内心深处的,他自己也不例外,当他意识到这一点时,就吐露出了自惭形秽的感情,这个解释是完全能够成立的。不管怎么说,姚合及第后因吐露出欣喜若狂的真情而作有下面这首诗,诗中就说出了上面"君今才出身,飒爽鞍马春"的真情。

及第后夜中书事

姚合

夜睡常惊起,春光属野夫。

新衔添一字,旧友逊前途。

喜过还疑梦,狂来不似儒。

爱花持烛看,忆酒犯街沽。

天上名应定,人间盛更无。

报恩丞相阁,何啻杀微躯。

(大意)夜里睡着了也常会惊醒,春光也是为了我这个乡野村夫而照耀的。进士的头上新添了一个"前"字,到现在为止的朋友都要为了我而让路。高兴得过了头,还怀疑这是在做梦,欣喜若狂得失去了儒者的风度。怜惜散花,手持烛光贪婪地眺望,想喝酒就快活地上街去买。位列天子朝前的名字已经定好,人世间这样的荣誉真是无以复加。前去丞相(知贡举李逢吉)府邸报答恩情,我发誓要不惜生命地工作。

即便是对于姚合而言,他也有过如此得意洋洋的及第之喜。其得意之情,几乎如同那抱怨嗟叹诗人孟郊吟出的"昔日龌龊不足夸,今朝放荡思无涯。春风得意马蹄疾,一日看尽长安花"诗句一样,迸发出满腔惊喜来。但是那样得意张狂的惊喜一旦过去之后,姚合立即会清醒过来。通过上面那首《感时》诗就读得出来,姚合是将当时惭愧与自责的心情作成诗歌并写给了自己。

姚合看起来不是那种会踩在他人身上来出人头地的害羞的人。姚合也忘不了那抛弃世俗荣华富贵的"山中人",他心中的这缕柔情和这种害羞的性格是息息相通的。

姚合的诗歌,在长安备考岁月的初期里,业已蕴含着其日后武功体文学的萌芽了,这一点已得到确认。只是那些诗文还尚未展示出统一的文学风格来。而且作为武功体最大特征的一个要素,即对于职务的憎恶与倦怠之情,这对于尚未出仕为宦的姚合而言则是暂时无法感知的。在这个意义上可以说,对稳卧的志向、对病弱的标榜、对山友的亲情,以及谦逊的自制心等,都应该看作是表达出了在创作文学之前的所谓姚合自身的一种素质。然而,这种素质不久后在武功体成熟之际就变成一种不可或缺的条件了。

八 魏博从事时期的诗歌

姚合于元和十一年春(816)进士及第,而元和十二年(817)末以降①,应节度使田弘正辟召,赴任魏博镇幕僚。下面这首诗就应是他作为魏博节度使田弘正幕僚被辟召后的作品。

从军行
姚合

滥得进士名,才用苦不长。
性癖艺亦独,十年作诗章。
六艺虽粗成,名字犹未扬。
将军俯招引,遣脱儒衣裳。
常恐虚受恩,不惯把刀枪。
又无远筹略,坐使虏灭亡。
昨来发兵师,各各赴战场。
顾我同老弱,不得随戎行。
丈夫生世间,职分贵所当。
从军不出门,岂异在病床。
谁不恋其家,其家无风霜。
鹰鹘念搏击,岂贵食满肠。

---

① 郭文镐《姚合佐魏博幕及贾岛东游魏博考》(《江海学刊》1987 年第 4 期):裴度元和十二年十一月二十八日从淮西讨伐回朝之际,姚合作有《送萧正字往蔡州贺裴相淮西平》一诗,而并非是在魏博所作,以此为根据,可知此刻姚合尚未赴任魏博。

(大意)不知为什么虽说能够进士及第,可是以前就有的才能不足的问题还是令人烦恼。我生性偏颇,学艺也自以为是,这样作诗已有十年了。虽说诗歌大体上能作出来,至今还没有什么名气。即使这样将军(魏博节度使田弘正)还是照顾我将我招来,我这才脱去了儒生的衣裳。虽说常常担心不能报答将军的恩情,但是自己还没拿过刀枪。而且也没有出谋划策帮助将军剿灭逆贼。前日将军发兵,大家都上了战场,我回头看看自己就如同老幼一般,不得随军前行。作为一个大丈夫人活一世,重要的是能完成自己的职责。作为节度使幕僚我却不能随军出征,这个样子与躺在病床上无异。有谁能不恋家呢,要是在家里就不用担心风霜。但是鹰隼就是要以获取猎物为天职,怎么能只想着饱食终日呢。

《从军行》是用古乐府题(《乐府诗集》卷第三二,相和歌辞)作的一首拟古乐府。拟古乐府中通常不带入作者特定的体验①,而姚合这首写进了自己体验的作品是一个例外。

在诗中,姚合对尚无社会声名的自己("名字犹未扬")能被田弘正所辟召而感到欣喜。即使进士及第,还以使职僚佐的身份进入仕途,如韩愈被宣武军节度使(汴州)董晋、杜牧被江西节度使(洪州)沈传师分别招为幕僚而进入仕途等,这在中晚唐以降是常有的现象。但是在姚合这里,因为他能带着"试秘书省校书郎"的中央官衔②而被辟召为节度使幕僚,所以这可谓是一个高起点的仕途开局。也正因为这个原因,姚合以此为跳板荣升下一个武功县主簿就成为可能。

然而,虽然给他提供了这么好的条件,姚合似乎仍然觉得无法习惯这个节度使从事的职务。下面这首诗记述了田弘正于元和十四年(819)春讨伐淄青节度留后李师道并树立了赫赫战功之事。在其战役出征之际(元和十三年[818]

---

① 参照松浦友久《乐府·新乐府·歌行论》(同作者《中国诗学原论》,大修馆书店,1986年所收)。
② 新出土的姚合墓志《唐故朝请大夫守秘书监赠礼部尚书吴兴姚府君墓铭并序》中"田令公镇淮,辟为节巡官,始命试秘省校书"。

十一月),姚合给曾一同在长安备考过的好友狄拾遗①写了下面这首诗。

寄狄拾遗时为魏州从事
姚合

少在兵马间,长还系戎职。
鸡飞不得远,岂要生羽翼。
三年城中游,与君最相识。
应知我中肠,不苟念衣食。
主人树勋名,欲灭天下贼。
愚虽乏智谋,愿陈一夫力。
人生须气健,饥冻缚不得。
睡当一席宽,觉乃千里窄。
古人不惧死,所惧死无益。
至交不可合,一合难离坼。
君尝相劝勉,苦语毒胸臆。
百年心知同,谁限河南北。

(大意)年轻时我在兵马之间成长②,长大后又任了节度使从事。是鸡就飞不远,也就没有必要长翅膀。看来我是无法离开魏博这个地方了。(为了去参加科举考试)在长安住了三年,我与你最为要好,所以你能理解我的心情吧。我不是一个只想着饱腹之欲的人。主人田弘正为了树立功勋而要讨伐天下的逆贼。我虽无智谋,但是还想尽一夫之力。人就是要活一口气,饥饿寒冷都不能让我泄气。睡觉只需一床大小的地方就足矣,而醒过来就算千里也觉狭小。古人不怕死,但是就怕死而不得其所。我虽与你

---

① 狄拾遗即狄兼谟,郭文镐论文(参照第230页注①)对此进行了考证。姚合《送狄兼谟下第归故山》中有"慈恩塔上名,昨日败垂成。赁舍应无直,居山岂钓声。半年犹小隐,数日得闲行。映竹窥猿剧,寻云探鹤情。爱花高酒户,煮药污茶铛。莫便多时住,烟霄路在城"。狄兼谟就任左拾遗的时间,据《资治通鉴》卷二四一,宪宗元和十四年十二月"(令狐楚)乃荐山南东道节度推官狄兼谟才行,癸亥(十九日)擢兼谟左拾遗、内供奉。兼谟,仁杰之族曾孙也"。

② 据推测,姚合在其父姚闳担任县令的相州临河县长大成人,地处魏博节度使管辖范围之内。

相识相交,却不得相见。要是能再度相会,就再也不想分离。你常常鼓励我要努力,真可谓良药苦口啊。这一生我都想与你相知与共。而我们黄河南北的友情,又有谁能把我们阻隔开来!

在这首诗中,姚合清醒地意识到作为节度使幕僚的职责,心中发誓要勤奋工作。他认识到这场战役的激烈程度,所以就力陈:"我并非只念饱腹终日的懦夫"(不苟念衣食)、"想尽自己的全力"(愿陈一夫力)、"饥饿受冻也无所畏惧"(饥冻缚不得)、"要死就死得光明正大"(所惧死无益)等大表决心的誓言,这是在反复说给自己听的。姚合在这个意义上并非所谓的懦夫一类。

然而,正由于如此鞭挞激励自己,姚合可能对节度从事的职务会感到一些不适吧。上面的《从军行》中"昨来发兵师,各各赴战场"所说的那场战役,很有可能指的就是对淄青节度使留后李师道的讨伐战;而"谁不恋其家,其家无风霜。鹰鹛念搏击,岂贵食满肠"是在激励自己要勇敢勤奋地干好军务。但是更值得注意的是前面一句"顾我同老弱,不得随戎行……从军不出门,岂异在病床",自己还是和先前一样因"老弱"而"卧病在床",这是将自己当成一个不合格的军人来描写的。

上面提到的这两首都是以直接与战斗相关的军务背景所作的诗歌,与之不同的是,下面的《从军乐》吟咏的是与平时军务无关的文书业务。

从军乐二首

姚合

其 一

每日寻兵籍,经年别酒徒。
眼疼长不校,肺病且还无。
僮仆惊衣窄,亲情觉语粗。
几时得归去,依旧作山夫。

(诗歌大意参照前节)

其 二

朝朝十指痛,唯署点兵符。
贫贱依前在,癫狂一半无。
身惭山友弃,胆赖酒杯扶。

谁道从军乐,年来镊白须。

（诗歌大意参照前节）

姚合使用的"从军"以及"遗脱儒衣裳"（《从军行》）等言辞,指代的是在节度使幕府做勤务,并不意味着他本人入伍从军,至多只是从事着文官内务而已。而其主要职务便是"每日寻兵籍"（其一）和"唯署点兵符"（其二）,即可理解为兵籍管理。此诗虽以"从军乐"为题,如同他自己坦白的那样"谁道从军乐",其实是在吟咏从军苦的。（详见《姚合的官场履历与武功体》一节）

尽管田弘正为他提供了良好的条件,但姚合很快就对节度使从事的职务深感不适。姚合的武功体所显示出的"装出来的对职务的不满",很有可能就是从魏博节度使从事时代的体验开始、并通过文学而加以形式化表现出来的,这一点需要我们提前确认清楚。

而使得姚合的这种情感升华为文学的,是下面这首诗。

假日书事呈院中司徒
姚合

十日公府静,巾栉起清晨。
寒蝉近衰柳,古木似高人。
学佛宁忧老,为儒自喜贫。
海山归未得,芝术梦中春。

（诗歌大意参照前节）

从诗题中称田弘正为"司徒"可知,田弘正讨伐淄青节度留后李师道,为褒其功而于元和十四年(819)二月被授予"检校司徒、同平章事",可以推定这首诗可能作于其后的当年秋季。

此诗是姚合于幕府休假期间赠给田弘正的作品。但是,姚合在此并非对幕府辟召的恩人田弘正立誓要勤勉工作,反而说出了"学佛宁忧老,为儒自喜贫。海山归未得,芝术梦中春"这样抛弃职务归隐山林的心愿。姚合当时四十四岁自称"老"也未为不可,但是田弘正却是长姚合十三岁的高龄老者。此外,就"贫"来说,姚合每月俸钱由田弘正支给,而且对于生活在物价低廉的地方小城来说,已然从十分充裕的每月三万文钱(节度巡官)涨到了丰厚高额的每月五万文(观察支使)。总之,姚合对于"老""贫"的哀叹,已然背离了他的生活实际状态,以至于再加上述说"归隐"的心思,不得不说这首呈送给主人田弘正的诗歌,内容很不妥当。

元和十三年(818)十一月至次年二月,田弘正进行了对淄青节度留后李师道的讨伐战,姚合在其从军体验中对节度从事这种作为军僚的职务感到了不适。而且就算对于平时的文书业务也感到不满。从这样的生活中,就开拓出了一种将"对职务产生厌烦"的情绪本身主题化的文学的可能性。

就这样,姚合在魏博赴任以前在长安时期可见的那种对稳卧的志向、对病弱的标榜、对山友的亲情,以及谦逊的自制心等这一连串的倾向性之上,又附加上了厌烦职务、期盼归隐这两种情绪。由此,构成武功体文学的几乎全部的要素,都在这一时期出现了。话虽如此,到武功体形成为止,将上述诸要素统合并加以审美趣味化、并使其成熟为一个审美风格的过程,尚且有待执行。

九 张籍的影响

(一) 魏博节度从事以前

姚合于魏博节度从事时期,构成武功体的诸要素业已全部出现。其诸要素可以理解为是从姚合的诗人素质里渗透出来的。然而,仅仅出现了这些要素,武功体还无法形成一种文学风格。而在下面一个阶段中,为了实现武功体文学的升华,这些相互间无关联且只不过多带有负面意味的要素,就必须要有机地形成一体化,并重新构建出一个美的境界。而恐怕形成其再构建的契机,正是在与张籍文学的接触中形成的。

一般认为,姚合赴任武功县主簿之前,曾经两度受到张籍的熏陶。一次是初次拜见呈递名片之际。下面读的这首诗中"贫须君子救,病合国家医"一句,指的就是元和八年(813)冬以后张籍恶化的眼病。(参照《张籍闲居诗的成熟》一节)

赠张籍太祝

姚合

绝妙江南曲,凄凉怨女诗。
古风无手敌,新语是人知。

飞动应由格，功夫过却奇。
麟台添集卷，乐府换歌词。
李白应先拜，刘桢必自疑。
贫须君子救，病合国家医。
野客开山借，邻僧与米炊。
甘贫辞聘币，依选受官资。
多见愁连晓，稀闻债尽时。
圣朝文物盛，太祝独低眉。

（大意）绝妙的《江南曲》，悲伤的《妾薄命》①。先生的古风（乐府）真是精彩无敌，新作又会马上为人所知。满是灵感的文学来自您的风格，重复训练终于达到了非凡的领域。秘书省的书库都郑重收藏了先生的诗文，对于乐府先生也添加了新的歌辞。李白也要对您施拜礼，建安时期的刘桢也会觉得是自己再生了。但是先生您身处贫困，需要君子伸出援手；先生的眼病也要作为国家的责任来加以治疗。野客不忍看您郁闷无聊而邀请您归隐山林，邻近的僧侣也不忍看您捉襟见肘而来施舍米面。您甘于贫穷，拒绝节度使的招聘，您这是在祈愿铨选拜官啊。因为忧郁，您常常夜不能寐而待天明，而借债也几乎还不清。天子圣朝都在讴歌社会丰饶，只有作为太常寺太祝的先生您在意气消沉地生活着。

当时，张籍是所谓太常寺太祝的一介小官，而且身患眼疾，这个时期被认为是他处于辞官闲居的状态②。因此，此时姚合的初次拜会呈递名片，这种行为与其说是官场上的所谓期待"引介"，不如说是仰慕张籍作为诗人的

---

① 《增订注释全唐诗》第三册第985页注有《怨女诗》即《妾薄命》等诗。（执笔：陶敏、汤丽伟）

② 《赠张籍太祝》的作诗时间，是在姚合为应试而上京的元和七年（812）秋季以后。而细细来看的话，或在姚合的进士及第（元和十一年［816］春）之前之后的这两个看法也均有可能。若在及第之前，为了应试而会含有少许考前跑关系的意思。但在此时期，张籍患有重度眼疾，但尚且留任太常寺太祝之职。若为应试之后，姚合的呈递名片的目的就只会是对于诗界前辈的一种礼节性拜访。而当时张籍眼病已得了三年，即将治愈，并业已辞去了太常寺太祝而处在正在等待下届任职的守选状态。

大名吧。可见张籍文学在此前后业已开始对姚合产生影响了。

这首诗除了可以看出姚合对张籍的理解以外,还有几点也意味深长。

①张籍作为创作了《江南曲》《妾薄命》这样乐府的诗人而受到广泛推崇与高度评价。

②张籍当时,正处于所谓"贫须君子救,病合国家医。野客开山借,邻僧与米炊。……多见愁连晓,稀闻债尽时"的病苦贫困的生活状态。

特别值得注意的是第②点。张籍患有眼疾,经济上也很穷困(官俸停发),靠僧侣施舍米面勉强度日,借款也尚未还清。时常也是夜不能寐。这样的消息,当然也可能是姚合造访张籍时由张籍本人直接告诉姚合的,但是从同时期可见的张籍诗集中亦可获知。尤其是"多见愁连晓"等这样心理上微妙的表达也的确能从张籍诗作中读出来①。

张籍于元和元年(806)至元和十年(815)这不同寻常的很长一个时期,一直留任在所谓太常寺太祝的正九品上的底层小官之上②。其仕途不如意的时期,同时也是张籍苦于疾病之时,特别是元和八年(813)冬开始患有重症化眼疾的三年间,让张籍痛苦不堪。张籍正是将在如此郁郁不得志时期中所作的"闲居诗"作为新类型而发展成熟起来的。闲居诗是以自我被放置于负面环境为背景、探索其中精神上的平衡,即将所谓负面境遇转化为审美境界的一种文学样式③。姚合造访张籍的时期,恰好正逢这样的闲居诗成熟的时期。而姚合尚处于赴任魏博进入仕途之前,也还处于尚不理解郁郁不得志意味的时期。然而与张籍相见,对于姚合来说,的确也是使其了解一种空前的新文学的机会。

对于赴任魏博以前的姚合初期的文学,已经在多大程度上受到了张籍的影响,要判断其受影响的程度很难。然而,前面引用的《得舍弟书》诗中"贫居

---

① 例如张籍《夜怀》诗里所吟咏的夜晚的孤独:"穷居积念远,转转迷所归。幽蕙零落色,暗萤参差飞。病生秋风簟,泪堕月明衣。无愁坐寂寞,重使奏清徽"。

② 白居易《重到城七绝句·张十八》诗中有"独有咏诗张太祝,十年不改旧官衔"。

③ 引用《张籍闲居诗的成熟》一章的话:"张籍所拥有的是,住在陋巷、过着箪食瓢饮的贫穷生活。而且不折不扣地说,张籍是被处置于一种因疾病而不仅升迁甚至到最后连出仕为官都不得不要放弃的境遇。张籍的闲居诗就是在那样一种情况下创作出来的。再说得彻底一点的话,本应是在人间负面境遇中所作的闲居诗,因张籍而使其纯粹化并还原成为一种理念性的原型。"

深稳卧,晚学爱闲名"等句中,已然完全能够从中发现张籍闲居诗的痕迹了。

姚合自与张籍相识以来一年乃至数年后,元和十一年(816)冬,赴任魏博节度从事。而且在此时期,将嗟叹贫贱、倦怠职务、身体不适、渴望归隐等串联起来,就开始形成了姚合可谓武功体前奏曲的独特诗风。然而,其时所吟咏的内容却明显地背离了魏博节度从事相当优越的待遇(高额的俸给和节度使田弘正的照顾),根据此点,其诗风究竟是何由来,过去曾令人存疑。但是,现在必须要考虑到,创作于贫贱与病苦中的张籍闲居诗的影响,很可能就是其诗风的由来。

(二)魏博节度从事以后

姚合与张籍的交游,于姚合辞去魏博节度从事返回长安的元和十五(820)年秋再度开始,到赴任武功县主簿为止的约半年时间,姚合与张籍之间的交游,具有下面这些重要的意义。

赴任武功县主簿后,姚合以《武功县中作三十首》为核心确立了武功体文学。而此前节度从事时期,其虽已创作出了诉说"老、病、贫、贱、束"苦痛的诗歌,但要搞清楚的是,魏博与武功两个时期之间有无新近附加的部分?而如果直观来说,那就应是将诉说"老、病、贫、贱、束"的苦痛并祈盼辞官与归隐的"不满的文学"升华成为一种"审美的文学"。那里所附加的是,不得不说是一种极其微妙的部分。然而,正是由此,"老、病、贫、贱、束"的负面境界就顺势颠倒成为一种"美的境界",即武功体美学就此宣告成立了。

将贫贱或老病升华为"美"的重大契机竟然是张籍与姚合所作的两首唱和诗这样的小事件。元和十五年秋,张籍陪伴姚合造访左司郎中元宗简的府邸之际,为唱和元宗简的诗,张籍作有《和左司元郎中秋居十首》,姚合作有《和元八郎中秋居》。关于这两首诗,在《张籍的〈和左司元郎中秋居十首〉》一节中已做详细分析,要说其中的要点,则如下所记。

首先是元和十五年秋所作诗篇的含义。姚合于元和十一年(816)春进士及第,次年冬赴任节度使田弘正的魏博节度从事。其后,辞去节度从事,于元和十五年初秋回到长安,同年冬或次年长庆元年(821)春,赴任武功县主簿。作此唱和诗的时间是,从魏博回京之后并在赴任武功县之前的此年秋季。此时正处于从吟咏魏博时期所萌发的贫贱与老病的诗歌转向武功时期,即武功体成熟时期的转折点上。姚合文学要说新近有所附加,那就只有在这个时期。此时恰逢姚合跟随张籍造访元宗简府邸,且恰逢姚合亲身经历了张籍创作了他那可谓尚俭美学集大成的《和左司元郎中秋居十首》等如上事实,这对于考虑其后武功体的形成问题,是具有无限重要的意义的。

张籍的《和左司元郎中秋居十首》是描写元宗简闲居样子的组诗。这里所描写的元宗简的世界,集中在对简朴生活的追求、对官职的漠不关心、对遁世的渴望、对食补养生,以及对身边琐事的关注等,都收敛在一定的指向性之上,简而言之,可谓是根据一种尚俭与慵懒的价值观而贯穿下来的。

最值得关注的是,这样一种尚俭与懒惰的价值观,主要是属于张籍所特有的,而元宗简则未必拥有。下面,就从宅邸的位置与外观,以及元宗简的官职等来看一下客观的情况。

张籍的诗中写道,元宗简的宅地位于长安城中的一个偏僻的坊里。且出入其府的人都是野客与山童。如此元宗简的宅邸就被描写成一个与其说是位于长安城内、不如说是宛如住在乡野郊区的清净之所。下面来看看组诗其一吧。

和左司元郎中秋居十首

其 一

张籍

选得闲坊住,秋来草树肥。
风前卷筒簟,雨里脱荷衣。
野客留方去,山童取药归。
非因入朝省,过此出门稀。

(诗歌大意参照张籍章第二节)

升平坊位于占据了长安城内最高点的乐游原,初唐以来地势高燥而适宜远眺的升平坊里,王侯显贵的宅邸业已鳞次栉比,是长安都内屈指可数的高级豪宅区。升平坊在张籍的诗中却变成了所谓"选得闲坊住,秋来草树肥"的连个人影儿都没有的坊里,变成过夏时草木茂盛的闲坊幽里。

而且出入闲坊宅邸的人都是与官僚世界毫无关联的野客与山童。野客写下了中药的处方笺,而山童则根据其指示去山里采药。暂且不说闲事,元宗简对自己的养生是毫不懈怠,他所关心的就是面向这样尽是私人的世界。

再来看看主人的官职。元宗简被描述成一个如果不上朝的话、就会躲在家里连门都不出、讨厌公务、渴望为兴趣而生的消极退缩的人物。然而事实上元宗简却是作为一名所谓左司郎中的从五品上的尚书省高官,公务极其繁忙。五品以上就能以朝参官员参列早朝,按日本的叫法即相当于殿上人的高级官僚。

那么其宅邸的建筑又如何呢？张籍只讲了宅邸内部的细节,仿佛是在顾虑不愿透露宅邸的全体布局一样。

其 二

张籍

有地唯栽竹,无池亦养鹅。
学书求墨迹,酿酒爱朝和。
古镜铭文浅,神方谜语多。
居贫闲自乐,豪客莫相过。

(诗歌大意参照张籍章第二节)

一有空地就栽竹子,没有池塘也会养鹅。这两句暗示了宅院的狭小。如果宅院足够宽大的话,就不会说只种竹子了吧。而主人连挖池造塘的财力也没有,鹅鸟也无法潜水(即使如此还栽竹养鹅,因为这院宅邸的主人是在仰慕模仿栽竹的王徽之和爱鹅的王羲之)。

这里被描绘出的是,在简朴的住宅中,竭力要活出自我风流的一个有情趣的人。其姿态在第七句"居贫闲自乐"被直白地讲述了出来。元宗简"居住在贫穷中"且"自我享受悠闲的生活",那么元宗简的宅邸就是"贫"的。

然而元宗简升平坊的宅邸,无法想象如同张籍所说的是那么的"贫"。升平坊是一片高级住宅区,元宗简的宅院想来自然也是不输给周围豪宅的一座府邸。而且元宗简多年以来的好友白居易,在其新宅修建得极其豪奢的情况下,以几乎是充满艳羡的口吻来证明了的①。

张籍就元宗简宅院的选址及外观,反而描述得很简朴;而就元宗简的

---

① 《和元八侍御升平新居四绝句》中各篇有各篇的副题,其一乃《看花屋》、其二乃《累土山》、其三乃《高亭》、其四乃《松树》。欣赏花木的独立小屋、假山、楼阁以及松树都描绘出了其宅院内布局精美的样子。

职务也描写得有气无力。

这里想再追加一首,即直截了当地说明主人元宗简是在什么样的价值观下来营造这样的闲居生活的。

其 六

张籍

醉倚斑藤杖,闲眠瘿木床。
案头行气诀,炉里降真香。
尚俭经营少,居闲意思长。
秋茶莫夜饮,新自作松浆。

(诗歌大意参照张籍章第二节)

引人注意的是,"尚俭经营少"一句,所谓以简朴为宗旨,不求奢华,元宗简正是以这样的美的意识来经营生活的。但是那既非吝啬亦非漠不关心。元宗简是一个很讲究的人,不论是拐杖还是床榻,都符合自己的喜好不凑合。还有饮茶,秋天摘的茶叶因有苦味而夜里不饮用,代替茶叶的,是自己焙制的松子茶,可谓为了满足自己的生活而不惜劳动。

元宗简之所以不求奢华却并非是因为贫穷。他只是摒弃了过分的奢侈而朴素地生活,相反他对于生活的细节一一倾注着热爱之情,这样的生活方式才是美的,他是从生活的全方面来提出自己的生活主张的。这样的美学仍可称作尚俭美学吧。——但是,这种尚俭的美学,与其说是元宗简自己的追求,不如说是特意按照尚俭美学来描写元宗简的张籍自己的所爱吧。张籍在自己的闲居生活中所创造出来的美学,实际上那才是一种尚俭的美学。

那么《和左司元郎中秋居十首》在张籍的文学中占据着什么样的位置呢?

张籍于元和十一年(816)十二月,从任职了十年的太常寺太祝(正九品上)任上转为国子助教(从六品上),这个例外的升迁可能得益于韩愈的推荐。其后,逐一升迁为广文馆博士、秘书郎、国子博士、水部员外郎、水部郎中、主客郎中,以至于升至国子司业(从四品下)。张籍陪同姚合造访元宗简宅邸的时间是元和十五年(820)秋,时值在任秘书省秘书郎(从六品上)时期。

张籍的闲居诗是在沉沦于太常寺太祝底层小官的郁郁不得志以及病苦等双重逆境中创作而成的。与如此的逆境成为一体的张籍的闲居诗,随着其后环境的好转(官职升迁与恢复健康)又是如何变化的,这是一个非常令人感兴趣的问题。关于这一点要下一个结论的话,即围绕太常寺太祝时期的闲居诗所形成的美学,从以前的一种忍耐"所谓闲居的郁郁不得志"的文学,到一种描绘出闲居的美学境界的文学,闲居诗实现了一次向着优雅高尚的华丽转身。

下面要读的这首诗,据推测是《和左司元郎中秋居十首》之前所作的一首诗①。

雨中寄元宗简

张籍

秋堂羸病起,盥漱风雨朝。
竹影冷疏涩,榆叶暗飘萧。
街径多坠果,墙隅有蜕蜩。
延瞻游步阻,独坐闲思饶。
君居应如此,恨言相去遥。

(诗歌大意参照张籍章第二节)

这首诗作于张籍在任国子助教时期,已经不是在曾任太常寺太祝作闲居诗时那样的逆境中所作的诗歌了。然而与白居易作于自夸是"家给身闲"(《序洛诗》)境遇中的"以泰为适"充满愉悦的闲适诗相比的话,二者则明显方向不同。

从张籍硬是要将自己与富有阻隔开来这个举动上所看得到的是一片阴暗的世界,然而同时也是一片充满荫翳的幽远的世界。例如"竹影冷疏涩"那样冰冷的感触如何?"榆叶暗飘萧"那样浓荫匝地的色彩如何?还有那无论谁路过都不会在意的落在路边腐朽的果实与那黏附土墙上的蝉蜕所讲述的时间的真实变迁。张籍正是从身边这些琐事中,一点一点发现出了一个其他无法置换的仅此唯一的世界。那就是与极尽豪奢经营起来的宅邸和水榭楼台中的那种闲适愉悦所不同的、另外一个审美而愉悦的世界。

---

① 这首诗有两点值得关注。第一点,这是一首叙述张籍自己"秋堂"生活的作品,这样就与描写元宗简"秋居"生活的《和左司元郎中秋居十首》关联起来。第二点,张籍期待着自己"秋堂"的生活与元宗简"秋居"的生活应该是相仿相似的("君居应如此")。就在这首诗之后,张籍很可能陪同姚合一起造访了元宗简的秋居。

张籍正是在自己的闲居诗中,将这样的闲居美学与尚俭美学发展成熟起来的。他要根据自己美学的视角,将元宗简的"秋居"绵密地描绘出来。因此说,《和左司元郎中秋居十首》就是上面那样努力的成果,也是一首要最大限度地实现闲居与尚俭美学可能性的实验性的作品。

下面来看看姚合自身的唱和诗。

和元八郎中秋居

姚合

圣代无为化,郎中似散仙。

晚眠随客醉,夜坐学僧禅。

酒用林花酿,茶将野水煎。

人生知此味,独恨少因缘。

(诗歌大意参照张籍章第二节)

姚合的诗具有与张籍《和左司元郎中秋居十首》相同的倾向。如同张籍的诗中将不拘于世俗约束而活在自己的兴趣中的元宗简比作仙人一样(其五"还应似得仙",其八"尽得仙家法,多随道客斋"),姚合也将其述为"郎中似散仙"。

而通过接下来的"晚眠随客醉,夜坐学僧禅。酒用林花酿,茶将野水煎"几句,姚合又将貌似散仙(无官的仙人)的元宗简的风貌具体地描绘了出来。夜里睡觉时与醉客同榻;晚上坐禅时跟着僧侣修行;酿酒时加了林中的鲜花,煎茶时汲取了野外的泉水。——姚合在和诗里所描绘的元宗简的姿态,忠实抄袭了张籍的诗歌。看来抄袭也是为了要精心地学习前辈诗人的手法。

张籍通过《和左司元郎中秋居十首》全篇都在提示着尚俭的美学。其尚俭的美学则是张籍从沉沦在十余年仕途不遇与病苦折磨中的"闲居"中创立而来的。陪同张籍一起造访元宗简宅邸的姚合,也不会当场就能轻率地理解这个美学的意义。而且姚合的唱和诗也并没有走出忠实模仿张籍的窠臼。然而,姚合却消化吸收了张籍在《和左司元郎中秋居十首》中的美学,旋即从赴任武功县主簿开始,就将其活用并实现在自己的《武功县中作三十首》里了。

结语

蒋寅就姚合的武功体指出了两个特征。其一是,追加了"懒吏"的意象;其二是发现了生活中的诗意小景。在合并二者的基础上,蒋寅将武功体定位为吏隐文学的新发展。

总结本论之际,在参考蒋寅的见解的同时,本文旨在给予姚合武功体一个在文学史上的定位。

唐代的吏隐文学被认为是以韦应物和白居易为中心轴,向着一定的大方向展开的。即使其中的"吏"与"隐"要素二者都并存,但是要从这个大方向上脱离开来的话,这样的诗歌至少在唐代中后期将其认定为吏隐文学都是不妥当的。因为按照当时的诗人意识来看的话,这些诗歌尚且不是根据所谓"吏隐文学"创作出来的。

所谓一定的方向就是要在获取官的富贵的同时,还期望获得一个所谓"隐"的,即"从官的价值观到自由的空间"的方向。

然而,唐代社会能够接纳像陶渊明那样高歌《归去来兮辞》而归隐遁世的余地,早已所剩无几了。唐代全社会正在加强形成一个有机一体的统一体,再也不容许像隐遁者这样非"社会性的"异类的存在。科举制度已织就一个收罗人才的天网,知识分子已无法从中轻易逃出;那个要隐身于社会且独善自在而自足的地域共同体,早就被四散扩张的商业经济体所吞没并正在陆续解体。相反,在这样的趋势之中,文人同时也了解到,他们正在凭借努力而逐渐接近富贵并使得富贵触手可及,而那些富贵却曾是非高门士族出身而无法得手的。正因为如此,这些文人才自发地投入到科举的天网之中。对于置身于此时代中的士人来说,"辞官·隐遁"的决断就只能给人留下一种违反人情本性并难于被社会接纳的印象。陶渊明的评价之所以在唐代前期一直没有走高,也正缘于此①。

---

① 杜甫《遣兴五首》其三中有"陶潜避俗翁,未必能达道。观其著诗集,颇亦恨枯槁"。赤井益久《闲适诗考——从"闲居"看到的闲适理念》(同作者《中唐诗坛研究》,创文社,2004年,第163页)中有"如同先前一瞥而过,初盛唐时期对陶渊明的提及……倒不如说似乎是嘲笑他的执拗与顽固的成分更多一些吧"。

然而韦应物所考虑的却是，将官的富贵与由官而得的自由（幽居）如何同时实现的一种吏隐思想。韦应物在历任滁州、江州、苏州刺史等高官的同时仍能作出吏隐诗，考虑到这种吏隐的内在实质，其事实本身就具有很大的启发性意义。而吏隐，早已不再是什么仕途不顺者的专利了，已成那些为官荣达且富贵在手的人，为了在不失官场富贵的同时仍能得到"隐"的精神自由的一种富有思想性的方法了①。对于继承了韦应物吏隐诗来创作闲适诗的白居易来说，就更增强了这种倾向性，而同时也再次使这种方法得到了确认。

这样一来，作为结果的"隐"的世界就变成即使不必使用辞官遁世这样的猛药也能实现的这样一种身边常见的生活方式。而就实际情况而言，享受吏隐就变成一种所谓富有者的特权了。他们在长安或洛阳城内的私邸内营建精心巧思的池苑，其宅邸就是他们享受"隐"的世界，而他们对营造装修的相互夸耀，也就变成一种文雅的文人游戏②。韦应物后期的吏隐诗，以及作为其后续发展的最终形态的白居易的闲适诗，就是这种文化的一种代表性的表现。

考虑到中唐时期吏隐诗的如此发展就知道，蒋寅的那种以姚合武功体

---

① 赤井益久《关于中唐的"吏隐"》（同作者《中唐诗坛研究》第Ⅴ部第一章，创文社，2004年）中关于大历时期吏隐的论述，可总结如下：大历时期的吏隐主要见于送别诗，其文理是在慰藉赴任地方小官的仕途郁郁不得志的人，告慰他们赴任之地会得益于美丽山水而适宜归隐，鼓励他们为吏与隐居二者可以兼得（参照本章第三节《唐代前期的吏隐诗》）。即所谓大历时期的吏隐，主要考虑的是那些仕途不顺的人，而韦应物却在任高官而能实现吏隐，因此在他们与韦应物之间，吏隐的概念就已发生了很大变化。韦应物、白居易他们的吏隐，即所谓"吏隐——为吏而隐"，具有使其无法还原为本来一般语义的一种特殊的时代性，对于这一点应给予正确的理解。

② 白居易《和元八侍御升平新居四绝句》赞美了元宗简新宅的营建装修，还表达了自己也想拥有与此相称的宅邸的愿望。此外白居易在《闲居自题戏招宿客》诗中有"渠口添新石，篱根写乱泉。欲招同宿客，谁解爱潺湲"。说的是白居易洛阳履道里私宅内，因为在池苑引水渠口放置石块，而使人听起来有潺潺流水的声音，所以他很得意地邀请友人在夜宿时来享受溪流般的水声。另外，曾是宪宗朝中权臣的裴度（765—839）在长安的兴化里营建了豪奢的水榭亭台，并邀请白居易、刘禹锡、张籍等人一同作有《西池落泉联句》；而晚年（太和八年[834]）又在洛阳集贤里营造了唤作城南庄的豪宅大邸，并召集白居易、刘禹锡等文人来府酬饮。白居易就作有描写裴度宅邸的《奉酬侍中夏中雨后游城南庄见示八韵》等诗篇。

包含"吏"与"隐"的要素为由就将其看作是吏隐文学的见解,并不妥当。倒不如说是与吏隐文学具有不同的结构,武功体在文学史上所占据的地位才会得以正确的理解。也就是说,武功体位于张籍闲居诗的谱系之中的,而且是一种将闲居诗特殊化了的发展形态。

然而另一方面,蒋寅指出的①"懒吏"意象的追加、②生活中诗意小景的发现,作为武功体的两个特征倒值得借鉴。

正是张籍在《和左司元郎中秋居十首》中特别留意的那些被富贵法则忽视掉的身边琐事,才使得元宗简的闲居生活引起了人们的关注。那些琐事或者是喝醉时手拄的"斑藤拐杖"或者是闲暇时倒身俯卧的"楠木树瘤做的床榻"(其六"醉倚斑藤杖,闲眠瘦木床"),等等,充斥在作品的整个世界中。张籍确立了一种以小见大的方法,即将视线聚焦到这些细节上去,并以此来阐明至今无法看见的闲居世界的意义。姚合在武功体文学中描写生活小景的手法,肯定是从张籍闲居诗中汲取而来的。

而另一方面,"懒吏"意象则在张籍的闲居诗中无法看到其原貌,似乎可以说更多的是关乎姚合的独创。即便如此,在这里也不能忽视张籍的影响。

张籍在任太常寺太祝期间所作的闲居诗中,常常吟咏感叹自己因心身不适而无法担任吏务。这对于张籍来说是不得已的结果,自己的懒惰并不是什么让人喜欢而可大肆宣传的。但是姚合"懒吏"的原型,则可以说是必定在张籍闲居诗中出现过的。

下面列举的张籍的四首诗,分别是太常寺太祝在任期间的①②,与因眼疾而辞官闲居时期的③④。(详细说明参照《张籍闲居诗的成熟》一节)

①早春病中

张籍

羸病及年初,心情不自如。
多申请假牒,只送贺官书。
幽径独行步,白头长懒梳。
更怜晴日色,渐渐暖贫居。

(诗歌大意参照张籍章第一节)

②早春闲游

张籍

年长身多病,独宜作冷官。
从来闲坐惯,渐觉出门难。
树影新犹薄,池光晚尚寒。
遥闻有花发,骑马暂行看。

(诗歌大意参照张籍章第一节)

③夏日闲居

张籍

多病逢迎少,闲居又一年。
药看辰日合,茶过卯时煎。
草长晴来地,虫飞晚后天。
此时幽梦远,不觉到山边。

(诗歌大意参照张籍章第一节)

④酬韩庶子

张籍

西街幽僻处,正与懒相宜。
寻寺独行远,借书常送迟。
家贫无易事,身病足闲时。
寂寞谁相问,只应君自知。

(诗歌大意参照张籍章第一节)

从这些闲居诗中所显现出来的张籍,是一个不堪职务辛劳而只能居家静养的病人。——诗①提交了疾病疗养的申请,一个人走在没有行人的小路上,悲叹不已;诗②苦于久病,索性看破世事不如就这样被埋没在"冷官"中吧;诗③因疗养疾病而家居一年有余,身边没有一个朋友,梦想着既然如此不如索性走向远山去吧;诗④自嘲就适合躲在西街巷子的寂静一角里无精打采地待着。

限于其诗中所描写的人物而言,就是一个没有担当公职的欲望和能力的"懒吏"。而且最能意识到其"懒"的就是诗人自己。诗①中的"白头长懒梳"描写了连维持衣着外貌最低限度的束发都无心梳理、年老昏聩精神恍惚的样子;诗④中的"正与懒相宜"描写的是无精打采地躲在小巷里不出门的样子,而意在强调其"懒"的不是别人而正是张籍本人。

张籍在其闲居诗中将自己描写成了一个"懒"的形象,而姚合对此是知晓的。对于张籍这种"移病闲居"(白居易《与元九书》句)在家、无奈只能慵懒无为的情况,姚合虽说也并非不知;然而另一方面,就在这样慵懒的风景中,人们认为是姚合发现了一个至今文学史上尚未曾有过的新鲜的人物形象。

下面就以《武功县中作三十首》的其二与其七来举例说明。

武功县中作三十首
姚合

其 二
方拙天然性,为官是事疏。
惟寻向山路,不寄入城书。
因病多收药,缘餐学钓鱼。
养身成好事,此外更空虚。

其 七
客至皆相笑,诗书满卧床。
爱闲求病假,因醉弃官方。
鬓发寒唯短,衣衫瘦渐长。
自嫌多检束,不似旧来狂。

其二诗中姚合说的是,自己的性格并不适合于官府勤务,试着继续寻找通向大山(隐遁的世界)的道路,为了保重身体而试着采药,为了获得足够的食物而试着开始钓鱼。总之,描写的都是厌烦吏务而无法全身心投入的样子。张籍是因病而不得不离开的吏务;而对于姚合来说,他话锋一转说是因为自己性格不适于吏务而无法勤奋工作的。

其七诗中,姚合的态度则变得更为彻底。并非由于疾病,而只是因为就想"闲"着而提出了休假申请("爱闲求病假")。既已写到这里,那就是故意放弃职务,就是怠工。如果说其二诗中还是消极被动的怠工的话,那么其七诗中就是迈步走向了积极能动的怠工。懒吏的意象,在此被明确地提示了出来。

姚合为何将自己描写成一个"懒吏"呢？

这个问题，恐怕与下面这个问题具有相同的含义，即，当时的诗人们，为何能够接受如此描写懒吏的姚合的诗歌呢？

姚合赴任武功县主簿是在长庆元年（821），《武功县中作三十首》即为其在任中的作品。这一年是年号由元和改为长庆的第二年，历史纪年上虽是再偶然不过，但是，文学史上却成了具有象征意义的一年。

元和是科举官僚实现了进入社会上层的时代。他们作为这个社会新的主人公，认为他们应该去参与和解决政治文化上的所有课题，如古文运动、讽喻文学的抬头等，一句话，这些都是从文学中寻求士人的伦理性而兴起的同根现象。而在政治世界中，讨伐叛逆藩镇也以由士人的政治责任感为后盾的结果，对他们来说自尊心与使命感也在增强[①]。因此，宪宗就巧妙地吸收了他们的热情，并以此贯彻实现了号称"元和中兴"的政治改革。

然而就在元和要改为长庆之际，那曾经裹挟着科举官僚们自尊心与使命感的热情却明显地逐渐冷却下来。实际上，其倾向性在元和十年（815）刚过完之际，就已经呈现出了端倪。

姚合在任魏博节度从事时期（元和十二年[817]至元和十五年[820]），业已诉说过了"老、病、贫、贱、束"的苦痛，并期望辞官归隐，可谓开启了可称为武功体萌芽的文学风格。而长庆元年在赴任武功县主簿的同时，姚合完成了以"懒吏"情绪为中心的武功体文学。元和文学所释放的热情与武功体文学所酝酿的倦怠，虽说形成了非常鲜明的对比，但是两者之间的交替轮换也并非偶然。当时的士人无法再持续维持自尊心和使命感，他们的精神可谓正在从内部逐渐崩溃坍塌了下来。

那么为什么姚合吟唱"懒吏"的反伦理的文学并没有受到批判而得以

---

① 下定雅弘《读白氏文集》（勉诚社，1996年）第162页，关于白居易有如下论述："白居易倾注了全身心要完成谏官的责任和义务。而他官僚的身份意识又极其强烈，终身都在不断加深而使其更加成熟。此外新兴官僚时代的那份兼济天下的志向，以及自尊与使命感也急遽高涨起来，而为王朝子民的安定与和平祈祷的那份认真严肃，直到赴任杭州刺使为止都一直没有变化。然而问题却是，这样一种强烈的自尊心与使命感，在中唐尤其是元和时期，是如何实现的？……总而言之，白居易为何能够如此珍惜自己的风度并活得如此精力充沛呢？我认为要从不同的角度来考虑所谓中唐这个时期社会的、经济的基础。"

继续下去了呢?那是因为当时的士人既耗尽了他们早就持有的自尊心与使命感,同时他们也消磨掉了他们崇高的伦理性,而武功体文学中也就渗入了士人如此空虚的情感。

科举制度的充实,为那些迄今为止尚与上层社会毫无瓜葛的中下层士人提供了一个进入社会上层的机会。曾经裹挟着元和士人的那股异常的激情与朝气,应该反映了所谓这个社会流动化的一种巨大的地壳变动。然而,当这种社会流动达到一定的饱和状态之际,科举制度反而会从制度层面上,能够持续生产出一大批科举未能及第以及即使及第也只能沉沦为底层小官的郁郁不得志的士人。而张籍就会成为那些初期牺牲者的一个代表性人物。张籍从官的富贵中被排挤出来、在郁郁不得志中所创作出的那一批闲居诗,提出了闲居与尚俭的美学,并以此而不期而然地为那些郁郁不得志的士人的意识世界做了一个代言。

姚合从张籍闲居诗中,将其对生活细节的仔细观察,以及对职务上的慵懒情绪都汲取了出来,并以此创作出了武功体文学。从张籍到姚合,这种尚俭与慵懒的美学被继承了下来,而正是标榜这种美学的文学流变,才甩开了元和文学,从而开拓出了一片晚唐诗歌的新天地。

第三章

贾岛论

第一节 贾岛乐游原东的住所
——以移居背景为中心

序言

贾岛于宪宗的元和至穆宗的长庆两个年号更替之际,在位于乐游原东的升道坊住了下来,并将其住所自称为"原东居"。直至开成二年(837)其赴任蜀之遂州长江县主簿为止的长达十五年之间,这所乐游原东的住所就一直成为贾岛生活起居的场所。其间贾岛的屡次科举落第,若除去其短期外游以外,贾岛几乎就从未离开过这个行住坐卧的住所①。而贾岛的文学就是从这个原东居的生活中生发出来——传达给世间的。

对贾岛而言,他这个住所的意义比其他诗人的居所要更为重要一些。

贾岛文学的一个特征就在于其对社会政治的漠不关心——而代之以对文学创作纯粹而醉心的投入。但也不是说贾岛及其周围的诗人将视野扩大到社会生活的文学作品就连一篇也没有。贾岛中年以后的确与张籍、王建之间加深了亲密交往;然而虽然张、王二人早年便创作有号称"张王乐府"且多含关注社会的文学作品,但是这些对贾岛的文学却并没有带来过什么影响。贾岛的文学就被局限在所谓原东居这个唯一的生活世界之中,以至于在其文学作品中无论是对于外部社会或政治事件,甚或连对于友人

---

① 贾岛《寄刘侍御》诗中有"自夏虽无病,经秋不过原"。另有赠张籍《张郎中过原东居》诗中有"年长惟添懒,经旬止掩关"。

宦海沉浮的关注,都几乎从未得到过什么反映。贾岛就蜷缩隐藏在原东居这样的生活之中,在原东居一心只顾与目之所及的世界的相互对峙之中,不断创作着他自己的文学。

就这样的贾岛而言,作为他每日起居坐卧场所的这个住所——因为并不像白居易那样作为趣味的理想性体现来"经营",而就这样包含着贾岛自身全部的好恶喜忧——在这个意义上与他的文学准确地融为了一体。为了能够展望得到贾岛文学的全貌,深入地理解原东居是具有重要意义的。

另一方面,原东居所具有的重要意义,也可以从那个包围着贾岛的时代环境来考虑。关于贾岛的传记性研究,李嘉言曾取得过一个古典性的成果即《贾岛年谱》(1945年序);若按照李著的研究,贾岛移居原东居的时间,应为穆宗长庆三年(823)。然而如果以这个时间点为基准的话,那么此时的孟郊(751—814)、李贺(790—816)、柳宗元(773—819)则皆已去世;而韩愈也就该于次年辞世;元稹与白居易虽然还会在世一段时间,但是他们在长安的文学活动在这个时间点上也几乎终止了;如此一来,即住在原东居当时的贾岛周围,那些曾经激发过他的个性鲜明的大牌人物就全都看不见了①。而取而代之在贾岛周围聚集起来的是,同辈友人的姚合或后辈的无可、马戴、周贺、顾非熊、朱庆馀、刘德仁等。它们或是与贾岛诗风共鸣,或仰慕贾岛的人。这样包围贾岛的诗人社会的一大变化(那也是由中唐到晚唐推移的时代缩影),恰好与贾岛移居原东居的时期相互重叠。当然不用说,这二者之间并没有什么因果关系。但是贾岛要在原东居那样闭塞的世界中沉潜下来的那段时期中,其周围只是聚集了一些贾岛的附和者与祖述者,而这会成为使其文学特征压倒性地实现纯粹化的一大要因吧。原东居的考察,就必须要包含上述这样的一种展望才行。

不过,本文并不直接介入原东居与贾岛文学的关系,或原东居环境如何影响贾岛文学,及原东居如何限定了贾岛文学等这样的深层问题。而关于贾岛移居原东居的时期,以及贾岛是基于何种背景于该时期移居原东居的等问题,也就成为一个要先行考虑的问题。

---

① 例外的是张籍与王建二人仍会健在,二人这个时期已将重心转移至以近体五律为中心的日常性歌咏上来。至于后期的张籍曾给予贾岛、姚合等那些成为"晚唐诗先驱"诗人的影响,可参照本书张籍相关的论述。

一　移居原东居是什么时候

如果根据李嘉言的《贾岛年谱》的话,贾岛搬到升道坊自称是原东居住所的时间是穆宗长庆三年(823)。然而如果根据最近的传记研究成果来看的话,事实却似乎是更早于其数年之前。

齐文榜《贾岛研究》(人民文学出版社,2007年版,第20页)所采纳的一个决定性的证据是贾岛的《寄钱庶子》一诗。

寄钱庶子

贾岛

曲江春水满,北岸掩柴关。

只有僧邻舍,全无物映山。

树荫终日扫,药债隔年还。

犹记听琴夜,寒灯竹屋间。

(大意)曲江池到了春天池水也涨上来了,我在其北岸的升道坊搭起了一间茅草屋。这里只有僧侣住在附近,由此眺望终南山时毫无阻碍。树荫匝地的地面上我终日打扫不停,买药的钱我会隔年还清。现在仍然能记起来的是,与你一起听琴的那个夜晚,竹林中的一间竹屋里灯光昏暗,那夜天凉如水。

这首诗确实显示出贾岛居住在原东居,而关于此诗的创作时期则必须要同时满足以下三个条件:①钱徽在任太子右庶子,②春季,③元和十二年(817)秋冬之后。

也就是说,首联"曲江春水满,北岸掩柴关",与升道坊原东居位于曲江池之北的位置相符,从"关上柴扉"一句可知贾岛业已在此居住下来了。而"春水满"可知其季节是春季。另有"犹记听琴夜,寒灯竹屋间"指的是钱徽与贾岛正好都在场的元和十二年秋冬的"琴客之会"。钱徽于元和十三年(818)就任太子右庶子,次年则出任虢州刺史。总结以上诗文可见,这首诗的创作时间在元和十三年的春季,在此时间点上贾岛业已居住在原东居了。这就是所谓齐文榜的主张。

下面就来引用齐文榜的考证,不过原文稍长。

贾岛迁居乐游原东的时间,李《谱》在长庆三年(823)下云:"本年岛已居于原上。"贾岛迁居乐游原东升道坊的时间,事实上要比长庆三年早出五年,今考证如下:

贾岛《寄钱庶子》诗云:"曲江春水满,北岸掩柴关。只有僧邻舍,全无物映山。树荫终日扫,药债隔年还。犹记听琴夜,寒灯竹屋间。"(《贾岛集校注》卷四)钱庶子李《谱》谓即钱徽,甚是。徽德宗贞元元年进士擢第,同年又登贤良方正能直言极谏科(徐松《登科记考》卷十二),元和九年(814)官至翰林学士、中书舍人,十一年(816)以上疏请罢淮西兵,忤宪宗意,罢学士之职守本官(《旧唐书》本传)。《新唐书》本传谓徽"罢职,徙太子右庶子,出任虢州刺史"。然不载徽罢学士后徙太子右庶子的年月。参之《旧唐书》本传,徽罢学士之职徙右庶子,当在十一年。而出刺虢州的年月,两《唐书》均未言。因此徽为右庶子的下限尚不清楚。考严耕望《仆尚丞郎表》,徽元和十五年由虢州刺史还朝为礼部侍郎,《旧唐书》本传谓徽还朝为礼部侍郎在长庆元年(821),二者相较,当以《旧唐书》为视。然《旧唐书》本传、《仆尚丞郎表》均不记载徽刺虢凡几年。今依唐代任官一般以三年为期计,则由长庆元年上推三年,为元和十三年(818),本年徽出刺虢州。是徽为太子右庶子约在元和十一年至十三年间。

再考,贾岛有《秋夜仰怀钱孟二公琴客会》一诗,首联曰"月色四时好,秋光君子知"(《贾岛集校注》卷六)。钱乃钱徽,孟指孟简(见本书附录《贾岛年谱新编》)。孟简元和十二年(817)八月,由浙东观察使入为户部侍郎,十三年五月,以检校工部尚书出为襄州刺史山南东道节度使(见《旧唐书》宪宗纪及本传)。此诗题中所谓"钱孟二公琴客会"当即《寄钱庶子》诗所说的"犹记听琴夜,寒灯竹屋间"之听琴一事。"犹记"二字表明贾岛亦参与琴会。听琴夜既曰"寒灯",则当为秋冬时节。孟简既于十二年八月入京,十三年五月出刺襄州,所以钱孟二公能于秋冬时节同在京城听琴,惟元和十二年秋冬才有此机会。是知"琴客会"应在十二年秋冬间。《寄钱庶子》又云"春水"、云"犹记",显为十二年秋冬

"琴客会"后,至次年春的回忆之词,是知《寄钱庶子》一诗作于元和十三年春(818)。而迁延至十四年春,则徽已出刺虢州,不在右庶子任上了。可见《寄钱庶子》一诗乃元和十三年春作无疑。"

现将上述齐文榜的论据,整理如下。

【钱徽】

元和十一年(816):由翰林学士、中书舍人调任为太子右庶子。

元和十三年(818):由太子右庶子调任为虢州刺史。

长庆元年(821):由虢州刺史调任为礼部侍郎。

【孟简】

元和十二年(817)八月:由浙东观察使调任为户部侍郎;此年秋冬"琴客之会"上钱徽、孟简、贾岛三人正好同时都在场①。

元和十三年(818)五月:由户部侍郎调任为襄州刺史、山南东道节度使。

在齐文榜扎实的推论中最缺乏确切性的是下面这一部分:"因唐代任官约以三年为期,可见比长庆元年更上溯三年,即为元和十三年(818),此年钱徽就任了虢州刺史。即钱徽就任太子右庶子的时间大约应在元和十一年至十三年之间。"这一部分还应有再次考察论证的余地。

任官三年只是一个大体上的原则而已,然而升到了高级官僚之后而为了升职,夹杂着地方高官(刺史)频繁地更换官职的做法也并不少见。而任官次数很多本身就成为官僚自我炫耀的资本。可举白居易之例,在其晚年自撰的《醉吟先生墓志铭》中白居易回顾了自己的官场履历:"乐天幼好学,长工文。累进士拔萃制策三科。始自校书郎,终以少傅致仕,前后历官二十任,食禄四十年。"白居易夸耀他自己始于起家官的秘书省校书郎,到以太子少傅分司东都而致仕,加起来共历任二十任官职,在官长达四十年之久。赖瑞和《唐代中层文官》(台湾联经出版2008年版,第18页)中就有"历官二十任左右是唐代士人任官的理想,可视为他们仕途是否腾达的一个'标准'",而像白居易那样历任官职二十任,就成为精英官僚一个标准。

---

① 贾岛《秋夜仰怀钱(徽)、孟(简)二公琴客会》诗曰:"月色四时好,秋光君子知。南山昨夜雨,为我写清规。独鹤耸寒骨,高杉韵细飔。仙家飘渺弄,仿佛此中期。"

此外赖瑞和还以荣华富贵为例,举出张说的"二十五任"、李德裕的"二十四任"等例。

为了历任较多的官职,在一个官职上不能久留就很有道理。如贾岛的好友姚合之例,太和六年(832)由户部员外郎(从六品上)转任金州刺史,真正在任只有一年,次年即以刑部郎中归京;更经由户部郎中(从五品上)于太和八年(834)调任杭州刺史在任两年,开成元年(836)又以谏议大夫(正五品上)归京。在这四年之间,户部员外郎→金州刺史→刑部郎中→户部郎中→杭州刺史→谏议大夫等历任六官,着实实现了升官晋级。而且这并不只是姚合一人例外。这样看来,齐文榜推定钱徽虢州刺史在任期间为三年,就并没有十分的准确性。特别是以刺史外任为例,在多数情况下,实际上就成了中央官僚为了再次升官的短期跳板。

加上如上所述的这一点来重新推定钱徽官场履历的话,就会有如下推断。只是钱徽就任太子右庶子是在元和十一年正月①,下面将以此为起点,并将在任期间限定于不满三年。

元和十一年(816)正月:由翰林学士、中书舍人调任至太子右庶子。

元和十三年(818)或十四年(819):由太子右庶子调任至虢州刺史。

长庆元年(821):由虢州刺史调任至礼部侍郎。

而虢州刺史的外任,可能比太子右庶子的在任期间更为短暂;虢州刺史在任是从元和十四年(818)到长庆元年(821),而很难考虑会有比这个更长的任期。——结果就是,显示出贾岛原东居移居的《寄钱庶子》的创作时间就在元和十三年春至元和十四年春之间。

另一方面,若根据传记研究成果则可判明,贾岛是于元和十三年春至当年秋的半年期间,造访了姚合担任节度从事的魏博镇的②。若按齐文榜所主张的元和十三年春,即紧接着贾岛移居原东居之后的这个时间点,就会无法说明贾岛长期出访外游的那种不自然性。而如果移居是在元和十

---

① 《资治通鉴》卷二三九的"元和十一年正月"条有:"庚辰,翰林学士中书舍人钱徽,驾部郎中知制诰萧俛,各解职,守本官。时群臣请罢兵者众,上患之,故黜徽、俛以警其余。徽,吴人也。"

② 参见郭文镐《姚合佐魏博幕及贾岛东游魏博考》(《江海学刊》1987年,第4期)。

四年的话,就能回避开这个问题。《寄钱庶子》一诗的创作时间,很有可能就是在元和十四年的春季。

而为了更加正确地限定原东居的移居时期,下面要来再读一首诗。

寄李䣕侍郎
贾岛

终过盟津书,分明梦不虚。
人从清渭别,地隔太行余。
宾幕谁嫌静,公门但晏如。
櫑轊干霹雳,斜汉湿蟾蜍。
追琢垂今后,敦庞得古初。
井台邻操筑,漳岸想丕疏。
亦冀铿珉佩,终当值石渠。
此身多抱疾,幽里近营居。
忆漱苏门涧,经浮楚泽潴。
松栽侵古影,荤断尚芹菹。
语嘿曾延接,心源离滓淤。
谁言姓琴氏,独跨角生鱼。

（大意）这封信（寄诗）一定会在你渡过盟津之渡（洛阳北的渡河口）时交到你的手上吧,而这个梦想也一定会成真。你沿着渭水出游,而赴任之地（魏博镇）远在太行山脉的那一边。幕僚们喜好闲静,署衙也无事平稳吧。"太鼓如旱雷般激荡,银河则宁静地润泽着月亮"。你巧工琢磨的诗文是经久不灭的佳作,而你敦厚的人品更具有古朴的风范。曹操筑造起来的冰井台（铜雀台旁边）令人怀古,曹丕引来的漳河疏导水渠则让人敬仰。我期待着你能佩戴着美玉玎玲上朝,被委以石渠阁值班的重任。然而我最近却以身体多病为由,在远离人群的地方,盖起了一个住所。我至今仍能回忆起在苏门山的溪谷里洗漱,在楚泽的湖滨泛舟的情形。松树的苗木被郁郁苍苍的树荫所遮掩,而我每日则就着去了腥臭的腌芹菜来吃素斋。与你珠玑欢谈,或与你默契交往时,我觉得心里如同从尘俗中清洗过了一样清爽洁净。而你则是将要如战国时期魏国的善琴者那样,跨龙舞天的那一天也终将到来,届时你并不是一个人,一定会是带着我一起并肩而起的。

齐文榜在其《贾岛集校注》(人民文学出版社 2001 年版)中,在参考了陶敏《全唐诗人名考证》(陕西人民出版社 1996 年版)的"李钠"条目的成果,以及郭文镐《姚合佐魏博幕即贾岛东游魏博考》(《江海学刊》1987 年第 4 期)的成果的同时,对这首诗的创作时间进行了考证。下面就来引用一段其结论的摘要。

这首诗是寄给时任魏博节度使田弘正幕僚李钠的诗(根据陶敏研究,诗题中的"侍郎"乃"侍御"之误字)。而当时姚合也同样担任着魏博节度田弘正的幕僚。①田弘正元和十五年(820)十一月由魏博节度使调任为成德节度使,但次年就在成德的军乱中被杀。②但是李钠却免于被害,据推定他是在田弘正调任成德之前就离开了魏博的。③另一方面,这首诗中有"忆漱苏门涧"一句;贾岛造访魏博姚合之后,元和十三年(818)晚秋回到长安途中,拜访了堂叔贾谟并共同游览了魏博附近的苏门涧(别称百门泉)①。这句"追忆起了前来魏博百门泉游历的情形"(忆漱苏门涧)就成为证明创作时间是在贾岛从魏博经由百门泉回到长安以后的一个证据。一起来斟酌这几点就会知道,这首诗的创作时间被限定在元和十三年晚秋贾岛归京之后,且在李钠离开魏博节度使田弘正的元和十五年十一月之前的这一段时间之内。

这首诗之所以与移居原东居相关联而引人注目就在于"此身多抱疾,幽里近营居"这两句上。"幽里"指的是远离人家闲散的升道坊的住所,而所谓最近开始居住的"居"不是别的,正指的是原东居。

李钠是贾岛在元和十三年春至秋的半年期间逗留魏博镇时期所相结识的一个人物。如果在当时的这个时间点上贾岛业已是原东居的居民了的话,那么在他回到长安后送给李钠的这首诗中,就没有必要硬是要改口说成"幽里近营居"了。这里被导引出的一个结论就是,贾岛从魏博镇归京之后,可能要至次年元和十四(819)年春季以降,才移居去的原东居。

如果这样推论的话,如前所述《寄钱庶子》的创作时期,就不是齐文榜

---

① 贾岛此时就作有《百门陂留辞从叔谟》一诗。

所主张的元和十三年春季,而必须是元和十四年春季。贾岛就是在这个时期移居去的原东居。

二 病卧慈恩寺

此处顺及,这首《寄李䣄侍郎》的创作时期要这样确认,诗中的"此身多抱疾"与李嘉言《贾岛年谱》中所说的元和十五年(820)秋冬病卧慈恩寺之间的关系就变得值得关注了。因为其病卧慈恩寺,即与这首《寄李䣄侍郎》创作时间下限的元和十五年十一月前后,准确地对应了起来。

贾岛元和十五年秋冬,的确是处于卧病不起的状态之中。而作为其确切证据的就是下面这首《黄子陂上韩吏部》,即所谓迎接左迁潮州后又于元和十五年冬归京的韩愈的一首诗歌。黄子陂所指的是韩愈所拥有的位于长安南郊的别墅城南庄。

涕流闻度瘴,病起贺还秦。

曾是令勤道,非惟恤在沱。

(大意)去年听说先生您被贬至瘴疠盛行的潮州,我当时就泪流满面了。现在为了祝贺先生您回到长安,我就是带病也要来恭迎啊。过去先生您曾鼓励过我在自己科举的道路上要勤奋努力,您绝不仅仅只是在救济我的穷困啊。

韩愈于元和十四年(819)正月上奏《论佛骨表》而触怒宪宗,当即就被左迁为潮州刺史。其后又使其量移袁州刺史,十五年九月被任命为国子祭酒,十一月归还长安。贾岛于此时卧病在床,但当得知韩愈归京后,随即赶赴城南庄前去祝贺。

下面要读的这首诗,据推定是写给慈恩寺文郁高僧的,是自己从此病卧不起而想要承蒙关照之际所作的诗歌。

酬慈恩寺文郁上人
贾岛

袈裟影入禁池清,犹忆乡山近赤城。

篱落蟏间寒蟹过,莓苔石上晚蛩行。

期登野阁闲应甚,阻宿山房疾未平。

闻说又寻南岳去,无端诗思忽然生。

(大意)郁上人您受邀入宫为圣上进讲佛法,而您身披袈裟的身姿也倒映在内城清澈的御池里了吧。可是您即便是承蒙那样的荣誉,至今还是怀念起家乡的赤城山来。我自己也怀念起慈恩寺寺内的情形来。在篱笆墙的间隙里有螃蟹在爬行;生满苔藓的石头上,有虫子爬行过的痕迹;登上高阁的话,心情一定会变得悠闲起来。而现在我虽还想去郁上人您慈恩寺的禅房里住一住,但是病体未愈只得作罢。听说您从此要去云游南岳衡山,我自己也不觉诗兴涌上心头。

"阻宿山房疾未平"意即自己想去禅房里住一住,但是因为患病而只好作罢;其真意则一定是在表明自己因患病而希望得到照顾的愿望。

下面这首诗即为贾岛已在高僧慈恩寺禅房养病之事。

宿慈恩寺郁公房

贾岛

病身来寄宿,自扫一床间。
反照邻江磬,新秋过雨山。
竹荫移冷月,荷气带禅关。
独往天台意,方从内请还。

(大意)我因患病,就在高僧您的禅房里寄居了下来,自己打扫放好床的僧房。每天沐浴着夕阳的霞光,听着传到曲江上的磬声;如今早秋的景色已包蕴着雨后的青山了。竹林的荫翳中洒下一片清爽的月光,荷花的清香弥漫在整座禅院中。高僧您一直希望回到故乡天台去看看,不过现在您刚受召去宫内进讲佛法归来,恐怕一时还从长安抽不开身啊。

贾岛在慈恩寺卧病休养,是从"荷气"即荷花香气飘荡的"新秋"农历七月开始的。因韩愈归京是在十一月,故而可以推定贾岛的卧病会长达半年之久;而且在农历七月去慈恩寺寄居之前,贾岛说自己就已经"疾未平"了,因此综上所述,可以推测贾岛可能是从元和十五年(820)夏季之前就开始身体不适了吧。

这里要再来考虑一下《寄李翱侍郎》的创作时间。

诗中有"此身多抱疾,幽里近营居"一句。贾岛移居原东居,是在从魏博归京的次年元和十四年(819)春,这一点没有变化。如同上文业已论述过的一样,这首《寄李翱侍郎》的创作,是限定在从元和十四年春开始、到李翱离开魏博节度使田弘正的元和十五年(820)十一月以前的这一段时间之内的;而诗中的"斜汉湿蟾蜍"使人想到初秋的景象。这样一来,这首诗的创作时间就很可能是元和十四年的初秋,或者是次年元和十五年的初秋。若为后者,则会紧接着在卧病慈恩寺之前。

现将上面所确认的时间表来整理一遍。

元和十三年(818)晚秋:贾岛从姚合任职的魏博镇归京。

元和十四年春:此时贾岛移居原东居并作《寄钱庶子》。

元和十五年初秋:贾岛因病在慈恩寺休养;《寄李翱侍郎》即作于此时,抑或前一年的初秋。

正如《寄李翱侍郎》诗中"幽里近营居"一句所说那样,贾岛所入住的升道坊原东居,虽说位于长安城内,那也是可谓京城里的人烟稀少的一隅而已。而且其住所宛若位于郊区一般,似乎其旁有古墓散在,而眼前田地开阔①。

若为准确起见而再附加一句的话,此处的"幽里",却并不能看作是贾岛移居升道坊原东居之前一直所住的延寿坊。第一,既所谓是"幽里近营居",那就说明移居就必须是在诗歌创作时间的紧跟前。而延寿坊临近繁华的西市,即使在长安城内也算是屈指可数的宅邸地界②,是看不见所谓"幽里"的迹象的。

三　张籍造访原东居

某个晚秋之日,水部员外郎张籍造访了贾岛的原东居。

---

① 参见植木久行《唐都长安乐游原诗考——乐游原的位置及其印象》(《中国诗文论丛》第六集,1989 年)

② 延寿坊看来是官宦显贵们购置宅邸且自然环境优越的一个坊里。北宋宋敏求《长安志》卷十有"(延寿坊)东南隅驸马都尉裴巽宅"。其注有"其地本隋齐州刺史卢贵宅。高宗末,礼部尚书裴行俭居之。武太后时,河内王武懿宗居之。土地平敞,水木青茂,为京城之最"。

赠贾岛

张籍

篱落荒凉僮仆饥,乐游原上住多时。
寒驴放饱骑将出,秋卷装成寄与谁。
拄杖傍田寻野菜,封书乞米趁时炊。
姓名未上登科记,身屈惟应内史知。

（大意）你院子里的篱笆破败了,仆人们也个个面黄肌瘦,而你业已在这乐游原住了许久了。平时你的毛驴放养在屋外,吃着野草,大饱口福,外出时你就骑着它四处行走。你的秋卷①虽已作好,但到底要呈递给谁来看呢？你拄着拐杖沿着田地来挖野菜,给友人写信要米后马上就生火做饭来吃。科举放榜时上面没有你的姓名,而你郁郁不得志的境遇也只有内史才知晓啊。

唱和张籍此诗的诗篇,据推测是王建的七律《寄贾岛》。正如诗题中有"寄"字那样,此时的王建尚未造访原东居,可能是看到后来由张籍送来的上面一诗后,王建唱和了张籍诗,然后也寄给了贾岛的。

寄贾岛②

王建

尽日吟诗坐忍饥,万人中觅似君稀。
僮眠冷榻朝犹卧,驴放秋田夜不归。

---

① "秋卷"是指唐代举子科举落第后寄居长安,将夏季作好的诗文秋季再呈递给显贵的行为。可知此时的贾岛尚在继续参加科举考试。

② 王建的这首诗歌与张籍的《送项斯》相互重复。李嘉言《贾岛年谱》中有"一作张籍赠项斯,非",断定这首并非张籍所作,而是王建唱和张籍的诗作（不过李嘉言所根据的版本《全唐诗》中是以张籍诗作来记载的,只是文字上略有出入）。因此,根据他指出的"忘忍饥"乃依着张籍诗中的"封书乞米趁时炊"句而和;而"驴放秋原"乃依着张籍诗中的"寒驴放饱"而和的诗句——可知该诗应该为王建所作,如果按照我自己的意见而追加的话,张籍诗中的"僮仆"与该诗中的"仆眠";张籍诗中的"秋卷"与该诗中的"秋田";张籍诗中的"乐游原上"与该诗中的"曲江池傍"（乐游原与曲江相互邻接）等形成了相互照应,而且两诗都是七律的诗型,韵目也相同。如果综合上述照应关系就能断定,该诗并非是张籍所作的《送项斯》,乃是王建为唱和张籍《赠贾岛》而作的《寄贾岛》一诗。

傍暖旋收红落叶，觉寒犹著旧生衣。

曲江池傍时时到，为爱鹍鹉雨后飞。

（大意）你终日吟诗不断，忍受着空腹饥肠。万人中也找不出像你一样活得这么困苦的人啊。仆人们就那样睡在冰冷的长椅上，天都亮了也不起来。你的驴子就放养在秋日的田地间，夜里也不回到驴棚里来。你在朝阳的地方扫拾着红叶，即使天都冷了还穿着夏季的衣服。听说你常常出门来曲江池畔游玩，那是因为你喜欢看雨后的鹍鹉在水面上飞翔。

张籍与王建是文学史上被称作"张王乐府"的中唐时期重要的乐府诗人，他们两人即便就个人关系而言也是密友①；他俩年龄相仿，而且年轻时二人数年间都曾在邢州鹊山一起相互切磋学问。这样的张籍与王建，就其共同的诗友贾岛而唱和的诗篇，就这两篇七言律诗。

而据推定贾岛也作有一篇唱和张、王二人的七律《酬张籍王建》。

酬张籍王建

贾岛

疏林荒宅古坡前，久住还因太守怜。

渐老更思深处隐，多闲数得上方眠。

鼠抛贫屋收田日②，雁度寒江拟雪天。

身事龙钟应是分，水曹芸阁枉来篇。

（大意）老坡边的疏林间就是我的草屋。我在这里住了很长一段时间了，这可都是多赖太守的关照啊。我渐渐上了年纪，也就爱隐居在僻静的地方了。平日里也没有什么差事可干，就常去寺庙里睡个午觉。等到田里收割庄稼的时候，老鼠们就都从我的破房子里跑出去了；待到将要下雪的时节，只见大雁都飞过河流向南迁徙而去。生活中的郁郁不得志看来都是命中注定的啊；即便如此，水部员外郎（张籍）和秘书郎（王建）还是会特意给我送来诗作啊。

---

① 张籍《逢王建有赠》中有"年状皆齐初有髭，鹊山漳水每追随"句。
② 《原上秋居》中有"倚仗聊闲望，田家未剪禾"。可知当时升道坊里稻田广布。

这首贾岛的诗作，与上述张、王二篇是相互对应的应酬之作，这虽由诗题《酬张籍王建》即可推定，但就个别表达而言，其唱和关系也能得以确认。

贾岛诗中的"疏林荒宅古坡前，久住还因太守怜"句，看来是承接自张籍诗中的"乐游原上住多时"句。原东居所在的升道坊，位于古墓零散、田地广阔的荒凉原野的一隅（后文详述）。同样，张籍诗中的"拄杖傍田寻野菜"也与贾岛诗中"鼠抛贫屋收田日"相互承接；而张籍诗中的"姓名未上登科记，身屈惟应内史知"以及王建诗中的"尽日吟诗坐忍饥，万人中觅似君稀"，就与贾岛诗中的"身事龙钟应是分"相互承接。而且贾岛一般爱作五言律诗，而在不多的七言律诗作品中就有这首七律，也算是唱和张、王七言律诗的一个旁证吧（不过是照唐代唱和诗的平均值那样并不和韵）。

张籍与王建的诗歌，并未含有创作时期的具体线索。但是，从贾岛在这首诗作中称张籍为"水曹"（水部）、称王建为"芸阁"（秘书省）来看，以二者的官场履历为线索，在某种程度上就能够限定其创作时期。

王建于长庆元年（821）秋由太府丞（从六品上）转任至秘书郎（从六品上）[①]，次年（长庆二年）春又累进为秘书丞（从五品上）。而长庆四年（824）八月当时，可以确认其尚在任秘书丞一职[②]。虽其秘书丞离任时期尚不明确，但因太和元年（827）秋王建在任太常寺丞（从五品上），故可以确切得知其离任是在此之前。

此外，张籍由国子博士转任为水部员外郎（从六品上）是在长庆二年（822）的二月或三月（《唐五代文学编年史·中唐卷》第832页）。张籍退任水部员外郎是在长庆四年（824）夏；在两个月的守选[③]之后，升任主客郎

---

① 白居易《授王建秘书郎制》（外集卷下）中有"敕太府丞王建。太府丞与秘书郎，品秩同而禄廪一。今所转移者欲识得宜而才适用也"。而《寄王秘书》（《白居易集》卷十九）乃长庆元年秋之作，秘书郎之任命乃此年秋或稍早。

② 长庆四年八月十六日，张籍陪伴王建拜访韩愈。其时韩愈作有《玩月喜张十八员外以王六秘书至（自注：王六，王建也）》中，明确记载有王建在任秘书省（而张籍乃水部员外郎）。

③ 张籍于韩愈辞世的次年所作的《祭退之》诗中有"……去夏公请告，养疾城南庄。籍时官休罢，两月同游翔……籍受新官诏（新官：主客郎中），拜恩当入城。公因同归还，居处隔一坊"，由此可知，张籍在水部员外郎（从六品上）的辞任与主客郎中（从五品上）的受命之间，曾休养过两个月。

中,但在守选期间仍会称作其前任的水部员外郎①。李一飞慎重地认为,长庆四年秋至宝历元年(825)闰七月期间,由于张籍在任主客郎中缺乏明确的证据,故而在任主客郎中(或水部郎中)。但是本文倾向于认为,张籍于长庆元年(821)秋由水部员外郎升任至主客郎中。

这样一来,张、王二者的官场履历(张籍乃尚书省水部的官僚,王建乃秘书省的官僚)就同时满足了长庆二年(822)春至长庆四年秋这个时间段。而且诗歌中的季节也是秋季。假如以其间的长庆三年(823)来看的话,张籍与王建时年为五十八岁,贾岛时年则为四十五岁。

四 "太守"是谁?

贾岛在原东居安顿下来的时间是元和十四年(819)春季;而长庆三年(或前后一年)秋季,水部员外郎张籍造访原东居并赋有《赠贾岛》一诗,其后王建与贾岛均唱和了此诗。

这些应酬诗作,将原东居的情形生动地描写了出来,如同重现了一遍贾岛在那里维持着的生活;同时也为考证贾岛移居原东居的缘由与经过,提供了一则意义深远的资料。

总体来说,贾岛并不是一个流浪成瘾的诗人。在刚到长安开始住的延寿坊里寓居了七八年;在升道坊原东居也住了长达十五年之久,而且直至赴任遂州长江县主簿,才使其不得不中断了原东居的生活。

---

① 按照大家一般共识,张籍于长庆四年(824)秋至太和二年(828)之间,被认为是在任主客郎中的。但是最近的研究中,逐渐认为姚合的水部郎中、主客郎中这两个官职都在任。对于此说的精确考证可见李一飞《张籍行迹仕履考证拾零》(《中国韵文学刊》1995年第2期)。若引用其文末尾张籍晚年的官场履历,则可揭示出以下结论:1.长庆四年秋至太和二年(828)三月,水部郎中、主客郎中二者部署均在任。2.长庆四年秋由水部员外郎升任至主客(或水部)郎中,但其间的宝历元年(825)闰七月至十一月,李仍叔为水部郎中,因此其间张籍一定是在任主客郎中的(水部郎中编制为一名)。3.宝历二年正月前后在任水部郎中。时间的上限为宝历元年十一月李仍叔退任水部郎中之后,下限则可能是宝历二年(826)冬。4.太和二年三月以前就任主客郎中,其时间上限不可追溯到宝历二年冬白行简在任此职以前。宝历二年冬以后,最迟也在太和二年三月以前就任主客郎中。5.张籍晚年的官场履历可总结如下:水部员外郎→主客(或水部)郎中→水部郎中→主客郎中→国子司业。

说起来选定住居，并要维持其定居下去，经济上的保证就很必要。而贾岛并没有如上所谓的生计或家产，生活也陷于穷困之中①。那么就应该考虑到，对于贾岛来说，能够维持其原东居的住所、并能够在长安高物价环境中持续生活下去，来自知己好友物质与精神两个方面的援助就不可或缺。

贾岛的诗中写有对友人援助感谢的心情，看得出那并不仅仅是一种推测而已。

韩愈曾送给过贾岛衣服（身上衣）与食物（瓯中物）（贾岛《卧疾走笔酬韩愈书问》之颔联有"身上衣蒙与，瓯中物亦分"）。而好友姚合也将自己的一部分俸禄分与贾岛（贾岛《重酬姚少府》诗中有"俸利沐均分，价称烦嘘噏"）。贾岛就是这样依赖着知己好友的支援而度日的。

更何况往原东居搬家所需要的也是与维持日常生活所不同的一笔开销费用。对于此时的贾岛而言，有必要考虑他应该得到了特别的支援，而这里就会想起贾岛《酬张籍王建》诗中的一联"疏林荒宅古坡前，久住还因太守怜"。它说的是，自西汉的乐游庙以来，印刻有悠久历史的高台上那被林木包围的陋宅，能够在那里一直住下去的原因，是太守非常关怀照顾我的生活。这里所谓的"太守"，很可能就是时值贾岛选定原东居住址并在移居之际给予援助的那位人物。贾岛原东居的生活是缘于那位"太守"的支援才得以实现并得以维持下来的。长庆三年（823）前后的这个时期，贾岛称之为"太守"的人物，究竟会是谁呢？而且那位人物对于张籍、王建来说，也必须一位是不用说明就能知晓的大家共同的友人。

（一）韩愈

作为一个给贾岛提供具体支援的人物，这里能够举出三个人的姓名来，即韩愈、令狐楚、元稹。

首先应该会想起的就是韩愈。按照一般共识，贾岛是于元和七年（812）春在洛阳与韩愈相会的。那个有名的"推敲"典故，讲的就是这次相会的故事。韩愈劝说曾为佛僧的贾岛还俗，贾岛则听从了韩愈的忠告而成

---

① 贾岛《朝饥》诗曰："市中有樵山，此舍朝无烟。井底有甘泉，釜中仍空然。我要见白日，雪来塞青天。坐闻西床琴，冻折两三弦。饥莫诣他门，古人有拙言。"

了一名"儒家"①,并留在长安立志应试科举。韩愈似乎是从物质与精神两个方面都给予贾岛以援助;还在贾岛病卧期间,将慰问信与"身上衣""瓯中物"一同送给贾岛。而对其深情厚谊,贾岛则留有一首还礼之诗。

卧疾走笔酬韩愈书问

贾岛

一卧三四旬,数书惟独君。

愿为出海月,不作归山云。

身上衣蒙与,瓯中物亦分。

欲知强健否,病鹤未离群。

(大意)我生病已有月余,而几次来信询问的只有先生您啊。我自己想成为海上升起的明月,而绝不像归山的云彩那样,不想落败后从世间隐藏起来。先生您担心我,身上穿的衣服、锅里煮的食物,还都给我送上门来。您询问我病好了没有,我只能这样回答您:为了不离群失散,我这个抱病之鹤一定会拼命支撑下去的。

两人亲密的关系其后也一直持续着,直至韩愈去世为止。长庆四年(824)秋,贾岛与张籍一起赴黄子陂城南庄,拜访了正在养病的韩愈,三人还共同乘船在南溪游玩。而韩愈的辞世则是在其年的十二月。

然而就这首诗中的"太守"而言,韩愈的可能性就很低了。这里的长庆三年(823)前后,韩愈并未任太守之职②。而按照以最高官职来称呼对方的惯例,韩愈的官阶应为左迁潮州之前的刑部侍郎,而非太守。

(二)令狐楚

贾岛寄赠令狐楚的诗共有五首传世。贾岛于开成二年(837)赴任遂州长江县主簿之际,令狐楚担心其在任地的生活而送给贾岛九身衣服(贾岛

---

① 贾岛《雨中怀友人》诗曰"对雨思君子,尝茶近竹幽。儒家(贾岛自身)邻古寺,不到又逢秋"。

② 韩愈任太守(刺史)是在元和十四年(819)正月由于"论佛骨表"事件而被左迁为潮州刺史、而于同年十月随即又往长安方向调回为袁州刺史等这两次。次年元和十五年(820)九月韩愈就以国子祭酒而被召还回京(十一月到达长安)。归京之后又历任了兵部侍郎(长庆元年)、吏部侍郎(长庆二年)等高官。

《谢令狐相公赐衣九事》）。贾岛依赖着令狐楚，而令狐楚则关心着贾岛的生活①。

贾岛干谒令狐楚的时间是在令狐楚作为汴州刺史、宣武军节度使而在任汴州之际。

根据作于太和二年（828）的《寄令狐相公》一诗，贾岛曾在创作此诗的数年以前，造访过当年令狐楚在任汴州刺史、宣武军节度使时的汴州。诗中记有此事，这里引用中段的八句。

> 揠苗方灭裂，成器待陶钧。
> 困阪思回顾，迷邦辄问津。
> 数行望外札，绝句握中珍。
> 是日荣游汴，当时怯往陈。

（大意）只是想着拔苗助长的话，苗就会被拔断。制作陶器时，恰当的辘轳（知己）就很必要。爬坡时很辛苦，就会往后看；旅行时迷失了方向，就要不知所措地询问渡口的所在。而我现在正处于那样的状态中，却收到了先生您寄来的数行书信，其中先生所写的绝句，现已成为我的宝物。那一日能拜访先生所在的汴州我非常高兴。然而我的内心（现在在这汴州之地，也要被先生所抛弃）恐怕如同孔子在陈国陷入因断粮而走投无路的困境那样，也非常不安②。

这里附加一句，如果令狐楚唐突地给无位无官的贾岛寄来访问汴州的邀请信（"数行望外札"），那将是不可思议的。而事实上是贾岛事前已给令狐楚献上了诗文以求干谒，对此令狐楚才写了回信，这样考虑才是自然的。

---

① 贾岛被任命为遂州长江县主簿一职，很可能是由于令狐楚的推荐。齐文榜就指出了这一点。《贾岛集校注》中《寄令狐相公》注（第248页）有"楚可谓继韩愈后对岛关怀备至的又一位知音长者。楚镇汴时岛投刺献文，楚即以书书招岛游汴。此次再献，又得楚多方照顾。岛除长江主簿，恐亦楚援引之力。故岛赴任途中有《寄令狐相公》诗云：'良药知麒麟，张雷验镆铘。谦光贤将相，别纸圣龙蛇。'又《寄令狐相公》诗云：'一主长江印，三封东省书。'由岛接连上书的情形，即可知矣。"

② 《论语》卷八《卫灵公第十五》：卫灵公问陈（朱注：陈谓军师行伍之列）于孔子。孔子对曰："俎豆之事则尝闻之矣。军旅之事未之学也。"明日遂行。在陈绝粮，从者病，莫能兴。子路愠见曰："君子亦有穷乎。"子曰："君子固穷，小人穷斯滥矣。"

令狐楚作为汴州刺史、宣武军节度使而在任汴州的期间是长庆四年(824)九月至太和二年(828)十月为止前后共计四年时间,贾岛拜访令狐楚并投刺也就是在这个时期。而由于韩愈于长庆四年辞世,正像填补一个知己的空白那样,贾岛面前就出现了这位令狐楚。

将视点限定于贾岛移居原东居与令狐楚是否有关这一问题上,先来确认一下贾岛与令狐楚结识的经过。

①长庆四年(824)九月,并不是令狐楚到任汴州刺史的时间,而是朝廷辞令交付的时间。因此其到任可能会是在冬季的十月以后。贾岛赴汴州拜访令狐楚是在上述时间以后。②而且贾岛至长庆四年晚秋为止,因其在原东居与张籍、王建二人唱和诗歌,为此他就必须在汴州干谒令狐楚之后再狂奔一千二百八十里(《元和郡县志·汴州》八)赶回长安。因此,只要将贾岛与令狐楚在汴州的初次结识视为前提的话,那么贾岛诗中所见的"太守",也就根本没有可能是指汴州刺史令狐楚。

(三) 元稹

诗中的"太守"既非韩愈也非令狐楚,那么进一步应该讨论的人物就是元稹。

贾岛元和十四年(819)向元稹祈求着进士及第而前行干谒。此事在次年贾岛呈送给元稹的下面这首诗中就能找到证据。

投元郎中

贾岛

心在潇湘归未期,卷中多是得名诗。
高台聊望清秋色,片水难留白鹭鸶。
省宿有时闻急雨,朝回尽日伴禅师。
旧文去岁曾将献,蒙与人来说始知。

(大意)即使心被美丽的潇湘景色所吸引,对于公务繁忙的您来说也没有计划要回去吧。诗卷中所写满的尽是获得好评的诗歌。您登上高台,眺望着清爽的秋景;然而目之所及的小水潭,是留不住白鹭的(您能留在长安也是很困难的)。您在尚书省值班的话,时常也会听到急促的雨声吧;而您退朝的话,也是会整日带着禅师离开这尘俗的世界的。我的旧作去年已经给您呈献过了,而承蒙您已将我的诗作大力宣传开来,使得大家都来告诉我这件事,实在令我感激不尽。

这首诗的创作,诗题中记有元稹为郎中(即祠部郎中)①,且诗中有"清秋"一语,即可确定为元和十五年(820)秋。而诗中有"旧文去岁曾将献",以此为根据,可判明贾岛去年已将自己的旧作诗卷呈递给了元稹。

贾岛接近元稹并非仅限于这两次,其后还在继续。长庆元年(821)春,贾岛还作有《赠翰林》一诗。而翰林则指的是时任翰林学士的元稹(在任时间为长庆元年二月至同年十一月)。

赠翰林
贾岛

清重无过知内制,从前礼绝外庭人。
看花在处多随驾,召宴无时不及身。
马自赐来骑觉稳,诗缘见彻语长新。
应怜独向名场苦,曾十余年浪过春。

(大意)在清要这一点上,官职中是没有能超出您任职的翰林学士的。就以往的评价来说,您在朝臣中也是出类拔萃的。在池苑赏花时,您身边总簇拥着大量的随驾;而陛下赏赐酒宴时,每次都会召您入宫一同饮酒。您乘坐着陛下赏赐的御马,看着骑得又稳又快;您的诗文不但见识卓越而且措辞总是新颖非常。虽然如此,但对我来说,科举考试却让人历尽了千辛万苦,白白虚度了这十年的春光。

由末句的"过春"可知这首是晚春时分所作的诗歌。上面一首《投元郎中》乃去年秋季即迫近科举考试之际所作;而这首诗乃紧接着科举落第之后所作。"应怜独向名场苦,曾十余年浪过春"所说的是,科举以落第收场的痛悔之情,也只能向可以依靠的元稹等人倾诉。贾岛元和七年(812)秋,将其生活据点转移到长安之后,才开始真正进入了举子的备考生涯。这首诗所作的长庆元年(821),正好是他参加科举考试的第十个年头。

---

① 元稹的祠部郎中在任时间是元和十五年(820)五月至次年三月。另外元宗简也于同时期(元和末年至长庆元年)任仓部郎中,但却因没有"知内制"(翰林学士)的经历,因此这里指的是元稹。

而元稹则受到皇帝穆宗的宠幸,是当时足以震撼政界的一大实力派人物。贾岛对于这样身处高位的元稹,已可确认的就上书了三次,即元和十四(819)、十五年(820)秋,以及长庆元年(821)春等连续三次的呈递陈情诗文;尽管贾岛也自认为这绝对可谓是千载一遇的大好机遇,但是其结果却并没有带来预期的好消息,可以想象得出贾岛该是何等的沮丧啊。

可是这里就有一个问题,即此时的元稹是否会是贾岛长庆三年(823)前后诗中所谓的"太守"呢?先将元稹当时的官场履历简单整理如下。

元和十四年(819):冬,由通州司马以膳部员外郎身份召还归京。

元和十五年(820):五月,调任为祠部郎中、知制诰。

长庆元年(821):二月,调任为翰林承旨学士、中书舍人。

十月,由于裴度的弹劾而被调任为工部侍郎。

长庆二年(822):二月,在任工部侍郎的同时兼任同中书门下平章事(宰相);

六月,被转出京城调任为同州刺史。

长庆三年(823):八月,越州刺史,兼任御史大夫、浙东观察使。

十月,越州刺史到任。

贾岛前往干谒之际(元和十四年至长庆元年)的元稹,刚刚结束了长达十年之久的地方官外放时代而复归京官(膳部员外郎),更晋升为宰相(同平章事),正处于官场累进升迁的发迹过程之中。可是与宰相裴度之间的矛盾逐渐激化,而被转出外任。其后,元稹转任为越州刺史、浙东观察使而赴任会稽(浙江省绍兴),途中与在任杭州刺史的白居易重逢。而其后元稹就再也没能复归京官。

贾岛与张籍、王建唱和而所作的这首七言律诗,是在长庆三年前后的晚秋时分。若为长庆二年秋季的话,元稹正值同州刺史任上。若是长庆三年秋季以后的话,元稹则转任为越州刺史。即当时的元稹就是现任刺史之中,正与诗中所言"太守"这一条件相符。

这里还要再追加一则资料,可供推测诗中被称为"太守"的人物即为元稹。值得关注的是,张籍在《赠贾岛》诗的尾联有"姓名未上登科记,身屈惟应内史知"这一句。"内史"乃则天武后听政时期由中书令改称而来,也是对宰相的称呼。

> 武德三年(620),改内书省曰中书省,内书令曰中书令。龙朔元年(661),改中书省曰西台,中书令曰右相。光宅元年(684),改中书省曰凤阁,中书令曰内史。开元元年(713),改中书省曰紫微省,中书令曰紫微令。天宝元年(742)曰右相,至大历五年(770),紫微侍郎乃复为中书侍郎。(《新唐书》卷四十七《百官二·中书省》)

元稹于长庆二年(822)二月同中书门下平章事(宰相)就任(同年六月转出为同州刺史),因此是能够以其最高官阶的"内史"来称呼元稹的。

而且由"内史＝元稹"这样的解释图式就可知,这首张籍诗中的第四句"秋卷装成寄与谁"的意思也就明朗化了。所谓"秋卷"是指科举落第者,整理好落第后(春至夏)创作的诗文,秋季再呈现给有实力的官员,即所谓投卷。而且即使贾岛想再一次要将秋卷投给元稹,但是元稹已经转任为地方官(长庆二年秋:同州刺史。长庆三年秋以后:越州刺史)而离开了京城。张籍此句即言贾岛投卷无门、秋卷也无法投递之事。

由于张籍《赠贾岛》的"内史"可能指的就是元稹,因此,与贾岛的唱和诗《酬张籍王建》之间的关系也就得以了解了。即这两首之间,张籍以"内史"而提出的问题,在贾岛那里是以"太守"来承接的这样一种呼应关系。——贾岛科举落第郁郁不得志,这位在政权中枢中谁都清楚的"内史",如今变成"太守"而在支援贾岛原东居的生活,这样的解释是行得通的。

(四)再回到韩愈

张籍的《赠贾岛》诗中有"姓名未上登科记,身屈惟应内史知";而贾岛的《酬张籍王建》中有"疏林荒宅古坡前,久住还因太守怜";两首诗中的"内史"与"太守"指的应是同一人物。而一个人兼有两方,且作为与贾岛有直接关系的人物,就只可能是元稹了。

这里要再度有必要考虑一下韩愈的可能性。正如既已确认的那样,称呼韩愈为"太守"的必然性是不具备的。的确元和十四年(819)韩愈为潮州刺史,同年又调近到袁州刺史,但是,长庆三年(823)前后,韩愈业已离开了刺史之职,如果以官场履历中按照最高官阶来称呼对方的习惯的话,韩愈被左迁潮州刺史之前为刑部侍郎,却并非太守。

但是还是让我们将张籍与贾岛的关联诗句再重新看一遍吧。

张籍的"姓名未上登科记,身屈惟应内史知",也适合于元稹的情况。要说理由那是因为贾岛可以确认的就有元和十四年(819)和十五年(820)秋以及长庆元年(821)春连续三次、为图应试方便而向元稹呈递了陈情。可是就贾岛的"疏林荒宅古坡前,久住还因太守怜"而言,事情稍有变化。在"古坡(乐游原)前的疏林中的荒宅"的原东居"久住"下去,是承蒙了太守的照顾——这就显示出太守的援助是从移居原东居的时间点开始的。贾岛搬入原东居的时间是在元和十四年春季时分,其时元稹尚任通州司马。而元稹由通州司马以膳部员外郎被召回长安的时间是其年冬季。在太守是元稹说的情况下,这个问题反而就不容易被解决了。

这里要再度考察一下"内史"与"太守"这两个官职。在元稹的情况下,"中书门下平章事(宰相)=内史","同州刺史、越州刺史=太守"是这样将两个官职分开来配属的。要是同一人物,这里也就没有什么问题。

但是对于作为官名的"内史"而言,在隋代"指中书令(宰相)"以前①,还有比其更古老的用法。

> 内史,周官。秦因之,掌治京师。景帝二年(前155),分置左内史右内史。武帝太初元年(前104),更名京兆尹。(《汉书》卷十九上《百官公卿表》)

> 京兆、河南、太原等府。三府牧各一员。尹各一员(从三品。京城牧,秦曰内史,汉曰尹,后代因之)。(《旧唐书》卷四十四《职官三》)

内史本来是担任京师行政的官职,西汉汉武帝时代被改称为京兆尹。而那种认识也被继承到唐代,《旧唐书》中这样说明:就京城的长官而言,秦称之为"内史",汉称之为"尹",后世亦从此说。

张籍等的唱和诗作于长庆三年(或前后一年),如果关注一下此时的韩

---

① 《南史》卷六十九"沈炯"条注有"隋文帝父名忠,故中书省称内史省,中书舍人称内史舍人"。

愈就可知,时任吏部侍郎的韩愈于长庆三年(823)六月六日调任京兆尹兼任御史大夫,十月二十日又复归了吏部侍郎。长庆三年秋韩愈的确在任京兆尹。就张籍诗的"内史"而言,这里并没有问题。

那么就贾岛诗中所见的"太守"而言,韩愈是否适合呢?的确仅仅按照唐代的标准用法来考虑的话,"太守＝刺史",韩愈的可能性就必须要排除掉。但是如果站在"京兆尹"又被称为"内史"的历史性用法立场上的话,"内史"与"太守"是可以互相置换的。

> 郡皆置太守。河南郡京师所在,则曰尹。诸王国,以内史掌太守之任。(《晋书》卷二十四《职官》)

郡置太守,河南郡因其为京师所在地而称之为"尹"。诸王之国中设"内史"而行太守之职。——这里说明了太守、尹、内史三者区别使用的方法。郡即太守,京师中设置的特别郡称之为尹,诸王之国(王之领国)则称为内史。但是太守与内史之间似乎常常会引起混乱。

> 案《职官志》,诸王国以内史掌太守之任。然则王国内史得称太守,以其本太守职也。郡太守不得称内史,以其非王国,不得改太守本称也。本书内史、太守往往歧出,其郡守误称内史者,宜一律改正。(吴士鉴、刘承干注《晋书校注》卷四《惠帝纪》注记)

《晋书》的职官志中"诸王之国内史掌太守之职"。即在诸王之国的情况下,"内史"亦可称之为"太守"。原因是内史原本就履行的是太守的职务。但是郡之太守却不可称之为"内史"。原因是郡并非是诸王之国,故而太守本来的名称不可更改。但是《晋书》中"内史"与"太守"常常混乱。而关于郡之太守称之为"内史",则一律应该加以修正。

这本《晋书校注》的注记部分可谓意味深长。本应被严密地区别使用的太守与内史,就其实际状态来看,所谓却被常常混用。另有钱大昕《十驾斋养新录》卷六中,则有如下记载。

> 汉制,诸侯王国以相治民事,若郡有太守也。晋则以内史行太守事。国除为郡则称太守。然二名往往混淆,史家亦互称之。

汉代的制度中,诸侯王国中以"相"来治理民事,而与郡设太守同样。晋(的王国)中,"内史"履行了"太守"的职务。在郡的情况下,称为"太守"。但是"内史"与"太守"的名称往往混淆,而史家也在混用。

也可以换个说法,即张籍"身屈惟应内史知"一句中所说的"内史",贾岛完全有可能是以"久住还因太守怜"的"太守"之语与其相承接的,因为两者曾经常常被混用之故。

在"内史"与"太守"二者都共同指代韩愈的情况下①,解释上会带来什么样的优越性呢?第一,二者的官名实际上都指的是韩愈的"京兆尹"。反之,在元稹的情况下,"内史"即宰相(中书门下平章事),"太守"即为州刺史(同州刺史、越州刺史),即指的是在不同的两个时间分别就任的两个官职,更为复杂一些。第二,在韩愈的情况下,就移居原东居那一刻开始就获得的援助来说,比较容易说明。而在元稹的情况下,正如前文所述,在向他干谒之前,贾岛业已移居到原东居了。

为慎重起见,这里再附加两句。第一,贾岛搬家到原东居应是在元和十四年(819)春季时分;但在此年初,韩愈因"论佛骨表"事件而被左迁潮州刺史。但是考虑到原东居住址的选定,以及移居费用的筹措等还需要花费一定的时间,所以应该考虑到,在韩愈被左迁的正月之前,贾岛移居的各项手续就已经办完了。第二,韩愈左迁潮州之后又再次复归长安之际,贾岛为表示祝贺而向韩愈留有赠诗一首(前揭)。

> 涕流闻度瘴,病起贺还秦。
> 曾是令勤道,非惟恤在迍。

要说此时的贾岛在祝贺韩愈平安归来的这首诗中,为何却要唐突地向韩愈的恩义表示感谢?诗中说了:"过去先生曾勉励我要勤于科举之道,而不仅仅只是支援我穷困的生活啊。"贾岛从韩愈那里受到的恩义一定会是多种多样的。然而,如果其中就包含了移居原东居的援助的话,这首诗就应该具备更为充实的意象了。那是因为,贾岛向原东居搬家之际,韩愈并

---

① 就"内史"与"太守"都有可能指代韩愈,正如郭文镐《姚合仕履考略》(《浙江学刊》1988 年第 3 期 44 页)业已指出的那样,"内史,秦官名,掌治理京师。汉置左右内史,后改右内史为京兆尹。此处指韩愈,愈官京兆尹为长庆三年六月至十月,诗作于本年。……本年(贾)岛又有《酬张籍王建》'疏林荒宅古坡前,久住还因太守怜'。太守亦指京兆尹韩愈。"松原本章内容第一次发表时(《贾岛乐游原东的住所》早稻田大学中国文学学会《中国文学研究》第三十二期,2006 年),在认为"内史"具有指代韩愈的可能性的同时,却未能确认"太守"是否还指代韩愈。因此,当初摒弃了韩愈说而采取了元稹说。这里在彰显郭文镐说的同时,也对自己前文的主张做了修订。

未得以见其移居过程,就急匆匆赶往潮州赴任去了。

张籍诗中的"内史"与贾岛诗中的"太守"所指代的人物,看来若非韩愈便是元稹。而论其可能性,则韩愈一方要更大一些。这就是本文所要得出的结论。

五 原东居的生活

看来贾岛可能是借助韩愈的帮助于元和十四年(819)春移居到原东居的。

正如张籍诗中"姓名未上登科记,身屈惟应内史知"(科举放榜没有你的姓名,这种痛悔的心情只有京兆尹韩愈才能知晓吧)所说的那样,也正如同贾岛本人诗中"身事龙钟应是分"(我自身这种郁郁不得志肯定都是命运的安排)所说的那样,贾岛从郁郁不得志的境遇中无法解脱出来,仍旧处于郁闷困苦的境况之中。而被认为是这个时期所作的诗歌,就有唱和友人姚合的诗篇。(姚合《寄贾岛浪仙》诗,参照本著《呼朋唤友的姚合——姚合诗歌集团的形成》一节)

重酬姚少府

贾岛

隙月斜枕旁,讽咏夏贻什。
如今何时节,虫虺亦已蛰。
答迟礼涉傲,抱疾思加涩。
仆本胡为者,衔肩贡客集。
茫然九州内,譬如一锥立。
欺暗少此怀,自明曾沥泣。
量无趁勇士,诚欲戈矛戢。
原阁期跻攀,潭舫偶俱入。
深斋竹木合,毕夕风雨急。
俸利沐均分,价称烦嘘噏。
百篇见删罢,一命嗟未及。
沧浪愚将还,知音激所习。

（大意）月光从窗户洒进来照亮了枕边，我还在读今年夏天你赠给我的诗歌。现在是什么季节啊，不觉间虫蛇都藏进了洞里。我的信回得太晚了，真是失礼之至。那也是因为患病在身而心情郁闷所致。我到底是谁？科举考生们摩肩接踵，拥挤嘈杂，我参与其中，与他们一起追逐名利。在这个无边无际的世界上，我至今寂寞潦倒，连立锥之地都没有。自己怎么也学不会如何暗地里作恶，却也知道了自己的能耐到底有多大，因而很早以前就开始独自流泪。自己的力量虽说没有大丈夫那么勇猛，但也已想舞枪弄棒一番。我想尽兴登上乐游原的东阁楼，或与你一起泛舟曲江。在我那远离人烟的柴庵里，竹木茂密，但夜里也就更听得见风雨交加。你将一半的俸禄都惠赠给了我，而且为了改善对我的评价，你还努力宣传我的诗文。感谢你将我的百篇诗文都编订成了投卷，但我自己科举落第，出世仕宦的梦想也就破灭了，所以现在我只想隐遁于沧浪水边啊。而只有你还在夸奖我的诗文，不停地鼓励我要努力奋斗啊。

判定这首诗作于原东居的依据，由"原阁期跻攀，潭舫偶俱入"即可明白。而看到如下诗句"仆本胡为者，衔肩贡客集""百篇见删罢，一命嗟未及"等，便可知道这是承受着科举落第的痛悔心情而抒写的诗篇。

下面再稍稍详细地来看看贾岛在作此诗时的情况。诗题中的"姚少府"即万年县尉的姚合。姚合于长庆三年（823）秋始任万年县尉，而宝历元年（825）秋则由该职退任。由于诗中的季节是晚秋，所以该诗创作时间的上限即为长庆三年秋，而下限则应在次年秋季。顺及，韩愈则于长庆四年（824）夏身体不适，年末逝去。

姚合为了帮助其郁郁不得志的诗友，自己接受了编辑其诗卷的工作；当贾岛想放弃科举应试而要归隐时，姚合还在不断地鼓励着贾岛。贾岛在原东居的生活，就是在科举落第的不断重复之中，被焦躁与绝望所折磨；而支持他的就是以姚合为中心的诗人们对他本人及对其文学的理解。

贾岛就这样在连续十数年原东居的生活中，与自己的文学创作相互对峙一路走来。而在理解贾岛的文学上，对这片所谓原东居的特殊世界的探索，就会成为一个不可回避的工作。

第二节　诗性世界之现场
——贾岛的原东居

贾岛(779—843)于元和十四年(819)春季,搬离了自上京以来住了数年的延寿坊(西市东邻),而移居到自称为升道坊"原东居"的住所。直到开成二年(837)九月他五十九岁赴任长江县主簿为止,贾岛在此处一住就是将近二十年,因此原东居真可谓贾岛在长安从事文学活动的据点①。

升道坊是位于乐游原升平坊东邻的一个坊,坊内有一个龙华尼姑庵,其坊北邻的新昌坊里有青龙寺,乐游原这一带的高地是一片聚集了很多佛寺的地区。贾岛厌烦了包围着延寿坊的市井喧嚣,逃到这个占据着长安城内高地的可谓清净一隅的升道坊来,就在这里经营着他的原东居。

一　升平坊

贾岛所住的升道坊,到底是一个什么样的所在? 在当时人们的认识中又被定位为何种地界? 为了了解到这些信息,虽然绕个道儿,还是从与其西邻升平坊以及北邻新昌坊的相互比较中开始吧②。

先从升平坊说起。升平坊位于乐游原的中心地带。坊内东北角有西汉宣帝建立的乐游庙,到了唐代其遗址似乎依然残存着。而其海拔四百八十米的高地也是长安城内的制高点,在此长安的市井街坊可以一览无余。

---

① 关于移居原东居的时间,参照本书《贾岛乐游原东的住所——以移居背景为中心》一节。据情况考查,可知元和十四年春(819)是最稳妥的答案。而移居原东居之际曾可能得到过韩愈的协助这一点,也可参照同节。

② 植木久行《唐都长安乐游原诗考——乐游原的位置及其印象》(《中国诗文论丛》第6集,1987年)中,不仅介绍了乐游原上的升平坊,而且还详细介绍到了相邻的升道坊。

登乐游原望

白居易

独上乐游原,四望天日曛。
东北何霭霭,宫阙入烟云。
爱此高处立,忽如遗垢氛。
耳目暂清旷,怀抱郁不伸。
下视十二街,绿树间红尘。
车马徒满眼,不见心所亲。

(下文省略)

(大意)我独自一人登上乐游原,目极四方天色将暗。东北一隅隐约可见,宫殿沉浸在晚霞之中。我喜欢站在这个高台上,心里偶尔也能忘记忧郁。虽然心情清爽了不少,但还是无法消除胸中的芥蒂。眼下眺望着帝都的大道,葱绿的树丛之间,看得见车马扬起了阵阵尘烟。虽然车马川流不息,但是其中却没有一个能够让自己交心的朋友啊。(以下省略)

天气晴好的话,从乐游原上即可眺望到东北的大明宫,也可俯瞰如棋盘般交错的街市道路。视野极其开阔高远的乐游原,正如史料记载的那样"每正月晦日、三月三日、九月九日,京城士女咸就此登赏祓禊"(《唐两京城坊考》"升平坊"),也是一处京城居民节日出游造访的名胜。

不过,占据乐游原高地的升平坊,不只是长安百姓享受极目远眺的一处名胜景点而已,同时还是一个王侯显贵们购置宅邸的住宅区。据清代徐松的《唐两京城坊考》卷三"升平坊"记载,武则天长安年间(701—704),太平公主就在此营造宅邸,其后亦将此地赐予宁王、申王、岐王、薛王等,早在初唐后期,这里的王侯别墅就已鳞次栉比了。

《唐两京城坊考》中,曾将在升平坊购置宅邸的人名随意写了出来,现在就将其一一列举出来,来看看到底都是什么人物曾在此居住过吧。①尚书右仆射(从二品)裴遵庆,②洪州刺史(从三品)赵国公魏少游,③左散骑常侍(从三品)潘孟阳,④兵部尚书(正三品)柳公绰,⑤检校司空同中书门下平章事(正三品、宰相)崔宁,⑥京兆府少尹(从四品下)元崇简,⑦太子太傅(从一品)致仕刘沔,⑧左羽林军大将军(正三品相当)史用诚,⑨万年县丞(从七品上)柳元方,⑩同州司兵参军(从七品上?)上柱国杜行方,⑪进士张乔,⑫前进士李岘。

下面就介绍一下"前进士李岘"吧。《唐两京城坊考》中节略引用了王定保《唐摭言》卷三的内容,下面就根据后者将该条全文引用如下:

> 李岘及第,在偏侍下。俯逼起居宴,霖雨不止。遣赁油幕以张之。岘先人旧庐升平里,凡用钱七百缗,自所居连亘通衢,殆及一里余。参御辈不啻千余人,鞯马车舆阗咽门巷,来往无有霑湿者。而金碧照耀,颇有嘉致。岘时为丞相韦都尉所委,干预政事,号为李八郎。其妻又南海韦宙女,宙常资之金帛,不可胜纪。

(李岘及第,孝养其单亲之际,临近宴席准备之时,不巧雨下不止。就借来油幕布搭起帐篷。李岘父亲曾在升平坊购置宅院,因而花费七百缗钱将从自宅到坊门外的街道搭满油幕帐篷。虽说随行不下千人,车马也在坊内道路上拥挤不堪,但竟然没有一人被雨淋湿。其盛大的场面堪称奇观。李岘当时深得丞相韦都尉的信任,参与政事,人人皆称其为李八郎。且其妻亦乃南海韦宙之女,韦宙给其婿经济援助不惜财力。)

左散骑常侍潘孟阳(764?—815)也是这里的一个住户。他是一个贪官,以收受贿赂闻名①。他在此营建了豪华的宅院,姬妾穷奢极欲。宪宗微服私访幸临乐游原时,见其豪宅阔院也曾向随从询问过谁家的宅邸如此阔绰。听闻此事的潘孟阳,据说深恐被圣上责怪其奢侈,从此便不再摆阔。("孟阳盛葺第舍,妓媵用度过侈。宪宗微行至乐游原,望见之以问左右,孟阳惧不敢治"。——《唐两京城坊考》卷三《升平坊》)

李岘与潘孟阳这两个例子,已经足够了吧。看来占据了乐游原景胜的升平坊,的确曾是显贵们争相购置宅邸的一个坊里。

二 新昌坊

那么,贾岛所住的升道坊北邻的新昌坊又是一个什么样的所在呢?

---

① 元稹《叙奏》:"潘孟阳代(严)砺为(东川)节度使,贪墨过砺。"《元氏长庆集》卷三十二。

新昌坊的象征是青龙寺。隋文帝将都城从汉长安城搬迁到大兴城(即唐长安城)之际,城内有很多坟墓都迁到了郊外,当时为了镇魂而建造了青龙寺的前身灵感寺。灵感寺曾一度遭到废弃,但到了唐代又重建起来,并于景云二年(711)改名为青龙寺。真言密教的高僧惠果曾在这里承办过唐代宗、德宗、顺宗等的皈依仪式,日僧空海就曾为师从惠果而留学青龙寺;其后以著有《入唐求法巡礼行记》而闻名的日僧慈觉大师圆仁也曾造访过该寺。青龙寺位于乐游原向东北延伸的高地缓坡的北斜面上,寺门面北而开,可眺望到雄大的宫阙;与慈恩寺(大雁塔)一起成为长安百姓登高远望的出游胜地。《唐两京城坊考》卷三《新昌坊》中有如下记述。

(南门之东青龙寺)本隋灵感寺。开皇二年立。文帝移都,徙掘城中陵墓,葬之郊野,因置此寺,故以灵感为名。至武德四年(622)废。龙朔二年(662),城阳公主复奏立为观音寺。初公主疾甚,有苏州僧法朗,诵观音经乞愿得愈,因名焉。景云二年(711)改为青龙寺。北枕高原,南望爽垲,为登眺之美。

新昌坊也还是朝廷高官竞相营造私宅的地区。下面就抄出《唐两京城坊考》中列举的人名。

①礼部尚书苏颋,②鲁郡任城县尉裴回,③御史中丞判刑部侍郎同平章事舒元舆,④中书舍人路群,⑤检校左仆射兼吏部尚书崔群,⑥礼部尚书李益(蒋防《霍小玉传》李益至长安舍于新昌里),⑦考功郎中钱起,⑧侍郎侯钊,⑨京兆府咸阳县丞权达,⑩尚书左仆射致仕杨于陵,⑪儋州流人路严,⑫检校司空凤翔尹凤翔节度使窦易直,⑬太子少师牛僧孺,⑭秘书监张仲方,⑮刑部尚书白居易,⑯守右仆射门下侍郎李绅,⑰太子右庶子王定,⑱朝散大夫秘书省著作郎致仕韦端,⑲国子司业严公,⑳礼部尚书温造,㉑秘书少监姚合,㉒太子少傅致仕卢宏宣,㉓进士卢燕,㉔处士丁重。

在此坊中的住户中,就有唐玄宗前期的宰相、即与张说并称为"燕许大手笔"的文人苏颋(670—727)。此外,牛僧孺(799—847)则为唐穆宗、敬宗时期的宰相,是与其盟友李宗闵一同结为朋党,并与李德裕一派引起被称为"牛李党争"政治斗争的首谋。同时他也是一位诗人兼文人,还疑似撰写过《周秦行记》和《幽怪录》。

包括上述的苏颋与牛僧孺,新昌坊的住户中多有以文人著称的人物。钱起(710？—782)青年时期曾与王维结为亲交,后来成为大历十才子的领袖诗人。李绅(772—846)是与元稹一起发起新乐府运动的诗人。姚合(777—842)在文学史上与贾岛并称为姚贾,是与其诗友贾岛共同开拓了晚唐一代诗风的诗人。白居易(772—846)则更不待言,是代表有唐一代诗人中的一员。这里仅就白居易、姚合二人与新昌坊之间的关系,试加以若干说明。

白居易在新昌坊购置宅邸,适逢其五十岁之际(长庆元年［821］)。白居易于元和十年(815)即四十四岁时被左迁为江州司马,其后转任忠州刺史,回到长安则是在六年以后。重新复归了精英官僚路线的白居易,顺利地从刑部司门员外郎(从六品上)、礼部主客郎中(从五品上)兼知制诰、中书舍人(正五品上)等一路晋升上来。在礼部主客郎中在任期间,他结束了多年以来的租房生活,在长安城内豪掷千金购入的就是这座新昌坊的宅邸。新昌坊在安史之乱以后不断得到开发,逐渐成为了一片高级官僚的住宅区,白居易购宅则可谓适逢其时①。下面就来引用《新昌新居书事四十韵因寄元郎中、张博士》的中间一段,此诗是为了邀请友人元宗简与张籍而作的诗篇。

> 丹凤楼当后,青龙寺在前。
> 市街尘不到,宫树影相连。

---

① 妹尾达彦《长安的都市规划》(讲谈社选书技巧系列,2001 年,第 205 页)中对包含新昌坊一带有如下说明:"街区东中部的宅邸开发,因在安史之乱后正式开始进行;虽然被夸为仅次于大明宫前一等土地,而且居住环境良好,但是在 9 世纪前半叶还是留下了广阔的宅邸建筑余地。在优越的自然环境之上,街区东中部乐游原北麓的诸坊皆位于小高地的北斜面之上,向北仰望可眺大明宫;排水也很顺畅,还能避免唐后期频发的城内水害。而且敞亮的街区东中部连有若干条丘陵,被认为依据《易经》或风水说的鉴定而极其适宜营建宅邸。从地理交通方面来说的话,这个地区临近代表长安消费文化的东市及其周边诸坊的高级商业街与娱乐设施,与此同时,还通过东城墙诸门(春明门、延兴门)与城东的街道相连,往来城南别墅与出游名胜古迹也很方便。因此,官僚在此集中居住的结果就是,友人、熟人都住在徒步可达的宅邸圈内,便于访问与待客,因而这个地区就具有一个社会生活上重要的有利条件。"

> 省史嫌坊远,豪家笑地偏。
> **敢劳宾客访,或望子孙传。**

（大意）北可见丹凤楼（大明宫），南可见青龙寺,也听不到街市上的尘嚣,倒是宫廷树木的绿荫就一直延伸到了这里。官署远离此地算是玉有微瑕,而有钱人就嘲笑这里偏僻不便。住在这个地方,都不好意思让客人寻门来访;如果将来还能算份遗产留给子孙的话就万幸了。

从这首诗中可知,白居易宅邸位于青龙寺北邻,可以北望大明宫。在大明宫南面,由西内苑与东市所包围的城内东北角,就是作为高官或官宦的住宅区而较早得以持续开发的一等地界;到了中唐以降开始崭露头角的白居易等人,即所谓科举官僚就已没有了在此购置宅院的余地了。而在离大明宫较远的新昌坊新兴住宅区购置了宅邸的白居易,如同诗中所说的"省史嫌坊远,豪家笑地偏"二句就述说了他既不自满也不自卑的心情。

姚合以前曾住在常乐坊,也搬进新昌坊里来了。常乐坊位于新昌坊以北,就隔了两个坊。但是高地上的新昌坊与平地上的常乐坊的井水的味道却大不相同,就如同姚合在《新昌里》一诗中所说的,"旧客常乐坊,井泉浊而咸。新屋新昌里,井泉清而甘。……"常乐坊的井水"浑浊而苦咸",新昌坊的井水"清冽而甘甜"。可能是平地的井水受到了盐碱灾害的影响了吧①。顺及,新昌坊在升道坊的北邻,由于姚合在此定居,因此就可以与其独一无二的诗友贾岛成了邻居。

三 升道坊

上述的升平坊与新昌坊都以高级住宅区而获好评,反倒是与相邻的升道坊的风土人情形成了鲜明的对比。归根到底,升道坊给人的印象就是一

---

① 妹尾达彦《长安的都市规划》第108页中指出旧长安城遭到废弃的一个理由就是城内土地受到了盐碱化的影响。"长安城内的土地经过长年使用,造成盐碱化的后果,使得生活用水饱含盐分而难以饮用。……（即使在唐代长安城内）由于宫城地势低平而潮湿,成为一个容易引发盐碱灾害而饮用水质恶劣的地方。到了7世纪后半期,这也就成为在宫城东北的高地上新建大明宫宫殿的一个原因"。

个长安的偏僻郊区。

那么下面就按照先后顺序,根据《长安志》与《唐两京城坊考》两书的记述来看看升道坊的概貌吧。关于升道坊,《长安志》的记述与其南面的曲江的说明相互混淆,与《唐两京城坊考》之间多有出入;在斟酌二者的基础之上,曾存在于升道坊的住宅与寺院,便可大致整理如下。

①西北隅龙华尼寺,②寺东侍中李日知(？—715)宅,③太子太保郑畋(824—882)宅,④太原府司录事参军李雍宅,⑤进士张庚宅,⑥进士谢翱宅。

上述两书中所列举人物仅仅只有五人。与前面的升平坊、新昌坊相比较,这个升道坊显然就是一个"名人稀少的地区"。查点其实情后,这种稀少的倾向则更为明显。因太子太保郑畋是晚唐后期的人物,故而在考虑贾岛时代时可以暂且割爱。问题就是进士张庚与进士谢翱。这两个人由其"进士"称号可知是为科举应试而来长安的乡贡进士,并非是这个坊里的常住人口,不过是作为短期逗留之地才选的升道坊。而且两个人还都是传奇小说中的出场人物,缺乏可确认为实际存在人物的证据材料,即或可谓子虚乌有的人物吧。这样一来这两个人也消去之后,结果就会发现留在上述两本著作中的升道坊住户几乎就不剩一人了①。看来,升道坊应是长安城内一个人烟稀少的偏僻之地。

此外,进士张庚与进士谢翱二人登场的传奇故事内容也具有重要的意义。结论就是对于当时的人们来说,升道坊给人的印象就是:人烟稀少,坟墓广布,真可谓是一个魑魅魍魉的世界。

> 张庚举进士,元和十三年,居长安升道里南街。十一月八日夜,仆夫他宿,独庚在月下。忽闻异香满院,方惊之。俄闻履声渐近,庚屐履听之。数青衣年十八九,艳美无敌。推门而入,曰:"步月逐胜,不必乐游原,只此院小台藤架可矣。"遂引少女七八人,容色皆艳绝,服饰华丽,宛若豪贵家人。……庚度此坊南街尽是墟墓,绝无人住。谓从此坊中出,则坊门已闭。若非妖狐,乃是鬼

---

① 这里并无贾岛之名,或仅是个遗漏吧。也可能因贾岛所说的青门里作为升道坊别称这一点并未得以理解。

物。……

（张庚是乡贡进士。元和十三年，曾寓居长安升道坊南街。十一月八日夜，因仆人住宿他处，故只有张庚独自一人眺望月景。话说突然院中弥漫起温馨的香气，正觉奇怪，就听见脚步声越来越近。张庚穿上鞋侧耳倾听，只见有数位十八九岁身着青衣的侍女，其美貌无类可比，推门进院后说道："爱月赏景，不必仅限于乐游原。这家庭院的藤架边就不错。"又招呼七八名少女进院，其容色至艳，服饰华美，仿佛贵族豪门一行一般。……张庚心想，这个升道坊南街尽是坟墓，无人居住；而在此刻坊门紧闭，出入坊内亦不可能。如此一来，那些美女就一定是妖狐或幽灵了。）（"张庚"《太平广记》卷三四五）

陈郡谢翱者，尝举进士，好为七字诗。其先寓居长安升道里，所居庭中多牡丹。一日晚霁，出其居，南行百步眺终南峰，伫立久之。见一骑自西驰来，绣繢仿佛。近乃双鬟，高髻靓妆，色甚姝丽。至翱所，因驻谓翱："郎非见待耶。"翱曰："步此，徒望山耳。"双鬟笑，降拜曰："愿郎归所居。"翱不测，即回望其居，见一青衣三四人偕立其门外。翱益骇异。……美人遂顾左右，撒帐帘，命烛登车。翱送至门，挥泪而别。未数十步，车与人马俱亡见矣。……

（陈郡的谢翱，是乡贡进士，善写七言诗。曾经寓居长安升道坊之时，院内多种牡丹。某日晴朗的黄昏，谢翱走出寓所向南走了一百五十米，站着眺望终南山。此刻，有穿着豪华的丝绸服装的女子骑着马从西而来，是一位结了两个发髻的美女。来到谢翱身边，问道："您在等谁呢？""啊，没有，我只是看看山。"美女从马上下来，说道："请您回到自己的住处吧。"谢翱想着该说什么，返身走回住处，就见一位青衣女子与三四个人站在门外。谢翱更为惊异了。……[就这样谢翱等人一同开设宴席，最后宴席结束时]美女命令随行收拾幔幕，打起松明火把，乘上马车。谢翱将其送到门口后，挥泪告别。一行人还未走出百米，车子人马一瞬间就都不见了。）（"谢翱"《太平广记》卷三六四）

"张庚"与"谢翱"两人都是在傍晚到夜里的升道坊里邂逅了扮作美女的幽鬼(狐妖鬼物)。前者无惧幽鬼而击退之,后者虽觉讶异非常但后来却与美女唱和诗歌,共同度过了一段甜美的时光①。

在此特别要注意的是前者。记述中时间是"元和十三年十一月八日夜",地点是"升道里南街",日期与地点都得以明示出来。元和十三年(818)与贾岛搬入升道坊的时间(元和十四年[819]春)大概一致;其还将地点特别指定在了升道坊南街(南区),并且还明确指出"尽是墟墓,绝无人住",即坟墓广布荒无人烟之地。顺便这里要提请注意的是,即使是作为后者的一个传奇故事,文中还是明确记述了谢翱"向南走了一百步",刚好南行一百五十米。虽然不能断言这样就可以在南街找到该地点,但是此处的焦点在于似乎有将南街拉到眼前的意图。这可能是暗示了一个前提,即升道坊南部是一片人烟稀少的地带。当然,这种记述只不过是传奇小说的一个小段而已。然而应该考虑到,正是由于这是虚构的小说,反倒是将元和十三年前后人们对升道坊的大致印象都集中起来了,这一点具有重要的意义。

一般坊的东西南北都各自有其坊门,而连接四个坊门的十字路口就将坊内分割为四个区划(升道坊或许也是这种形式吧)。所谓南街,严格说来即为南北相同的坊街的南部,这里广义上说即为坊的南半部区域。

在升道坊中,要讲南街尤其是个无人地带,就比较容易说明了。在升道坊以北横贯的街路,是西起延平门,东至延兴门的大街,路宽五十五米(四十七步)。唐代将通往外郭城城门的重要街路就称为大街,南北有三条(其中央是朱雀大街),东西有三条大街,合起来总称为六街,而上面的街路就是其中之一的大街。出了升道坊北门,顺着大街往东走约五百米即可到达延兴门,若从大街以北横穿过去的话,正面即为新昌坊的南门,而穿过其南门右手一拐(向东)即为青龙寺。——也就是说,假如连坊的"格"也不考虑的话,升道坊的北街,仅隔一条大街就与高级住宅区的新昌坊相邻;而且接近长安城大东门的延兴门,占据着交通极为便利的地区。而升道坊北街

---

① 谢翱与女子在传奇中所作的诗歌,《全唐诗》卷八六六以《与谢翱赠答诗·金车美人》所收。

（西北隅）有龙华尼寺就说明那里应是坊内的一等土地。这样来考虑的话，与条件良好的北街相比，南半部的南街就应该自然而然地成为一个冷清寂静的区域了。

四　看得见南山的住所——原东居

上面就是以徐松《唐两京城坊考》为中心，并追加了宋敏求《长安志》及若干唐诗和唐代传奇，将升平坊、新昌坊以及贾岛居住的升道坊的基本信息加以整理的结果。与相邻的升平坊、新昌坊作为高级官僚宅邸鳞次栉比的住宅区相比较的话，升道坊落魄潦倒的迹象就很引人注目。那里被人们认为是人家稀少，尤其南部是"尽是墟墓，绝无人住"，即长安城内坟墓广布的一处荒地。

升道坊是一个东西一千一百二十五米，南北五百八十八米的长方形，其面积超过六十六公顷。据推定其东西南北各有一处坊门，以十字路划分为四个街区。而第一个问题就是，作为贾岛住所的原东居位于升道坊的哪一个角落？然而考虑这个问题，却并未留下切实的资料，因此就只能从贾岛自身关联作品中推测而知了。

升道坊西邻长安城内制高点的乐游原（升平坊），又位于延伸到其东北角以东的山脊线的南侧，所以虽无法向北眺望，但却能向南眺望得到秦岭群山，而且其眼前也能收揽曲江胜景。

贾岛从原东居眺望所得的景象，则如下诗所示。

望　山

贾岛

南山三十里，不见逾一旬。
冒雨时立望，望之如朋亲。
虬龙一掬波，洗荡千万春。
日日雨不断，愁杀望山人。
天事不可长，劲风来如奔。
阴霾一以扫，浩翠写国门。
长安百万家，家家张屏新。

谁家最好山，我愿为其邻。

（大意）南山位于此去三十里之地，由于阴雨十天也看不见一次。淋着雨站在外边极目远望，仿佛是面对着友人或自家人一样。因为虬龙曾在此掬波荡水，所以也就洗就了这一面万千春色。每天雨下不停，愁杀了许多望山之人。但是由天支配的现象并非永久持续，不久强风就将阴云吹散开来。笼罩在山上的阴云被吹散，溢满南山的青翠就朝着长安城门奔泻而来。长安城里的百万户人家，每家都像是换了屏风一样。谁是最爱山的人？我自己就想把家搬到那爱山人家的隔壁去住。

这首诗并未明示出原东居的地点，但是却在以移居（"我愿为其邻"）为话题眺望南山的这首诗，应是在卜居之际所作的。贾岛将长安以南三十里高耸入云的秦岭看作是绿色的屏风。由此诗就可知道，贾岛是如此执着于选择看得见南山的住宅用地的。

而原东居也确实如《望山》诗所述的那样，似乎是能够眺望得到雄伟的南山的，那么下面就再来追索一下贾岛所执着的南山雄姿吧。下面的两首诗中因明记了升道坊（青门里）和原东居的名称，故而在资料上更为可靠一些。

过贾岛野居

张籍

青门坊外住，行坐见南山。
此地去人远，知君终日闲。
蛙声篱落下，草色户庭间。
好是经过处，唯愁暮独远。

（大意）住在青门坊①那边，无论是走着还是坐着总是能够看得见南山的。这边因远离人家，我非常了解你日复一日悠闲的心情。在篱落下就能听得见蛙声，而原野的绿色也蔓延到了院子里。你的宅院对于造访者来说是个好地方，只是天黑时回家是很

---

① 贾岛将延兴门比作汉代长安城三个东门中最南边的"青门"，而将临近其"青门"的升道坊称为"青门里"。张籍这首诗是在模仿贾岛的用语。

辛苦的。

原东居,正如诗中描写的那样,"行坐见南山"即无论走着还是坐着什么时候都能看得见南山;而"此地去人远"是说升道坊虽在长安城内,但却是个人烟稀少的地方;"蛙声篱落下,草色户庭间"是在描写宛如被田地与山野包围的郊外住所,那就是诗题中所见的"野居"。

原东居喜唐温琪频至
贾岛

曲江春草生,紫阁雪分明。
汲井尝泉味,听钟问寺名。
墨研秋日雨,茶试老僧铛。
地近劳频访,乌纱出送迎。

(大意)曲江池边春草开始发芽,紫阁峰上分明可见积雪尚存。尝着从井中打上来的泉水,你听着钟声就问我这家寺庙的名字。墨汁要用秋雨来研,茶水要用老僧留下的铁锅来煮。你就住在我家附近,所以就能时常来看我。你来访时我是会戴着便帽亲自到门口来迎送你的。

紫阁峰是从原东居向西南眺望时可见的圭峰旁边的山峰。而在其山麓上,住有既是诗僧也是从弟的无可,还有安放着鸠摩罗什墓的名刹草堂寺。

下面这首诗并非是贾岛的原东居,而是贾岛造访同住升道坊的卢秀才住所时所作的诗篇。作为参考先来读一读。

卢秀才南台
贾岛

居在青门里,台当千万岑。
下因冈助势,上有树交阴。
陵远根才辨,空长畔可寻。
新晴登啸月,惊起宿枝禽。

(大意)你家住青门里(升道坊),由其南台可以瞭望得到秦岭的千山万峰。脚下有乐游原的高台相助,头上有树荫遮阳。陵墓(汉代霸陵或杜陵)虽远,而其台基仍然可见;天空广阔无垠,而在此却可极目远眺天地交融。月色正好,若在这南台上望月而啸的话,一定会惊起枝头栖着的鸟儿满天飞舞吧。

在贾岛现存的诗中,同为青门里的住户登场的仅此一例。南台被认为指的是卢秀才住所所在的乐游原南向上层的那部分。陵墓则应指的是东郊的霸陵与南郊的杜陵。无论是贾岛的原东居还是卢秀才的南台,总之可知由升道坊能将南山收入视野。

而位于这升道坊中的原东居,眼前就能望见曲江。正如前揭的《原东居喜唐温琪频至》诗中所说的"曲江春草生,紫阁雪分明",这些就无暇枚举了。下面这首诗恐怕是张籍造访贾岛原东居时,陪同贾岛一起向着曲江去散步之际所作。

与贾岛闲游

张籍

水北原南草色新,雪消风暖不生尘。
城中车马应无数,能解闲行有几人。

(大意)曲江以北乐游原以南,眼前一片春草萌发,雪也消融了,暖风吹来,也扬不起尘土。长安城内来往的车马虽说无数,但是能够品味得了这样悠闲漫步的人,又有几个呢。

升道坊南面有立政坊、敦化坊,还有曲江与芙蓉苑,那一带称为"水北原南"①。

贾岛到长安的第七年即元和十四年(819)春,移居至可以眺望到南山一带的原东居。贾岛对"可以看得见南山的住所"的渴望,是生发于此前一直寓居的延寿里生活中的;而重读其吟咏前寓居的诗歌,对于理解移居原东居所具有的意义则会有所帮助。

---

① 从贾岛的诗中来看,可以推测曲江似乎有一部分是流入到升道坊里面了。如果局限在敦化坊以南的话,升道坊与曲江之间的距离为间隔着立政与敦化二坊的一千米以上。但是由"曲江春水满,北岸掩柴扉"(《寄钱庶子》)、"出入土门偏,秋深石色泉。径通原上草,地接水中莲。采菌依余栎,拾薪逢刘田。"(《原居即事言怀赠孙员外》)等诗可见,原东居是作为与曲江一体的场地来被描述的。特别是后者,是一首描写升道坊中生活的诗,"地接水中莲"也被解释为坊内的风景。

延寿里精舍寓居

贾岛

旅托避华馆,荒栖遂愚慵。
短庭无繁殖,珍果春亦浓。
侧庐废扃枢,纤魄时卧逢。
耳目乃鄽井,肺肝及岩峰。
汲泉饮酌余,见我闲静容。
霜蹊犹舒英,寒蝶断来踪。
双屦与谁逐,一寻清瘦筇。

(大意)旅途投宿时,并不去华丽的地方,而是住在破烂的小旅馆里,放松自己的慵懒心情。狭小的庭院里虽没有种什么植物,但到了春天果树依旧会浓郁葱葱的吧。旁边的屋子门也坏了,可以从卧室眺望纤细的月牙。耳目所及的是,市井的喧嚣;而胸中所想的是崇高的山岳。喝着打上来的井水,可以看见水中自己平静的面容。晚秋的小路上,菊花仍在开放;但是蝴蝶到底还是不见了踪影。穿上草鞋,准备上谁那里去聊聊呢,那就姑且拄着拐杖去(张籍?)那里拜访一下吧。

这首诗被认为是作于元和七年(812)晚秋,即贾岛为科举应试而上京之后在延寿坊安顿下行李之际的作品。从《延康吟》中的抒怀已可以看出,贾岛在此并非是短期的投宿,而是准备要在此安定下来,那是因为他仰慕住在延康坊的张籍而特意住在其附近的延寿里的。

这首诗中分正反两方面记下了"贾岛的讲究"。第一是对市井喧嚣的厌恶,第二是对眺望南山的渴望,第三是对井水(泉水)的偏爱。"耳目乃鄽井,肺肝及岩峰"两句很费解,想解释成为:耳目所听所看的是鄽井繁盛的商业买卖,肺肝(衷心)向往的则是看得见远方的秦岭山脉。延寿坊是以街路与西市相隔的西市东邻;西市朝向丝绸之路方向而开,附近粟特商人的波斯宅邸林立,是一个繁华的商业区。贾岛每日都在目睹这嘈杂的街市,那对于范阳乡下长大的贾岛来说一定是一种大都会的不同于乡下世界的喧嚣。在那里只有远望秦岭群山才能将自己带回平静的世界。这首诗显示了贾岛这份寄托山林的特异的执着,上京之后就已在其心中萌发出来,这是一则重要的资料。

延寿里地处平地,而且位于长安城的北部。这里可以看得见的秦岭,与原东居所眺望到的不同,一定是看起来缩小不少了的秦岭。正如从这首诗可以窥测出来的那样,贾岛移居原东居的一大理由就在于南山,即所谓可以告慰"肺肝"一览群山的位置条件。再加上其土地贾岛自身称之为"幽里",即一个与市井尘嚣相隔离开来的静谧的空间(贾岛《寄李辂侍郎》诗中"幽里近营居"意即最近在幽里营建住宅)。——而关于贾岛对井水特别的执着与爱好则在《关于贾岛诗中"泉"的意思》一节中论述。

五　原东居的位置

贾岛的原东居到底位于升道坊的北街(坊内北部)还是南街(坊内南部),因资料不足而尚无法确定。但是升道坊位于南斜面上,贾岛自己强调说从原东居也便于向南眺望。如果鉴于此而言,位于地势较高的北街的可能性较大。而从北街越向东走地势越低,且南面的立政坊的东部位于小高台上,并不便于向南(南山或曲江池)眺望。考虑到这一点,贾岛的原东居就应在升道坊的西北部吧。

考虑到位于升道坊西北隅的龙华尼寺与原东居的位置关系,也是对上述推测的一种补充与强调吧。关于原本升道坊中既有的佛寺,贾岛在下面这首诗中有所明记。

升道精舍南台对月寄姚合
贾岛

月向南台见,秋霖洗涤余。
出逢危叶落,静益群峰疏。
冷露寻时有,禅窗此夜虚。
相思聊怅望,润气遍衣初。

(大意)登上寺庙的南台仰望月亮,秋季的长雨已将月亮洗得鲜润而明亮。出了家门,高高的树上落叶飞舞;风停了,南山的群峰很快也就看得清楚了。冰冷的露水在造访寺庙时结在枝叶上,禅房的窗户今夜一定静寂无声。姚合啊,我站在这里想你时,不知何时露水已沾满我的衣襟了。

这座升道精舍意即升道坊中的佛寺,并非一个专用名词。因《长安志》升道坊中明记有"西北隅龙华尼寺",故而这或指的是该寺吧①。而这首诗以外,明确记载了原东居附近有佛寺的诗篇还有:《夏夜》《雨中怀友人》《寄钱庶子》等②。看来结果是,原东居位于升道坊西北部就应该非常具有可能性了。

另外,在刚才那首诗中也有贾岛出门在佛寺楼台上望月的情景,佛寺不单单只在原东居附近才有,应该说其本身就构成了贾岛生活场景的一部分。

酬张籍王建

贾岛

疏林荒宅古坡前,久住还因太守怜。

渐老更思深处隐,多闲数得上方眠。

鼠抛贫屋收田日,雁度寒江拟雪天。

身事龙钟应是分,水曹芸阁拄来篇。

这首诗是贾岛移居原东居刚过四年的长庆三年(823),张籍在任水部员外郎(水曹),王建在任秘书丞(芸阁)之际,二人写给贾岛诗篇后,贾岛唱和二者所作的诗歌。该诗中包含了各种各样的信息,这里要注意的是"渐老更思深处隐,多闲数得上方眠"(上了年纪了就想要隐居在寂静的地方,我什么也干不了,就只有去寺庙里睡睡午觉啊)这两句。贾岛以"老"自称

---

① 因升道坊中除了龙华尼寺以外并未传有其他寺庙的名称,故权且视为龙华尼寺。但是贾岛在这首《升道精舍南台对月寄姚合》诗中去该寺楼台望月;而在《酬张籍王建》诗中(后揭)又说去寺里睡午觉。尼寺是不会允许男子进出的吧,这一点就存有疑问。李芳民《唐五代佛寺考》(商务印书馆2006年版)中推测,韦同翊《唐故龙花寺内外临坛大德韦和尚墓志铭并叙》(《唐文拾遗》卷二十五)中的龙花寺,应与升道坊中的龙华尼寺相同。假使龙花寺与龙华尼寺有可能合并为一的话,从本文的观点来看就相得其宜了。

② 《夏夜》诗有:"原寺偏邻近,开门物景澄。磬通多叶罅,月离片云棱。"《雨中怀友人》诗有:"儒家邻古寺,不到又逢秋。"另外《寄钱庶子》诗有"只有僧邻舍,全无物映山"。而最后这句意即"只有僧侣的邻居,除此以外没有任何遮挡眺望南山视线的东西",强调了原东居(或升道坊)所处地方的寂静荒芜。

的四十来岁时(元和十四年,41岁)就想着"去深处(远离人群的地方)隐居"而移居到了原东居,而诗中记述着贾岛在闲暇时间里就出门去"上方(佛寺)"睡个午觉。

六　田地广布的升道坊

从原东居眺望的角度得以推定其地理位置既已如上所述,下面关于升道坊中广田地布的实际景象及其中贾岛所经营的生活如何的问题,就结合其诗篇来看看吧。

升道坊中曾广布田地。总体来说,贯通延兴门(贾岛所说的青门)与西边延平门的东西横街的南面地域,即长安城南的三分之一,除去占据乐游原的升平坊那样的例外部分以外,据说都是人口稀少而田地广布的寂静荒凉的地域。从这一点来看,升道坊中多有田地也并非例外。只是其西邻的升平坊与其北邻的新昌坊在中唐以降确实演变成高级官僚的住宅区,相对于此,升道坊被住宅开发所遗漏就显得很醒目。而升道坊并不仅仅广布田地,还是一个古墓集中的地区,而这一点就更增添了升道坊荒凉的印象。

首先,从贾岛自己以及造访过贾岛原东居的友人们的诗中,来确认一下升道坊里广布田地的情形吧。

寄贺兰朋吉(中段部分)

贾岛

野菜连寒水,枯株簇古坟。

泛舟同远客,寻寺入幽云。

斜日扉多掩,荒田径细分。

(大意)野地里的蔬菜顺着清冷的小河边生长,枯萎的树桩簇拥在古墓的周围。我陪同远道而来的客人一起泛舟池上,也曾为寻访寺庙而爬进深山幽云。夕阳西下时,人家的大门大多都关起来了;那一刻猛地往四周一看,但见毫无人影的田地里,只有田间小道细如枝丫地分布开来。

从原东居的门口即可看见田埂划分的田地遍布的情形,即原东居是面向着一片开阔的田地的。而"野菜"即自生于乐游原上的山菜,那还是贾岛在坊内采集的贵重的食材。

原上秋居

贾岛

关西又落木,心事复如何。
岁月辞山久,秋霖入夜多。
鸟从井口出,人自岳阳过。
倚仗聊闲望,田家未剪禾。

(大意)长安的大地上又到了落叶的季节了,我心中所郁积的愁绪该怎么说才好呢。离开故乡已有多年,到了夜里秋雨就下起来了。鸟儿从井口飞出来,而人也是从岳阳来到这里的。挂着拐杖悠然眺望着四周,农家还没有开始收割庄稼呢。

原居即事言怀赠孙员外

贾岛

出入土门偏,秋深石色泉。
径通原上草,地接水中莲。
采菌依余枿,拾薪逢刈田。
……
避路来华省,抄诗上彩笺。
高斋久不到,犹喜未经年。

(大意)开在土墙上的门深入到路人看不见的胡同里面,深秋时节岩石间渗出的泉水清澈甘甜。小路上长满了乐游原的野草,土地就一直延伸到曲江的荷花池畔。采集蘑菇时,就要靠近树的老根来采;拾柴就要适逢农家收割时节。……你避开大街,从官署出来光临寒舍,而且还带着誊写在漂亮笺纸上的诗篇。而您的府上我也许久没有登门拜访了,就这样我们二人忙了一年才能见上一面,真是太高兴了。

刑部员外郎孙革也是贾岛的一个诗友吧。他从官署下班后,带着自己作的诗,不辞辛劳前来造访原东居。"出入土门偏"即原东居的门口位于从大路(坊街)很难看见的巷子深处,孙革或许一路找上门来也很不容易。而从其巷子深处的门口出来,在树的老根旁采集蘑菇,在田地的路边捡拾柴火,这就是贾岛的生活。

酬张籍王建(节录,第三章第一节中刊载全诗)

贾岛

鼠抛贫屋收田日,雁度寒江拟雪天。

下面就来读一读张籍造访原东居时写的诗,上面《酬张籍王建》即为对张籍该诗的唱和之作(大意参照《贾岛乐游原东的住所——以移居背景为中心》一节)。

赠贾岛

张籍

篱落荒凉仆僮饥,乐游原上住多时。

寒驴放饱骑将出,秋卷装成寄与谁。

挂杖傍田寻野菜,封书乞米趁时炊。

姓名未上登科记,身屈惟应内史知。

读了上面这些诗,贾岛生活的一个侧面就浮在眼前。贾岛在青门里漫步拾柴,在田地或小河周围采集野菜,还去朽木树根下采集蘑菇来吃。在某种意味上,贾岛是一位采集生活者。

而其青门里(升道坊)田地广布,看似农村的景象一般。《寄贺兰朋吉》诗中"荒田径细分"——空旷的田地中田埂小路细如枝丫分开田块;《原上秋居》诗中"田家未剪禾"——农家尚未收割庄稼;《原居即事言怀赠孙员外》诗中"拾薪逢刈田"——要拾柴火就要碰上农家开始收割之时;《酬张籍王建》诗中"鼠抛贫屋收田日"——收割庄稼时老鼠就弃我贫家而去田地里了;张籍的《赠贾岛》诗中"挂杖傍田寻野菜"——拄着拐杖漫步在田地边上捡拾着野菜等,这些诗歌都在重复着田地,而从"剪禾""刈田"等词语来看,坊内广布的不只是蔬菜,主要是生产谷物类的禾田。——而支撑着贾岛的采集生活的,正是这田地广布宛若农村的丰饶的自然环境。

另一方面,贾岛原东居的宅院内还栽种着草药。贾岛看起来身体并不强健,如同"药债隔年还"——买药钱一年后才还清。(《寄钱庶子》诗)所说的,贾岛是一个手不离药的人。草药的栽种对他来说也是一项非常重要的工作。而其宅院的一部分还是一片菜园。

- 已见饱时雨，应丰蔬与药。（《斋中》诗）
- 柴门掩寒雨，虫响出秋蔬。（《酬姚少府》诗）
- 旧山期已久，门掩数畦蔬。（《寄宋州田中丞》诗①）
- 松姿度腊见，篱药知春还。（《酬栖上人》诗）

再者，升道坊正如《寄贺兰朋吉》诗中所说的"枯株簇古坟"那样，墓地确实存在。其"枯株"意即墓地上种植的松柏或白杨的树桩吧。不过，说到升道坊古墓的，在贾岛的诗中也仅有此诗一例而已。因此，从这一点来看的话，传奇"张庾"（《太平广记》卷三四五）中记述有"张庾举进士。元和十三年，居长安升道里南街。……此坊南街尽是墟墓，绝无人住"，就应该将其补充进资料里。而对贾岛而言，一定不会愿意将自己所住的升道坊描写成一个墟墓密集的阴森恐怖的世界。相反，贾岛借用汉代城门名称来称升道坊为"青门里"（春天到来的门里），而将其住所称为原东居（乐游原以东的住居），这都是要将诗人的居住空间神圣化的表达。当然有损于自己世界形象的记述，那就并非是贾岛所愿了。

七 孤独者的生活

以上以贾岛自身的诗歌为中心辅以相关资料能够试着加以复原升道坊（青门里）原东居的环境。将其结果摘要如下，贾岛的原东居所占据的地

---

① 就宅院内的菜园规模而言，读了"门掩数畦蔬"——门后有几畦蔬菜地（《寄宋州田中丞》诗）一句后，菜园的规模或许还相当大。假使以"畦"来当作计算面积的单位，一畦为五十亩（当时一亩约为五公亩），即数畦假使算作四畦的话也有十公顷之大。升道坊全体面积为六十六公顷左右，这么看来菜园的规模就大得不切实际了。因此这里的"畦"只应认为是一种由田埂划分开来的区划面积而已。即使如此，贾岛的菜园也可能拥有相当大的面积。要是这样的话，就不只是自给自足的蔬菜种植了，剩余的菜蔬或许会作为农副产品来出售。长安城内有经营以蔬菜为中心的近郊农业，必须要考虑到，假如贾岛也是其中一员的话，他可能就是承包经营菜园的"管理人"了，就像夔州时期的杜甫，从夔州都督柏茂琳那里承包了东屯的稻田管理一样。那种情形下的贾岛的印象就需要再另外讨论讨论了吧。——而张籍《赠贾岛》诗中有"寒驴放饱骑将出"；王建七律《寄贾岛》诗中有"仆僮冷榻朝犹卧，驴放秋田夜不归"，说的都是贾岛在收割后的"秋田"里放牧自己的驴子之事。这部分很难以理解，假使贾岛宅院里土墙所包围的田地有如此规模的话，"放牧驴子"也确实会是一种可信的表达。

297

理位置,拥有良好的眺望南山的视野,而眼前又可俯瞰曲江池,还与周围的佛寺相邻。从这两点得以判断,原东居很可能位于升道坊的西北部。而升道坊内拥有田地广布的农村,特别是南部(南街)人家稀少,墟墓散布,是一个寂静荒凉的地区。贾岛在坊内捡拾"野菜""菌类""柴火",可谓过着采集的生活。而且宅院里还有菜地和药园,贾岛也很期待这些蔬菜与草药有个好收成。

下面将试述作为原东居诗人的贾岛的生活。

贾岛由元和十四年(819)至开成二年(837)一直居住在升道坊的原东居。他邀请了张籍、王建那样的前辈诗人来原东居做客,也与以姚合和无可为首的友人们举办诗会外出交游,还有不少仰慕其诗名的来访者(例如刑部员外郎孙革)也造访原东居。可以说贾岛绝不是被逼到离群索居的地步。但是,贾岛也并不是一个社交型的人,不是那种常常现身在酒楼馆肆与友人酣饮高歌的类型。事实上,他很多时间都是在孤独中度过的,时常有十多天都是紧闭大门,将自己隐藏在原东居家里而不与外界来往。

A 送李余及第归蜀

贾岛

知音伸久屈,觐省去光辉。
津渡逢清夜,途程尽翠微。
云当绵竹叠,鸟离锦江飞。
肯寄书来否,原居出甚稀。

(大意)你在长期艰苦奋斗之后终于取得科举及第的好成绩,这下可以衣锦还乡了。清朗的夜里你住宿在渡口,途中还要翻过青翠的大山吧。云彩涌上高高的绵竹,鸟儿飞到锦江的岸边。你可肯给我写封书信来? 我待在原东居极少外出。

由于不太与人相见,贾岛在诗中渴望得到对方寄来的书信,应该知道,在这种朴素感情的背后充满了不堪忍受的孤独寂寞啊。

B 张郎中过原东居

贾岛

年长惟添懒,经旬止掩关。

高人餐药后，下马此林间。

对坐天将暮，同来客亦闲。

几时能重至，水味似深山。

（大意）我上了年纪就愈发变得懒了起来，十天以上都关着门也不出去。先生您饮用了药后，下马来到这片山林中。在我们相向而坐，直到日影西斜天色将暮，还是我俩在一起聊天最为悠闲自在啊。何时您再来啊，我这寒舍没有什么好招待的，唯有井水如同深山泉水般好喝啊。

张籍是贾岛当作前辈来敬重的诗人。贾岛为科举应试而来长安时，仰慕张籍大名而专门住在张籍的附近。在所谓的韩门诗人当中，无论是时间上还是往返的次数上，与贾岛结交最为深切亲密的就是张籍。贾岛十余日闭门不出的孤独生活，终于被这位前辈诗人的来访所打断，正因为欢喜非常，贾岛才在诗中询问"几时能重至"意即下次何时再来。

C　寄刘侍御

贾岛

衣多苔藓痕，犹拟更趋门。

自夏虽无病，经秋不过原。

积泉留岱雁，叠岫隔巴猿。

琴月西斋集，如今岂复言。

（大意）我躲在家中不出门，衣服都发了霉了。即使如此还是想去府上拜访您。入夏以来虽没有得什么病，到了入秋之前也还是不出原东居大门的。存满了水的水井旁，有北戎飞来的大雁在此休憩；而南越重山叠岭，那里则有巴国的猿猴在啼叫。在您府上的西斋我们曾一边赏月一边听琴；现在一想起来，我胸中就被思念之情堵塞得说不出话来。

贾岛一个人继续过着旁人目不所及的生活，身上的衣服甚至都到了肮脏发霉的地步。但是其间他经常想起的是，曾在刘侍御家月夜中所举行的听琴之会。贾岛渴望再一次拜访刘宅而作了此诗。

A 诗中，贾岛对从此就要返回蜀地故乡的李余说，"你会给我写信吗？我几乎不出原东居的大门啊"；B 诗中，贾岛自语道，"我上了年纪就愈发变得懒了起来,十天以上都会闭门不出地待在家中";C 诗中,贾岛自述说,"入夏以来虽没得什么病,但是直到入秋以前还是会待在原东居中不出家门"。贾岛除了直接与友人相会的极短时间以外,整天都没有什么需要外出的事情。看来这种长时间的原东居隐居,对贾岛而言也是时常发生的事情吧。

贾岛厌弃市井的喧嚣与混杂,到长安后在邻接西市的延寿里所作的诗篇中即已萌发出了这种情绪,这也早已是移居升道坊的一个理由。贾岛自己很少会主动出门去繁华市井散心。在贾岛诗集中到底也窥探不出一篇其出入酒楼或妓馆那类的诗篇。贾岛可以十数日乃至数十日不出原东居的实情,是可以按照他在诗中表白的那样作为事实来理解的。

结语

贾岛除了与友人诗歌唱和那充实而短暂的时间以外,一直都在原东居过着孤独的生活。而其生活状态如何,下面就从贾岛的诗中来一探究竟吧。

贾岛有妻室之事,虽然苏绛在《唐故司仓参军贾公墓铭》中明记有"夫人刘氏",然而何时有的妻室却尚不明确,而根据墓志铭,只知贾岛膝下无子(男子)。贾岛原东居的生活却没有提供可探明其家庭生活的任何线索,至于他拥有妻室一事,也推测是在其晚年赴任遂州长江县主簿之后的事(不过,任官以后的诗中也感觉不到有什么家人在其身边)。贾岛日子虽然困窘,但却仍是一介士人,照顾其起居的仆人肯定还是有的。然而诗中其仆人的姿态也未可见①。总之,描写贾岛日常生活的诗篇中不论何时能看见的也总是他一个人而已。说起吟咏其原东居生活的诗篇,先来读一读下面这两首。

---

① 王建《寄贾岛》诗有"僮眠冷榻朝犹卧"。对贾岛而言的确是有仆人的,但那仅见于贾岛以外诗人的诗中。而贾岛的诗中缺乏生活感,由此也可窥测一斑。

斋 中

贾岛

耽静非谬为,本性实疏索。
斋中一就枕,不觉白日落。
低扉碍轩辔,寡德谢接诺。
丛菊在墙阴,秋穷未开萼。
所餐类病马,动影似移岳。
欲驻迫逃衰,岂殊辞绠缚。
已见饱时雨,应丰蔬与药。

(大意)我沉溺于安静并非是件坏事,因为自己的本性就很孤独。书斋中一挨上枕头,再睁开眼时就不知何时日已西沉了。我家的门开得很低,高头大马的马车是进不来的。由于我的性格偏颇,也就易于拒绝与人交往。菊花种在墙根的阴处,秋天都要过去了还没有开花。我吃的食物就像给病马喂的饲料一样极其粗糙;要动一动身体的时候,就像沉重的大山在移动,非常难受也非常困难。我想着如何才能控制住逐渐到来的衰老,而那就如同要解开绑死了的绳子一样,是无法解决的。对了,今年好雨知时节,下了很多好雨,蔬菜和草药一定会长势喜人的。

读了这首诗,传达给人的印象就是贾岛是十分孤独的。打个盹再睁开眼,不知不觉天都黑了("斋中一就枕,不觉白日落")。对于那些在外部世界日子过得繁忙的人来说,那可是瞬间最幸福的体验。然而对于贾岛来说,在原东居却一直是这样单调的时间。篱笆阴凉处种的菊花即使到了晚秋还是一直不开花("丛菊在墙阴,秋穷未开萼"),对于这句的理解是在比喻自己即使到了老年仍然找不见人生出世的出口而只能继续过着郁郁不得志的生活。贾岛对在这样无所作为而不停重复的时间中,人生就这样被白白消磨掉而感到胆怯不已("欲驻迫逃衰,岂殊辞绠缚")。

贾岛在孤独中苏醒过来之时,所感觉到的是时间的单调重复,以及其间对无所作为而衰老下去的人生所感到的焦躁不安。而贾岛在其中所发现的微小的喜悦,即所谓蔬菜与草药就要在秋雨中迎来收获等,不过只是一些与人生大问题着眼点不同的日常琐事罢了。

和刘涵

贾岛

京官始云满,野人依旧闲。
闭扉一亩居,中有古风还。
市井日已午,幽窗梦南山。
乔木覆北斋,有鸟鸣其间。
前日远岳僧,来时与开关。
新题惊我瘦,窥镜见丑颜。
陶情惜清澹,此意复谁攀。

(大意)你京官的任期就要结束了,真是辛苦你了;而无官的自己依旧享受着长长的悠闲时光。一亩大小的陋宅里,虽然门扉紧闭,但其中还有"古风"吹过。世间正午时分正是最繁忙的时刻,而我却在寂静的窗边做着南山一梦。高大的乔木掩映着北向的书斋,有鸟儿飞来在树荫中鸣叫。数日前有来自远方的僧人造访我家,我才打开了关闭许久的大门。那时适逢我刚刚写好了新诗,僧人见我清瘦的样子倒是大吃了一惊。照照镜子看看自己,果然是一个憔悴老丑的面目。而我是要使自己的心灵放轻松,想要远离名利而珍惜清淡。然而这样的想法,究竟又有谁能够理解我呢?

此诗诗题为《和刘涵》,即为一首唱和原诗的诗作。然而即使如此,却并没有与刘涵对话性的要素,而几乎全都写成了自言自语。

这首诗里所传达的信息有二:信息一是贾岛厌恶世俗,与此相反的是,耽溺在自己纯粹的世界中。"闭扉一亩居,中有古风还"。那个世界只不过像是仅有一亩的小世界而已,但中间却有古风(无上的淳朴)清爽地循环着。"市井日已午,幽窗梦南山。乔木覆北斋,有鸟鸣其间"。在市井中的人们越发变得物欲旺盛而勤勉工作之际,贾岛坐在寂静的窗边做着南山一梦。高大挺拔的树木掩映着北斋,鸟儿停在树上鸣叫着。——南山是贾岛任何时候都能从原东居的窗户眺望得到的一个寻常风景,但是在此说的是即使在梦中他自己的灵魂都在充满向往地朝着南山走去,可以读出这句诗显示出了贾岛对于南山不同寻常的执着。所谓"市井日已午",由于当时西市、东市的商业买卖规定从正午开始进行到日落为止,因此这里的正午意即商业买卖要开始的时间。贾岛对世俗的厌恶对象,不只是做追名逐利的官僚,还有做买卖的商人。长安上京之后紧接着写就的《延寿里精舍寓居》诗中既已有了一句"耳目乃鄽井"——传入耳目的是西市的喧嚣,就显示出贾岛对商业活动一种本能的厌恶之情。

信息二是叙述了贾岛对于作诗行为的专心致志及其所带来的无上幸福的喜悦之情。"新题惊我瘦,窥镜见丑颜。陶情惜清澹,此意复谁攀"。的确,贾岛对于作诗竭尽心力而憔悴伤神。然而由于诗歌的创作,贾岛也能够达到"被清淡且净化过的灵魂上的平安"。这种作诗的喜悦,究竟又有谁能够给予他理解呢?这里所说的"清淡",换句话说,即将诗前半部所言的"原东居内部循环的古风"化作了自身的一部分而感悟到了。然而,即使贾岛是如此这般地叙述了作诗的愉悦之情,但还是不得不令人感到,原东居的生活对于外部世界而言过于禁欲,而对于他自己而言又过于闭塞,是处在一种令人窒息的孤独危机中那千钧一发的平衡之上的。

的确,对贾岛而言是有作诗的愉悦的。然而如果原东居生活本身就使人觉得是个"极其闭塞的世界"的话,恐怕贾岛也无法弥补那面向作诗的精气神来吧。在灵魂的牢房中,即便是再伟大的诗人也作不出诗来。因此必须要认识到,贾岛在这个小小的原东居中,是保有一扇通向外部世界用以通风换气的窗户的。而贾岛这个诗人,也一定是在呼吸着从外部世界吹进来的新鲜空气的。关于这一点,下一章将再重新进行讨论。

第三节　贾岛诗中"泉"的意味
——根源性的存在及其交叉

序言

前一节《诗性世界之现场——贾岛的原东居》中,探索研究了贾岛原东居生活的细节。本文既是其续编,又在其观点的限定上有所发展。本文要考虑的课题是,在孤独的原东居生活中,贾岛是如何忍受孤独、又是如何保持精神上的平衡的。其中如果存在什么秘密的话,那秘密一定是从根底支撑着贾岛的文学,同时也一定在成就着贾岛的文学。

贾岛原东居的生活多数是孤独的。数日甚至数十日,贾岛都一直待在升道坊一隅自称为原东居的住所中,拒绝与外界的交往而隐居不出,而且那种孤独却未必是贾岛自己所希望的(参照前节第七部分与结论内容)。

在下面这首为送别进士及第而衣锦还乡的诗友李余所作的《送李余及第归蜀》诗中,就可见贾岛自己在抱怨孤独的话语。

　　肯寄书来否,原居出甚稀。

　　(大意)你可肯给我写封书信来吗?我待在原东居极少外出的。

贾岛还在前辈诗人张籍造访原东居之际而作的《张郎中过原东居》诗中写道:

　　年长惟添懒,经旬止掩关。……几时能重至,水味似深山。

　　(大意)我上了年纪就愈发变得懒了起来,十天以上都关着门也不出去。……何时您再来啊,我这寒舍没有什么好招待的,唯有井水如同深山泉水般好喝啊。

此外,贾岛在表示希望拜访刘侍御宅的《寄刘侍御》诗中有如下诗句:

　　衣多苔藓痕,犹拟更趋门。

　　自夏虽无病,经秋不过原。

　　(大意)我躲在家中不出门,衣服都发了霉了。即使如此还是想去拜访您的府上。入夏以来虽没有得什么病,到了入秋之前也还是不出原东居大门的。

以上这些诗篇,非常诚实地诉说着贾岛不堪寂寞而希望与人交往的心情。

即使在原东居孤独的生活中,贾岛的确仍然享受着作诗的愉悦。原东居里充满着他自称为"古风"的至纯的空气(《和刘涵》诗"闭扉一亩居,中有古风还"),并成为贾岛丰厚文学创作的一个现场。然而,如果原东居真是一个没有出口的闭塞世界的话,那么贾岛又如何能够忍受在此度过漫长而孤独的时间呢?但是,那里的生活贾岛却忍受了有将近二十年。这就意味着,原东居的生活中拥有能够给予贾岛治愈孤独的力量。原东居里必定会有增强贾岛的生命力,即所谓将贾岛与世界根源之气维系起来的那种力量。而那其中之一即为深受贾岛喜爱并成为其定居原东居的理由的南山眺望。另外一个就是"泉"。以上这样的说法是笔者在读贾岛诗歌时所提出的两个假设。

前面那个南山眺望的假设很容易理解。如同"南山三十里"(《望山》诗),距离原东居刚好十五千米的南山,作为一个"目视可及的世界边缘",像屏风一样耸立着。因而南山的雄姿就时常引导着贾岛的视线伸向更远的地方;而或因山峰遮挡住了视线,反而更加引诱出他对山那边世界(巴蜀)的兴趣来。贾岛的脑海里就浮现出了回响在南山背后那巴国猿猴的叫声来——"叠岫隔巴猿"(《寄刘侍御》诗)。还有那屹立在关中平原正中央的山脉,其自身本来就是大自然造化能量的大爆发。因而看到这些景象的贾岛,当然一定是会从中汲取无穷尽的元气来的。

而且南山的紫阁峰、白阁峰上佛寺云集,其中特别是草堂寺(鸠摩罗什墓的所在地)中住有贾岛之弟诗僧无可,贾岛也曾投宿过该寺[①]。当贾岛在诗中吟咏南山的雄姿时,常常会举出紫阁峰(西峰)的名字来,这不仅仅是怀念挚友,而且还应该看出对于那南山庄严氛围所环抱的世界,贾岛所倾注的憧憬之情。

贾岛对眺望山峰的执着之情,始于其长安寄寓初期的《延寿里精舍寓居》诗中的"肺肝即岩峰"(胸中的思绪正如那崇高的山岳一样),到《望山》诗为止,就一直在贾岛的心底潜流着。而眺望南山的原东居卜居,实现了贾岛所谓"谁家最好山,我愿为其邻"——谁最爱山,我就想搬到谁家旁边去的愿望,而这一点就必须视其具有重要的意义。

而将贾岛所眺望的南山仅仅作为一个景观来理解是不充分的。景观一般来说是观赏者可以共有的公共资源。然而贾岛的南山却并非上述意义上的景观。可以说,贾岛在看南山时,就那样将看山与看自己相互重叠,即如同山之对象与人之主观互相结合为主客未分的一体化那样,将南山置

---

① 《就可公(无可)宿》诗:"十里寻幽寺,寒流数派分。僧同雪夜坐,雁向草堂(草堂寺)闻。"

于直觉性与统一性的体验之中。山之对象在那样被内化之时,也就变成支持自己的一种力量。

可是,在贾岛原东居的生活中,如果说还有一个具有比南山更加重要意味的,那就非泉水莫属了。这里所说的"泉",指的并非是像日语用法中所特指的自然涌出的泉水,而是将从水井中汲取上来的水称之为"泉"。即这里的"泉"或"泉水"指的是地下水,而贾岛就强烈地迷恋着这种"泉"①。

从水井中打上来的泉水,其本身就很常见而普通,换言之即日常生活的一部分。而就是对这样并不奇特的泉水,贾岛却反复表明了对其怀有特别的感受,本文认为,这个事实本身就包含着探索研究贾岛文学的一个重要线索。

一 白居易诗中的泉水

要论述贾岛诗中所见泉水的特征之前,先来理解一下当时诗歌中所吟咏的平均意义上的泉水具有何种意义。

泉水,作为盛唐以前诗歌中的一般用法即为:①用作地名的一部分("酒泉""通泉驿""玉泉寺"等);②用于比喻死者的世界("黄泉"等);③比喻为落泪(李白《白头吟》中"泪如双泉水",杜甫于夔州东屯所作的《杜鹃》中"泪下如迸泉"等);除去上述用法之外,多指山中的清流(溪流),而若流经岩石表面则为"石泉";流经急坡斜面则被称为"奔泉""瀑泉""飞泉"等。

如果限定为清流的意思时,流经平地的河流也会被称作"泉"。杜甫于夔州东屯所作的"六月青稻多,千畦碧泉乱"(《行官张望补稻畦水归》)诗句描写的就是用小河的清水(碧泉)来灌溉稻田的情形。

而且,由泉意指山中清流而转用为"林泉"等复合词等,来指称山中的世界,继而更有被转用为隐遁世界的代名词的情况。杜甫在蜀中辗转浪迹时期,为怀念成都的浣花草堂而作的《寄题江外草堂》诗中就有"嗜酒爱风竹,卜居必林泉"。此外岑参的《送永寿王赞府径归县,得蝉字》诗中有"当

---

① 本文中的"泉"或"泉水"并不是日语中的一般用法上的意义(地下水自然地涌出地表),而就是指地下水,其中也包含着日语所说的"井户水"和"泉之水"。此外,借鉴中国古典诗歌的用法,其中也包含着流淌在地表的干净的水(如山中的溪流等)。

官接闲暇,暂得归林泉"二句,也是这个用法。

以上这些用法既已存在于盛唐以前,继而在中唐以降被继承下来,可谓是"泉"的基本用法①。因此,这里应该先来确认的一点就是,对用作盛唐以前诗歌题材的"泉"来说,代指从水井中汲取上来的水的这个用法极其少见,而且若要指称当作人工庭院的一个要素来用的"泉"或蓄其水而得的"池水",事实上这样的用法也几近罕见。就前者的井水用法来说,作为一般见解,井水因甚近于日常生活的浅俗,而难以用来作为一种诗意上的认识对象;而后者的喷泉或池水的用法却很少见,则是由于盛唐以前文人造园尚未流行的缘故。

泉,到了中唐时期,在文人之间掀起的造园热的高潮之中,作为一种引人注目的诗歌题材而成长起来。这里就以白居易为中心,来看看"泉"是如何被吟咏进诗歌里面去的。白居易无论是在其江州庐山草堂中,抑或是在颐养余生的洛阳履道里自宅中都对造园显示出强烈的兴趣来,因而在其相关的诗篇中,就作有很多咏泉的作品。从白居易的这些诗作中,就应该可以非常典型地窥探出当时文人对泉水题材的兴趣。

白居易以"泉"字为题或咏入诗中的诗篇共计一百六十五首(此外还有白居易参加的联句二首《西池落泉联句》《秋霖即事联句三十韵》,二者皆收入《全唐诗》卷七九〇),而且就算将庭院以外的"泉"的例子也包含在内,白居易咏泉的作品数目为唐代诗人中最多②。在这一点上,通过白居易来调查"泉"的用法,就会有效地获知当时文人描写"泉"的印象。

论及造园之肇始,可上溯至先秦时代。到了魏晋以降,大小庭院(园林、山庄)不胜枚举。石崇的金谷园、王羲之的兰亭、王维的辋川庄等,皆因其文学作品的存在而尤为著名。

可是,造园在安史之乱之后迎来了一个转机。从此前所谓王侯贵族为

---

① 落泪的用法自盛唐时期以降渐为减少,而将泪喻作如泉般迸发的说法,则应为盛唐式的夸张表达方式。

② 将"泉"字吟入诗题或诗中的作者和数量如下所示:王维三十四首、李白六十五首、杜甫六十首、岑参二十五首、刘长卿二十一首、韦应物四十首、皎然三十七首、张籍二十六首、王建二十九首、元稹三十首、刘禹锡二十四首、韩愈十九首、柳宗元九首、姚合三十七首。

了夸耀自己的富裕与权势而造园,转变为此后主要是科举出身的文人官僚为了证明自己文人的高雅趣味而纷纷开始参与造园。白居易即可谓文人中的一个代表,他倒并非是所谓的权臣①。就以白居易晚年搬迁去的洛阳履道里宅邸为例来说,为了营造一个体现自己趣味的庭院,白居易卖了两匹马筹措了费用来造园(下揭《洛下卜居》诗的自注中有"买履道宅,价不足,因以两马偿之"),显示出了文人对造园的热情之高,这就应该是一个意味深长的事例。

白居易长庆四年(824)退任杭州刺史而回到洛阳,其时,购入履道里故散骑常侍杨凭的旧宅用作自己的宅邸。而官任杭州刺史时期在当地购置的华庭鹤与天竺石,也特意搬运到洛阳宅邸来布置在池畔。

洛下卜居

白居易

三年典郡归,所得非金帛。
天竺石两片,华庭鹤一只。
饮啄供稻粱,包裹用茵席。
诚知是劳费,其奈心爱惜。
……
东南得幽境,树老寒泉碧。
池畔多竹阴,门前少人迹。
未请中庶禄,且脱双骖易。
岂独为身谋,安吾鹤与石。

(大意)做了三年杭州刺史,我得到的不是什么金帛,而是两片天竺石和一只华亭鹤。每日给鹤饲喂奢侈的稻粱饲料,而天竺

---

① 权臣裴度(765—839)曾在长安兴华里中营建了豪华的池苑亭台,晚年(太和八年[834])又在洛阳鼎门外的午桥筑造起一座穷奢极欲的别墅绿野堂,招集白居易、刘禹锡等文人酣饮欢谈,这也可以说是承继了前代王侯贵族的趣味。《旧唐书》卷一百七十"裴度"条:"度以年及悬舆(七十岁),王纲版荡,不复以出处为意。东都立第于集贤里,筑山穿池,竹木丛翠,有风亭水榭,梯桥架阁,岛屿回旋,极都城之胜概。又于午桥创别墅,花木万株,中起凉台暑馆,名曰绿野堂。引甘水贯其中,酾引脉分,映带左右。度视事之隙,与诗人白居易、刘禹锡酣宴终日,高歌放言,以诗酒琴书自乐,当时名士,皆从之游。"

石更是用草席包裹着运回来的,真是花费了不少心思与劳力。但若不这样的话,又实在于心不忍。……我宅院东南角有老树与清池,池畔四周竹林茂密,而到我家来访的人也很少。由于尚未领受太子左庶子的俸禄,我可是卖掉了两匹马才造好的这个池苑的啊。可这也绝不是只为了我自己居住,而是为了好好安顿好我的华庭鹤与天竺石。

再说那白居易引泉注满的水池又是怎样的一个所在呢?

引　泉

白居易

一为止足限,二为衰疾牵。
邴罢不因事,陶归非待年。
归来嵩洛下,闭户何翛然。
静扫林下地,闲疏池畔泉。
伊流狭似带,洛石大如拳。
谁教明月下,为我声潺潺。
竟夕舟中坐,有时桥上眠。
何用施屏障,水竹绕床前。

（大意）我（隐居在家）一来是因为腿脚不方便,二来是因为身体有病。邴曼容辞退高额俸禄,也并非是由于什么不祥之事;陶渊明归隐田园也并非是由于退休在家啊。与他们相似,我回到嵩洛(洛阳)之地来,也就悠闲地隐居在家。每天就在树林下扫扫地,在池畔疏导疏导泉水。伊川河水就像一条带子一样细细地流淌着,而洛川河底的石头却个个如拳头大小。有没有人给我在明月之夜送来潺潺流水的声音呢。我有时整晚都泛舟池上,有时就在桥上睡着了。池苑周围不需要屏风遮挡,因为池边的竹林就代替了屏风,已将我的床榻围绕起来了。

白居易给池中引入的泉水是从流经洛南的伊川抽上来的渠水,既非自然涌出的泉水,也非水井中汲取的井水。伊川之水虽很清澈,与一般黄浊的华北河流不同,但却也并不是山中流淌的清泉。而白居易在此特意将其水称作泉水,是由于他想将自己配有池水的庭院复制成为自然中的山居风情吧。由此也可知道,文人在描写其庭院泉水或注满泉水的池子时,多数情况下是将流经附近的河水引入池中的。

(一)石

白居易造园引人注意的一点是对"石"的执着。白居易将"天竺石"特意从杭州运回来,就说明当时庭院构成中石头有着重要的作用。要是让白居易来讲的话,石即为"山"之比喻,同时还寓意着使泉水发出潺潺流水声的装置。

就"石"而言,有以下诗篇可作参考。正如诗题所述"李卢二中丞各创山居,俱夸胜绝。然去城稍远,来往频劳。弊居新泉,实在宇下。偶题十五韵,聊戏二君"(中丞李仍叔与卢贞二人,各自构建了山居,并以景色优美自夸,就是离街市有些远,来往不太方便。我宅院里的新泉就在屋檐下),白居易在夸耀履道里自宅庭院里泉水的位置不错。该诗相关部分引用如下:

……

　　未如吾舍下,石与泉甚迩。
　　凿凿复溅溅,昼夜流不已。

……

(大意)二人的庭院不如我家那样"石"与"泉"皆近在身边。
潺潺的水声响着,昼夜流个不停。

这里所说的"石"是与李仍叔与卢贞二人所构筑的山居中的"山"相互对应的;而流经那石片上的潺潺渠水的水,则是与二人引自山中汇涌而下的泉水来相互对应的。将石看作是山,而将渠水看作是泉水,这些都是对当时那种在有限庭院之中要将深山野水的意趣收纳进来的造园哲学的一种反映。

下面这首《闲居自题戏招宿客》,是白居易在履道里宅邸中邀请友人来宿之际所作的诗篇。诗的末尾添加有自注"西亭墙下,泉石有声"(西亭土墙下面,泉石的水声回响不停)。这是白居易为了营造出潺潺的水声,而特意在引水渠的流水口下面安放了石片的缘故。再来读一下诗的末尾四句:

……

　　渠口添新石,篱根写乱泉。
　　欲招同宿客,谁解爱潺湲。

......

（大意）我在引水渠的流水口下面新放置了几块石片，所以篱笆下就会有泉水流泻下来。我想请客人都来寒舍住上一住，就是不知他们之中又有谁能和我一样爱听这潺潺的流水声呢？

这里的"石"与日语中所指的小碎石块的语感不同，是不分大小皆可指代的。即，石也可指的是巨大的岩块。也正是因为如此，将云霞涌出的岩山称为"云根"，而其云根同时也是可以被称作"石"的。白居易就这样在执着于"石"的美学。"石"既象征着溪流流经的深山，也是使引入池亭中的渠水奏起潺潺水声的一个具体的小道具。

而在《西街渠中种莲叠石，颇有幽致，偶题小楼》诗中还有"买石造潺湲"（买来石片用以营造出潺潺的水声）一句。以及下面所引的《南侍御以石相赠，助成水声，因以绝句谢之》诗中，侍御南卓赠给白居易用来在庭院中营造潺潺水声的石片，白居易则作此诗以答谢。

泉石磷磷声似琴，闲眠静听洗尘心。
莫轻两片青苔石，一夜潺湲直万金。

（大意）泉石潺潺，像琴在弹奏着音乐。躺在旁边听一听，似乎就能洗去心底的尘垢。你可不要轻视这两片长着苔藓的石片，夜里它能使渠水响起潺潺的水声，简直价似万两黄金啊。

从以上数篇诗作可以理解，泉石对庭院来说是不可或缺的设置。白居易（还有其他文人）将引入庭院的渠水视作"泉"，而将"石"视作山泉流落的山，从而要在庭院中再现潺潺溪流的自然世界。

（二）竹

在造园中与泉（池水）、石一同都具有重要作用的还有"竹"。下面就此来简单地看一看。

白居易将自己履道里私宅的模样在《池上篇》（太和三年，五十八岁时作）中这样描写道："地方十七亩，居室三之一，水五之一，竹九之一，而岛树桥道间之"，可见"竹"占据了很大一片面积，并与水（池水）一起特别加以强调。

白居易除了洛阳履道里自宅以外，还拥有长安新昌里宅邸。他在吟咏这两所宅邸的《吾庐》诗中，这样写道：

......

> 新昌小院松当户，履道幽居竹绕池。
> 莫道两都空有宅，林泉风月是家资。

（大意）新昌里小小的庭院中，大门前种有松树；履道里的幽居中，竹林围绕着池水。不要说我在这两都中空有宅邸了，林泉与风月所营造的山中的意趣才是我家的宝贝啊。

除了上面这首以外，还有前揭《引泉》诗中有"竟夕舟中坐，有时桥上眠。何用施屏障，水竹绕床前"；而同样是前揭《洛下卜居》诗中有"池畔多竹阴，门前少人迹"等，如上面引述诗句那样，白居易将履道里自宅中池畔的竹林，反复在不同的诗中吟咏着。

下面这首《将归一绝》诗作于太和七年（833），白居易六十二岁退任河南尹（河南府的长官）之际，而这次河南尹的退任实际上就意味着白居易的退休。他将回归到最后居所履道里宅邸的这种喜悦之情，直率地写入诗作中，"泉"与"竹"是依然共同出现在诗中的。

> 欲去公门返野扉，预思泉竹已依依。
> 更怜家酝迎春熟，一瓮醍醐待我归。

（大意）我离开了官署，回到了家里。只是一想到庭院里的泉水与竹林，心中就涌上一股思念之情。自家酿制的美酒啊，迎来春天也就发酵成熟了。那满满一瓮的醍醐之味啊，都快等不及我回家啦。

白居易在回到家之前，心中就想念起那蓄满渠水的池子和池畔围绕的竹林，看来履道里的竹林是庭院不可或缺的配置。

（三）对偶中的"泉"

文人们的庭院，常常又被称作池苑、池亭。而正像白居易将描写自己履道里宅邸的文章称为《池上篇》那样，"池"是庭院的中心。那人工挖设的池子为了贮水则必须要引水（白居易所言的"泉水"）。而在那"池"中添加山中意趣时不可或缺的道具就是"石"与"竹"。如果仅此而言"池"不过只是一个贮水池而已。而以"池"为中心，再配以"泉水"与"石""竹"而营造起来的人造的"山中"，就是文人们所追求的庭院了。

将白居易这样的庭院，重新以泉水为中心来审视一遍会有什么结果？庭院并非只是由泉水构成的，泉水中还有蓄水池、石片和竹林。泉水虽然是庭院不可或缺的要素,但也只是其中的一部分。正如此,也可从具体诗篇的修辞特征上,指出白居易并未将兴趣只集中在泉水上。泉,几乎必须都出现在对偶关系之中。对偶关系先是从两个字所形成的对义词或反义词的程度上体现出来的。如形成"泉石""石泉""泉竹""竹泉"等词时,就将"泉"放入到了最基本程度的对偶关系中去。(此处暂且不问其为并列关系或修饰关系)

对偶关系并不只体现在这两个字的复合词里,就诗歌而言,还会体现在句中程度(句中对)、句与句程度(对句),以及联句程度(隔句对)等。

对偶的特性在于,将与其重量相同的对方一起对置而产生相对化,结果就使其自身突出的部分得以抑制的一种手法。即将"泉"放置于对偶构造中,也就使得关注点并只不集中在"泉"一方上面。白居易诗歌中出现的"泉",大部分都是被置于对偶构造之中的。这就意味着,白居易所吟咏的泉水,其大半出现于描写庭院之中,其自身也只是构成庭院如"石""竹"等诸要素的一部分而已。

下面就将"泉"放置在于"石""竹"所构成的对偶关系之中,限于此而将其用例的一部分列举如下。

【句中对偶】

· 石拥百泉合,云破千峰开。(《祗役骆口因与王质夫同游秋山偶题三韵》)

· 未如吾舍下,石与泉甚迩。(《李卢二中丞各创山居,俱夸胜绝。然去城稍远,来往颇劳。弊居新泉,实在宇下。偶题十五韵,聊戏二君》)

· 殷勤傍石绕泉行,不说何人知我情。渐恐耳聋兼眼暗,听泉看石不分明。(《题石泉》)

· 老爱东都好寄身,足泉多竹少埃尘。(《赠侯三郎中》)

· 欲知住处东城下,绕竹泉声是白家。(《招山僧》)

· 风清泉冷竹修修,三伏炎天凉似秋。(《池畔逐凉》)

【对句】

· 吟诗石上坐,引酒泉边酌。(《寄王质夫》)

· 净石堪敷坐,寒泉可濯巾。(《题报恩寺》)

· 古石苍错落,新泉碧萦纡。(《闲居偶吟招郑庶子皇甫郎中》)

・引泉来后涧,移竹下前冈。(《渭村退居寄礼部崔侍郎翰林钱舍人诗一百韵》)

・洒砌飞泉才有点,拂窗斜竹不成行。(《香炉峰下新卜山居草堂初成偶题东壁五首》其一)

【隔句对】

・泉来从绝壑,亭敞在中流。竹密无空岸,松长可绊舟。(《宿池上》)

正如从以上这些例子可以管窥一斑,白居易的"泉水"历经句中、对句、隔句对等不同程度的对偶关系,多数都出现在对偶构造的一方之中。对白居易而言,泉水自身并非其主要的兴趣关注点之所在,而是要在与石、竹等几个要素的组合中才具有意义。仅对于泉水其自体而言,很难发现白居易抱有什么特别深沉的感情。

(四)作为寓意上的"泉"

对白居易来说,也并非没有仅以"泉"为主题而创作的诗歌。

途中题山泉

白居易

决决涌岩穴,溅溅出洞门。

向东应入海,从此不归源。

似叶飘辞树,如云断别根。

吾身亦如此,何日返乡园。

(大意)山泉咚咚地从岩穴中涌出来,潺潺地从山洞中流出来;它们向东奔向大海,从此不再返回源头。就如同树叶轻轻地从树上飘落而下,也像云朵从云根(岩山)分开一样。我自身也如同山泉一样,无论什么时候也回不到故乡了。

这首诗(长庆四年[824]由杭州返回洛阳途中所作)中寓有泉水"一去不复返"的观念,而且其寓意又由于离开枝头的树叶、离开山冈的云朵这样的意象而得以加强,此后还引发了远离故乡游子的感叹。但是作为结果,泉水如果读出了"一去不复返"的寓意,可谓就变成无用的东西。所以说,泉水本身并非是白居易的关注对象。

下面要列举的,是白居易唱和元稹《分水岭》的诗作。以泉为主题,并从泉中引出了丰富的联想。但是这里的泉水仅仅就只被用作一种寓意上的材料。即，一去不复返的泉水，一度流向不同的方向之后就再也不会相逢，这就寓意着兄弟骨肉的离别之意，在此之上还寓意着与被贬谪江陵的密友元稹之间分别的悲伤之情。

和答诗十首　和分水岭
白居易

高岭峻棱棱，细泉流亹亹。
势分合不得，东西随所委。
悠悠草蔓底，潋潋石罅里。
分流来几年，昼夜两如此。
朝宗远不及，去海三千里。
浸润小无功，山苗长旱死。
萦纡用无所，奔迫流不已。
唯作呜咽声，夜入行人耳。
有源殊不竭，无坎终难止。
同出而异流，君看何所似。
有似骨肉亲，派别从此始。
又似势利交，波澜相背起。
所以赠君诗，将君何所比。
不比山上泉，比君井中水。

白居易是有唐一代诗人中，咏泉最多的一位诗人。其倾向大致可从以上诗作了解到一些吧。以白居易而言，"泉"对于实现文人趣味的庭院来说，首先是一个不可或缺的元素。因庭院则是所谓微缩的山水隐遁世界，故庭院就当然附带有通向隐遁世界的联想。而且被置于庭院中的泉水，并非是在关注泉水本身，而是关注包含泉水的庭院，乃至于是关注审美化并矮小化了的隐遁世界的一部分而已。

甚至作为寓意诗的《途中题山泉》《和答诗十首（和分水岭）》，并非是以关注泉水本身为主题，就没有必要再说明了。

白居易诗中所见的"泉"都集中在吟咏庭院的诗中，反映了这个时期文人间兴起的造园热，也说明泉水成为庭院不可或缺的要素。然而泉水却仅仅是构成庭院的其中一个要素，结果也就是说泉水本身并不具备特别的意义,因而泉水本身也并未提升为诗歌的主题。

此外,与上述两点一起,还必须要指出另外两个特征。第一是称为"泉"的同时,失去了"泉"(地下水,或山中清澈的溪流)的本质,而只变成指代流经住所周边的河流(沟渠)之水。庭院并非位于山中,而结果必然是被营造于长安或洛阳的街市之中①。并且这一点可谓是产生于盛唐诗歌的一大变化,即在盛唐以前的诗歌中,"泉"是接近于其基本含义的溪流用法,从此脱离的用法就几乎没有出现过。

第二是以"泉"来代指井水的用例,却根本就没有见到过。总之,从白居易对"泉"的兴趣来看,井水则完全是被疏漏掉了②。而正是这一点,才成为白居易与贾岛区别的关键之所在。

二 白居易以外的诗人——姚合的"泉"

如上所述白居易倾向于"泉"的庭院诗,既代表了当时诗人吟咏"泉"的倾向性,也显示出其典型来。可是到了姚合,却产生了与白居易不同的细微差异,这让人觉得意味深长。姚合既是贾岛的诗友,也以武功体诗人而为人所知,从姚合的世界来看,发自文人趣味的"作为奢侈品的庭院"基本上就被敬而远之了③。取而代之的就是采纳了自然原生态的简单素朴的庭

---

① 裴度在长安兴华里营造了豪华壮丽的池亭,并于斯邀请白居易、刘禹锡、张籍等文人作有《西池落泉联句》。参见本节第一部分中的注释。

② 严格来说,白居易在认识泉水与井水二者时,看来是将二者理解为具有相互对立的性质的。"不比山上泉,比君井中水"(《和答诗十首·和分水岭》);"井鲋思反泉,笼莺悔出谷"(《孟夏思渭村旧居寄舍弟》)。特别是后者之例较易理解。"笼"意为闭塞,"谷"意为自由的象征;同样,"井"为闭塞,"泉"为自由的象征。看来白居易是在闭塞的井水与自由流动的泉水(河水)之间进行着对比吧。

③ 只是也有过例外,姚合之后升任高官,也就有了在自家宅院营造庭院的余力。《题家园新池》诗:"数日自穿池,引泉来近陂。寻渠通咽处,绕岸待清时。深好求鱼养,闲堪与鹤期。幽声听难尽,入夜睡常迟。"到了这个地步,姚合就与白居易的造园诗大同小异了。而寄给白居易的《寄东都分司白宾客》诗的后半有"宾客分司真是隐,山泉绕宅岂辞贫。竹斋晚起多无事,唯到龙门寺里频",就显示出姚合与白居易之间在造园上已感觉不到什么不协调的了。只是加了一句"岂辞贫"这一点,还是显露出了武功体诗人的真面目。

院,或者说所谓的庭院就是存在于住所外部的自然本身。

下面所列举的三首诗,分别是送别赴任华州(西岳华山山麓)的友人、寄给住在陆浑(洛阳南郊)或华山的友人;三首诗各自描写的都是其所在地与俗世隔离开来的清净之所,而"泉"就出现在这样的文脉之中。①应是描写庭院,②③则应是描写附近的环境。在①诗中,庭院与其说是人为地营造出来的,不如说就是将大自然原封不动地移进庭院里来的。

①送裴中丞赴华州
姚合

……

径草多生药,庭花半落泉。
人间有此郡,况在凤城边。

……

(大意)路边长着药草,庭院的花都被泉水打落了。人世间还有这么美丽的郡,更何况还在长安附近啊,真是太感谢了。

②寄陆浑县尉李景先
姚合

……

地偏无驿路,药贱管仙山。
月色生松里,泉声在石间。

……

(大意)地处偏僻而不通大路,药草多到卖不上价,你就在管理着陆浑这片仙山啊。月亮栖在松枝上,泉水的声音从岩石间传了过来。

③寄马戴
姚合

……

隔屋闻泉细,和云见鹤微。
新诗此处得,清峭比应稀。

……

(大意)隔墙听得见微弱的泉水声,而于云间朦胧中看见了鹤的身姿。在这样的地方吟出的诗,其清峭的风格一定让人望洋兴叹。

然而,泉水在景观中是作为审美对象来处理的这一点上,虽然使人觉得其在人造庭院与融入自然之间尚存有微弱的差异,但是白居易与姚合的视点上却并不存在本质上的差别。使人觉得,在这个意义上姚合与白居易到底仍是同处于同一时代氛围的两个诗人。

值得关注的是,反倒是姚合描写作为饮用水的泉水,即井水的诗篇,如下所示会有数篇之多。

街西居三首其一

姚合

……

浅浅一井泉,数家同汲之。
独我恶水浊,凿井庭之陲。

……

(大意)常乐坊里井底很浅的井水,几家人都在汲取饮用。只有自己厌恶井水混浊不清,故而就在庭院一角新挖了另一眼井。

新昌里

姚合

旧客常乐坊,井泉浊而咸。
新屋新昌里,井泉清而甘。

……

(大意)以前寓居常乐坊之际,井水混浊而苦咸;自从在新昌里购置了新居之后,井水既清澈又甘甜。

下面这首诗则记述了从深山用竹筒引来涌出的山泉之事,河水洗草药很脏,雨水浇花又不方便。与为了造园而引入渠水就轻易地以"泉"相称的做法不同,而是在关注其水质的清净与否这一点上,才会显示出姚合的特色来。

题僧院引泉

姚合

泉眼高千尺,山僧取得归。
架空横竹引,凿石透渠飞。

洗药溪流浊,浇花雨力微。

朝昏长绕看,护惜似持衣。

(大意)泉眼在千尺之高的山中,寺僧能从那里将泉水引来。空中架起竹筒来引水,石头上凿洞通渠来导流。至今为止,洗草药时河水太脏,而浇花时雨水又不够。现在从早到晚都在巡视引泉的情况,那爱惜重视的样子,宛如拿着一件珍贵的僧袍啊。

三 贾岛的"泉"

说到贾岛的"泉",就与以白居易为代表的文人诗中出现的"泉"有所不同,贾岛几乎没有吟咏过庭院的渠水或存贮而成的池水,也几乎没有将其再称之为"泉",这就是贾岛的特征。

贾岛的咏泉诗,共计五十三篇(以《赠弘泉上人》为题的诗篇除外)。其中将庭院池水当作"泉"写入诗歌的可以说一篇也没有。现在要勉强举出与其相近的诗篇的话,就会有以下三篇。

①灵准上人院

贾岛

掩扉当太白,腊数等松椿。

禁漏来遥夜,山泉落近邻。

经声终卷晓,草色几芽春。

海内知名士,交游准上人。

(大意)庵门正对着太白山而开,而您出家的历史,也与庭前松树、椿树一样长久。深夜传来皇宫的钟声,山泉就滴落在庵院附近。诵经的声音在读完经卷时才消失,而天已经亮了;草发了几次芽春天就到了。海内知名的人士纷纷要来交游的,正是这位准上人啊。

②和韩吏部泛南溪

贾岛

溪里晚从池岸出,石泉秋急夜深闻。

木兰船共山人上,月映渡头零落云。

（大意）傍晚时分从城南庄园池岸乘舟向着南溪划出来时,就感觉到流经石头上的清流(泉)到了秋季水流就很湍急,深夜则响起了流水的声音。木兰舟载着野人(贾岛)逆流而上,明月照亮了落在渡口上的云朵。

③杨秘书新居

贾岛

城角新居邻静寺,时从新阁上经楼。

南山泉入宫中去,先向诗人门外流。

（大意）长安城内街市的一角盖起了新居,与静谧的寺院为邻。时而经过佛阁可爬上经楼。南山流出的清流(泉)在汇入宫中之前,是先从诗人(杨秘书)您家门前流过的。

①诗以《灵准上人院》(中庭)为题,但是诗中所出现的"山泉"却不是院中之物,无论如何也是在外部(近邻)滴落而下的。②诗作于韩愈长安南郊城南庄的南溪泛舟之际,同期之作还有韩愈《南溪始泛三首》、张籍《同韩侍御南溪夜赏》等。然而这里的南溪,正如韩愈诗其一中所说"榜舟南山下,上上不得返"那样要撑着船走了很远,并非在私人别墅里,而是流经城南庄外部的溪流,贾岛就将其南溪的急流描述为"石泉秋急"。最后的③诗中,因"南山之泉(从南山流出的溪流)"流经了诗人(杨秘书)新居的门外,这也可以确认是新居外部的流水。也就是说,即使是在说到庭院的诗中,贾岛诗中所出现的"泉",既非庭院中人工引入的渠水,也不是存贮而得的池水,而其无论如何一定都是位于庭院外部成为大自然一部分的"泉"(涌泉、清流)。由此看来,贾岛的"泉"拒绝了被文人趣味具体化了的庭院,这一点不容忽视。

贾岛在诗中使用"泉"字的有五十三例。其中,有二十三例几乎确实是指"井水"的。然而其中还有九首是与入口(饮用、漱口)行为连起来写的。这样就直接得以了解到,贾岛在想起"泉"时,那不是指存在于地表的水(河水或池水),而是以可饮用的清净的地下水为前提的。

但是确实在贾岛的"泉"中,并非就没有除了从地下汲取上来的泉水(井水或涌泉)以外的例子。但是即使是在那种情形下,也是在强调是刚从地下汲取上来不久的清净之水。前面所举的《和韩吏部泛南溪》诗中,贾岛将流出南山的溪流之水称之为"石泉秋急",就是将潺潺流经石头上的水流形象化的表达。

此外,还须注意的是,将"泉"描写为"落下"之物。

· 翠微泉夜落(《访李甘原居》)
· 泉落白云间(《寄山中长孙栖峤》)
· 山泉落近邻(《灵准上人院》)

这些均是自岩壁流落的滴水,或是瀑布,也就是刚刚涌出地表不久的泉水之态。

此外还有如"山泉入城池,自然生浑波"(《寓兴》)诗句所描述的那样,流出山中的泉水,在流入城池(街市的沟池)后立刻就泛起了浑浊的波澜。这就表明了在贾岛的认识中,泉水一定是清净的。这样的贾岛,将引自伊川的渠水引入白居易履道里宅而称其为"泉",如何在其水流中放置"石"以生潺潺水声,毕竟那也不可能称其为"泉"的啊。

(一)原东居的"泉"

考虑贾岛的"泉"时首先应该考察的就是从水井中汲取上来的泉(泉水),那才是贾岛言及"泉"时的核心。

长安饮水的主要水源就是井水。无论是贾岛初来长安时住过的延寿坊,还是后来移居的升道坊的原东居,当然也都是水井。延寿坊的水井确实是"汲取地下水的水井";原东居也如《朝饥》诗所述"市中有樵山,此舍朝无烟。井底有甘泉,釜中仍空然",也可认为是水井。

话虽如此,却有言及原东居"瀑布"的《寄魏少府》诗,且需先来确认一下。

寄魏少府

贾岛

来时乖面别,终日使人惭。
易记卷中句,难忘灯下谈。
湿苔黏树瘿,瀑布溅房庵。
音信如相惠,移居古井南①。

---

① "古井"是否指的是位于常乐坊的景公寺的八角泉?原东居所在的升道坊是常乐坊以南的第四个坊里。

（大意）搬家来到这里时错过了与您离别的问候，我心里一直过意不去。您惠赠的诗卷中那精彩的诗句，我一直记忆犹新。还有我们曾在灯下深夜欢谈的情景，我也一直难以忘怀。寒舍中苔藓长满树瘤，小瀑布从屋旁溅落而下。如果您要来信，就请寄到古井南边的住址来。

本文认为这首诗作于贾岛搬离了居住七年的延寿坊寓居、元和十四（819）年春移居升道坊原东居之后不久。魏少府前来延寿坊贾岛寓居致以离别问候之际，不巧贾岛不在家。而之后不久贾岛就移居去了原东居住所。因此贾岛在诗中写道今后寄信时别忘了写上升道坊的新住址。而当时原东居的素描即为"湿苔黏树瘤，瀑布溅房庵"——苔藓长满树瘤，小瀑布从屋旁溅落而下。

贾岛的旧居是紧邻繁华西市的延寿坊，在诗句中贾岛以与之对比的手法，要将原东居赋予一种山居的印象。长满苔藓的老树与流经山岩溅落而下的小瀑布，都是为了造成山居风情印象的一种文学表达。乐游原丘陵一带也有断崖，贾岛原东居住所附近应该是有一处流经断崖而溅落的涌泉吧。但就原东居而言，言及"瀑布"的诗作在贾岛诗歌中也仅此一例而已，应该将其视为一种修辞性的虚构表达方式。可以认为原东居的所谓"泉水"就是从普通的水井中汲取上来的井水罢了。

如前所述，贾岛在以井水为话题时，其所关心的是"其水入口"之事，因此贾岛对于原东居水井中的水质就很在意。下面这句《张郎中过原东居》诗作于前辈诗人水部郎中张籍造访贾岛原东居之际。

　　　　几时能重至，水味似深山。

在诗的尾联，即期待张籍的再度来访的部分，贾岛所说的"原东居敝宅里也没有什么好招待您的，只是我家里有味似深山涌水般好喝的泉水啊"，这句话先来注意一下。

下面这首《原东居喜唐温琪频至》诗中就记述了原东居的泉水是一种适合煮茶的优质饮用水。

　　　　曲江春草生，紫阁雪分明。

　　　　汲井尝泉味，听钟问寺名。

　　　　墨研秋日雨，茶试老僧铛。

  地近劳频访,乌纱出送迎。

  (大意)曲江边上春草发了芽,南山紫阁峰上,残雪清晰可辨。我从水井中打上水来,让你尝一尝泉水的滋味;你听着钟声问这是哪家寺庙,叫什么名字。研墨,要在秋日下雨之时;煮茶,要用老僧送的铁锅。你就住在附近,有劳你多次来看我;而每次你来访时,我都戴着便帽亲自到门口迎送。

  贾岛迎接唐温琪来访时,先汲取井水来招待他。而那茶水则是用老僧留下的铁锅来煮的。看来当时在饮茶习惯潜移默化的同时,人们对水质本身的讲究也开始深入人心了①。这首诗中讲究的"泉味",需要按照其时代倾向来理解。

  对原东居水井水质的赞美,即使是在诉说自己穷困的《朝饥》诗中也有所表明。

> 市中有樵山,此舍朝无烟。
> 井底有甘泉,釜中仍空然。
> 我要见白日,雪来塞青天。
> 坐闻西床琴,冻折两三弦。
> 饥莫诣他门,古人有拙言。

---

① 对泉水的兴趣,可能是与饮茶的普及一同高涨起来的。陆羽(733—?)的《茶经》(卷下)中有以下记述:山水上,江水中,井水下。其山水,捡乳泉、石池漫流者上。其瀑涌湍漱,勿食之,久食令人有颈疾。又多别流于山谷者,澄浸不泄,自火天至霜郊以前,或潜龙蓄毒于其间,饮者可决,以流其恶,使新泉涓涓然酌之。其江水,取去人远者。井水取汲多者。另有张又新(生卒年未详,元和九年进士)的《煎茶水记》(不分卷)中,对陆羽所言以笔记的形式加以记述:陆(羽)曰"楚水第一,晋水最下。李(湖州刺史李季卿)因命笔口授而次第之:庐山康王谷水廉水第一。无锡县惠山寺石泉水第二。蕲州兰溪石下水第三。峡州扇子山下有石突然泄水独清冷状如龟形,俗云虾蟆口水第四。苏州虎丘寺石泉水第五。庐山招贤寺下方桥潭水第六。扬子江南零水第七。洪州西山西东瀑布水第八。唐州柏岩县淮水源第九(淮水亦佳)。庐州龙池山顾水第十。丹阳县观音寺水第十一。扬州大明寺水第十二。汉江金州上游中零水第十三(水苦)。归州玉虚洞下香溪水第十四。商州武关西洛水第十五(未尝泥)。吴松江水第十六。天台山西南峰千丈瀑布水第十七。郴州圆泉水第十八。桐庐严陵滩水第十九。雪水第二十(用雪不可太冷)。此二十水余尝试之。"对泉味水质如此关心,就是由饮茶流行而带来的,贾岛也是其中一人。

（大意）长安城内也有可以砍柴的山冈，可是这家连早上都不冒炊烟。虽说井底有甘甜的好水，但是锅里还是空空的。我想晒晒太阳，但是大雪塞满了青天。就是坐着听西面桌子上的琴声，也因冻得发僵而弹断了两三根琴弦。即使再饥饿也不能去他人门前要饭吃；古人陶渊明在那时不是也会口拙舌笨而尴尬非常吗？

连食物也少得锅底朝天，家里穷得只剩下水，所谓这样的想法，仅就其本身而言还算俗套。即使如此其中还称以"甘泉"，就显示出诗人对泉水的执着与偏爱来，从中可以看出贾岛对泉水独特的讲究吧。

（二）泉水的寓意

但是贾岛对泉水的执着，并非是要针对泉味的兴趣或审美眼光来加以说明的。贾岛在多数场合下，是将特别的"感受"寄寓到泉中来吟咏的。

下面要读到的就是一首寓意诗。所谓寓意，动辄就会以露骨的机智告终，但是贾岛的这首《寓兴》诗却并不同于机智而是将真情寄寓到了诗中。

> 真集道方至，貌殊妒还多。
> 山泉入城池，自然生浑波。
> 今时出古言，在众翻为讹。
> 有琴含正韵，知音者如何。
> 一生足感激，世言忽嵯峨。
> 不得市井味，思响吾岩阿。
> 浮华岂我事，日月徒蹉跎。
> 旷哉颍阳风，千载无其他。

（大意）集中了真意，道就会实现在其中。但只是与普通人不同，就会遭人嫉妒的。山中的涌水流进了街市的沟渠中，马上就掀起浑浊的波澜来。现在口中一说"古言"，到了众人的口中反而就落得个被看成"妄言"的下场。琴弹奏着正确的曲调时，到底有没有听得懂的人呢？曲调即使使人一生难以忘怀并感激不尽，世间的人还是不知其价值而只顾冷漠嘲讽。自己既然与这世间之味无法调和，就只有去向往那崇高的山岳。那种浮华之美，跟自己无关，只能是白白地浪费生命。而令我通体舒畅的是，所谓听到了尧让天下而在颍水北岸清洗了耳朵的那位怪癖的许由的美谈。那样的美谈,在别人那里是永远也听不到的。

在这里,"山泉⟷城池""古⟷今""正⟷讹""市井⟷岩阿"等情形中,相对的价值被对立了起来,这是将贾岛的价值观集中起来的一种意趣。

"山泉入城池,自然生浑波"一联值得注意。即使是清澈的山中涌水,流入了街市的沟渠中的话也是会掀起浑浊的波澜的。贾岛一直在强调的是,对世俗与终极真理决不能相容的泉水那种清澈透明性的向往。然而贾岛对泉水的感受,并不单单只是一种正对着世间(市井)恶俗的、作为观念性产物的反对项而已。这首诗的"泉"超越了那种表面寓意的缘由,贾岛并非只是恣意地将泉的一方面特性宣扬出来,而是像下面这首诗那样,贾岛是将泉的整体属性从正面加以理解和接受的。

(三)泉的属性——永续性

贾岛看来对泉水的根源性是有所研究的。那是针对于时间的一种超越性,即作为那种与时间起点共存、且一直贯彻到时间终点为止的永续性而被感悟到的关键点。下面读一下《题山寺井》吧。

> 沈沈百尺余,功就岂斯须。
> 汲早僧出定,凿新虫自无。
> 藏源重嶂底,澄翳大空隅。
> 此地如经劫,凉潭会共枯。

(大意)深深的水井深达百余尺,挖井时一定花费了很多时间吧。僧侣已经结束了禅定早课,早早地来汲水了。井中尚没有浮虫,是因为水井刚凿好不久。地下水的水源潜藏于深山之中,灌满井中的水面清澈透明,清楚地映照出广阔的天空。这样清澈的泉水是绝对不会枯竭的;如果连井水都枯竭了的话,那么世界末日也就来临了。

在泉水中发现这样的永久性,未必是一般人所能想到的。特别是那永久性并非是指泉水汩汩流出的姿态,而描写的是潜藏于大地底部的姿态,这正是贾岛的独特性之所在。贾岛不是在人所共见的地方、而是要在人所不见的地方发现泉的本质的。

贾岛在回忆珍贵的过往时光时,在那种情形下过往的历史就常常会结合着泉水而出现。可谓以泉为媒介,使得记忆上溯到过往的时间里去。

青门里作

贾岛

燕存鸿已过,海内几人愁。
欲问南宗理,将归北岳修。
若无攀桂分,只是卧云休。
泉树一为别,依稀三十秋。

(大意)燕子还在飞舞着,鸿雁已经回到北方去了。这个世界上到底有没有人,能够理解我这种无法回归北方故乡的悲伤之情呢?我寻找着南宗禅的义理,要回到北岳去修行。如果自己科举及第实在没有希望的话,那就只有早早遁世一条路。与故乡水井边的老树一别,而来几乎过去三十年的时间了。

"青门里"是贾岛对升道坊所取的别称①。"三十秋"是三十年的岁月。那不是从元和七年(812)秋为科举应试而来长安的时间点,而要解释为从贾岛十八九岁出家离开故乡的时间点来开始算起的时间。而尤其是在贾岛思念故乡时,就想起树荫密蔽的水井来,这一点意味深长。

还有一首贾岛的诗,要当作吟咏故乡泉水的诗歌来读。据推定这首诗作于姚合在万年县(县衙在长安宣阳坊)县斋所举办的诗会之上,诗中贾岛一边聆听着长安的雨声,一边想起了故乡夜里听到过的滴水(瀑泉)的泉声。

雨夜同厉玄怀皇甫荀

贾岛

桐竹绕庭匝,雨多风更吹。
还如旧山夜,卧听瀑泉时。
碛雁来期近,秋钟到梦迟。
沟西吟苦客,中夕话兼思。

---

① 由于贾岛个人的喜好,将位于升道坊东北角的延兴门比作西汉长安城东门之一的青门,而将邻接青门的升道坊自称为青门里。

（大意）桐树与竹子围满了庭院四周，大雨瓢泼之中，风也愈刮愈大。我想起了过去在故乡的夜晚，躺着听瀑布水声的时候。漠北的大雁，就快要飞来了吧。秋天的钟声，从梦的远方回响而来。住在沟西的苦吟诗人呐，你的事情，我们一直聊到夜深人静，还是思念不已。

这里的"瀑泉"与前面诗中的"泉树"水井应是不同的事物。但是在这里贾岛将故乡与瀑泉（流落的泉水）的记忆一起回忆了出来。泉水就成为将贾岛带回时间根源、即支撑当下自己的某种本质性原点的一个重大契机。

下面这首《寄孟协律》诗，写的不是故乡，而是追忆与孟郊初次见面之作。泉水还是在诗中出现了，这却并非偶然。按照一般共识，元和六年（811）春，贾岛在洛阳结识了韩愈、孟郊，并于该年冬天暂时回了一趟故乡范阳，其时在范阳想起了孟郊而作了此诗。

> 我有吊古泣，不泣向路岐。
> 挥泪洒暮天，滴著桂树枝。
> 别后冬节至，离心北风吹。
> 坐孤雪扉夕，泉落石桥时。
> 不惊猛虎啸，难辱君子词。
> 欲酬空觉老，无以堪远持。
> 岧峣倚角窗，王屋悬清思。

（大意）我自己即使凭吊古人而流泪，也不会像杨朱那样站在人生歧路上进退维谷而哭泣。擦拭眼泪洒向夕阳，泪水就会闪耀着挂在桂树枝上而香气馥郁。离别后，冬天来了，离别的思念就如同这狂风大作的北风。我一个人在飘入雪花的家中，想起了曾与先生在洛阳石桥眺望泉水飞瀑的情景。自己即使面对咆哮的猛虎也不曾胆怯，但是得到先生您的诗作时却诚惶诚恐。即使我想要努力唱和您的好诗，但还是感叹自己诗心衰竭，结果还是无法寄给身在远方的先生您啊。我从窗户的一角看得见耸立的大山，而在先生您所在的王屋山的山巅上，我将思念之情悬挂起来让它随风飘散。

泉水成为回归到过去时间的一个契机,原因之一是水井与日常生活一体化了,并在回忆中与故乡的生活密不可分。但是出现在"还如旧山夜,卧听瀑泉时"中的瀑泉并不是在生活中,而是在故乡某处所侧耳倾听到的瀑布水声。此外在讲述与孟郊见面诗中的"泉落石桥时",也是指与孟郊一同在洛阳石桥所眺望的瀑布的样子。只是以与生活紧密结合为理由,并不能将泉水与回归到过往时间这二者相互联系在一起。归根到底,这里的泉水还是超越了人间的时间,是作为一种永远不灭的根源性存在的泉水而被追忆起来的,这样来理解泉水才是妥当的吧。

在泉水中读出来的时间的永续性,并非只出现在追忆过往原始时间的文脉之中,还以独特的形式出现在悼念死者的诗中。先来看看下面这首悼念诗友孟郊之死的《哭孟郊》一诗。

> 身死声名在,多应万古传。
> 寡妻无子息,破宅带林泉。
> 冢近登山道,诗随过海船。
> 故人相吊后,斜日下寒天。

(大意)你虽身死但声名仍在,一定会万古流传的。剩下你的妻子却后继无子了。你的陋室里,林子里涌出的泉水还在流淌。你的墓接近登上邙山的山道;你的诗填满了渡海之船。吊念亡人之时,眼看着夕阳就在瑟瑟的冷空中沉了下去。

这里吟咏的泉,当然并不是比喻流淌在死者世界里的黄泉。而说起来要真是黄泉的话,并非是与其生前的家宅,而是必须要与邙山埋葬孟郊的坟墓相联在一起。要是真要试着解释这句诗的话,在那个忽然失去了主人而崩溃的家庭上,点出象征着永久与根源的泉,可能是为了慰藉失去了知己的贾岛自身的悲伤,以及慰藉失去了主人的家人的悲伤吧。然而可能对于贾岛而言,却并非是上面那种观念的操作,而是几乎是在无意识中拿出"泉"来点出了诗景而已。在悼念死者的文脉中,泉的出现几乎都没有什么上下文脉。仅从这一点上就可以看出,贾岛对泉有一种特殊的执着*。

*王维吊念死者的诗中可见的以下诗句,在考虑与贾岛的异同上时可作参考。

山川秋树苦,窗户夜泉哀。(王维《哭褚司马》)

这里的"夜泉"并非意味着死者世界的黄泉,这与贾岛诗相同。但是,"秋树"被霜打过之后就摧残了,而"夜泉"则代替了人来呜咽哭泣,即这是夜泉与秋树共同替褚司马生命消逝而哀伤的一种拟人化手法。

野花愁对客,泉水咽迎人。(王维《过沈居士山居哭之》)

这首诗中,"野花"悲伤地开着,"泉水"呜咽地哭着来迎接吊唁的人,是与前面一首诗同样用了拟人化的手法。在与王维的对比中,贾岛诗中的泉暗示着根源生命力的这种用法的独创性,就变得更为醒目了。

下面要读的诗,是悼念华严宗五祖的宗密(会昌元年[841]圆寂)的《哭宗密禅师》一诗。

鸟道雪岑巅,师亡谁去禅。
几尘增灭后,树色改生前。
层塔当松吹,残踪傍野泉。
唯嗟听经虎,时到坏庵边。

(大意)就在只有飞鸟才能飞跃的高耸入云的雪峰上,如今禅师亡故后,究竟还有谁要到此修禅呢?几案上的灰尘,在禅师走后积起了厚厚一层。树的颜色(因悲伤禅师亡故)也改变了禅师生前的样子。高高的墓塔挺立在松涛之中,禅师的足迹至今还留在野地井边。只是让人悲伤的是,因常听禅师读经而耳根清净的老虎,还时常到荒芜的庵边来悼念禅师。

宗密禅师生前寻找水井而汲取了井水。禅师的足迹不在他处,而就在水井的周围深深地留下了痕迹。从这个文脉特地选取了水井的做法上,还是能够发现诗人贾岛的特异性的吧。这两篇悼念死者的诗中所出现的"泉",并不是暗示属于死者世界的黄泉这样一种一眼看穿的比喻。要是作为贾岛而言,则是要求"泉"必须要存在于眼下的那个现场的。对于那些不在人世的人来说,将不断油然而生的根源性力量添写上去的做法,是一种慰藉。贾岛对泉水的执着,让我们觉得是发生在理性理解无法追赶的世界之中的。

(四)关于"泉"的省察

回忆起在故乡度过的时间,或是回想起与友人宝贵的相会场面之际所出现的"泉",或者是在追思死者中出现的"泉",指示的都是原始性的时间,象征着永久的时间。然而无论如何那些都仅仅只是间接性显示出来的"泉"。而与此相对,下面这首诗是从正面来讲"泉"的原始性、永久性的本质的。

雨后宿刘司马池上

贾岛

蓝溪秋漱玉,此地涨清澄。
芦苇声兼雨,芰荷香绕灯。
岸头秦古道,亭面汉荒陵。
静想泉根本,幽崖落几层。

(大意)我秋天来到蓝溪,用美玉来漱口。此地清澈的溪水在上涨。雨打芦苇发出了声音,芰荷的香味飘到了灯前。岸边有秦朝的古道,亭子就正对着汉代荒凉的陵墓。我静静地思考着泉的根源性问题;我想那所谓泉的根源就在于流经岩壁从山的高处滴落而下。

从玉山渗出并流落而下的溪流汇集成河之后就形成了所谓的蓝溪。而玉山则是以出产美玉而闻名的山。经过美丽的玉山流出来的蓝溪就保证了像玉一样澄净光滑的泉水的纯粹性。——而另一方面,蓝溪的古道,则是很早以前从长安出发翻商山过汉水而通向长江中游地区的交通要道。而蓝溪往下流去就与灞河合流,那里则是以霸陵为首、集中了西汉陵墓的地区。总之,这是一片深深刻印着历史痕迹的土地。

这首诗写的是贾岛对泉水的静观,其中特别意味深长的是"静想泉根本"一句。贾岛并不是将泉水只当作具体的知觉对象来理解的,而是围绕着知觉范围以外的根本性思索,都在这里彻底表现出来了。泉水的属性既在于其清澄性,也在于对历史的超越性,即溢满蓝溪的泉水是与秦汉历史遗迹一同经历了时间而来的;还在于其从大地深处涌出的根源性。所有这些泉水的属性,虽然在诗中看着似乎都是印象式的、断片式的,总之是非思索性地被罗列出来而已,然而正是根据贾岛所自语的"静想泉根本"一句可以判明,这些属性其实都是在贾岛心中作为一个整体经其凝缩和把握而形成的。贾岛这首诗所显示出来的对于泉水形而上学式的思索,是在唐代其他诗人的诗中绝对看不到的。

(五)泉的根源性

到了下面这首《口号》诗中,贾岛对泉水的特殊亲密感情就超越了上面的静观,带有可谓是宗教性的热情,泉水也早就不是具体的水或什么的,而是象征着一种根源的存在。

> 中夜忽自起,汲此百尺泉。
>
> 林木含白露,星斗在青天。

(大意)我睡到半夜忽然一下坐起身,走到这百尺深泉来打水。林木上结着白色的霜露,北斗星挂在深青色的天空上。

深更半夜的时间,对于贾岛来说,地面上全部的活动都已停止了,但是贾岛感悟到只有根源性的存在还在呼吸着,这是它积蓄能量的时间。贾岛在这"地面上全部的活动都已停止了"的深更半夜中毫无预兆地到了这个时间就忽然从睡梦中醒来了,那可谓等同于迷失在了禁忌的世界中。而在那里做好准备等待着贾岛的是树叶上结满了亮晶晶的白露、挺拔站立的一棵棵林木,是深青色天空上那看似要坠落下来的闪闪群星。贾岛是在用其全身感官来感触着这种无视人间众生、而使自己得以庄严地存在的那种"根源"的活动。——水井所显现出来的就是这种文脉。水井被提示着深达百尺,而泉水要直觉性地表达出那种深深注满大地深处的情形。贾岛此刻面向大地深处放下了长长的吊桶和井绳来打上泉水。这泉水与天空的星辰和树叶上闪耀的白露一起同属于这根源性的存在,而贾岛就要将这汲取上来的泉水含在口中了,即体内吸收着天地的根源性能量,这样说来的话,这就是一种已经近似于宗教性神秘仪式的行为了。

所谓地面上全部活动都已停止的同时,只有根源性的存在还在呼吸并积蓄着能量,这种感觉对贾岛来说是一种独特的感受。

下面再揭示两则与泉水相关并同样意味深长的用例。

田将军书院

贾岛

满庭花木半新栽,石自平湖远岸来。

笋进邻家还长竹，地经山雨几层苔。

井当深夜泉微上，阁入高秋户尽开。

行背曲江谁到此，琴书锁著未朝回。

（大意）庭院中满满的花木，一半都是新近栽种的。庭院的石头是从远处的湖对岸运过来的。竹笋在邻家冒出芽来长成了高高的竹子。地面上山雨过后就覆盖上了一层厚厚的苔藓。水井到了深夜水位也渐渐涨起来了，殿阁到了清爽的秋天就都打开了窗户。我背朝着曲江一路漫步，谁也不会走到这里来。琴和书都被整理得好好的，看来将军还不能下朝回家啊。

贾岛此时造访了这座主人不在的田将军宅院。看来是将军去上朝时就将贾岛留在了宅院里，贾岛在此等待着将军的下朝归宅。这里"井当深夜泉微上"一句值得关注。泉水到了深夜就悄悄地涨了上来，水位也高起来了。就这句而言，这并非是贾岛深夜窥探水井而确认的写实景象，而是他在延长白天的思念之中所悟到的一句。与此句相对组成联句的是"阁入高秋户尽开"——殿阁到了秋季就都打开窗户，的确对仗工整，却只能归入到描写秋景的一般性表达之中。然而能够用心描写着吟咏那深更半夜中井水水位悄悄上涨的这一句，却是贾岛以外无人所及的。

处州李使君改任遂州因寄赠

贾岛

庭树几株阴入户，主人何在客闻蝉。

钥开原上高楼锁，瓶汲池东古井泉。

趁静野禽曾后到，休吟邻叟始安眠。

仙都山水谁能忆，西去风涛书满船。

（大意）几株庭院树木的阴影落在了门上，主人现在不知去了何处，我自己听着蝉声，一路问到在这里。用钥匙打开了殿堂的门锁，用水瓶汲取池东古井的井水。野鸟为求安静而总算飞到这里来了，直到邻居的老人家不再嘟囔后才能安静地睡去（此句费解）。谁能总是记起仙都山（处州的缙云山）美丽的景色来？你对新任地满怀期待，船里装满书籍，逆着长江的风涛向西边的遂州一路驶去。

处州（浙江省丽水县）刺史李繁转任为遂州刺史，这是贾岛在造访其无人居住的旧宅之际所作的诗篇。诗歌描写的不是夜里而是白天。意味深长的是，在这座无人居住的旧宅里，贾岛想要汲取水井里的井水来喝。即使是在主人不在的白天，水井也忘不了涨起新鲜的泉水来，这就是对那深夜无人世界里泉水静静地蓄满水井的一种延长。

泉水即使是在人们不在的时间中也在大地深处静静地积蓄着自己而使水位上涨。贾岛就在其中直觉地感受到了那种根源性的能量。下面要读的这首诗，就将贾岛这样的感受纯粹地表达了出来。

戏赠友人

贾岛

一日不作诗，心源如废井。
笔砚为辘轳，吟咏作縻绠。
朝来重汲引，依旧得清泠。
书赠同怀人，词中多苦辛。

（大意）只要一天不作诗，心中的诗歌源泉就会如同废井一样枯竭。笔砚就是汲取井水的辘轳，而吟诗就是结在吊桶上的井绳。清早汲取井水时，发现井水与昨天相比毫无变化，依旧清洌甘甜。我也将刚从心源里汲取上来的诗歌写在纸上，寄赠给志同道合的你啊。只是人所不知的是，作诗实在是煞费苦心啊。

贾岛将诗歌的创作力，即驱动自己作诗的能量，比作井底涌出的泉水，将笔和砚比作绞水的辘轳，而将吟咏比作结在吊桶上的井绳。贾岛想着一说要吟诗时，就将吊桶上的井绳放到井中即可。——贾岛感悟到了井中井水不断涌上来的根源性能量，并将其高贵地比作自己具备好的创作力。不过，将其解释为比喻之际，其中就已经带入了一些观念上的操作，而这其实并不正确。实际上贾岛是去除了理论而只凭着直觉将这二者视为完全出自同一个源泉的。

结语

原东居的生活可谓是贾岛后半生的全部。贾岛大部分的文学活动，都是在这里经营的。

然而原东居的生活却深处于孤独之中。贾岛并无官职,看来也并无家眷相拥①。贾岛自二十几岁离开家乡后,就一直寓居在长安。贾岛在孤独之中,究竟是依靠什么能够将原东居的生活持续下去的呢?无奈至今仍尚未明了。但是有一点可以确认的是,对于贾岛而言,生活中一定还是有喜悦的事情的。因为人在生存时,是必须要保持与悲伤总量相平衡的喜悦的总量的。

的确对于贾岛而言,是有作诗的喜悦的,那种喜悦贾岛自身就在讲述。但是仅仅依靠作诗为食粮是持续不下去的。对于贾岛来说,忍耐孤独的力量与驱动自己作诗的力量都是必要的,然而还是必须要有另外一种什么神秘物质从根底来支撑这两种力量的。

而关于这种神秘物质,本文试着从贾岛对泉的体验中来谋求解答。贾岛对泉的认识并未采取比喻的方法;也并未采取那种将泉一方面的特性比拟替代成其他既已存在的事物的寓意的方法;或者全部相反地将泉的本质全部比拟替代成其他既已存在的事物,并以此要来理解的认识的方法,贾岛也没有采取。贾岛可谓是直接参与进入到了泉的内部,并以此来感悟到其根源的存在。他就是在这样的根底体验中,忍受着原东居孤独的生活,并获得了驱动自己作诗的力量的。

贾岛是能够看见那种别人看不见的事物的,正确来说是能够看见隐藏在形状背后而无法看见的事物的稀有诗人。当然并非是所有优秀的诗人大家都能像贾岛那样具有这样的能力。但是能够看见那别人看不见的事物的人,是具备了成为优秀诗人的天资禀赋的。贾岛,正是一位这样的诗人。

能言善辩的诗人,即能够丰富地应用语言的诗人的确是存在的;但是贾岛的语言是贫弱的,甚至可谓是笨嘴拙舌。但是就是那个讷言的贾岛,以至于竟然显现出了作为诗人的卓越个性,应该全都在于其稀有的天资禀

---

① 认为贾岛拥有家室,是从苏绛《唐故司仓参军贾公墓铭》中记有"夫人刘氏"而被众人所知的,但是包括结婚时期等情况一切未明。而贾岛虽则地位处于底层但仍不失其士人身份,他是有照顾其生活起居的僮仆的。王建《寄贾岛》诗就有"僮眠冷榻朝犹卧"之句。

赋。那却不仅仅是人称苦吟的那种人为性语言锻炼的成果,因为历史上苦吟诗人不胜枚举,而贾岛却只有一个。在考虑要将贾岛文学区别于其他文学之际,这一点是不可错过的。

第四章

闻一多的《贾岛》
——贾岛研究的当代性课题

以《贾岛》为题的这篇文章,因被收入闻一多先生生前所撰的唐诗论文集《唐诗杂论》(古籍出版社1956年版)而广为人知①,而此文的初次面世则是在昆明出版的《中央日报》"文艺"副刊第十八期(1941年)。此时闻一多已离开北京的清华大学,成为西南联合大学的教授。

在西南联合大学时期前后共计八年的时间里,闻一多的古典研究取得了丰饶的成果:除了古代神话学、诗经学、楚辞学的成果以外,在唐诗方面则写有《宫体诗的自赎》(1941年)、《四杰》、《孟浩然》(以上二文皆为1943年)等对后世研究产生了很大影响的文章。这个时期所作的唐诗方面的文章,虽然是面向一般读者所写,但却是以十分成熟的学问思考为基础,为唐诗理解提供了重要的视点。此篇《贾岛》就唐诗研究而言至今仍具有其重要性,并不是没有道理的。

一 《贾岛》一文的提案

《贾岛》一文虽是一篇仅有四千字的短文,但就贾岛研究却增添了很多崭新的见解。其中的一部分已被其后的贾岛研究所肯定而继承下来,而另

---

① 《唐诗杂论》所收论文的初刊如下所示。①《类书与诗》(天津《大广报》"图书论评"副刊),1934年;②《宫体诗的自赎》(《当代评论》第一卷第十期),1941年;③《四杰》(《世界学生》第二卷第七期),1943年;④《孟浩然》(《大国民》周刊第三期),1943年;⑤《贾岛》(昆明《中央日报》"文艺"副刊第十八期),1941年;⑥《少陵先生年谱会笺》(武汉大学《文哲季刊》第一卷第一期至第四期),1930年;⑦《岑嘉州系年考证》(《清华学报》第七卷第二期),1933年;⑧《杜甫(未完)》(《新月》第一卷第六期,一七年八月十日),1928年;⑨《英译李太白诗》(《北平晨报》副刊,一五年六月三日),1926年。

一部分则为今后留下了有待考证的命题。现在,本文就试将其中认为特别重要的四个论点绎出来。

①以韩愈派、白居易派,以及贾岛、姚合派(下文为方便起见称为贾岛派)的三派鼎立来理解元和、长庆年间诗坛的情况。

②以贾岛的影响所弥漫的"贾岛时代"来理解晚唐五代诗坛的情况。

③以为科举考试的应试学习来理解贾岛派五言律诗创作的盛行。

④并不局限于晚唐五代,而是以宋末的江湖派、明末的竟陵派、清末的江西派的反复来理解历史上向贾岛文学回归的现象。

《贾岛》一文所提出的命题虽然涉及大小不等、见解多岐的领域,也并不仅止于上述四个命题,但是就现在的贾岛研究而言,四个命题中每个都占据着重要的位置。下面就改弦更张,想就以上四点在研究史上的意义以及其对今后研究的推动性,简单地来陈述一下我的看法。

二 韩愈派、白居易派、贾岛派的鼎立

这像是元和、长庆间诗坛动态中的三个较有力的新趋势。这边老年的孟郊,正哼着他那沙涩而带芒刺感的五古,恶毒地咒骂世道人心,夹在咒骂声中的,是卢仝、刘叉的"插科打诨"和韩愈的宏亮的嗓音,向佛老挑衅。那边元稹、张籍、王建等,在白居易的改良社会的大纛下,用律动的乐府调子,对社会泣诉着他们那个阶层中病态的小悲剧。同时远远的,在古老的禅房或一个小县的僻署里,贾岛、姚合领着一群青年人作诗,为各人自己的出路,也为着癖好,做一种阴黯情调的五言律诗(阴黯由于癖好,五律为着出路)。(闻一多《贾岛》,原载昆明《中央日报·文艺》第十八期)

关于元和(806—820)、长庆(821—824)年间即所谓中唐后期的诗坛情况,通行的主要文学史都放在以韩愈与白居易各自为中心的诗人集团的两极对立之中来加以说明。但是闻一多却指出,其实还有一个重要的第三极,即以贾岛与姚合为中心的诗人集团也是存在其中的。闻一多的这个指摘即使放在七十多年后的今天,也可谓是一个十分新颖的文学史上的主张。

可是闻一多的这个主张中也有一些是必须要谨慎推敲的地方。其中

特别引起注意的是以同时平行的视角来分析韩愈派、白居易派、贾岛派的文学活动这一点。下面就此先来继续听听闻一多的解释吧。

> 老年中年人忙着挽救人心、改良社会，青年人反不闻不问，只顾躲在幽静的角落里做诗，这现象现在看来不免新奇，其实正是旧中国传统社会制度下的正常状态。不像前两种人，或已"成名"，或已通籍，在权位上有说话做事的机会和责任，这般没功名、没宦籍的青年人，在地位上、职业上可说尚在"未成年"时期，种种对国家社会的崇高责任是落不到他们肩上的。越俎代庖的行为是情势所不许的，所以恐怕谁也没想到那头上来。有抱负也好，没有也好，一个读书人生在那时代，总得做诗。做诗才有希望爬过第一层进身的阶梯。诗做到合乎某种程式，如其时运也凑巧，果然涴得一"第"，到那时，至少在理论上你才算在社会中"成年"了，才有说话做事的资格。否则万一你的诗做得不及或超过了程式的严限，或诗无问题而时运不济，那你只好做一辈子的诗，为责任做诗以自课，为情绪做诗以自遣。贾岛便是在这古怪制度之下被牺牲，也被玉成了的一个。在这种情形下，你若还怪他没有服膺孟郊到底，或加入白居易的集团，那你也可算不识时务了。贾岛和他的徒众，为什么在别人忙着救世时，自己只顾做诗，我们已经明白了；……（闻一多《贾岛》，原载昆明《中央日报·文艺》第十八期）

在这里闻一多是以诗人年代间的对立来说明诗坛情况的。然而刚好就在老年孟郊诅咒这颓废的世道、中年的白居易为社会改良而碎心的时候，青年贾岛和姚合等人却在背向社会而耽于作诗，闻一多的这些记述可以说倒未必正确。无论韩愈还是白居易，通过元和、长庆整个时期都在持续着旺盛的文学创作活动，这也是事实。然而，这二十年的时间，我认为却应该区分为前后不同的两个阶段吧①。如果将贾岛等人加入诗人行列的时

---

① 参照本书《绪论》第二部分、《姚合武功体之谱系》第四部分等。另见下定雅弘《柳宗元的诗体问题——以元和十年为界看其由古体到近体的演变》第115页（《日本中国学会报》三十六集，1984年），以及同作者《韩愈的诗作——从其古体优势到近体优势的转变》（《日本中国学会报》四十集，1988年）。

间视为在元和十年(815)前后的话,经过了孟郊的辞世(元和九年)、白居易左迁江州的政治上的挫折(元和十年),文学主要关切的早已不再是社会改良了。附带说一句,元和十一年(816)李贺也辞世了。即元和、长庆之间虽然的确是存在着韩愈派、白居易派与贾岛派等三派的文学活动,但是三派的时期并不相同,即并非是一个三派同时鼎立的局面。韩愈与白居易于元和十年以降仍然健在并持续着文学活动,而按闻一多所言之意即韩、白已不在文坛上继续发挥积极作用了。而以贾岛派的活动来替代上述二者也是从这个时期才真正开始的。不用说闻一多当然也是知晓这个事实的。但正因为如此,闻一多却为何仍如此执着于记述三派鼎立之势呢?其间缘由却不得不问。

恐怕其缘由有二吧。第一,是因为需要大书特书贾岛在文学史上所发挥的作用。根据过往文学史的记述,由于贾岛与孟郊一起被归类于韩门诗人,在韩愈派与白居易派之间对立性描写的那种文学史的传统公式中,并无法将贾岛定位为第三极的势力。因此,无论如何也要将贾岛从韩门(特别是孟郊)派中分离出来,且必须尽可能地将其置于三派对立性的构图当中。而为了造成这种印象,则有意不设时间差,反而将三派的同时性推到前面来,如此一来才更加有效。

第二,是想要强调"无力青年(社会上的未成年人)的存在"与那些既已及第为官并巩固了地位的中老年之间存在着对比。在"科举=官僚制度"观念支配下的传统中国,无论切开哪个时代的断面,都会有因科举落第而"没有发言权的青年"与因科举及第而"掌握发言权的中老年"之间矛盾的存在。而正如闻一多所指摘的那样,那才是传统中国的社会弊病之所在。为此,使得没有发言权的青年贾岛们与孟郊、白居易共存于同一时代的做法就很有效。

但是,这两点都是闻一多自己将所思考描绘的构图逆向投射在文学史上的结果,而在事实上却就未必正确了。就今后的贾岛研究而言,这一部分就必须要精心阐明才行。

三 贾岛的时代

初唐的华贵,盛唐的壮丽,以及最近十才子的秀媚,都已腻味了,而且容易引起一种幻灭感。他们需要一点清凉,甚至一点酸涩来换换口味。在多年的热情与感伤中,他们的感情也疲乏了。现在他们要休息。他们所熟习的禅宗与老庄思想也这样开导他们。孟郊、白居易鼓励他们再前进。眼看见前进也是枉然,不要说他们早已声嘶力竭。况且有时在理论上就释道二家的立场说,他们还觉得"退"才是正当办法。正在苦闷中,贾岛来了,他们得救了,他们惊喜得像发现了一个新天地……(闻一多《贾岛》,原载昆明《中央日报·文艺》第十八期)

休息又休息。对了,惟有休息可以驱除疲惫,恢复气力,以便应付下一场的紧张。休息,这政治思想中的老方案,在文艺态度上可说是第一次被贾岛发现的。这发现的重要性可由它在当时及以后的势力中窥见。由晚唐到五代,学贾岛的诗人不是数字可以计算的,除极少数鲜明的例外,是向着词的意境与词藻移动的,其余一般的诗人大众,也就是大众的诗人,则全属于贾岛。从这观点看,我们不妨称晚唐五代为贾岛时代。……(闻一多《贾岛》,原载昆明《中央日报·文艺》第十八期)

所谓晚唐五代时期,假使以甘露之变(835)以降至北宋统一(960)以前来算的话,前后共有一百二十多年的时间。而将这一整个时期都认为是在贾岛的影响之下而称之为"贾岛的时代"的,却是闻一多的创见。

下面先要确认的是,在闻一多这篇《贾岛》发表以前,中国有影响的文学史中是如何说明这个时期的文学的。笔者手边的郑振铎《插图本中国文学史》(1933年序刊,香港商务印书馆1961年刊行)的晚唐部分(第三十章《李商隐与温庭筠》第392页),是这样开始说明的[①]:

从韩、白时代以后,便来到了温、李的时代。温、李时代当开起于唐文宗开成元年(836)而终于唐代的灭亡(907);也即相当于论者所谓"晚唐"一个时期。这个时代的诗人们,其风起云涌的气

---

① 在中国所著的早期的中国文学史,多是在经日本人之手所成的中国文学史的影响之下而成的。参照川合康三所编《中国的文学史观》(创文社,2002年)第一章《现在,为什么讨论文学史》(川合康三执笔)。而从这一点来说,郑振铎的文学史是经中国人之手而成的、并被定位为基于近代性研究手法的第一本真正的中国文学史。

第四章 闻一多的《贾岛》——贾岛研究的当代性课题

势,大似开元、天宝的全盛时代。但其作风大不相同。这时代的代表作家们,无疑是李商隐与温庭筠二人。其余诸作家,除杜牧等若干人外,殆皆依附于他们二人的左右者。温、李的作风,甚为相类,是于前代诸家之外独辟一个奇境者。五七言诗到了温、李,差不多可辟的境界也已略尽了。故其后遂也只有模拟而鲜特创的作风。但温、李虽是最后的创始一种作风的一群,其影响与地位是特别的重要。(郑振铎《插图本中国文学史》第三十章《李商隐与温庭筠》第392—393页,香港商务印书馆1933年序刊、1961年刊行)

而就贾岛,郑著则上溯到中唐时期,在同著第二十七章《韩愈与白居易》第三节有如下论述:

和他同道的,有卢仝、孟郊、贾岛、刘叉、刘言史诸人。他们也都是刻意求工,要从险削,从寒瘦处立定足根的。……贾岛,字浪仙……岛与孟郊齐名,时称他们的诗为"郊寒岛瘦"。……(介绍推敲逸事)……这真是一位深思遗世,神游象外的诗人了。……(郑振铎《插图本中国文学史》第二十七章《韩愈与白居易》第354—355页,香港商务印书馆1933年序刊、1961年刊行)

郑振铎的贾岛评价,是先将贾岛定位于孟郊、卢仝等韩门诗人之中,即以他们所谓"刻意求工,要从险削,从寒瘦处立定足跟的"的共通大倾向来总括起来,然后再言及每个人的个性,并在其中进行论述。而引用苏轼的评语"郊寒岛瘦"来说明贾岛,也是在表明贾岛与韩门一体化的这个所谓文学史上的理解。这样的评价与现今通行的许多文学史的记述都基本相同,也可见郑振铎见解之稳健。

另一方面,闻一多却敢于将贾岛从韩门诗人中分离出来,并在文学史上将贾岛派与韩愈派、白居易派设定为三足鼎立之势,这样的贾岛理解即使在现今尚且一般化的共识之中,也仍是一个十分崭新的提案。

按照通行文学史的理解,将杜牧、李商隐、温庭筠视为晚唐三大诗人,这与闻一多所理解的"晚唐五代是贾岛的时代"之间,如何才能取得平衡呢?

闻一多说了,"由晚唐到五代,学贾岛的诗人不是数字可以计算的,除极少数鲜明的例外,是向着词的意境与词藻移动的……"这一部分闻一多的文字表达或许是一种诗意性且直觉式的表达,毫无疑问,其所谓"极少数鲜明的例外"应指的是杜牧、李商隐、温庭筠等人吧。闻一多虽然并非不知这三位是晚唐诗的大家,尽管如此,他还是敢于在此并不举其名,这一点颇为意味深长。

所谓"晚唐五代是贾岛的时代"这个闻一多的主张,即使在今日的文学史上仍尚未成定论。若究其由,则因文学史的书写是通过一种维系着代表时代且有影响力诗人的形式为其常规定式的,而且对读者来说这样写也较易理解。尽管如此,在这个"贾岛的时代"除了晚唐三大诗人那样少数的例外以外,并没有产生出具有强烈个性的诗人来。也是因为这个原因,文学史的执笔者对于称呼晚唐为"贾岛的时代"而显得犹豫不决也是不得已的。话虽如此,我们对于闻一多的主张还是必须要谨慎倾听的。那些不具备大个性的"其他一般的诗人群体"都在学习贾岛,但其中有名的诗人很少,有名的作品也就不多;可是,这个时代文学的本来面目还就是在"这里"吧。

此外,暂为极其权宜之计而以数字来看的话,假如晚唐诗按《全唐诗》由卷五三〇至卷七八四所收的诗篇来统计,则总计16166首;而与作者姓名一同流传下来的唐诗一共就有41000首[①],晚唐诗实际上占据了唐诗的五分之二之多;其中杜牧、李商隐、温庭筠,或者名气稍小一些的诗人如许浑、皮日休、陆龟蒙、罗隐、韩偓、韦庄等主张个性的诗人们也都包含在内。可是,在这数量庞大的晚唐五代诗中,上述数名诗人们的作品只不过是其中的一小部分而已,余下的绝大部分仍是如同闻一多所说的"其他一般的诗人群体"的作品。而向贾岛学习的,正是这些大多在文学史上连名字也没有留下过的诗人们;然而正是由于他们持续不懈地创作着大量的文学作品,这才成就了晚唐文学的本来面目。

四 "姚贾"的总括

同时远远的,在古老的禅房或一个小县的廨署里,贾岛、姚合

---

① 卷十至卷二十九的乐府2015首及卷七八五以降的无名氏诗歌除外。

第四章 闻一多的《贾岛》——贾岛研究的当代性课题

领着一群青年人做诗……(闻一多《贾岛》,原载昆明《中央日报·文艺》第十八期)

不过就贾岛而言,并非与韩愈相关联,而是通过如标题所示的与同辈好友姚合的关联来掌握的这个视点,过去也并非不曾有过。这一点是闻一多要使过往视点复活可见的做法。可是,那也是与单纯的复活应有所区别的。

贾岛与姚合并举的提法,成立于南宋永嘉四灵、江湖诗派之际。但是将贾岛与姚合二者归置为一来看的这个视点,除了南宋江湖诗派及其直接影响下的元代一个时期以外,在文学史上的认识并不算深远。而更有甚者,随着四灵、江湖诗派的衰退,若论起对贾岛的认识,由于颇有影响力的苏轼评语"郊寒岛瘦",或者推敲典故的深入人心,反而使其韩门诗人的定位更加得以强化而被固定了下来。

"贾岛、姚合并举"得以提倡的南宋中后期,应该还处在唐代文学在文学史上的认识尚未成熟的阶段。提出将唐代三百年分为初唐、盛唐、中唐、晚唐的"四分说"的是,明代初年高棅所编的《唐诗品汇》。而在此之前宋末元初的严羽才终于使初唐、盛唐、晚唐的概念得以萌发。但就相当于中唐时期的文学,虽有"大历体""元和体"的称呼,而将其归置并称为"中唐"的认识却仍尚未成立。此外元代杨士弘《唐音》中虽有"盛唐""中唐""晚唐"的称呼登场,但却缺了"初唐",且其各自的分期与后世的划分也未必一致①。这样看来,可能将有唐一代对象化而得以通观的时期,再早也必须要等到南宋末期乃至明代初期才可能出现。即在南宋江湖诗派的诗人们祖述"贾岛、姚合"的历史阶段里,那种先将唐代三百年诗风细分化为若干对立的时期,再从中选取贾岛、姚合的认识仍旧尚未成熟;而对他们而言最为重要的对立轴是宋代(江西诗派)与唐代(贾岛姚合)之间的对立,从其对立

---

① 《唐音》中杨士弘自序中有"及观诸家选本载盛唐诗者,独《河岳英灵集》。然详于五言,略于七言,至于律绝仅存一二。《极玄》姚合所选,止五言律诗百篇,除王维、祖咏,亦皆中唐人诗。至于中兴闲气、又玄、才调等集虽皆唐人所选,然亦多主于晚唐矣。"然而占据其中心的《正音》(卷二至卷七)中,按照各种诗型从初唐到晚唐的诗人和按活动时期排列,其间并未提示明确的区分。且赤井益久《中晚诗坛研究》(创文社,2004年)第19页"唐诗的区分"中就指出:"杨士弘所说的'中唐'意味着严羽所谓'大历体',并不包括'元和体'。"此点值得注意。

关系中选取唐代才是他们主张的着重要点①。结果，四灵、江湖诗派等对于唐代文学的认识，还并没有走到将唐代三百年分期，并深入到诗人或诗体的前后关系以及继承关系等这一步。

其后，对于唐诗的认识，始于《沧浪诗话》的严羽，经过《唐音》的杨士弘，到了《唐诗品汇》的高棅将其收敛到所谓"四唐说"这一模型之内，以此形式才对文学史的认识有所深化。在四灵、江湖诗派的唐诗认识与其后所提倡的四唐说之间，以唐诗为祖述对象的认识有所渐进地深化，随之而来，两者所假定的"对立轴"上就发生了变化，对于这一点必须要注意。即，在前者看来，以南宋中期江西诗派的流行情况作为前提条件，"宋（江西诗派）←→唐（贾岛、姚合）"就成为主要对立轴。也就是说，四灵、江湖诗派是以标榜唐诗（贾岛、姚合）的形式，来与江西诗派相对抗的。然而后者的立场却是，在以唐诗为祖述对象的前提下，在唐诗中设定了"初唐、盛唐、中唐、晚唐"的对立轴，再于其中是要将盛唐诗作为"最像唐诗的唐诗"选出来并加以评价的。这个四唐说，其实在当初是在追求作诗的实际操作规范中所提出来的实用主义文学观的一个成果，但是今日即使将其放入客观的文学史范围内也仍有一定的有效性，这个结果就被众多文学史所承袭下来。

可是，这个四唐说却使得贾岛、姚合的文学史定位复杂化了。若据四唐说，将中唐与晚唐的界限置于甘露寺之变所发生的太和九年（835）前后。结果，贾岛与姚合就被归类为中唐诗人，而他们文学发挥实际影响力的晚

---

① 当时对于四灵、江湖诗派的评论，即便好在尚有将贾岛、姚合为代表的文学称之为"晚唐"（不是中唐！）的例子，但是那些单纯称"唐"（或"唐宗"）的例子就说明：他们的意识中心里只有"宋←→唐"这样对立关系的公式。下面来举三则例子。

庆历、嘉祐以来，天下以杜甫为为师，始黜唐人之学，而江西宗派章焉。然而格有高下，技有工拙，趣有浅深，材有大小。以夫汗漫广莫，徒栩然从之而不足充其所求，曾不如胠鸣吻决，出豪茫之奇，可以运转而无极也。故近岁学者已复稍趋于唐而有获焉。（叶适《水心集》卷十二《徐斯远文集序》）

往岁徐道晖诸人摆落近世诗律（"近世诗律"指江西诗派），敛情约性，因狭出奇，合于唐人，夸所未有，皆自号四灵云。（叶适《水心集》卷二十九《题刘潜夫南岳诗稿》）

至东坡、山谷始自出己意以为诗，唐人之风变矣。山谷用工尤为深刻，其后法席盛行，海内称为江西宗派。近世赵紫芝、翁灵舒辈，独喜贾岛、姚合之诗，稍稍复旧清苦之风，江湖诗人多效其体，一时自谓之唐宗。（严羽《沧浪诗话》）

唐时期,也就与他们二人之间被切割开来①。更有甚者,变成真正的中唐诗人的贾岛,与姚合之间竟然也被切割开来,以至于完完全全被定位成一个韩门的实力诗人。

上述过程经过这样回顾一遍,就能理解闻一多主张的新颖之处了吧。闻一多先是容纳了所谓传统唐诗理解框架的四唐说;在此基础之上,再在所谓中唐框架的元和、长庆之中掌握了贾岛、姚合的诗坛活动;最后,将贾岛、姚合的诗风持续风靡到晚唐时期这样一幅略图描绘了出来。即闻一多采取了一种所谓将中唐的贾岛定位为晚唐文学的先驱诗人这样一种两段构造的手法。

五　五言律诗

>　……但为什么单做五律呢？这也许得再说明一下。孟郊等为便于发议论而做五古,白居易等为讲故事而做乐府,都是为了各自特殊的目的,在当时习惯以外,匠心的采取了各自特殊的工具。贾岛一派人则没有那必要。为他们起见,当时最通行的体裁——五律就够了。一则五律与五言八韵的试帖最近,做五律即等于做功课,二则为拈拾点景物来烘托出一种情调,五律也正是一种标准形式。……(闻一多《贾岛》,原载昆明《中央日报·文艺》第十八期)

试帖诗以五言律诗为诗型,这是事实。然而,试帖诗的中心诗型是五言排律,而且必须要承认六韵十二句是其基本诗型(参照：《文苑英华》"省试"卷一八〇至一八九)。因此,闻一多认为,祖述贾岛、姚合的集团,在郁郁不得志的境遇中专为科举考试而曾夜以继日地制作着五言律诗。不过,闻一多的这个说明未必就持有说服力。关于他们爱写五言律诗这一点,还应必须从别的角度来说明。

论起五言排律,是将五言律诗中间两联的对偶部分扩大之后所形成的

---

①　永嘉四灵或江湖诗派将其祖述对象的贾岛、姚合笼统地归结为"晚唐"诗人;结果,与他们随后的时期(即今日文学史所说的晚唐)并未分隔开来,在时间上被归结为一个整体。

诗型,因此而也被称为长律。就其观点而言,发生上来说二者的关系很密切。按照六朝后期的情况来看,在近体韵律被调整的趋势中,从八句开始,再长也只到十六句的五言诗的短篇化则正在推进中。在其中一个情况下,其后的五言律诗或五言排律就得以形成了。即五言律诗是"短小的五言排律",而五言排律则是"长篇的五言律诗",两者都作为"以伸缩自如的对偶部分为核心而所构成的五言近体诗",而在当初这二者都曾是一体化的诗型。这种五言律诗与五言排律二者都得以充满活力地创作着的情况,则一直延续到了杜甫生存的时代。

五言律诗与五言排律的分化,是被几乎不作五言排律而专作五言律诗的"大历十才子"决定性地分开了。但是他们不仅仅是不作五言排律,其他诗型(五言七言的古体诗、近体诗的五言七言绝句以及七言律诗等)也都不太作了。这一点要说得严重点的话,他们才是真真正正的"五言律诗"诗人。

那么为何大历十才子如此爱作五言律诗呢?这与他们都是以驸马郭暧或宰相王缙等代宗朝显贵们所举办的文宴为诗歌活动场所的、那种疑似的宫廷诗人的身份有关。他们就是通过那样的文宴唱和来崭露头角的。而关于唱和的重要条件是,要准备好当场就能够制作的分量,及用以比试修辞能力的共同场合。具体来说,①能够速成的"不太长的诗型";②能够发挥对偶之妙的客观结构,并且还能够得到客观的评价等。结果,作为最大公约数所入选的就是这个五言律诗的诗型。

如果从诗型形成的历史性全局观点来看上述情况的话,齐梁以降得以发展的近体诗形成的趋势①在此大体上是看到了终结。而如果根据这个观点的话,则盛唐时期李白或杜甫作近体诗的同时,也用七言古体诗作着乐府或歌行的名作;或由五言古体诗,李白作着《古风五十九首》,而杜甫作着长篇的《自京赴奉先县咏怀五百字》和《北征》,此即可谓在近体诗化运动的趋势中还能够看到残存的非近体诗(古体诗)最后的光芒——其后紧跟上来的可就是大历时期五言律诗的席卷天下了。而之所以不是七言而是五言律诗的缘由则是,汉魏以来五言诗曾一直是诗歌的中心,而且以五言短

---

① 以沈约"四声八病说"为发端的近体诗的形成,基本上是以宫廷诗坛的应酬场合为土壤而得以进行的。在文宴唱和的场合下活跃起来的大历十才子能够转变到近体五言律诗,以此观点来看也很自然。

篇诗为舞台的齐梁以来近体诗化运动也一直都在进行之中①。

近体诗独霸诗坛得以转变是从活跃在从大历到贞元的韦应物前后开始的。韦应物在初期，效仿当时的风气而作了大量的五言律诗；但是值得注意的是，同时韦应物也开始创作以魏晋为范本的五言古体诗。此后在韦应物离开了权力中心而历任地方刺史期间，有意减少了五言律诗的创作，填补其空白的是长短各异、规模不一的五言古体诗的创作。而孟郊之所以能成为专作五言古体诗的诗人，估计也直接受到了韦应物的影响②。——这种从韦应物到孟郊的发展趋势，与代表元和时期的韩愈和白居易促使古体诗走向开拓新诗歌世界的演变，是同一个历史连续的过程。

由韦应物开创而由韩、白所实现的古体诗的流行，仅从表面上看的话，可能会认为是李、杜灵活运用近体与古体作诗情况的一种复原，然而历史并非单纯反复而已。从韦应物到韩、白所发生的是，以近体诗为对立轴而对准焦距之后，应该能看到其中古体诗原理的确认与确立吧。与此进行对照的话，李、杜时期的古体诗尽管有李白那响亮的"古风"宣言，但那些也应该称作所谓的"非近体诗"或"未近体诗"；而古体诗的原理应该等到近体诗的完全成熟（即大历时期五言律诗的席卷天下）以后才能确定。从这个意义上来看，在近体诗走向更为成熟途中的陈子昂与李白的这个历史阶段上，不得不说其古体复权的主张还为时尚早，也仍尚不彻底。

这样来考虑的话，对于继韩、白之后而来的贾岛而言，他之所以能成为一个专作五言律诗的诗人，与大历十才子相比，他被赋予了不同的意义。贾岛在近体与古体两个诗体的成熟创作之中，成为一个敢于选取近体的诗人。他早年尚在孟郊的影响下时，就曾如同孟郊一样为五言古体诗的创作而呕心沥血；这就证明贾岛已充分接受了古体诗的洗礼，并亲身领悟到了其中的原理。还是那个贾岛，其后在使自己的诗风得以确立的过程中，竟然停止了古体诗的创作，而是将精力专心集中到近体五言律诗的创作上

---

① 七言律诗的完成者是杜甫，而其完成是在杜甫赴任蜀地的五十岁以后的事情，但在大历五年（770）杜甫辞世的时间点上，七言律诗只不过是一种新来的诗型，其充分的历史演变还尚未齐备。

② 参照松原朗《中国离别诗的成立》中《大历风格的超越——韦应物离别诗考》一章（研文出版2003年版）

来,这个过程就可以理解为,这是在洞悉古体与近体的本质之后贾岛自己所做出的一种自觉的"选择"。大历十才子转变到五言律诗,其过程完全是在近体诗化趋势的全面影响之下而进行的,可谓是一种自然而然的结果。与此相对,贾岛之所以选择近体诗,并且是在若干种近体诗中挑选出了五言律诗,这明显是一种有意图、有计划地进行了选择的结果①。

六 贾岛的回响

> ……你甚至说晚唐五代之崇拜贾岛是他们那一个时代的偏见和行动,但为什么几乎每个朝代的末叶都有回向贾岛的趋势?宋末的四灵,明末的钟谭,以至于清末的同光派,都是如此。不宁惟是。即宋代江西派在中国诗史上所代表的新阶段,大部分不也是从贾岛那分遗产中得来的赢余吗?可见每个在动乱中灭毁的前夕都需要休息,也都要全部的接受贾岛,而在平时,也未当不可以部分的接受他,作为一种调济,贾岛毕竟不单是晚唐五代的贾岛,而是唐以后各时代共同的贾岛。(闻一多《贾岛》,原载昆明《中央日报·文艺》第十八期)

宋末的四灵(以及江湖诗派)向贾岛(以及姚合)的回归,既已是文学史上公认的事实。而贾岛的影响竟然投射到了明末的竟陵派与清末的同光体,可以预想这就是今后需要进行研究验证的一个课题②。

---

① 以元和十年(815)为界,韩愈、白居易等有力诗人正在进行着从古体诗中心向近体诗中心的转变,这一倾向已由下定雅弘的论文所指出(参照第338页注释①)。然而在那个情况下的近体诗在其一部分中包含着五言律诗,五言律诗可谓是若干近体诗型中的一个诗型而已;这与贾岛专门选取五言律诗而倾力为之的情况并不相同。此外,也有意见认为,在贾岛或姚合爱作五言律诗与大历十才子爱作五言律诗这二者之间,存在着某种继承关系。形成这个意见的一个根据就是,他们举出姚合自身编辑的唐诗选集《极玄集》的例子来,这部《极玄集》主要收录了大历十才子的五言律诗,而他们就想要从中发现姚合与大历十才子之间的继承关系。然而不可忽视的是,大历十才子与贾岛、姚合之间还夹杂着一个古体诗盛行的韩、白的元和时期,因此,二者之间的关系业已如上所论,并非是像表面上看起来的那么单纯。

② 参见陈广宏《竟陵派研究》(复旦大学出版社2006年版)等。

当然,闻一多主张,贾岛的影响可见于南宋的江湖诗派、明朝的竟陵派、清朝的同光派等文学流派,这倒并不是说闻一多的指摘仅限于以上若干个别现象;与其如此,倒不如说闻一多指出到了每个王朝的末期,贾岛的影响都必将反复地显现出来,这是一个所谓传统中国历史上的普遍现象,这才是闻一多主张的重点所在。科举制度于唐代开始具备实质上的机能,历经反复微调维持到了清末。在传统中国,只要"科举=管理体制"的支配系统还继续存在,科举落第也就会反复出现;而那些只具有制作古典诗歌才能的贫士们,也在持续而大量地创作生产着古典诗。特别是每当这个系统出现了异常,到了矛盾激化的王朝末期,隐居在那世间一隅而耽溺于诗作的"贾岛"式的文人就会变得引人注目起来。闻一多想要揭示的,曾经既是那种传统中国体制的问题,也是一种中国传统社会的弊病。

……一个读书人生在那时代,总得做诗。做诗才有希望爬过第一层进身的阶梯。诗做到合乎某种程式,如其时运也凑巧,果然涸得一"第",到那时,至少在理论上你才算在社会中"成年"了,才有说话做事的资格。否则万一你的诗做得不及或超过了程式的严限,或诗无问题而时运不济,那你只好做一辈子的诗,为责任做诗以自课,为情绪做诗以自遣。贾岛便是在这古怪制度之下被牺牲,也被玉成了的一个。(闻一多《贾岛》,原载昆明《中央日报·文艺》第十八期)

闻一多的这个文明论式的命题,虽说超出了小小的文学史关注的范围,但却是从事传统中国古典文学的研究者们无法回避的一个大大的课题。

闻一多的《贾岛》是一篇充满着问题意识的文章。可以说其后的贾岛研究中很多都是根据这篇文章所提起的命题而来研究的。即使对于今后的贾岛研究而言,为了能够使那些命题回答得令人信服而做好准备,也还是需要花费一些时间的吧。通过这个过程,贾岛文学的真相就会随之变得明晰起来,而同时中晚唐文学史也就必须要改写了吧。本文在此并非有意要就贾岛而提出新的见解,而是以闻一多的《贾岛》为线索,就贾岛研究所肩负的课题进行一次重新确认。

后记

我将这几年写好的张籍、姚合与贾岛的论文汇集成了一本书。而书名题为《晚唐诗之摇篮》的缘由,是觉得他们三个人为不久后到来的晚唐诗做好了准备。

不过,本书却并非是在这样的构想下开始写作的。当初,试着考虑贾岛,想着对贾岛来说一定会有与杜甫、黄庭坚相联系的什么重要因素,但是我却判断失误了。即使是想研究贾岛,但是却无法简单地就找到线索。现在就贾岛所讨论的都是譬如苦吟或意境狭小,等等,却无法发现新论点。就算是讨论诗歌题材,结果还是在反复讨论意境狭小等,只能是陷在原地打转儿。于是我想到的就是作为贾岛在长安生活据点的"原东居"问题,想着以此为线索将贾岛的一部分生活复原后,或许能够撬开贾岛文学的秘密世界吧。

而在想要复原贾岛生活之际,我逐渐明白了如果不考虑与友人姚合密切交游的话,贾岛这部分也就无法结束,于是我又开始着手调查姚合的资料。刚开始考虑的是以姚合为中心的诗歌集团的形成,而其中就以贾岛的定位问题为目标。但是考虑姚合之际,就必须要开始论述他所谓"武功体"的文学风格问题。因为围绕姚合的诗歌集团是一个以"武功体"为核心而将诗人吸引而来的集团。

于是我又将"武功体"与姚合的经历相重叠着开始读起来,不料一读才发现碰到一个大谜团。按照一般见解,所谓武功体是姚合在任武功县主簿这个偏僻小县的底层小官期间,反映其境遇而创作出来的文学。姚合自己也是那么说的。然而武功县主簿,实际上却似乎是一个位于精英官僚培养路线入口处的官职,所以姚合其后历任了万年县尉、监察御史等令众人艳羡的官职。姚合的"武功体"只能让人认为,这是他这种要将自己装扮成一个郁郁不得志者的虚构所作用的结果。

姚合并非是在自己的体验中以自己的力量构筑起"武功体"的风格的,

因此,其武功体就一定会有范型存在。这样来考虑时,张籍就具有重要的意义。张籍在所谓太常寺太祝(正九品上)的底层小官上任职长达十年之久,也落魄潦倒了十年之久。在被官场逻辑的权力与富贵排挤在外的那种郁郁不得志的生活中,张籍创作了一种以"尚俭与慵懒"为美学的新的文学样式——"闲居诗"。而姚合则直接从张籍那里学到了闲居诗的美学并以此形成了自己的"武功体"文学。

就这样,我就从贾岛开始摸索,在涉及姚合的同时,又上溯到了张籍。这样的展开虽然在当时是毫无意图的,但是一路的不期而遇,也就成就了这次寻找晚唐诗摇篮的探索之旅。

在学术研究上,偶然也是具有意义的。我曾读过砺波护的《唐代的县尉》(同作者《唐代政治社会史研究》所收,同朋社,1986年)。在考虑姚合的武功县主簿时,不知何故猛地想起了这篇论文。根据此论文是这样记述的:"(武功县是)首都近旁的县,特别是畿县(如武功县)县尉,被认为是人所羡慕的官职。"(第159页);而姚合继武功县主簿之后就任的是万年县(赤县)县尉,更在武功县主簿之上。同著所引用的史料《同州韩城县西尉厅壁记》中还有一句"自紧(紧县)而上,簿尉皆再命三命已往而授。资历至之而至也"(同著第142页)。武功县(畿县)在紧县的上位。如果是这样的话,武功县主簿就必须如所评价的那样是一个"资历至之而至也"的富有的官职了。即从武功县主簿到万年县尉,姚合实际上是走上了精英官僚培养路线的。

武功体不是根据事实而写实的文学,而是一种将自己故作是郁郁不得志者的文学风格。如果我不了解到这一点的话,那也就不会理解武功体,不会对张籍产生兴趣,本书也就绝对不会写成现在这个样子了。

这里谈一点儿私事儿。几年前我参加在箱根静云庄召开的唐代史研究会的集训时,当我把从《唐代的县尉》一文受到很大的启发之事向砺波先生汇报时,先生当时微笑着说,那篇文章曾是他的得意之作。现在想起来还历历在目。

从本书文稿受理到本书付梓,专修大学出版局的笹冈五郎编辑非常辛苦。此外琉球大学副教授绀野达也,以及早稻田大学研究生院博士课程(中国文学)在读的石硕,对此书的校对校阅之功也非同寻常。而使用正字体排版之烦琐,也使森元印刷公司多有受累。最后本书出版之际,也得到了专修大学的图书出版补助(平成二十三年度)。

值此小书付梓之际,谨向关照过我的各位师长朋友们表示衷心的谢意。

松原朗
二〇一二年一月四日

各章节初次发表情况一览

绪论（新作，未刊）

第一章　张籍论

第一节　张籍闲居诗的成熟——以太常寺太祝在任时为中心
（专修大学学会《专修人文论集》第八十七号，2010年）

第二节　张籍的《和左司元郎中秋居十首》——晚唐诗的摇篮
（中唐文学会《中唐文学会报》第十七号，2010年）

第三节　张籍的"无记名"诗歌——连接徒诗与乐府之间的桥梁
（中国诗文研究会《中国诗文论丛》第二十九集，2010年）

第二章　姚合论

第一节　呼朋唤友的姚合——姚合诗歌集团的形成
（中国诗文研究会《中国诗文论丛》第二十七集，2008年）

第二节　姚合的官场履历与武功体
（中国诗文研究会《中国诗文论丛》第二十八集，2009年。另外，本文是在"第九届唐代文化学术研讨会"[2009年9月于台湾大学]上口头发表的《姚合的文学和他的仕履》原稿基础上修订而成）

第三节　姚合"武功体"之谱系——尚俭与慵懒的美学
（新作未刊）

第三章　贾岛论

第一节　贾岛乐游原东的住所——以移居背景为中心
（早稻田大学中国文学会《中国文学研究》第三十二期,2006年。本文在初次发表的基础上内容经过大幅修改。）

第二节　诗性世界之现场——贾岛的原东居
（专修大学学会《专修人文论集》第八十五号,2009年。此外,初次发表时的题目为《贾岛的原东居——诗歌世界的现场》）

第三节　贾岛的"泉"的意义——根源性的存在及其交叉
（专修大学学会《专修人文论集》第八十六号,2010年）

第四章　闻一多的《贾岛》——贾岛研究的当代性课题

（日本闻一多学会《神话与诗》第八号,2009年。本文是在日本闻一多学会［2008年7月于东洋大学］口头发表的《贾岛研究的课题——闻一多所提起的问题》原稿上修订而成的）

译后记

2014年夏季一个偶然的机缘,使我有幸成为本书的汉语译者,进而有幸成为全程参与本套译丛编辑刊行的一名"联络员"。

本书作者松原朗教授是我所认识的第一位日本大学教授;而我与松原老师的结识可以追溯到十九年前的1999年8月中旬。

当时为了完成在读研究生的教学实习,1999年我在母校西北大学国际文化交流学院给留学生讲授"对外汉语",而所教的第一个日本班就是由松原朗教授带队的日本专修大学汉语短期班。教学之余,有次周末在带领专修大学学生去洛阳实习回来的路上,松原老师提出去探访位于洛阳市新安县城关镇城关村的"汉代函谷关"遗址。虽说现在的"新安汉函谷关"已于2000年列为河南省重点文物保护单位,进而更是在2014年入选"丝绸之路:长安—天山廊道的路网"世界遗产名录,而早在十九年前它却还只不过是有一半城楼被埋没在泥土之中的一个农家牛圈而已。

我至今仍清楚地记得,当司机师傅摇头摆手地连说"函谷关在灵宝"之际,松原老师一字一顿地说,《汉书·武帝纪》明确记载着西汉元鼎三年(前114)"冬,徙函谷关于新安"。无奈之下司机满口怨言地开着中巴在远离310国道的泥泞村道上颠簸了许久,而我也不停地从副驾驶座位上跳下,在不知询问了多少路人之后,我们终于找到了那个几被遗忘了的汉代函谷关遗址。当松原老师用苞谷叶仔细拂拭掉函谷关城门两侧碑刻上的尘垢,露在地面上的楹联"功始将梁令□□,我为尹喜谁□□"显现出来的那一刻,一路舟车劳顿的学生们爆发出了一片惊喜的欢呼声。

认识松原老师之后才知道,老师早在1976年就读早稻田大学中国古典文学专业时就曾入选"日中友好协会学生访中团",并随团到访过上海、南京、济南、青岛、北京等多地;本科毕业后又师从日本汉学家松浦友久先生研究中国古典诗歌,直至博士毕业。而当时母校西北大学图书馆里就有一本松浦友久先生的《李白——诗歌及其内在心象》(张守惠译,陕西人民出版社,1983年)。2003年我来到日本任教之后,始知松原老师追随松浦友久先生《唐诗之旅·黄河篇》(日本社会思想社,1980年)而著的《唐诗之旅·长江篇》(日本社会思想社,1997年)早已在日本广受好评。后来我才知道老师其实早自1989年开始就在日本NHK电视台的"中国古典汉诗欣赏"栏目中为日本电视观众连续讲解了整整五年的中国古典诗歌。

2003年10月下旬,松原老师邀请母校西北大学业师李浩老师访日并在"日本中唐文学研究会"做主题演讲:《唐代杜氏在长安的居所》(《日本中唐文学会报》第十号,2003年),松原老师专门安排我来接待李浩老师,可惜当时我的日语才刚刚起步,非常遗憾并未能为李老师做好大会翻译。而我也在2004年受松原老师关照,忝列专修大学汉语兼职讲师至今。迩来十五年间,每年我都会看到老师有论文或著作刊行;而老师惠赠给我的著作前后就有九本之多,已排满了多半层书架。

言归正传,说起本书乃至这套丛书的翻译,其实竟发端于一个偶然的机缘。

时值2014年6月,我因参加专修大学汉语教学年度例会而拜访松原老师的研究室,老师关切地询问了我的学习和教学近况之后,随即拿起新近出版的《晚唐诗之摇篮——张籍·姚合·贾岛论》(专修大学出版局,2012年)这本书说道:"日本专修大学和贵校西北大学之间缔结友好交流合作关系已经十六年了,我们两个姊妹校的关系是从科研到教师,从教学到学生的全面交流合作关系。2009年我在日本翻译了贵校西北大学李浩先生的大作,投桃报李,现在我也想把自己的这本在专修大学出版的拙作,拜托贵校西北大学出版社在中国翻译出版,谨此作为专修与西大两校之间学术交流的一个见证。"当时我不假思索地就请求松原老师让我来翻译这本著作,老师高兴地答应了。

2014年暑假,当我受命将此书带回西北大学并面呈时任副校长的李浩老师时,李老师语重心长地说:"松原教授这是要让两校之间的友谊薪火相传,要让我们之间的学术砥砺共进啊。既然如此,那么不如就请松原教授精选出日本近年关于中国唐代文史研究的一套代表性著作,作为引进日本汉学研究的一个系列来在咱们西大出版,这也是对'引进来,走出去'精神的一个具体实践。"此后不久,李老师就召集了西北大学出版社马来社长与张萍总编、日本研究中心主任高兵兵教授、文学院院长段建军教授、文学院李芳民教授、社科处刘杰副处长、出版社王学群编辑等相关部门的人员一起开会研究,决定由西北大学出版社来负责翻译出版松原教授所精选的这一套日本学人唐代文史研究丛书。

当我开学返日将此喜讯汇报给松原老师时,老师特别高兴,非常感谢西北大学李浩老师和出版社的信任,当即就将此重任满口应承下来。松原老师和李老师这一对老朋友之间投桃报李、惺惺相惜的深厚情谊,着实令我感动。两个月后松原老师就选定了一套日本关于中国唐代文史研究的代表性著作,共计八本,其中包括已在日本出版的五部,以及尚未完全刊行的三部著作。后来松原老师与原著作者再三确认后,一度又甄选出其中七本书来。经过李浩老师和西北大学出版社等相关部门开会商议,决定还是再增选一本,最终决定了现在翻译出版的八本一套的规模,并命名为《日本学人唐代文史研究八人集》,简称《八人集》;由李浩老师和松原老师分别担任中日双方主编,高兵兵教授为副主编;并委任松原老师和我为日方联络负责人,具体处理日本国内的版权交涉、翻译等相关事宜。

而在谈到选取这八本著作的标准时,记得松原老师多次强调:"既然是日本的唐代文史研究,就一定要体现出有别于中国作派的日本学术研究的风格来,一定要让中国的读者耳目一新,由此而感受的到日本汉学研究独具特质的启发与教益。"李浩老师和马来社长等编辑团队对此也非常赞赏。

2015年春节回国探亲时,我奉命将《八人集》的八本著作从松原老师那里带回母校西北大学出版社。春节过后,《八人集》就开始在中国和日本分别选定译者并开始翻译。其中有五本在中国国内翻译,具体由副主编高兵兵教授负责联系;而另外三本则在日本翻译,就由松原朗教授和我负责联系译者,而松原教授还负责与日本原著出版社之间进行版权与合同上的交涉,以及中日双方出版合同文本的审阅等。

2015年到2016年的一年多时间,松原教授与本套丛书的日方各个出版社之间分别就翻译版权转让与翻译合同事宜进行了交涉与谈判。

2015年10月下旬,适逢西北大学文学院承办"中国李白研究会第十七届年会暨李白国际学术研讨会",松原教授和我均受邀参会。利用会议间隙,松原老师与李浩老师及西大出版社《八人集》编辑团队再次开会商议,落实了编译出版的诸多具体问题。此外,松原教授还应邀参加了西大出版社"引进来,走出去"国际战略意见交流会,为出版社今后在日本的交流合作事宜建言献策。

2016年春节过后,西北大学日本文化研究中心主任、本套丛书副主编高兵兵教授亲赴日本东京,为本套丛书中翻译进度过半的三本著作率先争取到了"日本国际交流基金资助",其中就包括了我翻译的松原教授的这本著作。之后不久西北大学出版社为本套丛书先后争取到了陕西省出版基金、国家出版基金重点资助。

2017年10月,李浩老师一行受邀前来日本广岛大学讲学,临别之际李老师告诉我说,我们这套《八人集》是作为西北大学中国文化研究中心学术研究项目的首发阵容来出场的,同时也作为我们西大中国文化研究中心"海外中国研究书系"的第一炮,一定要在质量上与国内一流的中国学译丛相媲美、相抗衡,打出一片开门红,叫响又叫座,为以后出版第二辑、第三辑中国学译丛打好基础、树立榜样。

具体说到这本书的翻译过程,却实在惭愧难当,可谓"起了个大早,赶了个晚集"。由于翻译期间不巧受到自己个人问题上的牵绊,以致严重影响到了本书的翻译进度,竟然一直拖延到2017年4月才得以最终完成,我对此一直惭愧自责不已。

而同时令我深感幸运的是,由于我每周五都去松原教授所在的专修大学代课,因而经常能够有机会当面请教松原老师,从翻译上的遣词用句到原著的背景知识,不一而足,受益良多。本书在具体的翻译顺序上遵循了松原老师的建议,即从姚合到张籍再到贾岛,以便更易于理解全书的内在逻辑关系。其中松原教授对姚合"武功体"的深刻剖析可谓是全书的点睛之笔,为了让我对此有更深刻的感悟和理解,老师曾深入浅出地为我讲解了好几次。而身为日本著名的中国古典诗歌研究的专家学者,松原教授在中国古代典籍和现代汉语上的造诣都极高,尤其对唐人诗句的精妙理解上,完全能够跨越时空重现语境,真正做到了对古人对唐诗的"同情的理解"。

当时为了充分保证翻译质量并提高翻译速度,松原老师与我商定,每译完一章就当即交与他校对,校完返还给我后立即修改,然后再二校二译、三校三译，直至双方都确认译文没有问题为止。其实当时，松原教授除了担负着日本专修大学校内极其繁冗的日常教学与校务工作之外，每周还都在组织指导 37 名日本唐代文学研究者一同校译清代仇兆鳌的《杜诗详注》，主持编译这套迄今为止日本最大规模的杜诗译注项目——《杜甫全诗译注》（全四卷，讲谈社学术文库，2016 年）。即便如此忙碌，松原老师总还是能够在第一时间就快速返还给我翻译的校稿，并且随手补充上各种相应的背景资料，令我每每肃然起敬且汗颜不已。通过这次追随老师翻译学习的过程，我由衷地感佩，松原教授学术钻研之精，专业著述之勤，工作效率之高，治学态度之严，教书育人之亲。

同时，这部译稿如果没有王学群编辑、朱亮编辑、尤其是马若楠编辑的辛苦工作和超额付出，是绝不可能顺利付梓的。在此谨向他们的专精学识与敬业劳作表示我最衷心的感谢和最崇高的敬意。

张渭涛
2018 年 6 月 26 日